中国社会科学院
老年科研基金资助

中国社会科学院
老年学者文库

中国古代戏曲研究文集

金宁芬◎著

社会科学文献出版社
SOCIAL SCIENCES ACADEMIC PRESS (CHINA)

前　言

中国趋于完整、成熟的传统戏曲形式始于宋元南戏，经元代杂剧，明清传奇、杂剧以及清乾隆以后各地方剧种——形成了我国古典戏曲发展的历史。这种综合了诗词、歌舞、音乐、美术，由演员以代言体在剧场演出各类故事的戏曲，以其生动活泼的艺术形式，寓政治、文化、思想、道德、美学等内容于人们喜闻乐见的演出活动中，历来受到广大人民群众的欢迎；在我国社会历史的发展中发挥了其独特的反映、批判现实，参与社会斗争，“寓教于乐”的作用。今日，中国古典传统戏曲已成为世界文化的宝贵遗产之一。“以史为鉴，可以知兴替。”研究我国传统戏曲产生、发展的历史，探索其发展的规律和经验、教训；分析、品评历代戏曲作家、作品的得失及其原委：对今日和未来文化的继承和发展，具有鉴戒与促进的作用。

本书所收，为笔者 1965 年以来发表在书报、杂志上有关我国古典戏曲发展史和作家、作品的评论与考证文章，分为元代杂剧，宋元至明初南戏，明代传奇、杂剧三个栏目，另附剧曲鉴赏数篇。各栏目按发表时间先后排序。议及的话题，只是中国古典戏曲发展历史中的数个瞬间，以及我曾关注较多的戏曲家和戏曲作品。

我接触中国古代戏曲为时较晚。少年时我喜欢绘画，在美术老师的鼓励和父母的支持下，拟于初中毕业即报考杭州美专——这是我最初为自己设计的人生之路。由于时局和家庭经济的变化，初中毕业时无力赴杭而进入普通高中。1950 年 1 月，在进驻学校的解放军同志的指引下，我满怀激情地参加了“革命”工作。做了几年文书、干事等工作后，1956 年响应国家“向科学进军”的号召，以同等学力考入北京俄语学院学习，期以文学翻译作为终身职业。岂料翌年，俄语学院的培养目标随着中苏关系恶化而发生变化，乃转入南京大学中文系。我的小学和中学主要就读于教会学校，阅读中国古典文学作品不多，进入南大，才开始与中国古典文学、古典戏曲结缘。当时，胡小石、罗根泽、陈中凡、陈瘦竹、方光焘、洪诚等著名教授都给我们上过课；陈中凡、钱南扬、吴新雷则是教授古典戏曲的老师，还经常组织学生观看昆剧院的演出，使我获得了概略的、比较系统的戏曲史知识，从而产生了浓厚的兴趣。只是五年在学期间，政治运动不断，以致没能潜心读书。大学毕业正值国家经济困难之时，各单位紧缩编制，大学毕业生的统一分配遇到困难。当年全国各高校分到北京的学生，住满前门各旅社，半年左右才陆续得到安排。我被分配在市中心的重点中学——北京女十二中当语文教师。教学之余，我曾利用假期写过一篇有关元杂剧的评论文章，居然被《光明日报》"文学遗产"栏目采用——这极大地鼓舞了我，决心作为业余爱好继续这方面的学习与研究。但接踵而来的十年"文革"，磨灭了我的计划，不过在逍遥的日子里，倒是认真地读了点书。粉碎"四人帮"后，国家百废待举、百业待兴，为了恢复发展文化，中国社会科学院扩大编制、引进人员。闻此消息，我以曾经在报刊上发表过的一些文章（主要是散文）提出申请，有幸于1978年2月调入中国社会科学院文学研究所古代室工作，从此开始了我专门从事学习和研究的职业生涯。

二十世纪八十年代，可说是1949年后思想解放的最好时代。文学所领导雄心勃勃，组织北京、南京、中山等多所高校老师和本所研究人员集体编写大型丛书十四卷本《中国文学通史系列》。我分工承担了撰写元代卷"南戏"和明代"戏曲卷"的任务。文学所在老一辈所长和学者郑振铎、何其芳、钱钟书等先生身体力行的影响和指导下，在研究工作中早已形成了优良的传统，即必须在掌握大量原始资料和国内外已有研究成果的基础上，经过认真细致的梳理、比较、去粗取精、辨伪存真的分析研究，从中发现问题、提出问题、解决问题；写出具有新见（没有新见，也要有自己的见解）或新材料能够言之成理的撰著。身处当时政治空气比较宽松、对撰稿者没有条条框框限制的新单位，工作虽有压力，心情却很舒畅。我深知，自己学力浅薄，只有老老实实遵循文学所的传统要求进行学习和研究，才能不负所任。从此，我夜以继日、心无旁骛地将全部精力集中在对古典传统戏曲的学习与研究上。在完成集体项目的同时，也将某些研究所得写成单篇文章。例如，有关南戏形成、流变等的几篇文章是在大量查阅、辨析了宋代前后江浙一带政治、经济、文化等发展情况和存在的各种文学艺术形式的有关记载后写成的。又如在撰写《琵琶记》作者高明的章节时，我连续读到三篇说“罗贯中高则诚两位大文学家是同学”的文章，为了证实其说，我查阅了该文引证的原始资料，产生怀疑，于是做进一步探讨，写出了《高则诚与罗贯中不是同学》的短文（探讨过程详见该文），文章发表后，未再见有论高、罗二人是同学的撰著。再如，在研读能够搜罗到的有关明代曲家汪道昆的全部作品、记载与评论时，我发现被明末陈弘绪盛赞为可与屈原之《骚》、杜甫之诗争胜的一部作家佚名的杂剧作品原来是汪道昆所作，而有些对汪氏的不实记载也影响了对他的正确评价，为还他在历史上应有的地位，我撰写了《关于汪道昆的几个问题》一文，也得到了专家们的肯定并引起更多学者对汪道昆的关注与研究。以上例子说明文学所传统的科学研究方法和作风对研究工作的指导性和重要性。我的文章都是在严格遵循传统要求的学习研究中有所感、有所得，或发生疑问后穷追不舍，直到得出自己的结论后完成的。当然，各文所论皆个人一得之见，是否都能成立，还待批评。

本书中考证性的文字较多。史实考证，除需求得丰富、可靠的史料外，还必须有正确的逻辑推理，才能得出真确的结论。这是一项为进一步研究、解决问题提供资料的基础性工作，却是不可或缺的。我喜欢这项工作，从中也获得了乐趣。

回顾往昔，我深切地感到，一个人的一生，不可能永远一帆风顺，政局、时势、经济、政策等的变化，都会影响个人的走向。遇到挫折，决不颓唐，永远乐观向前，则无论何种工作，只要努力去做、去钻研，就会产生兴趣，带来收获和欣慰。

时代在前进，观念在变化，青年才俊大批涌现，富有理论高度和前瞻性的研究文章和专著层见迭出。笔者不揣浅陋，将以往发表的这些零星篇章结集出版，作为中国古典戏曲研究发展历程中的某些见证，也作为逝去岁月的纪念。

为了客观真实地反映从二十世纪五六十年代以来，社会思潮的变化以及个人经历的增长和视野的拓宽，折射在我思想观念上的变化发展，本书对以往发表的这些文章原封不动，除刊印之误外不作一字修改，以保存它真实的历史面貌。若有读者尚愿翻阅，诚望予以批评指正。

金宁芬于2017年5月

目　　录
CONTENTS

《窦娥冤》评价中的几个问题

《窦娥冤》是关汉卿的代表作，也是元杂剧的代表作。几百年来它曾以各种戏曲形式在舞台上不断演出，表现了旺盛的生命力。近年来，报刊上发表过不少研究《窦娥冤》的文章，我也想谈一点粗浅的意见。

一

《窦娥冤》是一部具有深刻社会意义的作品。它真实地反映了封建社会特别是元朝政治黑暗、官府腐败、强梁横行、良善受欺的社会现实，也表现了人民不甘心受压迫、敢于斗争、至死不屈的反抗精神。

关汉卿生活的元代是一个民族压迫与阶级压迫都极为残酷的黑暗时代。蒙古贵族掌握最高统治权，规定由蒙古人或色目人担任高级行政官吏，总揽各级地方政权。他们可以为所欲为，随意奸淫劫掠。汉族人民备受压迫欺凌。不过，汉族地主由于在阶级的利益上与蒙古贵族有一致性，因而受到了保护，有些汉族地主甚至“无印节而有官府之权，恣纵妄为，靡所不至”。(《元典章》57《刑部》19）这样的统治机构及社会制度决定了这是一个强权当道、公理不伸、秩序混乱、暗无天日的社会。

《窦娥冤》中的赛卢医行医，“死的医不活，活的医死了”，“也不知道医死多少人”，但他从未因怕人告发而关一日店门，也因此把人命看得如“壁上灰尘”，竟敢因还不起债而企图勒死蔡婆；泼皮、无赖张驴儿父子在光天化日之下撞入寡妇家门，强迫寡妇改嫁而无人过问；楚州太守姚杌贪财受贿，使杀人犯张驴儿逍遥法外，无辜的窦娥受刑屈死，就是这样一个见钱眼开、草菅人命的姚杌后来却升任了姚州守……这些情节都是当时现实社会的真实写照。元代政治极其黑暗、腐败，“官吏每无心正法，使百姓有口难言”，这不仅造成了窦娥的冤狱，而且也培育、保护了像张驴儿这样的泼皮、无赖。虽然剧中的主要反面人物是张驴儿，而作者的矛头是指向官府的，指向那个腐败的统治机构的。像张驴儿这样横行无忌的恶棍，或是像姚杌这样贪赃枉法的官吏都是那个社会的必然产物，作者写出他们的横行不法，便深刻揭露了那个社会的罪恶。

作品的成就不仅在于揭露了封建社会的罪恶，更重要的是在于它表现了人民的反抗精神。元代统治者对广大人民进行残酷的经济剥削和政治压迫，遭到被压迫人民坚决的反抗。特别是汉族人民，酷刑残杀从未使他们屈服过，他们进行了长期的反抗斗争，人民起义连续不断，并且规模愈来愈大。关汉卿对于农民起义运动是反对的，这从他的剧作《哭存孝》《五侯宴》中可以看出；但是，对于人民群众中所表现出来的对恶势力的不满情绪和反抗精神却是同情与支持的。《窦娥冤》就是通过窦娥这一形象，歌颂了人民群众对恶势力的反抗精神。

一个无依无靠的寡妇，能够不畏强暴，任凭张驴儿百般恐吓，坚决不答应改嫁给他。张驴儿诬告她杀了公公，在衙门里虽遭到毒打，“一杖下，一道血，一层皮”，“打得肉都飞、血淋漓”，“才苏醒，又昏迷”，也坚决不招。赴刑场时，她敢于咒骂在当时人们思想上神圣不可侵犯的天地鬼神。她讽刺天地“做得过怕硬欺软，却原来也这般顺水推船”；她怨愤地喊出“地也，你不分好歹何为地？天也，你错勘贤愚枉为天！”关汉卿能写出这样一个人物，特别是对她的反抗性能写得如此的强烈、泼辣，这绝不是偶然的。如果没有当时广大受压迫人民对统治阶级的反抗，如果没有作者与下层人民的接触和了解，关汉卿是不可能写出这个人物来的。

在人民毫无言论自由的蒙古贵族统治时期，关汉卿能够这样深刻地直接地揭露社会的黑暗，特别是敢于塑造这样一个具有反抗性格的女性形象，歌颂人民的反抗精神，这正是关汉卿的伟大之处，也是《窦娥冤》的主要成就。

二

伟大的作品不等于完美无缺。一切优秀的古代文化遗产都必然受着时代和阶级的局限。《窦娥冤》当然也不能例外。但有的研究工作者只谈《窦娥冤》的伟大之处，对于其局限性则视而不见。

对于窦娥的形象，有的研究工作者说：窦娥“是一个非常令人同情、可敬、可爱的、具有完美性格的悲剧典型形象”。认为窦娥舍身救婆婆的行为表现了她具有“高贵的品德”“高尚的感情”，她的“善良和纯洁，由于与浊恶的环境对比，竟发出十分圣洁的光辉”。

诚然，窦娥的不幸遭遇确实值得人们同情，她不屈不挠反抗恶势力的性格是有可贵之处的。但若说窦娥的性格是“完美的”“圣洁的”，舍身救婆婆的行为是“高贵的”“高尚的”，则不尽恰当。因为在窦娥的性格中还有着恪尽孝道、崇尚贞节，遵守封建规范的一面。这一面与她的反抗性一样贯穿全剧始终，从她的语言与行动中，处处表现出来。

窦娥于第一折出场时，丈夫亡故已近三年。对于寡居的生活，她感到凄苦，“满腹闲愁，数年禁受，天知否？天若是知我情由，怕不待和天瘦”。但是，封建道德观念使她不能也不愿去追求自己所渴望的爱情生活。她只能感叹自己的不幸，只能认为这种不幸是“前世里烧香不到头”而招来的“祸尤”，她所应该做的，也只能是一心侍奉婆婆，为丈夫守孝。她发下誓愿：“我将这婆侍养，我将这服孝守，我言辞须应口。”以后的事实也证实了她的这一决心。

窦娥坚决不随顺张驴儿，固然表现了她不屈从于恶势力的反抗性，但同时，我们也应该看到：她之不从，她之反抗，是从贞节观念出发的。在她婆婆劝她改嫁时，在衙门里申诉以及鬼魂向窦天章告状时，她多次说明自己不愿改嫁的原因是：“小妇人原是有丈夫的，服孝未满，坚执不从”，“好马不鞴双鞍，烈女不更二丈”，“我不肯辱祖上”。

窦娥得知蔡婆答应改嫁给张驴儿的父亲后，对蔡婆百般嘲讽，表现了对婆母的不敬。但是，我们应该看到这一行为的实质，那就是：窦娥这样做的目的是为了维持贞节，奉行孝道。窦娥嘲讽婆母把“旧恩忘却”“没的贞心儿自首”，劝阻婆母不要改嫁，是为了不陷婆母于不贞，从而避免被人“笑破口”。孔子在解释孝行时曾说：君父不义，“则子不可以不争于父，臣不可以不争于君”；否则，“又焉得为孝乎？”（《孝经·谏诤章》）窦娥能与婆母力争，正是十分的孝行，只不过她未能“怡色柔声以谏”而已。

在以后的几折中，窦娥的孝行更为突出。在衙门，虽经百般拷打，坚决不招，但一听说要打婆婆，便忙阻拦，为了救婆婆免于受刑，她情愿蒙冤画押，屈招药死公公，被昏官判斩；在赴刑场的路上，为了不让婆婆看见了伤心，要求走后街不走前街。有人曾因这两件事而认为窦娥具有“舍己为人”的“高贵品德”。诚然，从这两件事看，窦娥确乎是“舍己为人”的，但我们应该分析她为什么舍己，为的是什么人？通观全剧，我们看到：她除了为婆婆外，并不关心其他的人。她能够舍己为婆婆，这一点除了说明她的孝顺之心外，还能说明什么别的呢？确实，窦娥对于婆婆是永不忘怀的，就是在她身死之后，她的鬼魂也不忘恳求父亲把婆婆收恤家中，以尽“养生送死之礼”。难怪她父亲也不禁要赞她为“好孝顺的儿也”了！

我们知道，关汉卿创作《窦娥冤》是受了汉代《东海孝妇》故事的影响。窦娥死后，血飞白练、楚州亢旱三年的情节即与《东海孝妇》的故事相似。窦娥在刑前许愿之时曾唱道：“做什么三年不见甘霖降，也只为东海曾经孝妇冤。如今轮到你山阴县……”窦天章在第四折中也两次说到东海孝妇。显然，关汉卿也是有意要把窦娥写成一个孝妇的。

从以上分析看来，应该说，窦娥是一个恪守封建礼教的孝女节妇。这与前面所分析的，她是一个敢于反抗的女性，有没有矛盾呢？有矛盾。但是，窦娥正是这样一个具有矛盾性格的人物。

窦娥具有这种矛盾的性格是合乎人物身份的。她出身于贫寒的读书人家庭。贫寒的生活使她可能具有民间妇女大胆、泼辣、敢于斗争的一面；书香之家又使她思想上受到许多封建道德观念的束缚。她家“三辈无犯法之男，五世无再婚之女”，窦天章在梦中与阔别多年的女儿相见，也不忘对她进行三从四德的教育，这也就决定了在窦娥的思想中有着强烈的孝义贞节观念。

关汉卿真实地塑造了这一人物形象。对于窦娥的反抗性格，他热情歌颂；对于窦娥的孝行与节操，他衷心赞美。这种态度，也是不足为奇的。关汉卿与下层人民接触较多，对他们有所了解，也有着较为深厚的感情，因此，在他的作品中赞美了这些人物的可敬可爱之处，反映了他们的愿望与要求。但是，他毕竟生活在13世纪，在那个时代，封建统治阶级的思想就是统治思想，他又是一个读书人，深受孔孟思想的熏陶，这些都决定了他对封建道德的维护，往往在剧作中宣扬、赞美这种思想。《窦娥冤》以外，在他的其他作品中，也有突出的表现。例如《陈母教子》就进行了夺取功名、荣宗耀祖的说教，《三勘蝴蝶梦》歌颂了贤德的继母与孝义兼备的儿子，《裴度还带》《哭存孝》中宣传了忠孝节义等封建道德观念。这些正是关汉卿受时代、阶级的局限之处。

当然，窦娥性格中的这两个方面绝不是半斤对八两，反抗性格是她的主要方面，也是作者写得较成功的一面，这在剧中表现得激昂慷慨，有血有肉。关于她奉行封建礼教的一面，虽有一两处写得比较生动，但总的来看，是概念化的，比起她的反抗行为来大为逊色。虽然这样，在今天，对于她的后一方面也还是应该严肃批判，以清除这些封建性的糟粕在读者中的不良影响。

三

还有的研究者认为《窦娥冤》具有巨大的社会意义，其原因之一是它揭露了高利贷的罪恶。并以蔡婆放高利贷，迫使窦天章把女儿给她做童养媳；赛卢医要勒死蔡婆，“是想挣脱高利贷的束缚的绝望的企图”等理由，进而认为“高利贷罪恶活动与其可怕的后果，像阴影似的，一直在支配着每个人物的命运和故事的发展”，云云。

在元代，放高利贷是普遍现象。剧本写蔡婆借20两银子给窦天章，一年本利40两，逼得窦天章不得不把女儿卖给她为媳；赛卢医也因还不起债，无奈而至犯罪。这些情节真实地反映了当时的客观现实。但是，作者对高利贷罪恶的揭露，是极不深刻的，甚至可以说是软弱无力的。我们知道，窦娥虽是被高利贷所迫，卖给蔡家当童养媳，但她到蔡家后，被蔡婆视作“自家骨肉一般”，遇事与她有商有量，甚至当蔡婆带回张驴儿父子时，任窦娥对她百般羞辱也不动气，只是一味地央求窦娥随顺张驴儿。从这些情节看来，窦娥在蔡家过得蛮好，不愁吃穿，还有个恰似亲母的蔡婆，不足的是丈夫早死，但丈夫的死与高利贷毫无关系。这又从哪里能看到高利贷的罪恶后果呢？借债人赛卢医在剧中是作为一个反面人物出现的，作者没有把他描写成一个受迫害者；而高利贷者蔡婆，作者丝毫没有揭露她残酷的一面，却更多地写了她受欺凌、受迫害的一面。

从作品里，读者并不能看到“高利贷的罪恶活动及其可怕的后果”，也看不到它“像阴影似的，一直在支配着每个人物的命运和故事的发展”。因此，把揭露高利贷的罪恶作为这个剧本具有巨大社会意义的论据，是牵强的，不符合实际的。

四

有人认为第四折中窦娥鬼魂的出现，表现了“她自己在复仇中起了主要作用”。冤屈的昭雪，“反映了人民的希望”。因此，第四折是一出“万不可少的”好戏。

人民当然希望窦娥的冤屈能够昭雪，这一结局确实反映了人民的愿望。问题是作家指出的是怎样的一条道路？在这里，作者引导人们把希望寄托在鬼魂和最高封建统治者身上。

剧本写窦娥冤屈得以昭雪的一个原因是鬼魂出现。她的鬼魂三次翻卷，并向窦天章哭诉冤屈，窦天章复审此案时，她的冤魂又到公堂折辩，终于使张驴儿伏法。这些对于表现她反抗到底的斗争精神，有一定的作用。但是，用鬼魂来复仇，在现实生活中这条路是行不通的，这种写法也是不应肯定的。神鬼迷信是阶级社会里剥削阶级用来欺骗人民、麻痹人民斗志的工具，它只能引导人们把希望寄托在虚无缥缈的神仙鬼怪身上。作者虽无意于欺骗人民，但作品中写出鬼魂复仇，实际上是起了欺骗人民的作用。

剧本写窦娥冤屈得以昭雪的另一原因是最高封建统治者能够以人民为念，“圣主”派了一个“廉能清正、节操坚刚”的窦天章为两淮提刑肃政廉访使，“随处审囚刷卷，体察滥官污吏”，并容先斩后奏。就是这一个高官作主，替窦娥复了仇。剧本写他并不是因为窦娥是自己的女儿，出于私情而重理案件。当他不知详情时，不是曾愤怒地对窦娥说过“到今日被你辱没祖宗世德，又连累我的清名，你快与我细吐真情，不要虚言支对；若说的有半点差错，牒发你城隍祠内，着你永世不得人身，发在阴山永为饿鬼”吗？可见作者写他为窦娥雪冤为的是“与天子分忧，为万民除害”，为了“显的王家法不使民冤”。作者的这种描写，在客观上同样是起着欺骗人民的作用，使人民以为最高封建统治者是英明的，干坏事的只是那些下级官吏，从而把雪冤的希望寄托在最高封建统治者身上。

关汉卿在《窦娥冤》中流露出这种神鬼迷信思想及为最高封建统治者歌功颂德也不是偶然的，在他的其他剧作中也多有表现。例如《王闰香夜月四春园》中李庆安因救苍蝇而得活命，钱大尹靠鬼神才得断案；《裴度还带》中裴度积阴德，转死为生。另如《陈母教子》《三勘蝴蝶梦》《玉镜台》《五侯宴》等剧中也一再歌颂圣恩浩荡、贤臣明察，并宣扬神鬼迷信思想。这些都说明了关汉卿对最高统治者是存有幻想的，并且还有神鬼迷信的宿命论思想，因而在他的作品中就会处处有所表现。

第四折是作者的败笔，它削弱了《窦娥冤》的思想性，是应该严加批判的，而不是什么“不可少的”。

由以上的分析看来，《窦娥冤》是瑕瑜并存的，它揭露了封建社会的黑暗与混乱，但又为最高统治者开脱，把责任归之于下级官吏的贪赃枉法；它赞扬了窦娥不屈不挠的反抗精神，但又宣扬了孝道与贞节观念。当然，从全剧来看，积极的一面是主要的，但是不能因此就放弃对消极一面的批判。有的评论文章说：《窦娥冤》即使“不作丝毫修改，用昆曲或其他戏曲形式搬之于今天的舞台上，亦会收到良好的戏剧效果”。显然，这不是对待文化遗产的正确态度。

（载于《光明日报》1965年9月12日“文学遗产”524期）

试论王实甫《西厢记》的流传及影响

元代杰出的杂剧作家王实甫的《西厢记》（以下简称“王西厢”），流传至今已有近七百年的历史。在这风起水涌、云谲波诡的历史长河中，“王西厢”时而被汹涌的波涛举起，时而被回旋的水流卷入绝境。但是它仍然如一朵出水的芙蓉，以娇艳的色泽、优美的姿态挺立于世。《西厢记》无愧为一部具有民主性和人民性的现实主义杰作。

一

回顾一下“王西厢”的历史，那会是很有意义的。

“王西厢”叙述的崔张爱情故事形成于公元9世纪，唐代著名诗人元稹的传奇《莺莺传》（又称《会真记》）是其滥觞。从《莺莺传》到“王西厢”，其间经历近500年，这期间曾出现过许多吟咏莺莺事的诗作和以崔张故事为题材的话本、戏剧、民间说唱。对于其中一些重要作品，过去已有不少论著作过介绍、比较和分析。这里要回顾的，主要是“王西厢”出世以后的情况。

才华横溢的王实甫在前人创作的坚实基础上，本着自己对元代社会现实观察、体验、分析、研究的结果，呕心沥血地进行再创作，写成了举世瞩目的杂剧《西厢记》。这是一部具有鲜明的叛逆思想的作品。它通过崔张爱情故事，深刻揭露了封建统治阶级以及封建礼教虚伪、残忍的本质，热情歌颂了青年男女反对封建婚姻制度和封建礼教，追求婚姻自由的叛逆精神，“愿普天下有情的都成了眷属”成了争取爱情幸福的战斗口号，反映了广大人民的美好愿望。作品中的人物性格鲜明、具有深刻的典型意义。王实甫以其“纵横烂漫、出入变化”之笔使崔张故事升华到出神入化的境地。

这部现实主义杰作问世后，受到了人民群众异乎寻常的欢迎。人们阅读它、传播它，影响所及，“几于家置一编，人怀一箧”[①]。有些人还把“王西厢”称作“春秋”，以致出现了许多误把“王西厢”当作孔子《春秋》的笑话。据清焦循《剧说》记载，有人曾见寺院“四壁俱画《西厢》”；有的府学教授竟于教授馆中搬演《西厢》；乾隆二十九年，西洋进贡铜伶十八人，能演全部《西厢》。民间说唱《西厢》故事的，更是多得难以数计。其内容，绝大多数本于“王西厢”，以“普天下有情的都成了眷属”作为主题思想。这些事实都说明了“王西厢”流传之广、影响之深。

“王西厢”所取得的巨大成就，特别是曲词的典雅妩媚，曾使许多思想不同、地位亦异的文人一致倾倒。他们给予“王西厢”以极高的评价：王世贞赞之为北曲“压卷”之作[②]，徐复祚说它是“南北之冠”[③]……对作者王实甫也多美词，如何良俊说他“才情富丽，真辞家之雄”[④]，王季重以之与历史上的大作家左丘明、司马迁、欧阳修、苏轼等并列[⑤]，等等。当然，这些封建时代的文人大多只是从曲词、技巧和作者的才情上给予肯定，很少从思想上去挖掘它的深刻含义。明代卓越的思想家李贽却有一段精辟的议论。[⑥]他说：“王西厢”作者“必有大不得意于君臣朋友之间者，故借夫妇离合因缘以发其端”，吐其“欲吐而不敢吐之物”，语其“欲语而莫可所以告语之处”，“夺他人之酒杯，浇自己之垒块，诉心中之不平，感数奇于千载”。这是颇有见地的。关于作者王实甫，我们从他留存的剧作、散曲及

① 见《江苏省例藩政》，转引自王晓传《元明清三代禁毁小说戏曲史料》第121页。

② （明）王世贞：《曲藻》。

③ 见《中国古典戏曲论著集成》（四）第242、第7页。

④ 见《中国古典戏曲论著集成》（四）第242、第7页。

⑤ （清）李雅、何永绍汇定《龙眠古文》1集附吴道新《文论》一。

⑥ 李贽《焚书》卷3《杂说》。

有限的史料中可以看出，这是一个经常出入歌场戏院，“作词章，风韵美。士林中，等辈伏低”[①] 的极有才华的文人，他可能做过官，后来退职在家，晚年过着借酒浇愁、抚琴消忧的隐居生活。[②] 杂剧《丽春堂》及散曲《退隐》表现了他对争名逐利、钩心斗角的官场黑暗的蔑视与嘲讽。杂剧《破窑记》也反映了他反对封建门阀观念的先进思想。李贽这段议论明白指出“王西厢”决非一般花前月下、男女恋情之作，而是寓有不便直言的含义的。

“王西厢”受到广大人民群众的喜爱，却遭到封建统治阶级的百般摧残。虽然统治者中也有少数欣赏《西厢记》的，如明武宗南巡时，就曾有人进献《西厢》以“侑玉食”[③]。但他们或是喜爱《西厢记》的糟粕，如色情描写、小脚细腰以及状元及第、敕赐团圆等等，或是只欣赏《西厢记》的写作技巧、语言艺术。从整个封建统治者的情况来看，他们对“王西厢”是恨之入骨的。当他们越来越清楚地看到“王西厢”在人民群众中所产生的不利于封建统治的广泛社会影响时，他们对《西厢记》的迫害就愈来愈烈了。他们诬蔑“王西厢”为“淫书”“诲淫之最胜者”[④]，历数其“陷溺人心，大伤风化”[⑤]、“后世淫词，纷纷继作”[⑥] 的罪状。他们诅咒《西厢记》作者应入“拔舌地狱”[⑦]，“当以千劫泥犁报之”[⑧]；并编造谎言说王实甫未写完《西厢》，就“忽然仆地，嚼舌而死”[⑨]。他们又三令五申，严禁演唱、刻印、市卖及阅读《西厢记》，有的地方还专设“销毁淫词小说局”，其禁毁书目中，《西厢记》总是首当其冲。

诬蔑、诅咒、恐吓、禁毁尚嫌不足，封建统治者及其御用文人还采用了另一套办法，即借评改、续写、翻改“王西厢”，塞进反动的思想内容，

---

① （明）贾仲明：《凌波仙词》。见中华书局 1959 年版《录鬼簿》。

② 王实甫：《退隐》，见《全元散曲》。

③ 蒋瑞藻：《小说考证》“拾遗”。

④ （清）余治：《得一录》。

⑤ （清）余治：《得一录》。

⑥ （清）汤来：《贺内省斋文集》。

⑦ （清）王宏撰《山志》，转引自王晓传《元明清三代禁毁小说戏曲史料》第 3 页。

⑧ （明）祁骏佳：《遁翁随笔》第二卷下。

⑨ （清）梁恭辰：《劝戒录四编》卷 4。

妄图达到削弱、抵消“王西厢”进步影响甚至取而代之的目的。封建文人金圣叹一面赞扬“王西厢”，称之为《第六才子书》，把它提到和经、史并列的地位，一面却借评改“王西厢”，以偷天换日的手段，抽掉其战斗的反封建主题，换进维护封建宗法礼教的反动内容。金圣叹自己曾明白表示：“圣叹批《西厢记》，是圣叹文字，不是《西厢记》文字。”[①] 他的评改曾受到不少文人的赏识，产生很坏的影响。至于改写、续写“王西厢”的作品，本文将在下节中论及。

一部小小的“王西厢”引起了封建统治者这样多的“关注”，他们的用心不可谓不苦。他们这样恨恨不已、非欲置之死地而后快的事实从反面有力地证明了“王西厢”在人民群众中产生的积极作用及其反封建的威力。

人民是不屈的，他们无视统治者的淫威，以各种方法传播、保卫自己喜爱的文学珍品。嘉靖二十年，金陵名妓刘丽华曾以口授刻《西厢记》古本。[②] 仅这一例，足见人民群众传播《西厢记》之艰难及其不容抹杀的功劳。在人民的保护下，反动统治阶级施行的一切阴谋诡计都归失败。《西厢记》仍然畅销民间、广为流传，并且越过高墙，进入深宅大院，唤醒那些豪门贵族的公子小姐。《牡丹亭》中的杜丽娘羡慕“张生偶逢崔氏”而梦遇柳生。《红楼梦》中的宝玉和黛玉共读《西厢》，连连称赞“真真这是好文章”，“辞藻警人，余香满口”。他们所反映的正是当时的现实。清俞樾《茶香室丛钞》说“今《西厢记》脍炙人口”，近人邱炜萲《客云庐小说话》谓“双文才貌，今之妇孺皆知”……可见它一直受到广大人民群众的欢迎，从未间断。“王西厢”的版本我们今天所知的就有八十余种，在国外，日本一国就有译本多种。据不完全统计，为“王西厢”作过校注工作的有三四十人，对“王西厢”加以评点的有近二十人。其中许多是著名文人，如李贽、王世贞、沈璟、汤显祖、凌濛初等。像《西厢记》这样，拥有如此多的版本和庞大的评点、校注队伍的戏剧作品，在中国文学史上是少有的。

“王西厢”对后世文学创作也有着深远的影响。元以来许多以爱情为题

---

① 《怀仁堂绘像第六才子书》卷之二《读第六才子书〈西厢记〉法》。

② 渊实：《中国诗乐之迁变与戏曲发展之关系》，已收入阿英编《晚清文学丛钞·小说戏曲研究卷》。

材的文艺作品，或者模仿它，或者在作品中肯定它的人物，赞扬它的思想，或者惊叹它的艺术魅力，学习它的表现手法。只要稍加留意，我们随处都可发现“王西厢”留下的痕迹。元郑光祖的《㑇梅香》显然是王作的翻版；《警世通言》卷二十九《宿香亭张浩遇莺莺》也多模仿之处；《钱塘梦》中的秀才司马猷因向往张生、莺莺那样有爱情基础的结合而拒绝鬼女“愿侍枕席”之情；明代大戏剧家汤显祖深受“王西厢”影响；前人论曲著作常以“王西厢”作为范例……这些，都是人所共知的事实。

“五四”时期，为了反对封建主义，革命的文艺工作者曾积极扩大“王西厢”的影响，把它当作“人性战胜了礼教的凯旋歌、纪念塔”，盛赞它是由“反抗精神、革命”这位“艺术之母”产生出来的“最完美、最绝世”的女儿。[①] 郭沫若还把它改编成适合于歌剧或诗剧形式演出的剧本。各地方剧种也都有根据“王西厢”改编的演出本。新中国成立后，《西厢记》更是走遍天下，它越洋渡海，受到了许多国家人民群众的热烈欢迎。

回溯“王西厢”的历史，我们清楚地看到，这是一部历尽磨难却仍然生机勃勃的光辉著作。从中，我们深深感到，代表人民利益、反映人民愿望、思想上有深度、艺术上能给人以美的享受的文学珍品，其生命力是最顽强的。

二

“王西厢”的改编本、续写本仅明清两代就多至二十余种。从作品内容看，我们大致把它分为两类。

第一类是多少保存了一些“王西厢”的进步思想，或至少内容并不反动的作品。如明李日华《南西厢》、陆采《南西厢》、清查继佐《续西厢》等。

李日华的《南西厢》是改订崔时佩的改编本而成，崔本现已失传。“王

① 郭沫若《西厢》前言《“西厢”艺术上之批判与其作者之性格》。

西厢”是北曲剧本，崔、李为便于南曲演出而苦心改作，出发点是好的。内容梗概与“王西厢”基本相同，但崔、李未能深入领会“王西厢”反对封建压迫、争取婚姻自主的主题，因此改编中人物形象受到较大损伤。原作中的张生是一个爱情专一的封建礼教叛逆者的形象，《南西厢》中的张生情趣却十分低下，他与莺莺书房“相会”后，竟又要求红娘与他交欢。原作中莺莺能够冲破礼教束缚，鄙弃门阀观念，私自与“书剑飘零”的张生结合，当老妇人发现他们私情、逼张生赴考时，莺莺怨恨“‘蜗角虚名，蝇头微利’，拆鸳鸯在两下里”，表示“但得一个并头莲，煞强如状元及第”，一再嘱咐张生“得官不得官疾便回来”，切莫“金榜无名誓不归”。莺莺重的是情，轻的是门第、功名。《南西厢》中的莺莺却与此相反，孙飞虎兵围寺院，老妇人提出“有人能杀退贼兵者，愿与英雄配为姻契”的计谋，征询莺莺意见，莺莺答曰：“此计甚好，便不是门当户对、阀阅相宜，也强如陷于贼人之手。”她首先想到的是“门当户对”。张生被迫赴京应试，她嘱咐：“此去有官即便回来，休使妾倚门而望”，那么无官呢？言下之意岂不是“无官休回”么！这哪里还有一点封建叛逆者的气味！原作中的红娘活泼、聪慧、机智、勇敢，具有强烈的正义感，富有自我牺牲精神。王实甫赋予这个地位低下的奴婢这么多美好的品质，并让她在全剧中成为一个举足轻重的人物，是有其深刻用意的。王实甫生活在一个极其野蛮、黑暗的时代，可是他却从受压迫最深的奴隶身上看到了智慧、勇敢和希望，看到他们是正义的化身，是反抗力量的源泉。他对丫鬟红娘的赞颂，正是对被压在最底层的广大被压迫人民的赞颂。《南西厢》中的红娘，思想却很庸俗无聊，科诨也太多，如与琴童斗嘴、与厨师打诨、替莺莺发下流誓等。原作中老夫人是封建势力的代表，作者通过这一形象深刻揭露了封建统治阶级以及封建礼教的虚伪、残忍的本质。《南西厢》中的老夫人却比较软弱、善良，她背信是为“莫逆先夫他日之约”，属不得已。当她得知二人私合真情后，就让他们成亲，第二日才命张生赴京应考，此后再无反悔。郑恒来，她不答应郑之要求，反一心盼着张生回来。这个人物已失去了她的典型意义。仅在这几个主要人物的身上，我们已看到了改编者的浅薄，以致大大削弱了作品反对封建婚姻制度和封建礼教的战斗力。至于原作摹写感情的细腻生动，曲词的优美传神、婀娜多姿，更是《南西厢》所不及。难怪李渔批评《南西厢》“变极佳者为极不佳，极妙者为极不妙”，“千金狐腋，剪作鸿毛，一片精金，点成顽铁”。[①] 不过，《南西厢》传播“王西厢”之功，还是不应抹杀的。

陆采不满于李日华的《南西厢》，认为王作经李改编后，“措辞命意之妙几失之矣”，于是也作《南西厢》。其首出［临江仙］词云：“千古西厢推实甫，烟花队里神仙。是谁翻改污瑶编。词源全剽窃，气脉欠相连。试看吴机新织锦，别生花样天然。从今南北并流传。引他娇女荡，惹得老夫颠。”由此可见，陆采对“王西厢”评价虽高，但只看作是“烟花队里神仙”，并未领略其深刻含义。对李作的否定，也只是从“词源”“气脉”等写作技巧上着眼。而他自己翻改，也只为“别生花样”、嘲风弄月。因此，他的改编本较多低级趣味的东西，有损人物形象的科诨比比皆是，曲词又刻意求新，用典太多，不易为一般观众理解。《南音三籁》评陆作：“悉以己意自创，不袭北剧一语，志可谓悍矣；然元调在前，岂易角胜耶!”[②] 不仅不能与“王西厢”匹敌，就是李日华的《南西厢》也远比它流传广、影响大。陆采自命不凡，反而贻笑后世。

查继佐因瞧不上“王西厢”的第五本而另作《续西厢》。剧中对莺莺的文才、张生的专情、红娘的重信义、“多伟略”，颇多赞扬；主张“婚姻事，大古里凭人取便”，不赞成“强合”；批评老夫人贼来许婚、贼退赖婚的行为是“把莺莺做注儿”。这些都是作者进步思想的表露。但他把皇帝写成“不怪幽期”、支持崔张成亲的风流、开明的君主，这就极大地削弱了对封建制度揭露的力量。剧中红娘坚决不肯嫁给郑恒，老夫人强迫，她就寻死，而圣命她为张生之妾时，却欣然同意。看来，红娘暗自也爱张生，这与原作中毫无私心、纯以助人为乐的红娘相比，就逊色了。且以两美归一人，又表现了作者对一夫多妻的封建婚姻制度的肯定。这些都是不足取的。

另如明屠本畯《崔氏春秋补传》以出阁、催妆、迎奁、归宁四曲补

① 李渔：《闲情偶寄》。

② 转引自焦循《剧说》。

《西厢》，“俱是合欢之境”[①]，无多大意义。周公鲁的《锦西厢》着力表扬崔张坚定不移的爱情，与此同时，红娘却被丑化，成为崔张团圆的主要障碍。清碧蕉轩主人《不了缘》，取元稹《莺莺传》结局，以为崔张爱情为不了之缘，但摈弃了莺莺的软弱表示及张生负义忘情、文过饰非的无耻议论，只是又堕入了佛门的玄理之中。

这一类作品，作者或因热爱“王西厢”，为扩大其影响而改编，或为使“王西厢”更加完美而续作。一般地说，他们的出发点是好的。但水平不高，改编本不免有“点金成铁”之讥，续作也多断鹤续凫之悲。除李日华的《南西厢》多为后世南曲演唱之本外，其余作品影响也不大。

第二类是作者或为封建统治阶级的利益，或因本身受封建思想毒害较深而仇恨“王西厢”，企图通过改写、续写把“王西厢”的社会影响翻过来的、内容反动的作品。古吴研雪子《翻西厢》、盱江韵客《续西厢升仙记》、汤世潆《东厢记》等就是这一类的作品。

崔张故事早在宋时就受到道学家朱熹的诋毁，认为是元稹诬崔之作[②]。王实甫《西厢记》为崔张故事生色并使妇孺尽知后，“诬崔”之说更是聒噪一时。那些卫道者和受封建思想影响较深的文人们为了证实“诬崔”之说的凿凿有据，便借一块墓碑大做文章。明陈继儒《品外录》据明成化间出现的《唐郑府君夫人崔氏合祔墓志铭》《辨〈会真〉之诬》[③]，“以洗《会真记》之辱”[④]。清吴陈琰《旷园杂志》亦记此事，谓“记中盛传夫人四德咸备，乃一辱于元微之《会真记》，再辱于关汉卿、王实甫之《西厢记》。历久而志铭显出，为崔氏洗冰玉之耻，亦奇矣”。然而，毛先舒《诗辩坻》提出了不同看法，谓曾见墓志铭拓本“称府君讳遇不讳恒”，又据眉山黄恪之辨证，说志铭中崔氏比莺莺长四岁，因而得出“志中崔郑，不必便为莺恒”的结论。而后又有毛西河、宋十河等据自己的见闻来证实崔郑即莺恒。[⑤]杨复吉《梦阑琐笔》分析了有关的一些议论，认为诸拓本实为“赝物”，目的

① （明）祁彪佳：《远山堂剧品》。
② 见《东厢记·传闻四说》。
③ 毛先舒：《诗辩坻》。
④ 杨复吉：《梦阑琐笔》。
⑤ 杨复吉：《梦阑琐笔》。

在于“以证传奇不根之谈”，他很有说服力地否定了墓志铭是郑恒和莺莺合祔墓志铭的说法。

清康熙时大学士魏裔介曾嘱戏剧家李渔据墓志铭作“王西厢”翻本，“以证从前之谬”[①]，笠翁未敢应承。其实，研雪子的《翻西厢》正是为“诬崔”之说张目的作品。

《翻西厢》，顾名思义，就知是要把《西厢记》的内容翻个个儿。作者自己在篇首《〈翻西厢〉本意》中亦有说明：他对元稹《会真记》做了一番“考其迹”“推其理”的工作，认为《会真记》是元稹向崔母“乞姻不遂而故为此诬谤之说也”。所以作者“历序当年诬谤始末作为《翻西厢》，为崔郑洗垢，为世道持风化焉”。这是宋以来“诬崔”说的发展，把它具体化、形象化了。从这一目的出发，《翻西厢》把崔莺莺塑造成事母至孝，待弟亦悌，能够严守闺范、从一而终的贞烈女子，郑恒则为德、才、貌皆全的青年公子。张珙以丑角出现，被翻改成色胆包天、不惜与贼人孙飞虎相勾结，最后投在孙帐下，要尽阴谋、妄想得到莺莺的恶棍。《翻西厢》极力赞美崔郑，恶毒攻击张生，并直接点明张生即元稹，后因投贼被杜节度所诛。由此可见作者对《西厢》故事的最早创作者的痛恨。《翻西厢》中也有隔墙听琴、月下联诗的情节，但都安排在已有“父母之命”的崔郑身上，并且，二人只是互表相思之情，无任何越轨行动。郑恒直至中了进士，微服私访，确知莺莺贞洁后，才与莺莺团圆。《翻西厢》维护封建礼教的反动性是显然的。作者研雪子很有文学才能，全剧针线严密，富有变化，颇多情致，语词也较洗练、生动。结尾“病诀”一出，尤能感人，写得委婉凄凉，如泣如诉。尽管如此，《翻西厢》也未产生多大影响，读者寥寥，知者亦少。

明盱江韵客（黄粹吾）的《续西厢升仙记》也是一部思想内容极其反动的作品。它几乎丑化了“王西厢”中所有的正面人物：莺莺成为心狠手毒的妒妇，对红娘处处设防，还要焚了西庵，逐出红娘；张生得陇望蜀，既与莺莺伉俪相偕，又与红娘有“桑中之会”；红娘与张生偷情，怨恨莺莺

---

① 李渔：《闲情偶寄》。

不容；法聪、琴童都是色鬼。真是满纸情欲，写得人物丑极。后来红娘被佛点化，出家修行，得道成仙，并感化众人俱得升仙。显然，《升仙记》的主题思想是劝善惩淫，宣扬回头是岸、立地成佛的迷信思想。其所谓善恶，皆封建统治者的善恶观，以女人为“祸水”，以情欲为首“恶”。这部传奇充满了封建思想的毒液，写作上也极猥亵粗陋。

清汤世潆（鹤汀）的《东厢记》是“为救《西厢》之诲淫”“兼为驳《会真》之不义”[①] 而作。作者改写“王西厢”第五本为十六出，叙张生赴考落第，经仙童指引，知为淫泆损德的报应，追悔莫及，乃借东厢“闭关习艺”，其后“拒色”“辞婚”，表其悔过至诚，莺莺、红娘亦皆悔过、恪守礼教，因而得到张生探花及第，莺、红共嫁张生，一家团圆的好报。作者在《自序》中明白表示“东厢之人虽与西厢相同，东厢之事实与西厢相反，东者西之反，故目之以东不必目之以续也”。强调了它反《西厢》的内容。作者痛恨“王西厢”把“崔张诲淫之事”“形容于歌榭舞场，然后男女老幼愚贤不肖咸目击而心动”[②]，又深知“西厢词曲脍炙人口，未易以笔舌争”，因而“姑就其事引而伸之，诲淫之事庶几不辩而自无也”[③]。他希望借因果之说消除《西厢记》的影响。但是距《东厢记》成书之时仅一百余年的今天，我们要读到它已经很不容易了。事实证明了它的失败。

另如卓柯月把元稹《会真记》的糟粕当作精华，敷衍成《新西厢》。程端《西厢印》改莺莺为恪守闺范的小姐，却让红娘与张生幽会。清张菊知也作《新西厢》，“为世道人心救”[④]，而于“崔张淫亵之处极力翻改”。[⑤] ……这一类作品是符合封建统治阶级利益的，统治者当然不会给予任何阻拦。但是，人民唾弃它们。因此，尽管其中有的作品在艺术上还有一定的魅力，也都未能广泛流传，以致有的已经失传。

我们在这里把“王西厢”的改作、续作分为“内容并不反动”和“内容反动”两类，这是指作品总的倾向或基本倾向而言，并不是说前一类就

① 《东厢记·凡例》。
② 《东厢记·先辈驳语》。
③ 《东厢记·凡例》。
④ 《东厢记·先辈驳语》。
⑤ 《东厢记·复序》。

没有一点封建糟粕，后一类就没有一点可以继承的东西。例如汤鹤汀不满《会真记》中张生对莺莺“始乱终弃”之不义，而于《东厢记》中大写张生情坚意笃，应该说这一点是可取的。

还有一些作品，如李景云《崔莺莺西厢记》、王百户《南西厢记》、叶稚斐、朱云从《后西厢》、杨景言《翠西厢》、石庞《后西厢》、周圣怀《真西厢》、陈莘衡《正西厢》等等，其中绝大部分已失传，个别的也许尚存，但笔者未能见到，因此无由判断其优劣。

一部“王西厢”，勾起了如此多的改作、续作，这一存在本身就说明了“王西厢”在文学史上的重要地位。同一题材的作品这样多，人民群众唯独推崇“王西厢”，这不仅说明了“王西厢”所取得的登峰造极的成就，它更有力地证明了：人民群众是最有眼力的鉴赏家，他们传播了同一题材中在思想上和艺术上都是最完美的一部。

说“王西厢”是同一题材中最完美的一部，并不等于它没有缺点。作品最后，以张生向老夫人妥协、考取状元求得团圆，这不能不说是时代和作者思想上的局限。并且，个别地方也还留有色情描写的痕迹以及表现了封建地主阶级的审美观。但是，评价一部作品不应只看“个别细节”，作品的价值是“由它的总的倾向决定的”[①]。

这里顺便提一句，面对“王西厢”以及这样多的改作、续作，今日各剧种在演出《西厢记》时应慎重对待。各剧种的传统剧目里大都有《西厢记》，它们或以“王西厢”为本，或以《南西厢》为本，有的经过改编比原作思想更高，有的却把原作、改作中的一些糟粕当作精华加以吸收。我们挖掘传统剧目，必须做出具体分析，去芜存菁，不可掉以轻心。

（原载《群众论丛》1980 年第 3 期，收入百花文艺出版社《元杂剧论集》）

① 《斯大林全集》第 12 卷第 101 页。

未曾衰绝，何来复兴?

——关于“南戏复兴”的质疑

南戏自北宋末、南宋初在浙江温州产生之后，很快就在东南沿海各地传播开来。至元，据徐渭《南词叙录》云:“元初，北方杂剧流入南徼，一时靡然向风，宋词遂绝，而南戏亦衰。顺帝朝，忽又亲南而疏北，作者猬兴……”叶子奇《草木子》则谓:“元朝南戏尚盛行，及当乱，北院本（指杂剧）特盛，南戏遂绝。”一曰元初已“衰”，元末复“兴”；一谓元代尚盛行，元末才“绝”。二人意见虽异，但认为南戏在元代曾经衰落，则是共同的。叶子奇以为曾“绝”，是更进一步了。据此，后世治曲者遂以元末明初出现的《琵琶记》《拜月亭》《荆钗记》《白兔记》《杀狗记》以及《金印记》《牧羊记》等等南戏为“南戏复兴期”（青木正儿《中国近世戏曲史》）的作品。“南戏复兴”或与此相类似的提法，如“重新趋向兴盛”等等，遂在后来的有关著作中屡见不鲜，其影响至今犹存。

所谓“复兴”，其中包含着衰落后再兴盛的意思。但是，终元一代，南戏并未衰落，更没有“绝”。元初，据周密《癸辛杂识》别集“祖杰”条记载，在浙江曾经发生过这样一件事:温州乐清县僧祖杰不义之财极丰，他曾残害俞生一家，行为至淫至酷。州县行省因受其贿，莫敢如何。“旁观不平，惟恐其漏网也，乃撰为戏文以广其事。后众言难掩，遂毙之于狱”。由于撰为戏文演出，造成轰动，民愤极大的祖杰才被正法。这说明了，宋亡以后，南戏在民间仍然十分活跃，继续发挥着它的战斗作用。成书于泰定甲子（1324）的周德清《中原音韵》是专论北曲音韵的书，其中却每每提及戏文。如，“悉如今之搬演南宋戏文”，“南宋都杭，吴兴与切邻，故其戏文如《乐昌分镜》等类，唱念呼吸，皆如约韵”。从中可见元朝中叶戏文仍在流行。钟嗣成《录鬼簿》记沈和创“南北调合腔”，姚桐寿《乐郊私语》载杨梓、贯云石等改进海盐腔，都是元代中叶的事。至于元末，夏庭芝《青楼集》中有“龙楼景、丹墀秀，皆金门高之女也。俱有姿色，专攻南戏。……后有芙蓉秀者，婺州人，戏曲小令，不在二美之下”。有专攻南戏的演员，说明有爱看南戏的观众，南戏的未绝，已在言中。《录鬼簿》记萧德祥“凡古文俱檃括为南曲，街市盛行。又有南曲戏文等”。萧为元末杭州人，可见此时杭州仍“盛行”南曲戏文。以上证明，无论是元初，抑或元代中叶、元代末年，南戏均未衰绝，它在南方民间一直流行。徐渭曰元初“衰”，叶子奇道元末“绝”，均与事实不符。

另，元代戏文《小孙屠》为“古杭书会编撰”，《荆钗记》为“吴门学究敬先书会柯丹邱著”，说明当时江南各地尚有编撰戏文的书会存在。张大复《寒山堂新定九宫十三摄南曲谱》以元代戏文《金鼠银猫李宝闲花记》为“大都邓聚德著”，又说明南戏已传至北方，以至大都亦出现了编写戏文的作者。如果这个“大都邓聚德”当时不在大都而在南方，至少可以看到南戏已经影响到北方人亦提笔著戏文了（《寒山堂曲谱》称《牧羊记》为杂剧作者大都马致远任江浙省务提举时所作，尚有疑点，待考）。《寒山堂曲谱》又称：“《三十六锁骨》戏文三十九出，隆福寺刻本。”如果其确为元代刻本，则可证北京书坊亦已刻印戏文。钱南扬《戏文概论》考得宋元戏文238种，其《宋元戏文辑佚》又辑有119种戏文佚曲，其中绝大多数为元代戏文、佚曲。这些材料进一步证明元朝南戏十分盛行，并且影响愈来愈大。

当然，在元代，南戏若与北曲杂剧相比，其数量、质量、流布地域、繁荣景象均大不如杂剧，说它们势均力敌、呈“两峰对峙”局面是言过其实的。《青楼集》记南北歌舞之妓大都擅长北曲；钟嗣成缅怀故人，以“门第卑微，职位不振，高才博学”之士入《录鬼簿》，其中绝大多数为杂剧作者。可见当时在全国占压倒优势的还是北曲杂剧。南戏，主要是在南方一些地区的民间盛行。

元末，随着元朝统治的崩溃，北曲杂剧的衰微，形式上比较灵活、自由，深受南方人民喜爱的南曲戏文获得进一步发展，被誉为“曲祖”“南曲之宗”的高明《琵琶记》和《荆》《刘》《拜》《杀》四大南戏等大都产生在这个时候，形成了比较繁荣的局面，艺术上也得到较大提高，为后来盛极明清两代的传奇奠定了基础。但是，它们是产生在南戏获得发展、繁荣的时期，而不是南戏曾经衰落，甚或绝响，后又“复兴”时的产物。

显然，在南戏发展史上，用“复兴”一词来概括南戏的发展、繁荣阶段，是不符合实际的，也是不恰当的。

（原载《光明日报》1982年10月19日“文学遗产”559期）

略谈《荆钗记》的主题思想及艺术成就

元代南戏《荆钗记》问世以后，一直受到广大人民群众的欢迎，几百年来，在舞台上搬演不衰。近年来北方昆曲剧院又改编、演出了这部名剧，它仍使观众受到一定教育并获得艺术享受。

对于《荆钗记》的评价，明清两代论者多着眼于艺术表现技巧方面，近三十年来，却在思想内容方面有过截然相反的意见。肯定者认为这部戏文“在突出封建社会婚姻悲剧这一主题的同时，揭露了许多有关封建制度本质的东西”，“具有现实意义”[①]；否定者说它颂扬义夫节妇，“实质上是一首封建道德胜利的赞歌”。[②] 以上两类意见，笔者认为，前者比较符合这部戏文的实际。本文准备从后者据以否定这部戏文的“义夫节妇”入手来探讨《荆钗记》的主题思想。

《荆钗记》叙述的是王十朋与钱玉莲的曲折的婚姻故事。剧中的男女主人公，一个被誉为“义夫”，一个被赞为“节妇”。作者在第一出开宗明义“家门”中言明此剧宗旨在使“义夫节妇千古永传扬”。若从字面看，从作者的宣言看，此剧似乎真是封建道德的颂歌。但是，分析研究一下王十朋、钱玉莲这对“义夫节妇”的具体表现及其所代表的阶级意识，便会感到不能对这部作品采取简单的否定态度。

① 见赵景深《戏曲笔谈》集中《谈〈荆钗记〉》；冬尼《〈荆钗记〉读后》，载《文学遗产增刊》第一辑。

② 徐祝庆、马美信：《关于〈荆钗记〉的评价问题》，载《光明日报》1965年9月19日。

首先，我们来分析一下王十朋这个“义夫”。“义”是一个抽象的名词。《礼记·中庸》云：“义者宜也。”韩愈《原道》谓：“行而宜之之为义。”这就是说，行为适当可称为义。怎样的行为才是适当的呢？不同阶级、不同人物有不同的标准和内容。封建统治阶级以“臣子死节乎君亲之难”①、“等贵贱明尊卑”② 为义，被压迫人民则以锄强扶弱、互相支援为义。统治者重的是等级，人民重的是情谊。我国古代史书、小说中有过如荆轲、聂政那样感知遇、重然诺、不惜以死相报的侠义之士；有过如关羽、张飞那样与刘备桃园结义，扶助汉室，共打天下的忠义之士；也有过如晁盖、宋江那样劫富济贫、团结友爱的起义英雄。这些义士身上的“义”，有的较多地反映了统治阶级的思想影响，有的则较多地表现了人民群众的思想观点。王十朋被称为“义夫”，其具体内容是什么呢？他的“义”主要表现在两件大事上：一是在他考中状元后，丞相逼婚，他不忘贫贱时以身相许的妻子的深情，坚决不从。丞相导以“富易交，贵易妻”，他以“糟糠之妻不下堂，贫贱之交不可忘”据理力争；丞相把他拘留京都，又从鱼米之乡改调烟瘴之地——潮州，他毅然赴任，没有丝毫反悔之意。二是在他闻知玉莲被后母逼迫投河自尽后，历多年而前情不淡。“时祀”一出极写他对玉莲的深情：

【雁儿落】徒捧着玉溶溶（屠赤水批评本作“泪盈盈”，改得好）一酒卮，空摆着香馥馥八珍味。慕仪容，不见你；诉衷曲，无回对。俺这里再拜几拜自追思，重会面是何时？揾不住双泪垂，舒不开两道眉。……

【收江南】呀，早知道这般样折散，谁待要赴春闱。便做到腰金衣紫待何如？说来又恐外人知，端的是不如布衣，端的是不如布衣！则索要低声啼哭自伤悲。……

【沽美酒】纸钱飘，蝴蝶儿飞。血染泪，都做了杜鹃啼。睹物伤情越惨凄……花谢有芳菲时节，月缺有团圆之夜。我呵，陡然间早起晚

① 汉·扬雄：《法言·渊骞》注。

② 汉·戴德：《大戴礼记·盛德》。

歇，想伊念伊。呀，要相逢，要相逢除非是梦儿里再成姻契。

【尾声】昏昏默默归何处，哽哽咽咽思念你，直上嫦娥宫殿里。[①]

由于对玉莲真挚、深沉的爱情，王十朋“纵独处鳏居决不再婚”，钱载和以“不孝有三，无后为大”劝其再娶，他却“宁违圣经”，不“忍”负情，拒媒于千里之外。在这里，王十朋的“义”，表现为对糟糠之妻的情，他不忘“义”，就是不忘贫贱夫妻之“情”。王十朋的义还表现在对岳父钱流行的情谊上。钱流行在王十朋一贫如洗时，主动托媒把知书识礼、如花似玉的独女嫁给他，又资助盘缠、养其母妻，让他赴京应试。对岳父的恩情，他铭刻在心。玉莲虽“死”，他认为“义不可绝”，仍迎取岳父母共享荣华，“以全半子终养之情”。自然，这一行动中也包含着对玉莲的深厚情意。从剧中王十朋的这些主要行动看来，作者称颂的这个“义夫”，乃是一个以夫妻情义为重的男子。这与其说是宣扬了封建统治阶级的道德观念，不如说是反映了被压迫人民群众的思想感情和婚姻道德观念。因为，一、对于封建统治阶级说来，“结婚是一种政治的行为，是一种借新的联姻来扩大自己势力的机会”，其中很难说有什么情爱，他们放在第一位的是“门当户对”，因此，富贵易妻被认为是理所当然的事。隋唐科举取士给贫寒士子开辟了进身之途，南宋迁都临安，更给东南之士带来科举进身之便。许多得以跻身统治阶级的出身贫贱的武夫士子，在剥削阶级婚姻观点的影响下，抛弃贫贱之妻，另取高门千金。这一现象到南宋时在东南一带已形成严重社会问题。初期南戏《赵贞女蔡二郎》《王魁负桂英》反映了这一现实，《荆钗记》中王十朋赴京时，玉莲担心十朋“贪荣别娶娇艳”，一再嘱咐“到京师闲花野草慎勿沾染”，“切莫学王魁”，也证实了这一社会现象的严重程度，以致士子赴京应试，其妻总是满怀忧虑。《荆钗记》作者歌颂富贵不弃糟糠之妻、宁冒风险、拒绝与位高势大的丞相联姻的王十朋，正是对那些负心汉的鞭挞，正是对这一社会现象及造成这一社会问题的剥削阶级婚姻观点的严肃批判。二、封建统治阶级为了保证其合法子嗣，特别重视

① 本文引用剧中的曲文宾白，主要依据较接近古本原貌的《原本王状元荆钗记》，偶尔引用其他改本，如《屠赤水批评荆钗记》等，文中不一一注明。

妇女的贞节，“妇女以贞为行者也”[1]。他们从不提丈夫对妻子的忠诚，男子三妻四妾，不以为多，寻花问柳，被当作风流韵事，甚至明文规定“夫有再娶之义”[2]，多妻，成了富人与显贵的合法的特权。《荆钗记》却偏偏赞扬了王十朋对妻子的忠诚，他守情不移，宁无子嗣，也不再娶（须知这是违背封建纲常的）。虽然，王十朋与钱玉莲婚前没有见过一面，但钱玉莲甘愿以富嫁贫，不能不使他敬佩、动情，半载情投意合的夫妻生活，在他们中间，更建立了深厚的爱情。王十朋忠于爱情，不肯再婚，这种以爱情“高于其他一切而成为婚姻基础的事情，在统治阶级的实践中是自古以来都没有的。至多只是在浪漫事迹中，或者在不受重视的被压迫阶级中，才有这样的事”[3]。王十朋对待婚姻的态度，反映了被压迫人民的婚姻思想和道德观念，其中包含着夫妻平等、互相敬重的进步思想因素。

作品中的王十朋，是一个“忠、孝、节、义”俱全的人物。作者浓墨挥洒了他的“义”，也逐层点染了其他三个方面。他的忠，表现为赤心报国、居官清廉；他的孝，表现为奉养老母、色悦意勤；他的节，表现为富贵不能乱其情，威武不能屈其志。这是一个被理想化了的人物。“忠孝节义”是封建统治阶级所提倡的道德观念，在我国几千年的封建社会里，作为统治思想，必然会在人民群众中留下深刻的影响。但是，人民群众在实践中，却可以有自己的理解，可以赋予不同的特定内容，或者强调不同的方面。王十朋身上的忠孝节义，不同于统治阶级极力提倡的愚忠、愚孝，也不同于统治阶级一再强调、宣扬的妇女对丈夫的贞节和奴才心甘情愿为主子卖命、替死的“义”。剧中的王十朋是一个以封建忠孝节义的躯壳，注入当时人民的思想感情、道德观念和人民理想的人物形象。他并非历史上的王十朋。南宋时，温州确曾有过王十朋这个人物，他官至龙图阁学士，当时负有盛名。但是，他没有这样一段与妻子悲欢离合的动人故事。《荆钗记》中的王十朋，完全是个虚构的形象，是民间作者按照自己的理想塑造出来的。作者借用历史人物的名字，是为了扩大作品的影响。由于时代的

① 《谷梁传》襄公三十年。

② 班昭：《女诫》。

③ 恩格斯：《家庭、私有制和国家的起源》。

局限和统治阶级思想对于民间作者的影响，剧中的王十朋，又不可避免地带有许多封建思想的毒素。例如，他满口孔孟之道，热衷于追求功名利禄，虽然曾多次感叹“何苦被利禄成抛弃”，“只为蝇头蜗角微名利，致使地北天南怨别离”，“早知道这般拆散，谁待要赴春闱？便做到腰金衣紫待何如？……端的是不如布衣，端的是不如布衣”，可惜也只是短暂的呻吟而已。通篇看来，他对功名富贵始终是欣羡、向往和积极追求的。

其次，谈一谈钱玉莲这个“节妇”。节有气节、贞节之别，钱玉莲兼而有之。在她身上确实存在着“烈女不更二夫”的封建思想，但这不是她的主要方面。这个形象的可爱之处，不仅在于她具有中国劳动妇女勤劳、善良的优秀品质，更重要的，在于她对爱情的忠诚，不同凡响的识见，坚决果断的性格和对邪恶势力的反抗精神。议婚时，父亲为她选中了家境清贫而才貌出众的王十朋，母亲却看中了温州城内的首富孙汝权。面对价值悬殊的两份聘礼——一支木荆钗和一对金凤钗，钱玉莲毫不犹豫地选择了王十朋。她钟情于王十朋“虽贫，乃是才学之士”，鄙弃孙汝权“纵富，乃是奸诈之徒”。不以财富取人，而凭才德定情，表现了她的远见卓识和情趣的高尚，也反映了当时存在于人民群众中的一种比较进步的婚姻观点（封建统治阶级结姻，讲求门当户对，借以巩固和扩大既有的地位和财富。劳动群众无财无势，家庭的温饱和安定，一般凭借劳动者个人的才能和品德，因此，联姻时尤其注重才德。这种强调个人才能、道德的婚姻观点，与在落后的世袭制下形成的门阀观念相比，当然是进步的）。姑母劝婚孙汝权，玉莲婉言相拒，当姑母出言不逊、无理相逼时，玉莲也敢于顶撞，甚至直言揭露：“做媒的，做媒的个个夸唇，他多有言不相应。信着的都是你误了终身。”后母责其违逆母意，玉莲却云：“顺父母颜情人之大礼，话不投机教奴怎随？”在这里，玉莲的是非何等分明！对于“父母之命，媒妁之言”的封建礼教的指责与违抗，表现得何等大胆！王十朋考中状元，迎娶母妻共赴任所，孙汝权偷改家书为“休书”，钱玉莲在这突如其来的打击面前，没有丧失理智，却清醒地看出了“休书”的破绽。基于半载朝夕相处对王十朋的了解和建立起来的牢固的爱情，她深信王十朋不会负情，断定此为“谗书”。后母逼她改嫁，不改嫁只有死路一条，她沉着、坚定地选择了后者，与王十朋一样，表现了富贵不能动其志，威逼不能移其情的高尚品格。钱玉莲有别于那些对未婚夫或丈夫毫无爱情，单纯出于贞操观念而殉夫或守寡的“烈女节妇”。她的“守节”，实质上是守情。这个不肯向恶势力低头的、坚强的女性，终于获得了斗争的胜利。

王十朋、钱玉莲这对“义夫节妇”，他们的“义”和“节”，都表现在对爱情的忠贞上。《荆钗记》是一首爱情的赞歌，它着力歌颂了坚贞不渝的爱情的胜利，歌颂了对黑暗社会、邪恶势力的反抗精神和不屈的坚强意志。对于权相、富豪的横行不法、贪财爱利之徒的低劣卑下，作品也给予了无情的揭露和嘲讽。这是一部具有积极意义的作品，他真实表达了人民的思想感情、道德理想，鼓舞人们为了坚贞不渝的爱情去进行斗争。

当然，《荆钗记》中也杂糅着许多封建性的糟粕。例如作者对王十朋、钱玉莲头脑中存在的一些封建思想也持赞赏态度；作品中有许多三纲五常的封建说教（文人改本尤其严重，有的改本甚至加入“四书五经”的章句解释）；还宣扬了“唯有读书高”的观念，赞颂天子圣明，讴歌皇天有眼……这都是应该予以批判的。但，这毕竟不是这部戏文的主要倾向。何况，这部戏文是今存全本宋元南戏作品中既歌颂忠贞爱情又侧重于写男子发迹变泰后不弃糟糠之妻的唯一剧作，因此，是不应忽视的。

《荆钗记》在艺术上也有许多可取之处。

明徐复祚《曲论》云：“《琵琶》、《拜月》而下，《荆钗》以情节关目胜。”此言可谓中肯。情节的曲折，来源于一个接一个的矛盾冲突；关目的动人，取决于作者新颖、别致的构思。《荆钗记》开场不久，钱玉莲父母之间、后母与玉莲之间就因议婚发生了冲突，双方互不让步，以致出现了“绣房”“逼嫁”“辞灵”等几出较好的戏。十朋、玉莲成婚，矛盾似已得到解决，却又因十朋中状元、丞相逼婚翻起波澜。而孙汝权套改家书，再次托媒，更掀起了“大逼”“投江”的轩然大波。此后，十朋怀悲赴任潮州，玉莲遇救又闻“噩耗”。一个清明祭祀，表达深沉的哀痛；一个月夜烧香，抒发沉郁的情思。数载之后，突然吉安相逢，犹如绚丽的阳光拨开漫天云雾，观众、读者耳目为之一新。剧中矛盾有起有伏，冲突有张有弛，急时如狂风暴雨劈面而来，缓时如涓涓清泉低声泣诉。其情节曲折而不流于荒诞，关目动人而不陷于无稽，它所表现的都是现实生活中曾经或可能发生的，因而能打动观者，使观者随剧情的起伏而忽忧、忽怒、忽悲、忽喜。戏的结尾，较接近古本原貌的《原本王状元荆钗记》，是以舟中十朋认钗、婆媳互相探问而团圆终场。关目甚好，其中有许多戏可做。但较多文人改本（如《屠赤水批评荆钗记》、汲古阁《六十种曲》本）都以玄妙观"荐亡"夫妻相逢、团圆结尾。场上，一个为"亡妻"拈香，一个为"亡夫"设祭，骤然相逢，似梦非梦，似相识又不敢相认。作者让男女主人公同在场上，明明是祭奠对方亡灵，却生生相逢。这一别出心裁的安排，不仅使观众、读者感到新鲜，且利于表现复杂而又强烈的感情冲突，增强戏剧效果。虽然，这一改动在许多细节上不如古本"舟中相会"合乎情理，李卓吾曾多处指出其漏洞（如批评"那有太守在观，而妇女不回避之理"等），但明代以后却极流行，甚至李卓吾批评本亦采此类版本。

《荆钗记》作者已注意到以人物在一个接一个的矛盾冲突中的不同表现（不同语言，不同行动）来刻画人物的不同性格。王十朋、钱玉莲对爱情执著、对黑暗势力不屈的坚强的性格，是在围绕他们的婚姻关系、爱情生活的一系列冲突中表现出来的。剧中一些次要人物的性格也在矛盾斗争的过程中得到表现。孙汝权在开场不久曾自述：

【玉芙蓉】家私虽富足，心性忒愚鲁，向书斋懒读者也之乎……

【秋夜月】家富豪，有的珍和宝。只少个妖娆，将她搂抱。思量命犯孤星照，吃时不饱，睡时不著。[①]

堂试时，他以"积钱""聚敛"立论，其生财之道为：

【红纳袄】……征粮时要他加二三，粮完时赏他一个钱。……

这正是富家子弟、鄙俗奸猾性格的写照，为他后来的表现做了铺垫。

① 此［秋夜月］一曲，为《九宫正始》所收。文人改本有所改动。

由于他垂涎女色、刁钻无耻，后来为夺玉莲，才会生出套改家书、散布谣言、续求姻缘等许多制造矛盾并使矛盾激化的花样。由于他懒向诗书、不通文墨，套改的家书才会露出破绽。这些行为都是符合孙汝权性格特征的。玉莲后母姚氏（一作周氏）在为玉莲议亲时，与丈夫、女儿有着尖锐的冲突，她蔑视十朋贫穷，一定要玉莲嫁给豪富的孙汝权，显示了她贪财爱利的性格特点。在获知十朋中状元喜讯后，她一改常态，立即向王母贺喜，夸十朋为“有才学人”。其时有一段对话十分生动：

钱流行：……亲家，且喜贤婿做了官了。

姚氏：亲家，我这两只眼，就是识宝的回回。我说道王官人两耳垂肩，定做朝官，鼻如截筒，一世不穷。我说也不曾说?

钱流行：说来说来。

姚氏：说我亲家觹觹䁂䁂，定做奶奶，看我女儿袅娜娉婷，定做夫人。我说也不曾说?

钱流行：说来说来。

可是，当得知家书乃“休书”时，马上便翻了脸：

姚氏：老贼招得好女婿，贱人嫁得好老公，我一了说他娘儿子母，脑后见腮，定是无义之人。可可的信了我的嘴。

……

姚氏：穷了八万年的王败落（指王母），快走出去！

这些不无夸张的对话真实地勾画出这个反复无常、浅薄势利的“夜叉婆”的嘴脸，也表现了钱流行的软弱、怕老婆的性格。至于媒婆贪利，善于舌底翻花、信口雌黄、撒泼耍赖，在剧中也都有着淋漓尽致的表现。

《荆钗记》曲文，原属本色。王世贞《艺苑卮言》言其“近俗而时动人”。但明代不少文人鄙其“纯是倭（应作‘委’）巷俚语”[①]，因此多有改

① 徐复祚：《三家村老委谈》。

动，以致失去明白晓畅、粗豪自然的本色风致，变得细致、典雅起来。这在赵景深先生《王十朋荆钗记》[1] 一文中已有详细的比较说明，这里不赘述。《荆钗记》曲文的动人之处在于能够真实、贴切地表达感情。吕天成《曲品》谓其“以真切之调，写真切之情，情、文相生，最不易及。……真当仰配《琵琶》而鼎峙《拜月》者乎?”这确是说到了好处。例如《绣房》一出旦唱［一江风］曲文：

绣房中袅袅香烟喷，翦翦轻风送。但晨昏问寝高堂，须把椿萱奉。忙梳早整容，忙梳早整容，惟勤针指功，怕窗外花影日移动。[2]

听鹊鸦噪的我心惊怕，有甚吉凶话。念奴家不出闺门，莫把情怀挂。依然绣几朵花，依然绣几朵花，天生怎比他，再绣出几朵蔷薇架。

活写出深闺少女情窦初开又不敢稍抒情怀，强以绣花来克制自己的心理活动。“闺念”一出写十朋赴京后，杳无音信，玉莲闺房思夫，情深意切：

【四朝元】与伊分袂，终朝如醉痴。遇春光明媚，懒去游嬉，懒观园苑奇，懒睹春富贵。

镇日忘餐，通宵无寐。妆台不倚，鬓云倦理，空自愁千缕。嗏！兰房静寂寂，阳台梦断，襄王归那里？更鼓响咚咚，铜壶漏滴滴。教奴听得、凄凄惨惨，转添愁绪。

……

【前腔】昨宵房里，披衣未睡时。见银缸结蕊，料应喜（加走之）至。想有彩笺寄，料荣归故里，料荣归故里。金带垂腰，绿袍着体处，下牙床就整鸳鸯被，鹊声闹人耳。嗏！绿云忙梳洗。独上危楼，遥望

---

① 见赵景深《元明南戏考略》。

② 《九宫正始》录古本此曲为：“……向高堂问寝归来，慢把金针寻。何事不为容，何事不为容？留心在女工，绣花枝怕绣出双飞凤。”比文人改本表情大胆浅露，更为真切动人。

人何处？轻轻莲步移，默默画栏倚，思量无计。寻寻觅觅，似凤失侣，似凤失侣。

……

整整一长出，都是玉莲独自抒情的曲文，把她的愁闷、思念、孤寂、希望等情表现得比较充分。“见母”一出，写十朋思亲“目断六山外”，及至母到，却不见妻。十朋狐疑，婉转相问；母不敢言，推三阻四：极少的问答中，蕴藏着深厚的感情。像这样真实、细腻地表达人物思想感情、摹写人物心理状态的曲词宾白在剧中还是不少的。

《荆钗记》在艺术上也有许多粗糙、不足的地方。例如，人物形象还欠丰满（男女主人公按照作者理想的标准去行动，即使是在利害冲突和生与死的关键时刻，也很少内心矛盾），有些次要人物性格自相矛盾（钱流行嫁女儿时做不得主，后来却能做主接玉莲婆媳来家居住，并供其膳食），语意重复或与剧情发展、突出主题关系不大的冗词赘句较多，针线不够严密，等等。但这些不足与思想内容方面的糟粕不能掩盖其精华一样，也不能抹去其在我国戏曲史的早期阶段在艺术表现上所取得的成就。

（原载《徐州师院学报》1982年第4期，收入中国文联出版公司出版《古代文学研究集》）

罗贯中和高则诚不是同学

王利器先生《罗贯中高则诚两位大文学家是同学》（以下简称“王文”，载吉林《社会科学战线》1983 年第 1 期）一文，发前人所未发，十分引人注目。这篇文章的题目标出了文章的中心论点。这一意见，作者在《〈水浒传〉是怎样纂修的?》（《文学评论》1982 年第 3 期）和《罗贯中与〈三国志通俗演义〉》（四川《社会科学研究》1983 年第 1 期）两篇文章中也曾阐述。对于王先生的这一新见，我有些不同的看法，特提出来与王先生商榷。

王文立论的唯一根据是《赵宝峰先生集》卷首《门人祭宝峰先生文》。其引文曰：“至正二十六年岁次丙午，十二月戊申朔，越十二日己未，门人：乌本良、郑原殷、冯文恭、罗拱、方原、向寿、李善……罗本……高柔克……周士枢、郑慎、茅甫生等致祭于故宝峰先生赵公之柩曰……”王文以为，其中罗本即罗贯中，高柔克即高则诚，因而得出了这“两位大文学家是同学”的结论。

但是，我查阅了四种版本的《赵宝峰先生文集》（《四明丛书》本、两种知不足斋钞本及清潍高氏钞本），其中所收《门人祭宝峰先生文》中“高柔克”均作“高克柔”。再查《宋元学案》（《四部备要》本，光绪五年长沙重刊本、上海文瑞楼石印本）卷九十三“静明宝峰学案表”及正文，也一律是“高克柔”“高先生克柔”。这说明赵偕（宝峰先生）的门人是“高克柔”，而不是“高柔克”。

王利器先生似乎也知道这点，因而在《〈水浒传〉是怎样纂修的?》和《罗贯中与〈三国志通俗演义〉》两篇文章中曾加注说：“有作‘高克柔’者，误。《尚书·洪范》：‘高明柔克。’名明，字柔克，义正相应。”既判

“高克柔”为“误”，于是在《罗贯中高则诚两位大文学家是同学》一文中就径直写成“高柔克”。我认为这样的判断和做法是欠妥当的。

首先，《门人祭宝峰先生文》门人所署均为名，而不是字。例如，乌本良，字性善；罗拱，字彦威；方原，字景渊等（见《宋元学案》卷九十三）。可见，“克柔”是名，而不是字。至于其名与字，词义是否相应，由于其字无文献可征，也就不得而知了。我们不能因为《书·舜典》有“玄德升闻，乃命以位”而将宋朝的程德玄正名为“程玄德”，不能把唐代的王之涣与北宋的王涣之混为一人；同样的道理，我们也不应把高克柔改为高柔克，并将二人合二为一。

其次，王先生明明知道“有作‘高克柔’者”，却在《罗贯中高则诚两位大文学家是同学》一文中不加注说明，置多种版本于不顾，径写作“高柔克”，这至少是一种不慎重的做法。

事实是这个宝峰门人高克柔并不是高则诚。在载有宝峰门人高克柔的同一部《宋元学案》中，于卷六十九、七十“沧州诸儒学案”理学家黄溍门下，赫然在目的有“高明”其人，并有小传一篇。“传”曰：“高明，字则诚，永嘉人。……登至正乙酉第，授处州录事……所著有《柔克斋集》二十卷。”显然，这黄溍门人高明才是大戏曲家、《琵琶记》的作者高则诚。小传的内容与明凌迪知《古今万姓统谱》卷三十二所记相同。后者在“所著有《柔克斋集》二十卷”句后，还有“今所传《琵琶记》关系风化，实为词曲之祖，盛行于世”一句。就目前所能查到的资料看来，《宋元学案》中的高明小传很可能出自《古今万姓统谱》，至少是同出一源。《宋元学案》作者略去了关于高明著有《琵琶记》的记载，很可能是出于曲家不能与理学家并列的考虑，但黄氏父子和全祖望并没有因为高明曾制曲而不论其生平。由此可见，他们在卷九十三对高克柔未作介绍，完全是因为文献无征，故付阙如，而不是如王文所说“是他们都认为《水浒传》、《琵琶记》不登大雅之堂，故存而不论”。

说高克柔不是高则诚，还有一点可以为证：《宋元学案》中所录人物凡二见者均注“别见”“别为”“并见”等，如沧州诸儒学案“陈沂”下注“别见北溪学案”，安定学案“程颐”下注“别为伊川学案”等。而“高克柔”和“高明”名下，均无“别见”“并见”字样，可见确系二人。

王文为了证明高柔克即高则诚，还引用了王恽《秋涧先生大全文集》卷八十《中堂事记》中的记载：“中统元年，立行中书省于燕京。……时行中书省官……左房省掾高明，字柔克，汴梁工。”其实，这个字柔克的高明与字则诚的高明，仍是两人。

《秋涧先生大全文集》作者王恽，元初人。他生于金正大四年（1227），卒于元大德八年（1304）。《中堂事记》载元朝建立之前忽必烈中统元年至二年（1260—1261）事。当时，高柔克为左房省掾。而《琵琶记》作者高则诚，据《明史》等多种文献记载，至正五年（1345）才考中进士。他走上仕途已是元朝末叶，与高柔克任左房省掾时，其间相距近九十年。同时，《中堂事记》中明明写着“高明，字柔克，汴梁人”（商务印书馆影印明弘治间翻元刊本。“汴梁人”，王文作“汴梁工”，误），而高则诚是浙江瑞安人。一为北人（汴梁，今河南开封），一为南人；一供职于元朝建立之前（元初有无继续为官，无考），一仕宦于元朝濒临覆灭之时，二人怎可混为一谈？

以上说明，宝峰门人高克柔、王恽同僚高明柔克都不是《琵琶记》作者高明则诚。他们都是元代人，却实实在在是三个人。弄清了这点，毋用追究罗本是否即罗贯中，便可知道：仅仅根据《门人祭宝峰先生文》而断言“罗贯中高则诚两位大文学家是同学”的论点是不能成立的。因为，“祭文”只能证明高克柔与罗本是同学，而不能证明高则诚是罗本的同学。

（《光明日报》1983年4月19日“文学遗产”583期）

南戏形成时间辨

南戏形成于何时？目前见到的最早的有关议论，是明祝允明（1461—1527）的《猥谈》。他说："南戏出于宣和之后，南渡之际。"比他稍后的徐渭（1521—1593）则说"南戏始于宋光宗朝"。虽然，徐渭在《南词叙录》中也提到了另一种看法："或云：'宣和间已滥觞，其盛行则自南渡。'"但未加任何评论，只是纯客观地摆出当时存在的不同说法。以上三说以祝、徐之意见影响最大（"宣和间已滥觞"与祝说基本相同，不同处只是认为南渡时已盛行）。后来各家编写的《中国文学史》或撰写的有关论文、专著多采祝说和徐说，也有笼统地说产生"在宋徽宗到光宗年间（十二世纪）"的[①]。

宋徽宗宣和年间和宋光宗朝，二者相距70年左右。一在北宋，一属南宋。辨别祝、徐二说究竟孰说为是，亦即弄清中国戏曲史上最早的较为完整、成熟的戏剧——南戏究竟形成于北宋末年，抑产生在南宋中叶，这不能说是一个毫无意义的问题。

本文试图对这一问题做初步的探讨。

要弄清这一问题，必须对"南戏"一词的概念有一个统一的认识。祝允明《猥谈》称南戏开始时"谓之温州杂剧"。徐渭《南词叙录》提到南戏之初"号曰'永嘉杂剧'，又曰'鹘伶声嗽'"。永嘉与温州，今虽有别，但在过去，永嘉即指温州[②]，永嘉杂剧就是温州杂剧。祝允明与徐渭都以之

① 刘大杰：《中国文学发展史》。

② 据《永嘉县志》载：晋立永嘉郡，至唐改温州，后复为永嘉郡；宋以后，温州或降为军、县，或升为路、府，领永嘉、平阳、乐清、瑞安四县。永嘉县即今温州市，为宋元以后温州军（路、府）之首县。

为最早出现的南戏，后世研究者也多持此种意见。不同的如王国维，他认为“南戏当出于南宋之戏文”①，不仅把温州杂剧甚至连同全部南宋的戏文都排除在“南戏”之外。游国恩先生等也认为“由温州杂剧发展成为南戏，需要具备一定的条件与过程”②。他们都肯定温州杂剧（永嘉杂剧）为南戏之“来源”，但他们所用“南戏”一词却都不包括温州杂剧在内。概念不统一，使人们对本来就存在歧义的南戏形成时间问题认识上更加混乱。王国维断定元初有南戏，游国恩先生等承认温州杂剧“在‘宣和之后，南渡之际’就已经存在”但认为发展成南戏则以徐渭“宋光宗朝”之说“比较接近实际”。为了避免因概念不统一而造成的混乱，我们在论述前，必须予以明确。

“南戏”一词应该包括温州杂剧在内。因为，温州杂剧，据徐渭《南词叙录》云：“其曲，则宋人词而益以里巷歌谣，不叶宫调”，“徒取其畸农、市女顺口可歌而已”。他将永嘉人所作《赵贞女》《王魁》两种戏文列为南戏之首；嗣后，又介绍“宋元旧篇”《赵贞女蔡二郎》内容为“即旧伯喈弃亲背妇为暴雷震死”。可见这是一种有歌（南方民间小调和宋人词调）、有故事情节的戏剧演出。永嘉九山书会编撰的《张协状元》，是一部有完整故事情节的代言体戏文，篇幅较长（今人把它分为五十三出）：内多方音俗唱，如［吴小四］［赵皮鞋］［油核桃］等都是里巷歌谣，“亚哥”“倒庙”“讨柴”“驮猫儿”等均为温州土语；也多宋人词调，如［烛影摇红］［风入松］［驻马听］［醉太平］等。这与《南词叙录》所述永嘉杂剧的情况基本相符。《张协状元》中还保存了十余种后世曲谱（内有大量元代佚曲）未能辑录的曲名，［台州歌］［五方神］［复襄阳］［金牌郎］等即是。戏文开始还有许多繁文缛节，未脱民间说唱艺术的影响。由这些情况看来，这本戏文应是宋代的作品。而剧中的［福州歌］［福清歌］又说明应是永嘉杂剧已经盛行并传播外地，又以外地的民间曲调丰富自己之后的作品。我们从《张协状元》了解到戏文的演出情况，也窥知比这部戏文更早些时的温州杂剧的大概面貌。“南戏”这个名称，出现较晚。今见最早记载为元夏庭芝

---

① 王国维：《宋元戏曲考》。

② 见游国恩、王起等先生主编的《中国文学史》。

《青楼集》，其中有“龙楼景、丹墀秀，皆金门高之女也。俱有姿色，专攻南戏”。元钟嗣成《录鬼簿》“萧德祥”条也有“又有南曲戏文”之谓。南戏为南曲戏文之简称。元代盛行北曲，大概为区别于北曲杂剧，而有是称。我们以《张协状元》与元明之间的南戏《琵琶记》《荆钗记》《拜月亭》等相比较，感到它们在艺术上除了有文野、粗细之别外，实无其他太大差别。可见温州杂剧（永嘉杂剧、鹘伶声嗽）、戏文、南戏（南曲戏文），名称虽异，其实相同。只是因时、地的不同而有不同称谓罢了。当然，事物是发展的，永嘉杂剧刚形成时不会有像《张协状元》这样比较完整、成熟的戏文，更不会有元末才出现的《琵琶记》那样具有较高艺术水平的剧本。但是，只要其基本形式是一致的，我们就不应因温州杂剧在艺术上的不够成熟而把它排斥在“南戏”之外。这样，我们在讨论南戏形成时间的问题时，就不能不把温州杂剧考虑在内。

那么，南戏究竟形成于什么时候呢？根据现有资料，笔者以为祝允明“宣和之后，南渡之际”的说法较为可靠，徐渭“宋光宗朝”之说可予排除。

在我国宋代，南戏曾与宋杂剧同时并存。宋杂剧原来流行于北方，靖康后随王朝南移临安。《南宋群贤小集》“中兴群贤吟稿戊集”卷七有严粲（坦叔）《观北来倡优诗》，严为福建邵武人，此诗可证宋杂剧不仅在临安演出，有时也流动外地演出。[①] 宋杂剧的演出，虽比唐代只有两个角色的参军戏已有所进步，但基本上还是参军戏的路子，以诙谐嘲谑为主，经常杂陈于百戏之中，一般演出时间都较短暂。南戏在自己的发展过程中，虽曾受宋杂剧的影响，但毕竟又不同于宋杂剧。早期南戏称温州杂剧，在“杂剧”二字前冠以地名，正是借此以示区别。南戏的特点，前面已经论及。这是一种用南方语言、南方曲调表演较为复杂、曲折的故事情节的戏剧。它发源于温州，波及江浙闽粤等地，后来蔓延南中国，直至传入北方地区。由于它起自南方民间，因此，考察宋代我国沿海各地民间戏剧活动的情况，有助于我们判断南戏形成的时间。

---

① 吴自牧：《梦粱录》卷二十“妓乐”云：“散乐传学教坊十三部，唯以杂剧为正色。”可见在诸色技艺中，杂剧已居首要地位。据此，“北来倡优”所演，内中定有宋杂剧。

浙江山阴（今绍兴）是南戏声腔之一——余姚腔的故乡。徐渭《南词叙录》云：余姚腔“出于会稽”。会稽，即山阴。[①] 南宋爱国诗人陆游是浙江山阴人，他的诗集中保存了不少山阴民间戏剧活动的史料。例如：“太平处处是优场，社日儿童喜欲狂。且看参军唤苍鹘，京都新禁舞斋郎”（《春社》第四首，作于光宗绍熙四年）。又如“北陌东阡看戏场”[②]、“比邻毕出观夜场”[③]，“佛庙村伶夜作场”[④]，“时向湖桥看戏场”[⑤]，等等。从陆游诗中，我们看到：宋光宗朝及其前后，山阴的民间戏剧活动已极盛行。每年春社、秋社除巫祝歌舞祷祭外，还有戏剧演出。“优场”“戏场”“夜场”“作场”等都说明了这一点。这可与《山阴县志》所记“社日乡有社祭必演戏以祀土谷神”互为印证。“时向湖桥看戏场”则说明春、秋二祭外，还有经常性的戏剧演出。演出形式有“参军唤苍鹘”的比较简单的滑稽戏，也有比较复杂的故事剧。《夜投山家》第二首云：“夜行山步鼓冬冬，小市优场炬火红。唤起少年巴蜀梦，岩渠山寺看蚕丛。”这里记下了作者在“岩渠山寺”观看的演出内容是传说中上古蜀国开国君主蚕丛的故事。这个神话故事剧唤起了陆游的“少年巴蜀梦”。我们知道，陆游壮年曾豪情满怀地赴巴蜀“建功立业”。这是他一生中最为意气风发的时期。离开四川后，他经常深情地怀念这一段有意义的生活。陆游的“少年巴蜀梦”是勇武豪迈的，“务在滑稽”[⑥] 的宋杂剧似乎不易“唤起”这样的回忆。“小市优场炬火红”说明演出是在晚上。诗中只提“看蚕丛”，很可能这个蚕丛故事剧占据了整晚的演出，至少也是当晚演出的主要内容，可见，这已不是情节简单的短剧。演出时有“鼓咚咚”，这正是初期南戏音乐的特点。明祝允明《猥谈》说，南戏“若以被之管弦，必至失笑”。明杨慎《升庵诗话》也说“南方歌词不入管弦”。徐渭《南词叙录》云：“不叶宫调”“徒取其畸农、市女顺

---

① 据《嘉泰会稽志》云：会稽，秦汉时为会稽郡，隋改吴州，大业初改越州，唐升大都督府，宋仍为越州，南渡后改绍兴府。山阴县历来为会稽（或绍兴）的首县。

② 《初夏》，作于庆元元年（1195）。

③ 作于庆元四年（1198）。

④ 《书喜》，作于庆元四年。

⑤ 《行饭至湖上》，作于开禧二年（1206）。

⑥ 吴自牧：《梦粱录》卷二十。

口可歌而已。”可见，早期南戏大多没有管乐、弦乐伴奏，其主要乐器就是鼓板，演唱时用以按节拍。由这首诗反映的情况看来，陆游当时观看的不像是以滑稽诙谐为主的短小的宋杂剧，而像是略具规模的早期南戏。“村伶夜作场”进一步证明了山阴的戏剧正是土生土长的民间艺人的演出，由于这种新兴的民间戏剧新鲜活泼，所以像陆游这样见过大世面、文化修养高又已年过古稀的老翁竟仍经常“夜行”观看演出，“扶杖看优场”，又由于民间演出用的是方音土语，老少均懂，富有乡土气息，所以才引得“比邻毕出观夜场”。

南宋时绍兴府为浙东路帅府（《宋史》卷八十八），南戏的发源地温州正属浙东路。当时，以京城临安为中心的商业往来极为频繁，临安城里每日所需大量海鲜水产就是从绍兴、温州、明州（宁波）运入。行政上的领属关系和商业上的频繁往来当然会带来相互间的文化交流。最早出现的温州杂剧对绍兴民间戏剧产生影响，并促进其发展，是在所必然的。既然山阴初期南戏在宋光宗朝及其后不久已经盛行，则其开始形成之时自应往前推移，而温州杂剧形成之时更应往前推移。

浙江、福建都是南戏广为流传的地方。陆游诗记下了南宋“股肱近藩”[①]——绍兴府当时戏剧活动情况的一鳞半爪；《漳州府志》及《朱文公文集》中某些篇页则反映了福建民间戏剧活动的一斑。

《漳州府志》辑有《宋陈淳与傅寺丞论淫戏书》，这是研究者们熟知的。其中论及漳州风俗：

> 当秋收之后，优人互凑诸乡保作淫戏，号乞冬。群不逞少年遂结集浮浪无赖数十辈共相唱率，号曰戏头，遂家裒敛钱物豢优人作戏。或弄傀儡，筑棚于居民丛萃之地、四通八达之郊以广会观者，至市廛近地四门之外亦争为之不顾忌。今秋自七、八月以来，乡下诸村正当其时，此风在滋炽，其名若曰“戏乐”，其实所关利害甚大：一、无故剥民膏为枉费；二、荒民本业事游观；三、鼓簧人家子弟玩物丧恭谨之

① 《嘉泰会稽志》陆游《序》。

志；四、诱惑深闺妇女出外动邪僻之思；五、贪夫萌抢夺之奸；六、后生逞斗殴之忿；七、旷夫怨女邂逅为淫奔之丑；八、州县二庭纷纷起狱讼之繁，甚至有假托报私仇击杀人无所惮者。

陈淳是道学家朱熹的得意门生。出于维护封建秩序的反动立场，他仇视、反对民间的戏剧活动。他这封上陈意见之书对当时的优人和热心戏剧活动的群众较多诬蔑、攻击之辞，但对我们来说，却是颇有价值的。书中说，每当秋收之后，当地爱好戏剧活动的群众数十人结集在一起共同倡导、逐家敛钱，请优人演戏。他们在热闹场地“筑棚”演出，不仅城里如此，四门之外、乡下诸村亦“争为之”。大家子弟、深闺妇女竟也挣脱封建羁绊，外出观看。由此可见演出盛况。八条“罪状”反映了演出所造成的社会影响。“深闺妇女出外动邪僻之思”“旷夫怨女邂逅为淫奔之丑”，虽然，这可能因男女聚观引起，但也不能说与演出内容无关，很可能场上演出的就是被封建统治者视为“伤风败俗”的胭粉、传奇之类的戏剧。“淫戏”二字，这里是淫于戏的意思，陈淳指责群众的戏剧活动过度了，但从“罪状”看来，也不能否认有淫荡之戏的意思，否则男女青年只是在看戏时见一面，而没有场上演出故事的启迪、挑动，是很难引起“淫奔之丑”的。至于“贪夫萌抢夺之奸”“后生逞斗殴之忿”“州县二庭纷纷起狱讼之繁”，恐怕与演戏内容也不无关系。漳州民间的戏剧活动扰乱了封建秩序，侵犯了封建思想，造成了不利于封建统治阶级的社会影响，以致陈淳惊呼“其胎殃产祸如此，若漠然不之禁则人心波流，风靡无由而止，岂不为仁人君子德政之累?”于是他强烈要求“明示约束”“严禁止绝”。

由这封信反映的演出规模、内容和影响来看，当时漳州民间的戏剧演出比简短的宋杂剧已有很大进步，应属能表演曲折故事的南戏。人所共知，漳州近海，与泉州相邻，水上交通极为方便。宋时，海外贸易发达，泉州、广州是最发达的商埠，其他扬州、杭州、明州、温州也极繁盛。交通的发达，使文化得到及时交流，从闽、浙两地的“方志”看，宋时，两地文化都很发达，风俗也极相似。前面提到过《南宋群贤小集》中严粲的《观北来倡优》诗，严的故乡福建邵武，其地势“登高猊踞，石岐龙盘”[①]，离海较远，交通远不如临海诸府灵便，这样的地方尚且有外来倡优，则贸易中心、交通要地，民间戏班的往来、接触当然会更加频繁。温州杂剧和漳州民间戏剧会互有影响，也是可想而知的。温州戏文《张协状元》中有［福州歌］［福清歌］，即可为证。据福建文化局艺术处晨晞同志介绍[②]，福建莆仙戏中至今仍较原始地保存着《张协状元》《王魁》《刘文龙》《琵琶记》及《荆》《刘》《拜》《杀》等南戏剧目。徐渭《南词叙录》也说，明代福建地区流行的戏剧声腔是南戏四大声腔之一的弋阳腔。这些都证明了宋时福建民间戏剧应属南戏范围。陈淳书中所提戏剧当为漳州地方的初期南戏。

查陈淳上书是在宋宁宗庆元三年（1197）[③]，此时距宋光宗朝仅三年。其实，漳州民间戏剧活动在此之前已经盛行。《朱文公文集》卷一百《劝谕榜》，其中有“约束城市乡村不得以禳灾祈福为名敛掠钱物，装弄傀儡”之句。所谓“装弄傀儡”，其中有弄傀儡之意，也有人“装”傀儡，即优人演戏之意。这里反映的情况与陈淳书中所述相合。《晓谕居丧持服尊礼律事》规定“若忘哀作乐徒三年，杂戏徒一年”，也对戏剧活动做了限制。朱熹守漳是在宋光宗绍熙元年（1190）四月至绍熙二年（1191）四月。两篇谕文均颁发于绍熙元年，朱熹刚入漳就明谕禁戏，由此可见光宗时漳州民间戏剧活动的盛况。陈淳《朱子守漳实迹记》[④]记叙朱子未到漳州，阖郡吏民闻之将来，“俗之淫荡于优戏者，在在悉屏戢奔遁”，则又证明光宗朝之前已有“淫荡于优戏者”。

山阴、漳州的戏剧演出证明了闽浙两地在光宗朝及其以前南戏已经盛行。南戏四大声腔之一海盐腔的产生时间也可进一步帮助我们去推算南戏形成的时间。在这一方面，钱南扬先生首辟蹊径[⑤]，循着这条路子，我继续翻阅了一些有关资料。

---

① 《嘉靖邵武府志》。

② 《人民戏剧》1979 年第四期。

③ 陈淳上书给傅寺丞，傅寺丞即傅伯成。《漳州府志》卷三十二：“傅伯成，字景初，晋江人。隆兴元年进士，庆元初由将作监进大府寺丞……庆元三年以朝散大夫知漳州。”

④ 《漳州府志》卷四十六《艺文》。

⑤ 钱南扬：《戏文概论讲义》油印本。

关于海盐腔的产生，明李日华《紫桃轩杂缀》卷三有一段记述：

> 张镃，字功甫，循王之孙（按：应为循王张俊之曾孙），豪侈而有清尚，尝来吾郡海盐，作园亭自恣，令歌儿衍曲，务为新声，所谓海盐腔也。

张镃，生于绍兴二十三年（1153），卒于嘉定四年（1211）或稍后（《全宋词》）。据宋叶绍翁《四朝闻见录》和周密《齐东野语》载，张镃晚年曾参与诛韩（侂胄）之谋。查韩侂胄被诛系宁宗开禧三年（1207）十一月。[①] 韩被诛后，张镃先被贬于霅[②]，后被谪象台（广西境内），并死于象台。可见，张镃居海盐时应在韩侂胄被诛之前。在此之前，张镃久居临安。他的《南湖集》大半记其所居南湖、桂隐诸胜。南湖即临安城内梅家桥东的白洋池。[③] 张镃建宅湖上，宅名"桂隐"，内多亭台楼阁、堂馆桥池。其《玉照堂梅品并序》称："淳熙岁乙巳（1185）予得曹氏荒圃于南湖之滨……"淳熙十四年（1187）写的《舍宅誓愿疏文》云："……昨倦处于旧庐，遂更谋于别业园得百亩地占一隅，幽当北郭之邻，秀居南湖之上，历二岁而落成。"则其南湖之宅得地于1185年，落成于1187年。此时，他正在临安，劳心建宅。《南湖集》卷七《桂隐记咏并序》也证实了这点："淳熙丁未（1187）秋，仆自临安通守以疾匄祠，既归桂隐，遂捐故庐为东寺，指新舍为西宅。"他在这一年辞去临安通守之职，请得祠禄，归桂隐安享园亭之乐。这一年他又捐"故庐"为佛寺（即广寿慧云禅寺），既称"故庐"，居日当不会短，至少他任临安通守之时住在这里。从他的《南湖集》及朋友们与他唱和的诗中看来，此后二十年，除短时间出游外，他一直住在"桂隐"。如《南湖集》卷七《谒陆礼部归偶成二绝句》（作于1189年）中有"关门湖上独经春"之句；卷十《木兰花慢·癸丑年生日》（作于

---

① 《宋史纪事本末》卷八十三。

② 霅，浙江吴兴之别称，县南有霅溪。另有一说，方回《桐江续集》卷八《读张功父南湖集并序》云："功父预谋诛韩而史（弥远）忌之，韩既诛，即有桐川之谪……"桐川为安徽广德县古名，宋时属广德军。吴兴、广德相近，均在浙、皖交界处。此为泛指。

③ 见《浙江通志》及《杭州府志》。

1193年）说自己被“天留帝城胜处”；甲寅（1194）三月他曾邀楼大防等“过桂隐即席作”《木兰花慢》；1202年杨万里曾作《和张寺丞功父八绝句》，其中“闻讯南湖作么生”表达了作者对张镃的关切之情。1207年韩侂胄被诛，张镃参与其谋，此时当然也在杭州。

以上说明张镃在孝宗淳熙、光宗绍兴、宁宗庆元、嘉泰直至开禧，差不多有二十多年的时间（1185—1207）都住在京城临安。那么，他究竟是什么时候去海盐“作园亭自恣”的呢？这里有两个可能：一为住在临安的同时，又在海盐筑别墅；一为在久居杭州之前。据目前所看到的材料来分析，我以为后者的可能性较大。因为，一、《南湖集》附录《赏心乐事并序》作于嘉泰元年（1201），内容为排列一年十二个月的燕游次序，极为详细。遍观一年历程，所游均为杭州名胜，并且主要是“桂隐”胜景，其中绝无海盐踪迹。如果他在居杭的同时在海盐也有别墅，为何一年中竟不去一次？何况海盐与临安相近，两地间距仅百里左右，舟行船载，当日可到。二、《南湖集》所收，大都是他移居“桂隐”之后的作品，其中有一些诗篇记叙了他曾离开临安赴外地为官或出游的情况，如《船回过德清》《宿吴江华严院》《震泽戏书鹅鹤》等等，却没有一首提到海盐。[①] 张镃的诗，多半记日常所见所思，“桂隐”中的每一座亭台、每一处花草都在《南湖集》中留有小影，如果这一段时间他确曾去海盐“作园亭自恣”，集中怎会只字不提？可见其在海盐“令歌儿衍曲”创海盐腔的时间当为久居杭州之前，亦即光宗之前、孝宗之时。

关于海盐腔的产生，还有一说。元姚桐寿《乐郊私语》云：

> 州少年多善乐府，其传出于澉川杨氏。当康惠公梓存时，节侠风流，善音律，与武林阿里海涯之子（应作“孙”）云石交。云石翩翩公子，无论所制乐府、散套，骏逸为当行之冠，即歌声高引，可彻云汉。

---

① 海盐境内有横山，有一首《自横山归偶成》，可能是指海盐。诗云：“杖藜如向碧空行，路转松杉面面声。遗庙香残人少到，古台仙去草闲生。都缘世念多时绝，不但尘襟逐境清。却上小舆归寓舍，晚峰明暗紫烟横。”这首诗即便是写海盐，也不能说明他此时在海盐有园亭自恣。

而康惠独得其传。……其后长公国材、次公少中复与鲜于去矜交好，去矜亦乐府擅长。以故杨氏家僮千指，无有不善南北歌调者。由是州人往往得其家法，以能歌名于浙右云。

清王世祯《香祖笔记》卷一据《乐郊私语》所载，断定“今世俗所谓海盐腔者，实发于贯酸斋”。此说令人生疑者有二：1. 康惠公杨梓是《霍光鬼谏》《豫让吞炭》等北曲杂剧的作者，云石即元散曲作家贯酸斋。如按此说，则海盐腔的产生是以北曲为基础的了。而海盐腔历属南曲声腔，应以南曲为基础。2. 贯云石生于元世祖忽必烈至元二十三年（1286），卒于泰定元年（1324）。按此说，他作为“翩翩公子”与杨梓交并创海盐腔时应为元代中叶的事。而前面提到，山阴、漳州的初期，南戏早在光宗时，甚至光宗前已经盛行，难道濒临杭州湾、宋时已为重要通商口岸的海盐[①]却偏偏在戏剧方面闭关却扫，非迟迟等到元代中叶由擅长北曲的外地人（贯酸斋为维吾尔族人，早年袭父官生活于行伍之中，后来归隐江南）来创此地方声腔？笔者以为《乐郊私语》所记是海盐腔进一步发展、汲取北曲营养、从而得到改进、丰富时的情况。可以说，杨梓、贯酸斋等促进了海盐腔的更新，但他们不是创始者。

李日华之说比较起来是可信的。这首先因为他比王世祯之说合乎情理。张镃在海盐令歌儿“务为新声”，这就是说，当时海盐民间还存在一种传唱已久的“旧调”，新声是在当地民间流传“旧调”的基础上创造的，才保证了海盐腔南方曲调的特色。张镃虽为将门后代，却喜舞文弄墨，为一代风流名士，海盐腔“体局静好”[②]的特色固与南方人的性格有关，但张镃的爱好对歌儿创新不能说没有影响。可以说，张镃及其歌儿为海盐腔清柔静雅的风格奠定了基础。其次，目前所见材料中，能明确指出海盐腔的产生的仅李日华一人，《乐郊私语》并未指明“州少年”善歌“乐府”为海盐腔，后人只是根据“澉川杨氏”推断。再者，李日华是浙江嘉兴人，海盐为嘉

---

① 《海盐县志》卷十：“舶司虽建于杭，明，舶官自分布海上，澉浦之有市舶场，当即始于宋初年矣。”又“海盐市舶之设惟宋南渡后最盛”。

② 《汤显祖集》卷三十四《宜黄县戏神清源师庙记》。

兴属县，其说或听乡里传闻，或见文献资料，当有一定根据。

按照李日华之说，歌儿创海盐新腔之前，当地应有旧调。这旧调，当即温州杂剧传入海盐之后的声调。祝允明《猥谈》、徐渭《南词叙录》均以温州杂剧为南戏之“始”，以“余姚腔、海盐腔、弋阳腔、昆山腔”等为南戏在各地盛行时的产物。这就是说，温州杂剧传入各地，各地又在自己民歌曲调的基础上加以改进，形成各地不同的南曲声腔。它们争奇斗艳、竞创新调，到明代，蔚为大观，呈现出压倒北曲的极盛局面。既然海盐腔是温州杂剧传入海盐之后的产物，那么，前面已证张镃令歌儿创海盐腔当在光宗之前、孝宗之时，则温州杂剧形成的时间至少应往前推几十年。因为，温州杂剧由形成到盛行、由盛行而流传外地、由刚传入外地的新声沦为“务”求改变的旧调，这一发展过程非几十年甚至上百年是不能完成的。

山阴、漳州的民间戏剧及海盐腔发生的时间证明，祝允明把南戏形成的时间定在比光宗朝早七十年左右的“宣和之后，南渡之际”，是比较切合实际的。王国维怀疑祝说“不知何据”，其实《猥谈》中说得明明白白：“予见旧牒，其时有赵闳夫榜禁，颇述名目，如《赵真女蔡二郎》等，亦不甚多。”祝允明曾亲见“旧牒”，旧牒上当然有颁布的时间，这至少是他推算南戏形成时间的根据之一。赵闳夫这个人，钱南扬先生查得“是宋太祖赵匡胤兄弟廷美的八世孙”，“和宋光宗赵惇同辈”，因此钱先生认为：“他的做官禁戏，当即在光宗时。①”虽然，同是赵匡胤兄弟廷美的八世孙，有光宗时“知湖州军、知安吉州”的赵充夫②，也有宁宗嘉定十五年（1222）考中进士的赵清夫③，还有理宗宝祐四年（1256）的进士赵暮夫、赵珍夫④等，时间先后可以相差半个多世纪，但从别的材料看来，钱先生的这一推断基本可以成立。《宋史·宗室世系表》载，赵闳夫有同太祖（廷美四世孙华源郡公叔汝）兄弟赵瑞夫。查赵瑞夫为光宗绍熙元年进士。⑤赵闳夫与赵瑞夫的血缘关系比与宋光宗的关系要亲近得多，这可作为赵闳夫当在光宗

---

① 钱南扬：《戏文概论讲义》油印本。

② 《浙江通志·职官》。

③ 见《永嘉县志》。

④ 《宝祐四年登科录》，见《宋元科举三录》。

⑤ 《浙江通志》《宁波府志》均有记载。

朝前后做官禁戏的补充证明。光宗朝前后南戏既曾被禁，说明这时它已产生较大社会影响，其开始形成的时间当然在此之前。

以上说明“南戏始于宋光宗朝”之说应予推翻，在没有发现再向前推的新资料前，我们还是依据祝允明之说为是。

写于 1980 年 4 月

（载《文学遗产》增刊 1983 年第 15 辑）

高明卒年考辨

关于《琵琶记》作者高明的卒年，今存两种不同意见。

一谓卒于明初。根据是明以来的大量文献记载。例如，成书于嘉靖己未（1559）的徐渭《南词叙录》云："我高皇帝即位。闻其名，使使征之，则诚佯狂不出。高皇不复强。亡何，卒。"嘉靖《宁波府志》亦说："太祖御极，闻其名，召之。以疾辞，卒于宁海。"其后田艺蘅《留青日札》、徐复祚《三家村老委谈》、钱谦益《列朝诗集小传》、朱彝尊《明诗综》、王昶《明词综》、曾廉《元书》以及《明史·高明传》《瑞安县志》等等所载都大致相同。既然朱元璋登极后曾召高明，高以病辞，而后卒，则高明的卒年当在明洪武元年（1368）之后。今钱南扬《〈琵琶记〉作者高明传》（《汉上宧文存》，上海文艺出版社1980年版）、戴不凡《论古典名剧〈琵琶记〉》（中国青年出版社1957年版）等均采此说。

一谓卒于元顺帝至正十九年（1359）。根据是清陆时化《吴越所见书画录》卷一所收高明和余尧臣两人的《题（陆游）晨起诗卷跋》。高文署"至正十三年夏五月壬辰"；余文曰："永嘉高公则诚题其卷端……是卷题于至正十三年夏，越六年而高公亦以不屈权势病卒四明。"1962年湛之《高明的卒年》（《文史》第一辑）据余《跋》论证，认为"我们大致可以确定，高明是在明朝建立前九年的至正十九年（1359）逝世的……这样，过去不少有关他晚年生活的记载，有关他入明以后活动的记载，就将重新考虑它们的真实价值"。文学研究所《中国文学史》、游国恩等主编的《中国文学史》、张庚、郭汉城主编的《中国戏曲通史》等均取此说。朱建明、彭飞《论〈琵琶记〉非高明作》（《文学遗产》1981年第四期）一文，并据此以

《南词叙录》所说关于洪武帝曾征召高明一事为“荒诞记载”。最近，颜长珂《高明的晚年和卒年》（《学林漫录》第七辑）一文着重论证了朱元璋在登极前、为吴国公时召见高明的可能性，但仍以高明的卒年为至正十九年。

从目前的情况来看，两种意见中以后者占较大优势。余尧臣和高明是同时人，又是同乡，他说的时间也很具体，因此，他在《跋》中所说较比他晚约二百年才写成的《南词叙录》以及其他文献记载受到更多人的重视和肯定，是可以理解的。但是，在翻阅了《余姚县志》（乾隆本和光绪本两种）所录“元行省都事高明”著《余姚州筑城记》后，对余尧臣之说不能不产生怀疑，以致否定。今述于下，希能得到指正。

高明《余姚州筑城记》是一篇碑志，篇末未署撰文时间。据光绪《余姚县志》卷十六《金石》载，碑立于至正二十年。其文如下：

> 筑城记：至正二十年。碑高八尺，广三尺八寸。二十八行，行五十八字。余姚州筑城记：承事郎福建等处行中书省左右司都事高明□文，中顺大夫中书户部尚书贡师泰书，中奉大夫江浙等处行中书省参知政事周伯琦篆盖，至正二十年春二月既望役□宋天祥、张士唯……等立石。四明徐叔逊、袁子成刻石。

这块碑石，从未有人怀疑其为赝物，其中所刻，应属可信。碑立于至正二十年，高明的文亦当作于此时。

有没有可能文早撰成而碑过若干时后才立呢？一般地说，有这种情况。但高明此文，无此可能。因为高明文中明明记有城“以至正十九年戊午始，十月甲申毕工”。并云城筑成后，州之官属、耆老有感于城可使州民居安，进而感激倡议并主持此项工程的“江浙平章荣禄方公”，“乃相与伐石，愿纪公绩，而属明为书其实”。可见伐石而立、撰文而刻是同时进行的。

退一步说，设如高明在至正十九年十月城毕工后立即撰文，他也不可能赶在年终前与世长辞。因为他属文时的身份是“承事郎福建等处行中书省左右司都事”，正在任上。据文献记载，他在任福建行省都事后，还有一段经历。如嘉靖三十九年编刊的《宁波府志》卷三十九云：

……转江南行台掾。数忤权势，又转福建行省都事。道经庆元，方国珍强留置幕下，不从。旅寓鄞之栎社沈氏，以词曲自娱。因感刘后村“死后是非谁管得，满村争唱蔡中郎”之句，乃作《琵琶记》传于世。[①]

明凌迪知《古今万姓统谱》卷三十二亦谓：

……除福建行省都事，道经庆元，方氏窃据，强留幕下，力辞不从，卧病卒。

这些记载说明，高明在福建行省都事任后，曾隐居宁波，并著《琵琶记》。这一段经历，自元末明初以来，也从未有人怀疑过。即便是余尧臣，其《跋》中说：“高公亦以不屈权势病卒四明。”他也承认高明曾经退居四明（宁波），并病卒于此。后来曾廉《元书》还把高明归入“隐逸传”。高明的这一段隐居生活，时间不会太短，《琵琶记》的字斟句酌即可为证。这样一部被誉为南戏中“绝唱”的鸿篇巨制绝非短时间内所能完成的。

元魏仲远辑《敦交集》中收高明诗二首。其一为《子素先生客夏盖湖上，欲往见而未能。因赋诗用柬仲远征君，同发一笑》，诗曰：

夏盖山前湖水平，杨梅欲熟雨冥冥。吴门乱后逢梅福，辽海来时识管宁。

野雾连村迷豹隐，江风吹浪送鱼腥。伯阳旧有参同契，好共云孙讲易经。

诗题中“子素先生”即潘纯，淮南人；仲远即《敦交集》编者上虞魏寿延。魏辑其三十年友人酬赠之诗为《敦交集》。高明的两首诗，一写给仲仁、仲远、仲刚三兄弟，上录这首诗是单赠仲远的。仲远兄弟隐居江村，

① 转引自徐朔方《〈琵琶记〉的作者问题》，载《社会科学战线》1981年第四期。

其居邑西在夏盖湖上、伏龙山下。高明赠仲远兄弟诗“丁酉二月二日”之后，即至正十七年（1357）。诗中有“何日重来伏龙下，参同契里问神仙”句，已经流露出愿意退隐的思想。赠仲远的诗编于后，也当写于后，但究竟写于何时，没有署明。清钱载《萚石斋诗集》卷二十六有《观〈敦交集〉册子》一首，诗中有夹注，是作者对《敦交集》中某些诗句反映的时代所作的考证：

郑彝乙巳句“乱离时世全高洁，淳朴山川似古初”。王埔至正廿五年句“也应清旷风尘外，谁道边城尚绎骚”。乙巳即廿五年。他如凡涉扰乱者当在辛卯后。赵俶《和入邑感怀》云“闭户十年方入城”当在庚子后。至高明“吴门乱后逢梅福，辽海来时识管宁”，当在二十七年丁未后，是年，明祖破平江，方国珍降，浙东西甫宁静也。

钱载判断高明赠仲远这首诗当作于至正二十七年（1367）以后，我以为可以成立。诗中描写的是战乱后平静的江村暮春景色。所用之典，例如去官归里后又弃家出游成仙的梅福，聚徒讲学而辞官不就的管宁等，都反映了这些古代隐逸在作者心目中的地位。而“豹隐”，“好共云孙讲易经”等，也都表现了对于隐居生活的肯定。这首诗似可考虑为作者退隐之后所作。“吴门乱后”进一步证明了当作于至正二十七年张士诚失败被俘之后，这一年，方国珍亦降，东南始平。如果以上对于这首诗的理解和分析没有错，那么，这也是一个说明高明未卒于至正十九年的证据。

高明去世，他的朋友陆德旸以诗哭之。诗云：

乱离遭世变，出处叹才难。堕地文将丧，忧天寝不安。名题前进士，爵署旧郎官。一代儒林传，真堪入史刊。①

有文章说：“书中对高明不幸死于兵荒马乱岁月深表惋惜，由此亦可证

① 见《留青日札》及《三家村老委谈》。

明高明殁于元亡前的乱离世变时期。”我的理解有所不同。我认为“乱离遭世变，出处叹才难”，是说高明身处乱离世变之时，出而为官、退而居家，都是难得的人才。句中有赞美，也有对他生不逢时的叹息，并不是说他死于乱世。第二联说这一个文章大家的丧身，是因为忧国之心使他不能成寐所致，也没有说他死于元亡之前。而“前进士”“旧郎官”却恰恰表明悼诗写于明朝建立以后。高明于元至正五年中进士，曾官至承事郎。若非明朝建立，陆德旸怎会用“前”“旧”二字？高明的至交多重名节操守[①]，元不亡，他们不会也不肯用“前”“旧”等字来宣告元朝的覆灭。[②] 悼诗写于明，高明当亦卒于明，因为《三家村老委谈》云：“及卒，陆德旸以诗吊之。”《宁波府志》亦说：“……后抱病还乡，卒于宁海。时陆德旸有诗哭之云。”诗当作于高明寿终正寝之时，而不是若干年以后。这一推断以《南词叙录》《留青日札》《瑞安县志》等众多文献资料关于高明卒于明初的记载相印证，似可成立。陆德旸悼诗称颂高明，以为“真堪入史刊”，后来，高明的小传果真刊入《明史》，流传后世。

根据以上材料和分析，余尧臣之说似可予以排除。余尧臣与高明是同时人，又是同乡，难道他的记载真会有错？如果考察一下余尧臣的行止，我以为误传的可能性还是存在的。

《明史·文苑传》记余尧臣“字唐卿，永嘉人。入吴，为士诚客。城破，例徙濠梁。洪武二年放还，授新郑丞”。钱谦益《列朝诗集小传》介绍较详，文曰：“余左司尧臣，字唐卿，永嘉人。早以文学著。客居会稽。越镇帅院判迈善卿、参政吕珍罗致幕下，与有保越之功，荐剡交上，无意仕进，于越之桐桂里治圃结茅，署曰菜薖。已而入吴，居北郭，与高启、张羽为北郭十友，即所谓十才子也。启《送唐肃序》曰：‘余世居吴北郭，同里交善者惟王止仲一人。十余年来，徐幼文自毗陵、高士敏自河南、唐处敬自会稽、余唐卿自永嘉、张来仪自浔阳，各以故来居吴而皆与余邻，于是北郭之文物遂盛矣！’……吴亡之后，与杨基、徐贲同被征谪濠。洪武二

① 颜长珂《高明的晚年和卒年》一文中已经论及，此不赘述。

② 唐代称进士及第者为“前进士”，但这首诗不写于唐代。这首诗中的“前”与“旧”都寓有已经改朝换代的意思。

年放还，授新郑丞。”

从这些记载中可以看到，余尧臣与高明虽同为永嘉人，但元亡之前，余尧臣居于吴（今江苏苏州），高明隐于鄞（今浙江宁波），二人不在一地。余尧臣何时入吴，未见记载。不过，他在吴的时间定然不短，否则怎能成为吴地北郭“十才子”之一？他在吴曾入张士诚幕府，并因此于吴亡之后谪濠（今安徽凤阳东北），洪武二年赴任新郑（今河南开封西南）。可见元末明初，余都不在故里，他说高明卒于至正十九年，并非亲见。而误传噩耗者，至今仍有。何况元明之际，交通、通信都远不如今日方便，又加战争频仍，往往造成阻隔；又何况余尧臣与高明并非至亲好友，从余之好友高启（1336—1374）、张羽（1333—1385）、王行（1331—1359）、宋克（1327—1387）等生卒年以及余尧臣《跋》文的语气看，余尧臣当属晚生。风闻之事，难以确信，而高明本人作于至正二十年的《余姚州筑城记》也证明了余尧臣之说实为讹传。

既然高明卒于至正十九年之说应予排除，剩下的就只有卒于明初的一说了。在没有发现其他新的可以证明卒于元末的可靠材料之前，我以为还是从明以来的众说为妥。

（原载人民文学出版社《中国古典文学论丛》1984年第1辑）

“南曲之宗”

——《琵琶记》

在我国戏曲史上，曾被称作“曲祖”（魏良辅《曲律》）、“南曲之宗”（黄图珌《看山阁集闲笔》）的《琵琶记》，是一部评家意见颇为分歧的作品。明清两代，一般都认为这是一部“大有关于世教之书”[①]，徐渭却说其中“纯是写怨”[②]，陈继儒也认为“纯是一部嘲骂谱”[③]。1949 年以后，虽组织过专门讨论，在许多问题上仍存在不同意见。那么，究竟应该怎样认识这部作品呢？

一

首先了解一下《琵琶记》作者高明的生平思想以及作品的故事来源，当有助于我们正确理解这部剧作。

高明，字则诚，自号菜根道人。浙江瑞安人。大约生在元成宗大德十一年（1307），卒于明初。他于至正五年考中进士，曾任处州录事等职。他热衷仕进时，前辈曾经告诫过他：“士子抱腹笥，起乡里，达朝廷，取爵位如拾地芥，其荣至矣。孰知为忧患之始乎？”[④] 当时，他很不以为然。但在

① 天籁堂梓行《镜香园毛声山评第七才子书》费锡璜序。

② 毛声山：《绘风亭评第七才子书琵琶记·前贤评语》。

③ 《陈眉公批评琵琶记》篇末总评。

④ 赵汸：《东山存稿》卷二《送高则诚归永嘉序》。

历经坎坷后的晚年，他对这句话有了深切的体会，因而避居宁波，绝意仕进。相传明初，明太祖曾慕其名，遣使征召，他却推病不出。

高明工诗文，擅书法。他的诗文中有抒发爱国思想、揭露讽刺时政、对人民疾苦表示同情的篇章；也有赞美孝义、表彰妇女贞节、宣扬封建道德的内容；更多的则表达了他厌倦尘世奔波、向往隐居生活的思想。

高明最有成就的还是制曲，他得以名扬后世，主要是因为写了《琵琶记》。《琵琶记》是高明隐居宁波时的作品。剧写蔡伯喈被父亲逼迫赴京应试，考中状元后，又被牛丞相奉旨强迫为婿。他的父母于灾荒中相继饿死，妻子赵五娘弹唱琵琶，寻夫至京。剧终夫妻团圆，庐墓旌表。

剧中男主人公蔡伯喈原是东汉时的著名学者，名邕。据史书记载，他很孝敬母亲，也重信义。但是，在宋元民间戏文中，他却成了一个不孝不义的反面人物。最早的戏文《赵贞女蔡二郎》演“伯喈弃亲背妇，为暴雷震死”事（《南词叙录》）；陆游《小舟游近村舍舟步归》诗中提到的盲词，由“死后是非谁管得，满村听说蔡中郎”两句看来，当也不是一个美好的形象。高明在民间戏文的基础上进行再创作，重新塑造了蔡伯喈，似乎是在作翻案文章。故《南词叙录》说，作者因“惜伯喈之被谤，乃作《琵琶记》雪之”。

关于高明撰写《琵琶记》的动机，除雪冤之说外，还有为刺友人王四弃妻再娶（田艺衡《留青日札》）、讥再娶牛僧孺女的蔡生（王世贞《艺苑卮言》）等等不同说法，但都是些捕风捉影、附会臆度之谈，不足为据。我们还是应该从作品本身所表现的思想，并联系当时的社会历史背景，来探讨作者的用意。

二

《琵琶记》作者在“开场”明确提出以戏剧提倡风化、宣扬封建道德的主张：“不关风化体，纵好也徒然”，“休论插科打诨，也不寻宫数调，只看子孝与妻贤。”这一思想贯穿全篇，渗透在作品歌颂的每一个人物身上。但是，作品在叙述这些孝子、贤妇的家庭悲剧，极力表现他们的孝行、美德的时候，又着意展开了一幅广阔、生动的社会生活画面，在一定程度上暴露了封建社会的黑暗和封建道德本身的矛盾。

剧中蔡伯喈对父母“生不能事，死不能葬，葬不能祭”，完全是由“三被强”造成的：一为被父强，赴京应试；二为被相强，入赘牛府；三为被君强，官拜议郎。“三被强”相辅相成，构成了蔡家悲剧。其中蔡公逼试是起因，后二逼是关键。作者以“三被强”开脱了蔡伯喈不孝不义的罪名，使蔡家悲剧的发生，由民间戏文着重个人品德上的责任，移为社会的，尤其是封建统治阶级的责任。这无疑加深了作品的社会意义。

蔡伯喈是一个软弱动摇的知识分子，他“三被强”而终于三屈从证明了这点。入赘相府后，住在瑶池阆苑中，吃的是猩唇豹胎，喝的是玉液琼浆，童仆侍奉，娇妻相伴，他却郁郁终日，闷怀难舒。他思念白发双亲，怀想糟糠之妻，既难舍“旧弦”，又撇不下“新弦”，柔肠百结，心事重重。剧终团圆，一门欢庆，他却又陷入“可惜二亲饥寒死，博换得孩儿名利归”的无尽的遗恨中。这是个一直生活在矛盾苦闷中的人物。作者这样写是为了突出他的孝和义，但同情并歌颂这样一个估计到双亲“必做沟渠之鬼”，内心充满痛苦，却仍然匍匐在权势脚下的知识分子，说明作者在立场和思想感情上毕竟有别于那些爱憎分明、反抗坚决的劳动人民。

剧首蔡伯喈被标为“全忠全孝”，实则既不忠，也未尽孝。他不忠于事君，是因为想尽孝情；他未能尽孝，是因为困于事君。剧中圣旨称：“孝道虽大，终于事君，王事多艰，岂遑报父”，明白道出了封建统治者总是把“忠”放在“孝”之上，忠孝很难两全的实际。蔡伯喈希望忠孝两全，结果却忠孝两不全。这个悲剧形象暴露了封建道德自身的矛盾及其不合理性。剧中强调“人爵不如天爵高，功名争似孝名高”，“万两黄金未为贵，一家安乐值钱多”，以事亲高于事君，以家庭和乐高于功名富贵。这种菲薄功名富贵的思想与作者在许多诗文中流露出的情绪是一致的。

赵五娘，是剧中塑造得最成功、最为震撼人心的人物形象。宋元民间文学中，这是个贞节孝顺的女子，高明依然把赵五娘塑造为“孝妇贤妻”的典型，但这个形象的客观意义却远远超过了作者的意图。蔡伯喈入赘相府后，赵五娘实际上已成弃妇。他承担着独立供养、照顾年迈公婆的责任，而家境贫寒，又遇荒年，虽尽心竭力，也难满亲意。她典尽衣衫首饰，不得不抛头露面去求赈粮，于是又遭到里正欺压。筹得粮米，她供馐二老，自己却暗吞糠秕。婆婆猜疑，她不忍实说真情，宁蒙冤，不分辩。二亲相继亡故，她剪发买葬，自筑坟台。年轻的赵五娘承担着经济的重负，忍受着被丈夫遗弃的担忧与痛苦，还要默默咽下婆婆猜疑不满的苦水。这个形象真实、生动地反映了中国封建社会里许多妇女深受的苦难，体现了中国人民克己待人、勤苦自立的传统美德和坚韧不拔、忘我牺牲的精神。几百年来，她获得了广大观众、读者的同情、尊敬与喜爱。不过，在她身上不可避免地也留有时代的印记：奴隶式的驯服，“一鞍一马”“不嫁二夫”的贞操观念。赵五娘形象所取得的成就，与作者据以改编的民间文学中的赵贞女形象有关，但与作者对人民的疾苦和美好品德的观察、了解、同情、喜爱以及他忠于现实的创作方法，有着更为直接的关系；这个形象的不足，与民间文学中“守三贞”赵贞女也有一定的联系，但仍取决于作者的创作意图。

为描写赵五娘的苦难，表现她在极端困苦的条件下显露出的美德，作品比较广泛地揭开了社会生活的帷幕。这是一幅“野旷原空”“饥人满道”，“死别空原妇泣夫，生离他处儿牵母”的悲惨图景。围绕伯喈被迫，作品揭露了最高统治阶级昏暗不明、不恤民苦，以及皇家、相府奢侈腐化的生活；追随赵五娘受欺，作品又描写社长、里正坐食义仓、抢夺赈粮的恶行。民不聊生，是政治腐败的直接后果。作者生活的元代，正是虎狼当道、城狐社鼠横行的时代，各种灾害不断。作者把他的耳闻目见、切身体会、对黑暗现实的不满与愤慨写于剧中，真实生动地反映了那个时代的社会历史面貌。

《琵琶记》于元末问世，这正是元代统治者面临灭顶之灾，企图以重开科举来拉拢知识分子为他们服务的时候。作品以伯喈求仕带来家破人亡的故事，形象地说明了：在世道黑暗的时候，读书人赴试求官，实为“忧患之始”。作品强调“真乐在田园，何必当今公与侯”，表现了与统治者不合作的态度。不过，面对元末风起云涌的农民起义，这毕竟只是一种消极的反抗，它暴露了作者地主阶级知识分子的思想局限性。作品歌颂孝子、贤妇、义士，提倡风化，也是基于对“淳风日漓”的黑暗现实的不满。它彰孝义，美教化，希图以宣扬正统儒家所提倡、崇尚的封建道德、古风民俗来达到实现唐虞“圣世”的目的。当然，这也只能是封建文人的一种空想。

《琵琶记》实际上是一部“讽世之作”（姚华《菉猗室曲话》）。作者借旧瓶装新酒，浇胸中块垒，抒治世之见。——这，才是作者的真正用意。

三

《琵琶记》在艺术上所取得的成就，自明以来，有口皆碑。这部作品最突出的优点在于能够以情动人。《糟糠自厌》《祝发买葬》《乞丐寻夫》等出描写赵五娘内心深处的苦闷，宛转凄恻，极情极致。《琴诉荷池》《宦邸忧思》《中秋望月》等出刻画蔡伯喈在富贵悠闲中意悬悬、情绵绵、愁深怨多、歌慵笑懒的情态细致入微，淋漓酣畅。蔡公遗言极其沉痛地表现了他胸中烧灼着的痛苦、悔恨、爱怜、愤怒之情，读之催人泪下。作品没有追求情节的“奇”和“巧”，所写都是日常生活，却因它生动、逼真地描写了不幸的人们从心中流出的“真情”，因而极深地打动了读者。

《琵琶记》双线交错的写法历来为人称道。全剧沿两条线索交错发展：循伯喈入赘牛府一线呈现的是一派富贵豪华的气象，那里甲第连天，乐声如沸，珠围翠拥，美酒肥羊；顺五娘侍奉翁姑一线展示的是一片荒凉破败的景象，那里黄土成堆，哀鸿遍野，破衣烂衫，忍饿担饥。鲜明的对比，有力地突出了贫富悬殊的社会矛盾。伯喈丞相府中洞房花烛，正是五娘陈留郡里请粮被夺之时；伯喈闲庭深院抚琴饮酒，恰置五娘自厌糟糠，公婆双故；伯喈中秋赏月，倚席酒阑，五娘剪发买葬，自筑坟台……这样写来，使喜气盈盈与悲悲切切，奢侈享受与穷困劳瘁相互映衬，既加强了悲剧气氛，又让读者看到：荒年饥岁给人民带来严重灾难，而对统治阶级的腐化生活却没有丝毫影响。

《琵琶记》的语言在元代戏文中也是突出的。它保持了民间文学本色自然的特点，而又文采斐然。五娘、蔡公、蔡婆、张大公等普通百姓口中所说大多是不假修饰、明白如话的本色语；伯喈、牛氏、牛相所言虽仍浅显易懂，却较富丽典雅，绚烂多彩。剧中的语言风格取决于剧中人物的身份、环境。作者特别注意“在性格上着功夫”，而“不以词调巧倩见长”。[①]

由于作者过分强调戏剧教化的作用，它不可避免地给作品在艺术上也带来不足。其中有描写失真之处，有情节上的漏洞，也有人物性格前后矛盾的地方。特别最后，一夫二妻旌表团圆，加上长篇累牍的封建说教，可说是全剧败笔。难怪曾有人怀疑，后八出是“朱教谕所续”（王骥德《曲律》）。不过，这毕竟只是白璧微瑕。

《琵琶记》是我国戏剧发展史上的一座里程碑。在它以前，南戏作品多是民间艺人和书会才人的创作，一般地说，艺术上还比较粗糙。作为士大夫阶级中的一员而侧身戏文作者之列，高明是第一人。他把民间文学与文人创作结合起来，使南戏创作步入了艺术上比较成熟、能为雅俗共赏的新阶段。《琵琶记》之后，特别是明太祖称赞它“如山珍、海错，富贵家不可无”后，文人雅士，甚至宰相大臣纷纷起而创作戏文。他们步武《琵琶记》，大自剧本宗旨、创作方法，小至遣词造句、一板一眼，无不悉心研究，着意师法。它对后市戏曲创作产生了相当大的影响，故被称为“南曲之祖”。而邱浚《五伦记》和邵灿《香囊记》把《琵琶记》提倡风化的主张和文辞典雅的一面发展到教忠教孝、代圣人立言以及琢句使事、“以时文为南曲”的极端，甚至形成一种撰作风气，这种消极影响，也是不应忽视的。

（中华书局《文史知识》1985年第3期）

① 汤显祖语。见毛声山评本《第七才子书·前贤评语》。

试论南戏的兴起及其社会历史根源

关于南戏的起源，历来众说纷纭。

明清两代学者、曲家多认为南戏形成于北曲杂剧之后，是由北曲杂剧衍变而来。王世贞《艺苑卮言》曾谓："北曲不谐南耳而后有南曲。"王骥德《曲律》云："胡语南人不习，我明又变而为南曲。"胡应麟《庄岳委谈》也说："今世俗搬演戏文，盖元人杂剧之变。""杂剧自唐、宋、金、元迄明皆有之……一变而赡缛，遂为戏文。"其后沈德符①、张琦②、沈宠绥③和清代毛奇龄④、刘熙载⑤等皆持此说。也有持相反意见的，如明祝允明《猥谈》云："南戏出于宣和之后，南渡之际，谓之温州杂剧。"徐渭《南词叙录》也说："南戏始于宋光宗朝，永嘉人所作《赵贞女》、《王魁》二种实首之。……永嘉杂剧兴，则又即村坊小曲而为之，本无宫调，亦罕节奏，徒取其畸农、市女顺口可歌而已。"二人皆认为南戏形成于宋代，即在元剧之先，系由"村坊小曲"发展而来。我国第一部系统的戏曲史著作，王国维《宋元戏曲考》亦言南戏"渊源所自或反古于元杂剧"。他考证沈璟《南九宫十三调曲谱》所录南曲 543 章，发现其中出于古曲（大曲、唐宋词、

---

① 沈德符《野获编》："自北有《西厢》，南有《拜月》，杂剧变为戏文。"

② 张琦《衡曲麈谭》："大江以北，渐染胡语，而东南之士，稍稍变体，别为南曲。"

③ 沈宠绥《度曲须知》："尝思词曲先有北，后有南，韵书先有'中州'，后有'洪武'。"

④ 毛奇龄《西河词话》："至元末明初，改北曲为南曲。"

⑤ 刘熙载《艺概》："近世所谓南曲，乃金、元之北曲，及后复溢为南曲者也。""盖南曲本脱胎始于北。"

诸宫调、南宋唱赚等）者几当半数，而同于元杂剧曲名者仅十三。这进一步说明了南戏并非来自北曲杂剧。

随着南戏资料的陆续被注意和发现，近人一般都主后议。例如，南戏研究者们注意到元刘一清《钱塘遗事》中有“至戊辰、己巳间（宋度宗咸淳年间），《王焕》戏文盛行于都下，始自太学有黄可道者为之”的记载，知南宋时在都城临安，戏文已经盛行，以致太学中竟有人撰写戏文。宋末张炎《山中白云词》［满江红］题：“赠韫玉传奇惟吴中子弟为第一。”说明宋时吴中（苏州）一带演员已擅长《韫玉传奇》的演出。他们能夺得这本戏文的演出第一，证明此种演出形式早已传至吴中。1920 年才被发现的南宋戏文《张协状元》是永嘉“九山书会”编撰，可见当时温州已有编撰戏文的书会存在。这些材料有力地证明了南宋时，在我国东南沿海各地，南戏已经十分流行。既然其流行在元杂剧之前，则其出于元杂剧之说，毋庸多言，不攻自破。

近世论者虽不赞同出于北曲杂剧之说，但对南戏的渊源所自却颇多异议。有人谓“源出北宋杂剧”①，有人云“不是从艺术上已经提高了的官本杂剧之内产生出来，而是从一个地方剧种里产生出来”②，有人曰“由诸宫调蜕变”③ 而成，有人说“是宋代都市说书所烘开的一朵奇花”④，有人主张“原出宋傀儡戏影戏”⑤，也有人肯定“完全是由印度输入”⑥ ……论者振振有词，读者莫衷一是。不同意见之间曾经有过交锋，但却一触即止，没有展开。“十年动乱”期间，更是无人顾及。本文试图继诸位先生之后，一抒己见，以就正于学界。

---

① 周贻白：《中国戏剧史》。另，周氏 1979 年出版的《中国戏曲发展史纲要》谓温州杂剧是由当地里巷歌谣与宋杂剧“相结合”而成。意见略有变动。

② 张庚：《论戏曲的起源和形成》，见《新建设》1963 年第一期。

③ 吴则虞：《试谈诸宫调的几个问题》，载《文学遗产增刊》第五辑。另，杨绍萱《中国戏曲史上的南北曲问题》也持同样意见，见《人民戏剧》第二卷二、三期。

④ 黄芝冈：《什么是戏曲，什么是中国戏曲史》，见《戏剧论丛》1957 年第二辑。

⑤ 孙楷第：《傀儡戏考原》。

⑥ 郑振铎：《插图本中国文学史》。另，许地山的《梵剧体例及其在汉剧上的点点滴滴》即持此见。文载《小说月报》号外《中国文学研究》中。

一

《永乐大典戏文三种》中的《张协状元》，据考订是南宋“戏文初期的作品”[①]。分析《张协状元》中的各种曲调和表演形式，对我们探讨南戏的渊源将有所裨益。

《张协状元》中有不同名称的曲调164种。据粗略统计，其中出于大曲者九；出于教坊杂曲者十六；出于古诗词者六十四（除去已见于大曲、教坊杂曲者，还有四十七）；出于影戏、舞鲍老、舞蛮牌、唱赚、诸宫调等民间伎艺者十二；出于佛曲者二；同于北曲曲名者五十五（除去已见于前列数类者还有十二）；其余未见于他书，或仅见于后世南曲谱者六十六，由名称看，绝大多数来自民间歌谣。这最后一种曲调竟占全剧曲调五分之二强，若加上出于教坊曲（包括大曲、杂曲，其后大多成为词调）和古诗词者共得138调，几占总数的七分之六。明徐渭《南词叙录》论及温州杂剧的曲调时说：“其曲，则宋人词而益以里巷歌谣，不叶宫调……”“又即村坊小曲而为之，本无宫调，亦罕节奏，徒取其畸农、市女顺口可歌而已。”粗析《张协状元》曲调，益信徐渭此说的正确、可靠。剧中出于唱赚、诸宫调、影戏、舞鲍老、舞蛮牌等民间伎艺者虽不多（实际当不会少。宋时各种民间伎艺十分盛行，唯其演出形式及曲调大多已湮没无闻，故而无从查考），却可看出这些技艺的乐曲在南戏形成和发展过程中曾被吸收。赚词“兼慢曲、曲破、大曲、嘌唱、耍令、番曲、叫声诸家腔谱”[②]，诸宫调汇各宫调里不同曲调以歌咏长篇故事。《张协状元》中兼收“诸家腔谱”，杂缀不同宫调的乐曲演出长篇故事，显然又深受赚词、诸宫调乐曲连缀形式的影响。

《张协状元》开场，副末以“诸宫调唱出来因”，下场前白“似恁唱说诸宫调，何如把此话文敷衍”。据此推知，戏文《张协状元》之前，就有“诸宫调张协”。宋元戏文以传奇小说、讲唱话本为题材的极多，如《崔莺

① 见钱南扬《永乐大典戏文三种校注·前言》。

② 耐得翁：《都城纪胜》。

莺西厢记》前有传奇《会真记》,《李亚仙》前有话本《一枝花》,《苏小卿月夜贩茶船》前有赚词《双渐小卿》等。宋末罗烨《醉翁谈录》“小说开辟”中提到宋代“说话”名目117种,书中又有转述、节录前人的传奇小说多篇,其中内容见于戏文的就有三十余目,如《太平钱》《鸳鸯灯》《章台柳》《吕星哥》等。戏文演出时,角色上场,大多自报家门;下场,一般念下场诗;剧中有唱有白,白多骈偶句,人物对话已注意到简短生动。这与宋代讲唱文学、话本小说在讲到人物时,总要做些介绍,讲述告一段落,又往往以诗作结,叙述中语言富于变化,混用诗句骈语、模仿人物对话等极其相似。从中可以看到宋代民间讲唱说话技艺从内容到形式对南戏形成与发展都产生过深刻的影响。

我国古代歌舞早已能表演简单的故事,以舞蹈动作配合歌曲表达思想、抒发感情。如西汉时的《总会仙倡》、南朝的《老胡文康》以及北朝的《兰陵王》《踏摇娘》,等等。古代的俳优、参军戏则于扮演人物和滑稽诙谐之中寓讽谏之意。我们从戏文《张协状元》中可以看到,南戏直接承袭了古代歌舞戏、参军戏的演出形式。戏文中演唱曲词时,显然要伴以舞蹈、动作,不仅唱时伴有动作,也还有单纯的舞蹈场面,如张协上场时之“踏场数调”,就是合着音乐的节拍舞蹈。至于滑稽插科的打诨俯拾皆是,无须举例。北宋杂剧主要是由唐代参军戏发展而来,它在宫廷演出中占有重要地位,在汴京民间也常搬演。南渡时,北宋杂剧随王朝南移,在南宋都城临安也极盛行。南戏创始时,北宋杂剧有无传到南方,目前尚未发现文献记载,不过,即使创始时未传到南方,其在后来南戏发展、成熟的过程中确曾发生过影响。《张协状元》开场诸宫调“引首”之后,“生”上场,吩咐“后行子弟,绕个[烛影摇红]断送”,于是“(众动乐器)”。“断送”是吹奏乐曲相送之意。《都城纪胜》“瓦舍众伎”条云“其吹曲破断送者,谓之把色”即可为证。《武林旧事》录有内廷宴饮“乐次”,每盏酒中呈演歌舞百戏,而每于杂剧演出后都有音乐“断送”,如“杂剧,吴师贤已下,做《君圣臣贤爨》,断送[万岁声]”“杂剧,周朝清已下,做《三京下书》,断送[绕池游]”“第七盏……勾杂剧,吴国宝等做《年年好》,断送[四时欢]”等,可见“断送”一般都在宋杂剧演出结束时吹奏。《张协状元》

以“断送”用于剧首，故曰“饶个”，即“加演一个”的意思。剧中称吹“断送”者为“轧色”，显然是由宋杂剧的“把色”音转而来。《张协状元》中角色分生、旦、净、末、丑、外、占七色，这是由宋杂剧的末泥色、引戏色、副净色、副末色、装孤、装旦等角色分工发展而来。这不只是从名称上看出其继承关系，还有事实为证。例如《张协状元》副末开场结束时，对后台呼“末泥色饶个踏场”，接着就是“生”上场并踏场，可见生就是宋杂剧的末泥色。戏文初期，角色名称没有完全固定，因此，还会出现混用现象。这些说明了宋杂剧对南戏的成熟与发展是发生过影响的，王国维认为南戏“与宋杂剧无涉”①，似不尽恰当。

以上说明，南戏是综合了里巷歌谣、诗词乐曲、民间讲唱以及歌舞百戏等多种文艺形式而形成、发展、成熟的。它在形成之初，当然比较简单、粗糙，还只是一种在古代歌舞戏、滑稽剧的基础上，以南方民间“畸农、市女顺口可歌”的“村坊小曲”、宋人词调搬演故事的民间小戏。这种刚形成的民间小戏活泼生动，富有乡土气息，它注意从多方面汲取营养，以致很快就变得丰满、迷人。如果把这样一种广取博撷、兼并众长而得以发展、成熟的综合性艺术说成是单纯由某一种伎艺发展而来，那是不符合客观事实的。

这样说来，发生于南方、宋代已经流行的南戏与肇始北地、元代才出现的北曲杂剧是否就毫无关系了呢？事实也不尽然。戏文《张协状元》中有与北曲名称相同的曲牌55种，角色的名称与分工也多相似之处，戏文中有许多剧目的内容与北曲杂剧的剧目内容相同……考曲牌名称相同者，55种中有43种见于古词曲，可见多是承袭古词曲而来。角色的名称与分工相似，也是由古剧相沿而来。如宋杂剧的“装旦”发展为南戏、北剧的“旦”，“末泥色”发展为南戏的“生”，北曲杂剧的“正末”等。剧目内容相同者多是取材于历史上的传说故事、话本小说。如戏文《王月英月下留鞋》、杂剧《王月英元夜留鞋》出于《太平广记》“买粉儿”；戏文《柳毅洞庭龙女》、杂剧《柳毅传书》来自唐李朝威的传奇《柳毅传》；戏文《貂蝉女》、杂剧《连环计》的内容见于《三国志平话》，等等。不仅从渊源看，

---

① 王国维：《宋元戏曲考》。

南戏、北剧有密切联系，南戏在发展过程中，还直接接受了北剧的营养，以致后来戏文中出现了南北曲联用、合套（《宦门子弟错立身》《小孙屠》中已有）以及把杂剧改编成戏文（如《拜月亭》）等情况。以上可见南戏北剧都是在我中华民族高度发达的文学艺术（诗词小说、歌舞百戏等）的基础上结合南北两地不同的民间文学和艺术建立起来的，是在我国自己的种子（其中也可能有一些外来的成分，但不是主要的）和沃土中孕育诞生的，因此完全是中国气派、中国作风的。过去有些论者曾以在温州附近的天台山发现有印度古老戏剧的写本和南戏与印度戏剧有某些相似之处，就断言南戏完全是由印度输入的，这种议论，难免有数典忘祖之嫌。

形成南戏的许多艺术因素，如诗词、歌舞、传说、百戏等在我国唐朝，有的在唐以前就已流行，为何南戏偏偏要到宋代才逐渐形成呢？瓜熟蒂落、月足胎堕，这是尽人皆知的道理。形成南戏的各种艺术因素，尽管有一些早已有之，但各种艺术因素的成熟、完备则至宋才完成。例如，成为南戏声腔重要组成部分的词调产生于唐朝，但其成熟与鼎盛则在宋代；二人演出的参军戏唐已盛行，但发展到有多种角色演出的、对南戏的发展曾给予影响的宋杂剧却是入宋以后的事；唐人传奇情节动人，但为戏剧提供更为广泛的生活内容、更具社会意义的丰富题材，而又能以绘声绘形的人物对话、生动细腻的描写刻画人物性格和心理活动的通俗白话小说却产生在宋代；其他赚词、诸宫调、舞鲍老、影戏等等，也都是宋代城市勾栏的产物或盛行的技艺。南戏是在我国古代多种文学艺术形式高度发展、成熟、完备之后才产生的。

二

“人们的设想、思维、精神交往在这里还是人们的物质关系的直接产物”[①]，作为人们精神交往的形式之一的南戏，它的产生当然也离不开当时社会人们的物质关系，离不开当时反映这种物质关系的政治、文化等社会

① 马克思、恩格斯：《德意志思想体系》。转引自马克思、恩格斯《论艺术》第133页，人民文学出版社1960年版。

因素。

两宋时的温州，素有“小杭州”[①] 之称，又有“小邹鲁”[②] 之誉。

称它为“小杭州”，是因为这里经济发达、城市繁荣、市廛无分昼夜、歌舞达旦不休。温州经济发达、城市繁荣，有它地理的、历史的原因。温州地处山海之交，利兼水陆丰产，民勤于劳作，“习于机巧”，妇女工于纺织，因而“商货集而物用饶”[③]。食如稻麦豆粟、笋蕈石花、鱼虾蟹蛎、柑橘梅梨，皆味美色鲜；衣如棉布、绛丝、瓯绸、溪绢，货色齐全；其蠲纸、漆器、石砚，驰名全国；更有海盐之富（宋时有盐场五）、磁石、铁沙之藏。早在梁朝，太守邱迟就曾赞其为“东南之沃壤，一都之巨会”。

温州位于东南海隅，依山为城、环海为池，因而地形险要，很少受到战乱的骚扰。宋以前几次大的战乱，如历时九年的安史之乱、长达半世纪的五代战争和一直打到长江以南的宋金之战，使我国广大地区的人民受屠戮，生产遭破坏，许多文化发达、经济繁荣的城市被焚荡殆尽，浙江的杭州、明州也曾蒙大难，而温州却安然无恙。几次大的农民起义，如唐末黄巢起义，历时十年，转战南北，波及今十二省地区；北方方腊，起于浙西，三个月内攻占六州五十二县：他们都遭到统治者的血腥镇压，官军乘乱纵掠，许多城镇只剩下断壁颓垣，温州却仍保无恙。比较安定的社会环境，保证了温州地区生产得到不断的发展。

温州富庶、安定，又兼山川峻美、城市整齐，历代诗人对其多有赞美。唐代李顾写其“孤城临万树，万室带山烟”，北宋杨蟠美其“水如棋局分街陌，山似屏帏绕画楼”，南宋徐照乐其“江头风景日堪醉，酒美蟹肥橙桔香”……在战乱纷起的封建时代，这里真是一个安居乐业的好地方。因此，历代文人雅士、皇亲勋戚携家带口移居此地的不计其数。晋室东迁，衣冠之士多避难此地[④]；宋室南渡，皇亲贵戚亦流连忘返。[⑤] 城市消费人口的与

---

① 北宋杨蟠《咏永嘉》：“一片繁华海上头，从来唤作小杭州。”

② 《嘉靖温州府志》卷一。

③ 光绪《永嘉县志》。

④ 杜佑：《通典》卷一百八十二。

⑤ 《永嘉县志》卷十七载“永嘉四灵”之一的赵师秀，为“太祖八世孙，南渡时自浚仪徙永嘉”。《温州府志》卷三记宋时“皇族居温者多恣横”。

日俱增，进一步推动了温州商业经济的发展。

温州滨海，交通以水路为便。南朝时，陈宝应曾“自海道寇临安（应为临海）、永嘉及会稽、余姚、诸暨，又载米粟与之交易……”[①]。唐时刘汉宏曾使温州刺史朱褒“治大舰习战”[②]。至北宋，哲宗元祐五年曾“诏温州、明州岁造船以六百只为额，淮南、两浙各三百只”[③]。宋时的江海船舰，据《梦粱录》记，大者可载五六百人，中等者亦可载二三百人。由于中国造船技术的先进，当时中外商人越洋渡海大都乘用中国打造的船舶。由此可见温州造船工业的发达和海上交通、海上贸易的方便。温州市舶司的建立虽在南宋初年[④]，但其与外商的贸易肯定远在建立市舶司之前。因为一地建立市舶司，必然是此地的对外贸易繁多才有必要。福州、泉州置市舶于哲宗元祐二年（1087），而其对外贸易据阿拉伯人的转述，五代时已经开始[⑤]，见于记载的则有《宋会要》所录宋初太平兴国初年的诏示：“诸蕃国香药宝货至广州、交趾、泉州、两浙非出于官库者，不得私相市易。”可见比置市舶司时要早一百多年。由此亦可见温州的对外贸易，至少可追溯到北宋中叶。市舶司建立后，温州成为对外贸易的重要通商口岸，与外商的往来也就更为频繁。温州的内河运输亦极繁忙，“城脚千家具舟楫”[⑥] 是当时盛况的真实写照。宋室南渡后，杭州成为京都临安，人口大量增加，每日须从各地运入大量生活必需品，如粮食主要由苏州、湖州等地输入，海鲜水产则由温州、明州、越州、台州等地运进。临安城内花样繁多的手工业品也要运销各地。这样就形成了一个以临安为中心的庞大的商业网，南至闽广，北连江淮，商旅往来，络绎不绝。温州作为这张商业网中的重要港口，也是每日四方船只云集，往来穿梭。温州交通的发达，进一步带来了商业的兴旺、经济的繁荣，又促进了与各地文化思想的交流。

① 《陈书》卷三十五《陈宝应传》。

② 《新唐书》卷一九零《刘汉宏传》。

③ 《宋会要辑稿》“食货”五十。

④ 《宋会要辑稿》“职官”四十四记：绍兴三年户部言，两浙提举市舶司申本司“契勘临安府、明州、温州、秀州、华亭及青龙近日场务”。可见温州置市舶司至少应在此之前。

⑤ 见藤田丰八著、魏重庆译《宋代之市舶司与市舶条例》。

⑥ 北宋赵忭：《自温将还衢郡题谢公楼》。

随着经济发达、商业兴旺而起的，是城市的繁华。唐代，繁华都市如京城长安尚禁止夜行，商业集中市里，只能白日贸易。而宋时温州却已是“鄽肆派列、阛阓队分”，“市声澒洞彻子夜”[①]。可见都市发展之快。为了招徕顾客，商人往往利用鼓乐，他们自己需要娱乐，需要挥霍；市民们在一天劳作之余也需要休息、游艺——这些都给予民间各种技艺人以充分施展才能的机会。温州之民一向“尚歌舞”[②]，他们常以歌舞祭鬼神。这在唐顾况诗中亦可见到：“东瓯传旧俗，风日江边好。何处乐神声，夷歌出烟岛。”宋叶适《端午行》写各乡操龙舟竞渡、祈年赛愿的情况，竞渡之后人们还“回庙长歌谢神助”。歌舞祭鬼神外，亦以自娱、娱人。据《永嘉县志》载，郡治东北有竹马坊，“谢康乐莅郡，儿童骑竹马迎之，故名”。竹马是一种歌舞技艺，此记证明这种歌舞早在六朝时已在温州流行。另如孟浩然“渔父歌自逸”、叶适“舟艇各出菱莲中，棹歌相应和”“不唱杨枝唱桔枝”等诗句都反映了温州人民喜好歌舞，在劳动时还常伴以歌声的俗尚。这种风尚在温州商业经济大发展时也获得发展，以致宋时出现了歌舞不休、艺人云集的局面。曾任郡守的杨蟠记下了当时“过时灯火后，箫鼓正喧阗”的盛况。郡治西北的“众乐园”、西南的“思远楼”、城西的“醉乐亭”，也都是人们群集、百伎杂陈的历史见证。“众乐园于宋时，每岁二月开园、设酤，人群欢会，尽春而罢”。[③] 这样长时间开放的乐园，自然是艺人们献伎的绝好场所。思远楼和醉乐亭也都是宋时所建，前者供里人“观竞渡”，后者为民“相与为遨嬉”之地。

繁华的城市，市人、商人们的需要，各种技艺的汇集、竞演，为南戏的产生准备了温床。

“邹鲁”为孔、孟故乡，后世借以称呼文教盛地、礼仪之邦。温州被誉为“小邹鲁”，是因为这里文化发达、名流辈出，伊洛之学盛行，登科进士纷纭。

温州文化，六朝以来就很发达。王羲之、谢灵运任郡守时“导以文

① 戴栩：《江山胜概楼记》，见《浣川集》。

② 《嘉靖温州府志》。

③ 以上均见《永嘉县志》卷二十一。

教”，“自是而家务为学”[①]，至唐，“虽闾阎贱品处力役之际，吟咏不辍”[②]。宋时，理学盛行，永嘉从二程、朱子游，或立程朱门下而名显者达二十余人。查《永嘉县志》，宋时仅登进士科一项就有523名（其他科目，包括与进士异名同实的科目都不算在内）；而唐朝，仅一人；元代，只三人；明清两代也远不如两宋时多。“小邹鲁”之称可谓名实相符矣！

文化发达，平民百姓于劳动之中仍“吟咏不辍”，无疑也是南戏形成的重要条件之一。但是，既是“小邹鲁”，又是“小杭州”，这明显地反映了：在这个小天地里存在着尖锐的阶级矛盾。而这，正是促使南戏迅速形成的最积极、最活跃的因素。

宋时，温州之民和江南其他地区人民一样，受到的封建压迫和剥削是极其沉重和残酷的。北宋从立朝之初起，战事不断，军费浩大，后来对辽夏屈服，每岁须输纳的“岁币”，也洋洋可观。加以官僚机构臃肿庞大、统治者愈趋腐化，以致北宋末叶，国库空虚，入不敷出。于是，统治者更加紧了对人民的盘剥。当时，江南地区比较富裕，北方人民由于屡遭兵燹，流离失所，苦不堪言。统治者对北方人民虽从未放松过敲骨吸髓的剥削，但沉重负担必然更多地落在南方人民身上。“花石纲之扰”，更是“比屋致怨”。[③] 这激起了得到江浙人民普遍响应的方腊起义。方腊军曾围永嘉，由于官军据险而守，后来“王师”又到，因而围城月余而退。方腊军虽未攻下永嘉，但当地贫苦百姓对起义军是心向往之的。方腊被诛之后，“永嘉人俞道安啸聚楠溪”，与方腊旧部吕师囊呼应，曾占领永嘉郡属乐清县。[④] 在阶级矛盾日益尖锐、民心动摇之时，永嘉的道学先生们极力宣扬夫子之道、讲解程朱理学。他们妄图以骗人的“天理”、封建的三纲五常来毒害人们的思想，束缚人们的手脚，借以达到维护封建压迫、巩固封建统治的目的。

但是，“小杭州”五光十色、歌舞升平的都市生活，频繁的对外贸易往来，却冲击着封建的藩篱，催促着新思想的萌发。青年们要求婚姻自由、

---

① 《嘉靖温州府志》卷一。

② 杜佑：《通典》卷一八二。

③ 《宋史纪事本末》卷五十四。

④ 见《温州府志》《永嘉县志》。

商人们要求通商自由，平民百姓从切身利益中体会到对侵略者屈服只会加重人民的负担，带来亡国亡家的奇耻大辱和深重灾难。作为这一切先进思想的代表，便是南宋初由薛季宣开始，中经陈傅良至叶适而集大成的永嘉学派的出现。薛季宣曾师事程颐弟子袁溉，陈傅良、叶适均为饱学之士，陈官进宝谟阁待制，叶官至吏部侍郎，这些有较高地位的文人儒士，从正统的道学思想中摆脱出来，反对性理空谈，反对对金战争中的妥协投降，讲究“功利之学”，主张报仇雪耻、恢复失地，要求“通商惠工，以国家之力扶持商贸，流通货币”[①]，他们代表了庶族地主、个体农民和工商业者的利益。他们是正统道学的异端，被朱熹斥为“大不成学问”。这一学派的出现，反映了北宋末南宋初温州地方要求放松封建约束和抗金救国思想的强烈。永嘉学派正是在强烈社会思想的影响下出现的。

平民百姓要直抒胸臆表现自己的思想愿望，他们往往诉之于歌诗、传之于讲唱。当他们感到这些形式不足以表现复杂的社会现实、尖锐的阶级矛盾和发抒自己强烈的感情时，一种新的形式——温州杂剧便应运而生。他们以扮演真人上场，叙述一个完整的故事，借剧中的正面、反面人物和引人的故事情节发抒强烈的爱憎，表达自己的思想愿望。（创造这种新形式在当时并不困难。前面已经说过，形成温州杂剧的各种艺术因素在宋时已经具备，并已成熟。）现知的几个宋代温州南戏的内容也说明了这点。《赵贞女蔡二郎》《王魁负桂英》《张协状元》等写的都是负心汉的故事，这不仅反映了当时存在的严重社会问题（读书人一旦身登龙门，便往往抛弃糟糠之妻），也表现了人们对那些满口仁义道德，实际不仁不义、心狠手毒的文人儒士的憎恶。作品借蔡邕、王魁等几个儒生，深刻揭露了道学先生们的真面目和道学的骗人实质，表达了人们盼望有不受权势地位制约的真正爱情和惩办恶人的复仇愿望。早期温州南戏，存目无几，但从宋元南戏的遗目和存篇中，我们可以看到宋元戏文多半表现了反对封建束缚、要求婚姻自主、反对强权压迫、赞颂真诚爱情、斥责卖国奸佞、歌颂爱国忠臣等战斗的思想内容，无疑这是继承了温州南戏的传统，说明温州南戏一开始

① 叶适：《习学记言》。

就是以战斗的面貌出现在观众面前的，正因为此，封建统治者曾企图把它扼杀在摇篮里，光宗朝前后的赵闳夫就曾予以“榜禁”[①]。但是，温州南戏却以其战斗的思想内容、新鲜活泼的表演形式，借助于四通八达的交通，很快就在东南沿海各地传播开来。南戏本身也在传播过程中得到丰富、发展而愈趋成熟、完善，以致成为遍布南方各省、元时又流传到北方的大型剧种。

（载社会科学战线编辑部编辑《古典文学论丛》第5辑，齐鲁书社1986出版）

① 见祝允明《猥谈》。说赵闳夫是光宗朝前后的人，根据有二：其一，《宋史》“宗室世系表”载赵闳夫为赵太祖弟魏王廷美的八世孙，和宋光宗赵惇同辈；其二，《浙江通志》载赵闳夫的同太祖兄弟赵瑺夫亦为光宗前后时人，他是光宗绍熙元年进士。

肤说戏文的流失

宋元南戏是我国最早形成的比较完整、成熟的戏剧形式，又是孕育、产生明清传奇的母体，在我国戏曲史上占有重要的地位。但是，这在宋元时曾经盛极一时的南戏，其剧本却所存无几。据统计，今知宋元南戏剧目约有 238 种[①]（实际当大大超过此数），而存全本者不足二十，且多半已经明人修改，弄得面目全非。

宋元南戏基本流失，原因何在？这一问题在以往有关南戏的论著中很少言及，但它有助于我们认识、了解文学发展中一些规律性的问题。本文试图对这一问题作初步探讨。

一

南戏于北宋末、南宋初产生在浙江温州民间，宋元时流行于南方沿海各地，它的作者多是民间艺人、书会才人。这些决定了南戏作品在思想和艺术上的民间文学特性。

南戏作品虽然多已失传，但从有限的存本、佚曲以及有关资料中还可以获知它的主要内容：其中大量的以描写、赞颂青年男女挣脱封建枷锁、追求自由爱情以及他们在爱情上所表现的坚定态度、牺牲精神为主题，《拜月亭》《王月英月下留鞋》《司马相如题桥记》《宦门子弟错立身》等等都

① 钱南扬：《戏文概论》，上海古籍出版社，1981。

属于这一类。最早的戏文《赵贞女蔡二郎》《王魁负桂英》以及后来的《张协状元》《三负心陈叔文》等着重批判男子负心，把矛头直接指向那些在孔孟之道、伊洛之学熏陶下成长起来的满口仁义道德、实则丧尽人性的黉门高足，从而剥下道学“神圣”的外衣。而《乐昌公主破镜重圆》《王仙客》《陈光蕊江流和尚》《小孙屠》等则反映战争动乱给人民带来的苦难，揭露并控诉强梁横行，官吏昏聩无能、贪赃枉法的黑暗社会。《秦太师东窗事犯》《苏武牧羊记》《贾似道木棉庵记》《赵氏孤儿记》等在歌颂忠君爱国的抗战将领和忠臣义士的同时，又愤怒批判祸国殃民、卖国求荣的奸臣贼子。当然，作为封建时代的产物，南戏作品中也不可避免地夹杂着一些封建性的糟粕，少数作品竟以颂扬封建道德、宣讲因果报应思想为主要内容，如《王祥卧冰》《黄孝子寻母》《冯京三元记》等均是。不过，这些作品在宋元南戏中所占比重不大，它们不能掩盖宋元南戏的主要倾向。

从宋元南戏作品的主要内容中我们看到，南戏继承了我国古代民间文学和古剧的优良传统，具有战斗的思想特色。它如实反映了当时的社会现实，表达了在市民阶层勃兴、民主意识滋生的社会条件下被压迫人民的思想感情、道德观念、反抗精神和美好愿望，给予黑暗势力、封建统治阶级以有力的抨击。

据文献记载，宋元戏文在当时的社会生活中确曾产生过积极的影响。例如：宋宁宗时，《王焕》戏文在京城临安十分盛行，它唤起一些青年妇女对于自由爱情的向往之情，“一仓官诸妾见之，至于群奔”[①]。元初，罪大恶极的温州乐清县僧祖杰曾为女色杀绝俞生一家，有不平者告于官，然州县均受其贿，莫敢如何。“旁观不平，惟恐其漏网也，乃撰为戏文以广其事。后众言难掩，遂毙之于狱。”[②] 后一事实说明，当时南方人民群众已自觉以戏文为武器，与黑暗势力展开斗争，从而极大地发挥了戏文的战斗作用。

战斗的思想内容使宋元戏文从摇篮时起，就不断遭到封建统治阶级的摧残与迫害。

大约在宋光宗朝前后，“戏文之首”《赵贞女蔡二郎》及其他一些南戏

① （元）刘一清：《钱塘遗事》卷六。
② 周密：《癸辛杂识》别集。

曾被赵闳夫“榜禁”。[①] 与此同时，理学名臣朱熹在南戏流行地区福建漳州也明令禁戏，致当地优人敛迹。[②] 朱熹离漳后，他的得意门生陈淳又上书漳州知府傅伯成论禁“淫戏”。由于维护封建秩序的反动立场，他仇视、反对民间的戏剧活动，历数其罪状为：

一、无故剥民膏为枉费；二、荒民本业事游观；三、鼓簧人家子弟玩物丧恭谨之志；四、诱惑深闺妇女出外动邪僻之思；五、贪夫萌抢夺之奸；六、后生逞斗殴之忿；七、旷夫怨女邂逅为淫奔之丑；八、州县二庭纷纷起狱讼之繁，甚至有假托报私仇击杀人无所惮者……

我们从陈淳的攻击和诬蔑中可以看到，南宋时漳州民间戏剧活动的盛况及其破坏封建秩序、冲击封建思想、不利于封建统治的社会影响。陈淳忧虑“其胎殃产祸如此，若漠然不之禁，则人心流动，风靡无由而止，岂不为仁人君子德政之累?”于是，他强烈要求“明示约束”“严禁止绝”[③]。据刘一清《钱塘遗事》载，宋宁宗时，太学生黄可道就因其所撰《王焕》戏文演出后发生的社会影响而被迫离开太学。

元灭南宋，南人备受歧视，为南人所喜闻乐见的戏文仍被诬为“诲淫”[④] 之作，更被斥为“亡国之音”[⑤]。甚至戏文的故乡温州及温州人都遭到诽谤，说什么“若见永嘉人作相。国当亡。”[⑥] 元惠宗朝，丞相伯颜当国，曾禁戏文[⑦]。明初制《大明律》规定“凡乐人搬做杂剧戏文，不许装扮历代帝王后妃、忠臣烈士、先贤先臣神像”，清《大清律例》亦有相同条例。《荆钗记》仅仅因为借用了“一代名臣”王十朋的名字，便受到卫道者们的

---

① 祝允明：《猥谈》。

② 《漳州府志》卷四十六陈淳《朱子守漳实迹记》。

③ 《漳州府志》卷三十八。

④ 刘一清：《钱塘遗事》卷六。

⑤ （元）周德清：《中原音韵》。明陆容《菽园杂记》卷十亦云：“其扮演传奇，无一事无妇人，无一事不哭，令人闻之，易生凄惨，此盖南宋亡国之音也。”

⑥ 叶子奇：《草木子》。作者为元末明初人，书中记元季明初事颇详。

⑦ （明）长谷真逸撰《农田余话》卷上。

攻击，他们呼吁“当道宜禁唱，并毁其书”[①]。《锦香亭》《欢喜冤家》《同拜月》（当是《拜月亭》中《幽闺拜月》一折）等等也曾屡被封建统治者明令禁毁。[②]

封建士大夫和封建统治阶级的攻击、诬蔑、禁止，使南戏在很长一个历史时期里“无人选集，亦无表其名目者”[③]。明代，独具慧眼的徐渭曾为南戏抱不平，并录下部分戏文名目。但明清两代封建统治者仍一再禁毁，终于造成了严重的后果。

显然，封建统治阶级的攻击、禁毁是造成戏文流失的一个重要原因。

二

诚然，对于不利于封建统治的作品，封建统治阶级总是想方设法要把它们除尽灭绝。但是《西厢记》《牡丹亭》《水浒传》《红楼梦》等作品，它们不也都遭到过封建统治阶级的攻击、诅咒和三令五申的禁毁吗？却为何仍然流传下来，且至家传户诵呢？而《王祥卧冰》《楚昭王》《看钱奴买冤家债主》等颂扬封建道德、宣传轮回果报的戏文并未遭到封建统治者禁毁，却为何也未能流传下来呢？

这就不能不涉及作品的艺术水平。上述这些被禁毁而流传下来的作品，它们都以进步的思想内容和高度完美的艺术形式相统一而受到人民群众的赞赏、传播和保护。反对封建礼教、封建家长统治的《西厢记》和宣传爱情自由、个性解放的《牡丹亭》，以文笔优美细腻、意境奇丽飘逸著称于世；反映农民起义的《水浒传》和揭示封建社会必然灭亡的历史命运的《红楼梦》，因塑造了大批性格鲜明生动、各具性格特征的英雄好汉、闺阁女子被叹为观止。它们得以与世长存，不仅因为它们真实地、本质地再现了当时丰富的社会生活、倾吐了人民群众的心声，还因为它们的艺术美强

① （清）许起：《珊瑚舌雕谈初笔》卷六。

② 王利器：《元明清三代禁毁小说戏曲史料》第二编《地方法令》。

③ 徐渭：《南词叙录》。

烈地吸引、感染着人们。明嘉靖年间，金陵名妓刘丽华曾以口授刻《西厢记》古本[①]；曹雪芹逝世后，《红楼梦》经“藏书家抄录传阅几三十年”[②]而后才得印刷行世。如果这些作品没有惊人的艺术魅力，很难想象，艺妓能够背诵全本，百万字的鸿篇巨制能够不胫而走。而上述那些内容符合统治阶级利益而又未遭焚禁的戏文，却因其思想、艺术上都缺乏感人的力量而与时俱亡。由此可见，文艺作品的生命力，取决于它能否以完美的艺术形式表现具有进步意义，或反映人民思想愿望的内容。二者相统一取得的成就愈高，生命力就愈强；反之，则往往是短命的。

宋元南戏在艺术上的特点正如徐渭《南词叙录》所说：

> 其曲，则宋人词而益以里巷歌谣，不叶宫调，故士夫罕有留意者……
>
> 永嘉杂剧兴，则又即村坊小曲而为之，本无宫调，亦罕节奏，徒取其畸农、市女顺口可歌而已，谚所谓“随心令”者，即其技欤？

这种“村坊小曲而为之”的民间戏剧，从保存作品原貌较好的《戏文三种》中可以看到，其剧本创作在艺术上已经取得了不小的成绩。例如，作品能围绕尖锐的矛盾冲突展开情节；剧中主要人物已初步表现出各自不同的性格特征；双线对比的写法已开始运用，既使长篇巨著叙次井然，又加强了戏剧效果；曲文宾白朴素自然、明白如话，即所谓“句句是本色语”[③] 等等。

但是，若以《戏文三种》和元末文人创作的南戏《琵琶记》相比，便可明显看出其间有着文野之分、粗细之别。《琵琶记》能够以情动人，以真实、细腻地摹写人物曲折、复杂的思想感情、心理活动打动人心，人物形象比较丰满生动。《戏文三种》对人物感情和心理活动的描绘则十分简单，对人物性格刻画还是粗线条的，且多疏漏之处。例如《宦门子弟错立身》

① 王伯良注《古本西厢记》卷六《附刘丽华题词·按语》。
② 程乙本：《红楼梦引言》。
③ 徐渭：《南词叙录》。

中完颜寿马与女伶王金榜书房相会被父亲撞见时，竟把责任推给对方，这与完颜寿马不惜舍弃荣华富贵、功名前程而热烈、大胆地追求爱情的态度自相矛盾。《琵琶记》布局谋篇整饬明快、紧凑严密，《戏文三种》则结构比较松散，并多赘笔，其中尤以《张协状元》为甚，剧首以大段诸宫调引入，剧中与主题无关的科诨较多，都可看到早期南戏融合各种技艺未化的痕迹。《琵琶记》既注意保持南戏语言本色自然的特点，又字句精练、文采斐然。《戏文三种》则过于质直浅近，缺乏意致。

这些情况表明，宋元民间戏文作者在艺术实践中已经积累了一些经验，但不成熟，因而作品在艺术上显得比较幼稚、粗糙。

宋元南戏因其艺术上的俚俗浅近、简单粗糙而受到一般文人学士的歧视和排挤。祝允明《猥谈》说：

> 数十年来所谓南戏盛行，更为无端，于是声乐大乱……今遍满四方，转转改益，又不如旧，而歌唱愈谬，极厌观听，盖已略无音律腔调。愚人蠢工徇意更变，妄名余姚腔、海盐腔、弋阳腔、崑山腔之类，变异喉舌，趁逐抑扬，杜撰百端，真胡说耳。

他在《重刻中原音韵序》[①] 中更说：

> 不幸又有南宋温浙戏文之调，殆禽噪耳，其调果在何处？噫嘻，陋哉！

祝允明对待民间戏剧的贵族老爷式的态度，代表了宋元至明初一般士大夫文人的态度，他们视南戏为不登大雅之堂的粗鄙之物，自然耻于染指其间。民间戏文作者虽有较丰富的实践经验，毕竟文化不高，艺术修养较差，因斗争需要，为生活所迫，他们创作的演出脚本往往是急就章，因此，艺术上比较幼稚、粗糙，极少传世名篇，也在所必然。

---

① 祝允明：《怀星堂集》卷二十四。

不过，南戏由宋入元，经过二百余年的传播、发展，尤其在北杂剧南移后，吸收了北杂剧的丰富营养，至元末而趋于成熟。此时，属于士大夫阶层的文人高明在历经仕途坎坷后，避世明州，写成《琵琶记》。这部被称为戏文中的"绝唱"[①] 的《琵琶记》是作者在长期流传的民间戏文的基础上，又借鉴了我国古代诗词文赋等其他文学样式的创作经验，进行加工再创作而成的。它的问世标志着南戏艺术已从低级发展到高级、从幼稚发展到成熟，从而为南戏创作开辟了一个新时代。

高明以后，尤其是《琵琶记》受到明太祖朱元璋的称赞之后，学士大夫纷纷起而制作戏文。沈宠绥《度曲须知》云："名人才子，踵《琵琶》、《拜月》之武，竞以传奇鸣；曲海词山，于今为烈。"明清传奇作者中，较多有一定社会地位和较高文化修养的文人雅士，他们很少接触社会，生活内容比较贫乏，又由于明清封建统治者在文字上的控制甚严，因而传奇作者大大发展了元杂剧、南戏文中本已有的借历史故事、话本小说题材抒情言志的传统。他们往往从书本中觅题材，传奇小说、戏文杂剧、文人轶事都成为他们写作的根据。特别是宋元戏文，由于明清传奇在形式上与它有直接的继承关系，因此传奇作者常喜翻改戏文，借以表现自己的思想感情，从而使它具有新的时代的思想风貌或特征，在艺术上得到锤炼提高。传奇如王济《连环计》、陆采《明珠记》、徐霖《绣襦记》、王元寿《鸳鸯被》、顾觉宇《织锦记》、徐复祚《红梨记》、王玉峰《焚香记》、范文若《花筵赚》等等与宋元戏文《貂蝉女》《王仙客》《李亚仙》《玉清庵》《董秀才》《诗酒红梨花》《王魁负桂英》《温太真》等等取材相同，其中有的即据戏文改编。据粗略统计，238 种宋元戏文中与明清传奇同题材，或被改编为传奇者几占三分之一。由于传奇大多出于文人之手，在艺术上比早期民间戏文成熟、高雅，其中有的当时或稍后即刻印成书，广为流传，以致它们据以改编或取材相同的宋元戏文大多湮没。

事物是向前发展的。粗糙、幼稚的东西终将被比较精美、成熟的东西所代替。宋元戏文作为我国戏曲史上的一个发展阶段，"对它所由发生的时

---

① 何良俊：《四友斋丛说》卷三十七。

代和条件来说，都有它存在的理由；但是对它自己内部逐渐发展起来的新的、更高的条件来说，它就变成过时的和没有存在的理由了；它不得不让位于更高的阶段，而这个更高的阶段也同样是要走向衰落和灭亡的。”①

以上说明，封建统治者的禁毁只是宋元戏文流失的一个重要因素，而最根本的原因还在于它艺术上的幼稚和粗糙，以致当比它成熟、精美的明清传奇发展、兴盛起来之后，戏文也就逐渐流失了。

三

民间文学，自古以来，多为口头创作，也多在口头流传。先秦、两汉若无采诗之设，当时的民间歌谣很难保存至今。我国两千多年来的所谓正统文学，其中许多原是由民间文学升格而来，但是古来的民间歌谣、词曲、话本、讲唱文学等等却很少能够留存至今。陶宗仪《辍耕录》载院本名目713种，今一本不存。宋元时盛极一时，对元杂剧和南戏文都发生过深刻影响的诸宫调，今仅存《董西厢》一部及两部残篇。

与各种形式的民间文学一样，宋元戏文是在民间舞台上曾经十分活跃，却极少曲本。清乾隆年间江西巡抚郝硕奉旨查办戏剧违碍字句后奏曰：“查江右所有高腔等班，其词曲悉皆方言俗语，鄙俚无文，大半乡愚随口演唱，任意更改，非比昆腔传奇，出自文人之手，剞劂成本，遐迩流传，是以曲本无几，其缴到者亦系破烂不全钞本……”② 清代民间戏剧如此，宋元时民间戏文更是如此，它们大多只有演出脚本，间或有一些传抄本，极少刻本。当时，官刻图书以封建统治阶级提倡的儒家“经传”为主；坊刻、私刻，旨在谋利，亦求名家大作雕印。明代，刻书业极盛。就是在这样方便的条件下，李时珍“历时三十年，阅书八百余家”，三易其稿而写成的《本草纲目》仍至死未得刊行。③ 由此可见，思想内容大多遭到封建统治阶级非难，

① 恩格斯：《路德维希·费尔巴哈和德国古典哲学的终结》。

② 王利器：《元明清三代禁毁小说戏曲史料》第二编《地方法令》。

③ 《明史·李时珍传》。

艺术上又不太成熟的宋元民间戏文，一般地说，在当时是很难雕刻付印的。明何良俊《四友斋丛说》云，其家所藏杂剧本几三百种，旧戏文却无刻本，可以为证。同时，由于民间作者编出戏文为的是供戏班演出，各戏班为了衣食不愿把脚本公之于众，也给戏文的传钞带来了困难。这些情况说明，宋元南戏中的许多剧目在当时就极少，甚至可以说没有曲本流传。

宋元戏文原少流传之本，明清两代又极少得以翻刻，中间屡经兵燹，其大量失传在所难免。据明《永乐大典目录》知《永乐大典》中收入戏文33种，清嘉庆时副本尚存，咸丰时渐散失，庚子之役副本大都遭劫掠、焚毁，其中所收戏文也大都流失。又如明正统六年（1441）杨士奇等编录《文渊阁书目》时，其中尚有《东嘉韫玉传奇》一部，至清嘉庆五年（1800）清点时已付阙如。从张大复《寒山堂曲谱》知，《唐伯亨》《开封府风流合三十》《张资传》《子母冤家》《王仙客无双传》《裴少俊墙头马上目成记》等宋元戏文清初犹存，随着时间的流逝，今亦无存。

可见，宋元戏文的失传除一、二两原因外，还与民间戏文传本少以及时代久远、屡经兵燹等因素有关。

以上宋元戏文基本失传的主要原因中，最关键的一条是艺术上的幼稚、粗糙。由于戏文本身存在这一不足，所以封建统治阶级的禁毁、刻印传抄的困难、时代的久远等等客观因素才能发生作用。它们之间既相辅又相成，相互作用，造成了戏文的流失。当然，具体到每一本戏文的失传或留存，其间有必然的原因，也会有偶然的因素。这里就不（也不可能）一一赘述。

由于宋元戏文的大量流失以及文人学士轻视民间文学的阶级偏见，明清以来许多曲家和论者无视宋元南戏的实际存在，把《琵琶记》作为南戏之祖，以致出现了南戏出于北曲杂剧之后，“盖元人杂剧之变”① 等错误说法。直至近世有一些学者注意搜求藏本、悉心钩沉辑佚，对宋元南戏的汇

---

① 胡应麟：《庄岳委谈》。

集做了筚路蓝缕的工作，才使这戏曲史上几近失去的重要环节恢复了一些本来的面目，一些错误的认识才得以初步澄清。

我们应从宋元时在南中国流传、盛行达二百余年的戏文失传的原因中，引取一些有益的教训！

（《中华戏曲》第3辑，1987）

《张协状元》曲名考

20 世纪初，王国维《宋元戏曲考》曾考证沈璟《南九宫十三调曲谱》中所录南曲曲牌 543 章之来源，用以证明“南曲渊源之古”。这一成果受到学术界的重视，在探讨南戏渊源时引用者颇多。但是，沈璟此谱是据嘉靖时蒋孝所编《南九宫谱》增补而成，其中已录入不少明代新调；且《宋元戏曲考》仅笼统地将五百余曲名归入“出于大曲者”“出于唐宋词者”等六类，而未言明其归类的根据。自《永乐大典戏文三种》被发现后，其中南宋戏文《张协状元》成为探索南戏源流、早期南戏的艺术形态等等问题的宝贵史料。《张协状元》中有不同名称的曲调一百六十四种，虽不及沈璟曲谱所录之多，但确是南宋时戏文所用曲调。借剧中曲调来历考察南戏渊源总比借明人曲谱中的曲名来历更为接近实际，因而也更加可信和有说服力。为寻觅南戏形成的踪迹，本文不辞繁琐，对《张协状元》中不同曲名的来历一一加以考察，逐条说明根据，最后予以归类。

1. ［水调歌头］

“水调”，唐人大曲。相传隋炀帝凿汴河，曾自制［水调歌］，后唐人演为大曲。白居易《听水调》：“五言一遍最殷勤，调少情多似有因。不会当时翻曲意，此声肠断为何人?”《碧鸡漫志》引《脞说》“水调第五遍五言，调声最愁苦”云：“此水调中一句五字曲，又有多遍，似是大曲也。”

“水调歌头”乃词牌名。《词谱》云：“按水调，乃唐人大曲，凡大曲有歌头，此必裁截其歌头另倚新声也。”

2. ［满庭芳］

词牌名。毛先舒《填词名解》云：“采唐吴融诗‘满庭芳草易黄昏’，又柳宗元诗‘满庭芳草积’。”案：吴融诗为“满庭荒草易黄昏”，此说不确。柳宗元诗题名《赠江华长老》。

曲牌名。见后世南、北曲谱。

3. [凤时春]

词牌名。见宋王质《雪山词》。

曲牌名。见南曲谱，“凤”作“奉”。

4. [小重山]

词牌名。见后蜀赵崇祚辑《花间集》。

曲牌名。见《南曲九宫正始》。

5. [浪淘沙]

唐教坊曲名。见崔令钦《教坊记》。《乐府诗集》卷八十二收刘禹锡等所作《浪淘沙》十七首。

词牌名。南唐李煜因旧曲名创新声。

南、北曲均有此曲名。

6. [犯思园]

南曲谱中有[思园春]，此当是[思园春]犯调。

7. [绕池游]

词牌名。见南宋曾慥编《乐府雅词》。

曲牌名。见南曲谱。

8. [烛影摇红]

词牌名。宋吴曾《能改斋漫录》卷十七：“王都尉有《忆故人》词云：‘烛影摇红，向夜阑……’徽宗喜其词意，犹以不丰容宛转为恨，遂令大晟府别撰腔。周美成增损其词，而以首句为名，谓之[烛影摇红]。”

曲牌名。见南曲曲谱。

9. [望江南]

唐教坊曲名，见《教坊记》。段安节《乐府杂录》云：“始自朱崖李太尉（德裕）镇浙西日，为亡妓谢秋娘所撰。本名《谢秋娘》，后改此名。亦曰《梦江南》。”案：李德裕任浙西观察使为长庆、宝历年间事，而《教坊记》成书于宝应元年，较李“镇浙西日”早六十余年，已录此名。段言此曲始自李，不确。

敦煌曲子词中亦有此名。

词牌名。又名［忆江南］［梦江南］，见刘禹锡、白居易词。

南、北曲均有此曲名。

10.［粉蝶儿］

词牌名。见宋毛滂《东堂词》。毛滂有“粉蝶儿，这回共花同活”句，取以为名。

曲牌名。见诸宫调、南北曲谱。

11.［千秋岁］

词牌名。《旧唐书》曰：“开元十七年八月癸亥，玄宗以降诞日，讌百僚于花萼楼下。百僚表请以每年八月五日为千秋节，王公以下献镜及承露囊，天下诸州咸令讌乐，休暇三日，仍编为令，从之。”唐诗有张祜《千秋乐》。词见宋秦观《淮海居士长短句》。一名［千秋节］。

曲牌名。诸宫调用［千秋节］，南、北曲均有。

12.［大圣乐］

大曲名。见《宋史·乐志》。

词牌名。见康与之《顺庵乐府》。

南宋官本杂剧有《柳毅大圣乐》等三种。

曲牌名。见于诸宫调、南曲曲谱。

13.［叨叨令］

未见宋以前文献记载。后世南、北曲谱中均有此曲牌名。

14.［西地锦］

词牌名。见石孝友《金谷遗音》。

曲牌名。见南曲曲谱。

15.［川鲍老］

出于舞鲍老。宋杨亿诗：“鲍老当筵笑郭郎，笑他舞袖太郎当。若叫鲍老当筵舞，转更郎当舞袖长。”舞鲍老种类很多：《西湖老人繁胜录》记有“福建鲍老”“川鲍老”；《武林旧事》卷二“舞队”项有“大小斫刀鲍老，交衮鲍老”。

曲牌名。见南曲曲谱。

16. [行香子]

词牌名。见苏轼《东坡乐府》。

曲牌名。见诸宫调，南、北曲谱。

17. [武林春]

词牌名。见毛滂《东堂词》。

曲牌名。见南曲曲谱。

18. [犯樱桃花]

南曲谱中有［樱桃花］，此当为［樱桃花］犯调。

19. [风马儿]

不见宋以前文献记载。清顾贞观《弹指词》中有此名。

曲牌名。见南曲曲谱。

20. [借黄花]（应为［惜黄花］）

词牌名。见史达祖《梅溪谱》。

曲牌名。见诸宫调，南、北曲曲谱。

21. [望远行]

唐教坊曲。见《教坊记》。

敦煌曲子词中有此名。

词牌名。有小令、慢词两体。《词谱》云："令词始自韦庄""慢词始自柳永"。前者见《金奁集》，后者见《乐章集》。

南、北曲均有此曲名。

22. [生查子]

唐教坊曲。见《教坊记》。

敦煌曲子词中有此名。

词牌名。《词谱》卷三云："此调创自韩偓"。其实，盛唐时韦应物已用此调。

南、北曲均有此曲牌。

23. [复襄阳]

襄阳，宋以前为郡名、府名，辖境相当今湖北襄阳、南漳、宜城等县地。《乐府诗集》收有《襄阳乐》《襄阳曲》《襄阳歌》等。此曲名未见他书，当为襄阳失守后表现人民恢复愿望或收复之后以示庆贺的地方小曲。

24. ［福州歌］

当为福州地方民间小曲。《张协状元》为温州“九山书会”所编。温州与沿海各地往来，水路极便。因此，福州的地方小曲流传温州，被温州南戏采用，是很自然的事。

25. ［七娘子］

词牌名。见毛滂《东堂词》。

曲牌名。见南曲曲谱。

26. ［普天乐］

大曲名。《宋史·乐志》：“太宗通晓音律，前后亲制大小曲及因旧曲创新声者，总三百九十。凡制大曲十八……南吕宫［平晋普天乐］……”“［平晋普天乐］者，平河东回所制。”

曲牌名。见南、北曲谱。

27. ［凉草虫］

曲牌名。见南曲曲谱。

28. ［胡捣练］

词牌名。见宋晏殊《珠玉词》。

曲牌名。见南、北曲谱。

29. ［临江仙］

唐教坊曲名。亦见于敦煌曲子词。

词牌名。见《花间集》。宋黄升编《花庵词选》云：“唐词多缘题所赋，［临江仙］之言水仙，亦其一也。”

曲牌名。见诸宫调，南、北曲谱。

30. ［糖多令］

词牌名。“糖”，一作“唐”。见辛弃疾词。

曲牌名。见诸宫调，南、北曲谱。

31. ［油核桃］

曲牌名。见南曲曲谱。

32. ［出队子］

曲牌名。见诸宫调，南、北曲谱。

33. ［五方鬼］

曲牌名。见南曲曲谱。

34. ［五供养］

曲牌名。见南、北曲谱。

35. ［新水令］

出于大曲。大曲有［新水调］，见《宋史·乐志》。王国维《唐宋大曲考》云："此为就［新水调］中制令也。"

词牌名。《岁时广记》卷十二有无名氏词。

南宋官本杂剧有《桶担新水》等三本。

曲牌名。见诸宫调，南、北曲谱。

36. ［江儿水］

曲牌名。见南曲曲谱。

37. ［捣练子］

敦煌曲子词中已有此名。

词牌名。见李煜词。

曲牌名。南、北曲均有。

38. ［锁南枝］

曲牌名。见南曲曲谱。

39. ［豆叶黄］

词牌名。《词谱》云："创自秦观。"

曲牌名。见诸宫调，南、北曲谱。

40. ［忒忒令］

曲牌名。见南曲曲谱。

41. ［酷相思］

词牌名。见宋程垓《书舟词》。

曲牌名。见南曲曲谱。

42. ［狮子序］

唐段安节《乐府杂录》"龟兹部"："戏有《五方狮子》，高丈余，各衣五色，每一狮子有十二人，戴红抹额，衣画衣，执红拂子，谓之‘狮子郎’。”白居易《西凉伎》：“西凉伎，假面胡人假狮子。刻木为头丝作尾，金镀眼睛银帖齿。奋迅毛衣摆双耳，如从流沙来万里。紫髯深目两胡儿，鼓舞跳梁前致辞……”［狮子序］当出于这类狮子戏的乐曲。《旧唐书·乐志》（四，1059 页）［太平乐］亦谓“［五方狮子舞］出于西南夷天竺、狮子等国”。

曲牌名。见南曲曲谱。

43. ［字字双］

词牌名。毛先舒《填词见解》：“《才鬼录》云：唐有中涓宿官妓馆，见童子捧酒导三人至，皆古衣冠，相谓曰：‘崔常侍来何迟？’俄一客至，凄然有恨别之状。因共联词云：‘床头锦衾斑复斑，架上衣裳殷复殷。空庭明月闲复闲，夜长路远山复山。’缘句有叠字，故名。《词品》云，唐女郎王丽真作。”《全唐诗》收王丽真之作，其中第二句“衣裳”作“朱衣”。

曲牌名。见南曲曲谱。

44. ［双劝酒］

曲牌名。见南曲曲谱。

45. ［朱奴儿］

曲牌名。见南曲曲谱。

46. ［夏云峰］

词牌名。见柳永《乐章集》。曲谱未收。

47. ［贺筵开］

不见著录，曲谱也未收。

48. ［金钱子］

唐教坊曲。见《教坊记》。

词牌名。《全宋词》收有无名氏之作。

49. ［赏宫花序］

曲牌名。见南曲曲谱。

50. ［薄媚令］

［薄媚］为唐人大曲，见《教坊记》。此当是截取大曲中之一遍所制。

南宋官本杂剧有《简帖薄媚》等九本。

曲牌名。见南曲曲谱。

51. [红衫儿]

曲牌名。南、北曲均有。

52. [赚]

出于宋人唱赚，见王国维《宋元戏曲考》中所录《遏云要诀》。

曲牌名。诸宫调，南、北曲中均有。

53. [金莲子]

南曲曲牌名。

54. [醉太平]

词牌名。见宋米芾词。

曲牌名。南、北曲都有。

55. [尾声]

出于宋人唱赚。见《遏云要诀》。

曲牌名。见诸宫调，南、北曲谱。

56. [女冠子]

唐教坊曲。见《教坊记》。

词牌名。毛先舒《填词名解》："唐薛昭蕴始撰此调……以词咏女冠，故名。"

曲牌名。诸宫调，南、北曲均有。

57. [鹤冲天]

词牌名。见柳永《乐章集》。

南曲曲牌名。

58. [剔银灯]

词牌名。见柳永《乐章集》。

曲牌名。诸宫调，南、北曲均有。

59. [大影戏]

《东京梦华录》记北宋时"京瓦伎艺"中有"影戏""弄乔影戏"。《都城纪胜》"瓦舍众伎"云："凡影戏乃京师人初以素纸雕镞，后用彩色装皮为之。其话本与讲史书者颇同。”此曲当出于影戏。

曲牌名。见南曲曲谱。

60. [缕缕金]

出于宋人唱赚。见《遏云要诀》。

南曲曲牌名。

61. [思园春]

曲牌名。见南曲曲谱。

62. [菊花新]

词牌名。《齐东野语》卷十六：“思陵朝，掖庭有菊夫人者，善歌舞，妙音律，为仙韶院之冠。宫中号为菊部头，然颇以不获际幸为恨。既而称疾告归。宦者陈源以厚礼聘归，蓄于西湖之适安园。一日，德寿按梁州曲舞，屡不称旨。提举官关礼知上意不乐，因从容奏曰：‘此事非菊部头不可。’上遂令宣唤。于是再入九禁。陈遂感怅成疾。有某士者，颇知其事，演而为曲，名之曰[菊花新]，以献之。陈大喜，酬以田宅金帛甚厚，其谱则教坊都管王公瑾所度也。”

南宋官本杂剧有《五柳菊花新》一本。

南曲曲牌名。

63. [后衮]

大曲之一遍。今存史浩《采莲》大曲（见《鄮峰真隐大曲》）共八遍，其第六曰[衮]，第七曰[歇拍]，第八曰[煞衮]。董颖《道宫薄媚》（见曾慥《乐府雅词》）共十遍，其[入破]第三曰[衮遍]，第四[摧拍]，第五[衮]，第六[歇拍]，第七[煞衮]。此曲与后面的[歇拍]、[终衮]均出于大曲。此即[入破]第五之[衮]，[终衮]即第七之[煞衮]。

64. [歇拍]

同上。

南曲曲牌名。

65. [终衮]

同[后衮]条。

66. [添字赛红娘]

曲谱未录。比下首[赛红娘]多四字一句。

67. ［赛红娘］

曲牌名。见南曲曲谱。

68. ［排歌］

曲牌名。见南曲曲谱。

明沈稠有《排歌》词，见朱祖谋辑《湖州词征》。

69. ［红绣鞋］

曲牌名。南、北曲均有。

70. ［刮鼓令］

曲牌名。见南曲曲谱。

71. ［风入松］

古琴曲。《琴集》曰：“《风入松》，晋嵇康所作也。”

唐僧皎然有《风入松歌》。

词牌名。见宋晏几道《小山词》。

曲牌名。南、北曲均有。

72. ［祝英台近］

词牌名。见苏轼词。

南曲曲名。

73. ［荷叶铺水面］

词牌名。见《花草粹编》卷六康与之词。

曲牌名。南、北均有。

74. ［孝顺歌］

曲牌名。见南曲谱。

75. ［麻婆子］

唐教坊曲名。见《教坊记》。

《武林旧事》记宋傀儡舞队名目中有“麻婆子”。

曲牌名，诸宫调，南、北曲均有。

76. ［尹令］

曲牌名。见南曲谱。

77. ［添字尹令］

比［尹令］多三句，故曰“添字”。

78. ［懒画眉］

曲牌名。见南曲曲谱。

79. ［奈子花］

曲牌名。见南曲曲谱。

80. ［醉落魄］

词牌名。见宋晏几道《小山词》。

曲牌名。见诸宫调，南、北曲谱。

81. ［四换头］

词牌名。唐教坊曲有［醉公子］，毛先舒《填词名解》于［醉公子］条下注："又名［四换头］，以其词意四换也。"《词谱》："薛昭蕴、顾敻词俱四换韵"，故名［四换头］。

曲牌名。见南、北曲谱。

82. ［绛罗裙］

未见于曲谱。《南曲九宫正始》中吕调近词有［阿好闷］引此曲。当因曲词中屡用"阿好闷"一词，故易名。

83. ［呼唤子］

曲牌名。见南曲曲谱。

84. ［斗黑麻］

曲牌名。见南曲曲谱。

85. ［驻马听］

词牌名。见柳永《乐章集》。

曲牌名。南、北曲均有。

86. ［福清歌］

曲牌名。南曲谱作［福青歌］。

87. ［虞美人］

唐教坊曲，见《教坊记》。始为古琴曲，《乐府诗集》五八："按《琴集》有《力拔山操》，项羽所作也。近世又有［虞美人］曲，亦出于此。"

词牌名。毛先舒《填词名解》云："项羽有美人名虞。被汉围，饮帐中，歌曰：'虞兮，虞兮，奈若何？'虞亦答歌。词名取此。"王灼《碧鸡漫志》引《益州草木记》谓：雅州名山县出虞美人草，如鸡冠花，叶两两相对，为唱虞美人曲，应拍而舞，他曲则否。又引《梦溪笔谈》云：“旧闻虞美人草遇人唱［虞美人］曲，枝叶皆动，他曲不然，试之，如所传。详其曲，皆吴音也。……今盛行江湖间，人亦莫知其如何为吴音。”语虽不经，然可证此曲在民间流传颇广。词见《南唐二主词》。

诸宫调、南曲亦有此曲名。

88. ［上马踢］

曲牌名。见南曲曲谱。

89. ［望吾乡］

南曲曲牌名。

90. ［窣地锦裆］

南曲曲牌名。

91. ［麻郎］

曲谱未收。唯《南曲九宫正始》南吕宫过曲［贺新郎衮］下注：“即［麻郎儿］，又名曰［贺郎儿］。”句格与此基本相同，当即［麻郎儿］。北曲有［麻郎儿］，与此全异。

92. ［探春令］

词牌名。见《能改斋漫录》卷十六“御词”引宋徽宗词。此调宋人俱咏初春风景，或咏梅花，故名探春。

93. ［神仗儿］

曲牌名。《繁胜录》记南宋时民间技艺，于“斗鼓社”内有［神仗儿］。曲名当出于此。

诸宫调，南、北曲均有此名。

94. ［滴漏子］

曲谱未收。与黄钟宫［滴溜子］全异，非［滴溜子］之误。

95. ［黄莺儿］

词牌名。见柳永《乐章集》。

南宋官本杂剧有《三姐黄莺儿》等二本。

诸宫调，南北曲均有此曲牌。

96. ［吴小四］

南曲曲牌名。

97. ［卜算子］

词牌名。《填词名解》："唐骆宾王诗好用数名，人称为卜算子。词取以名。"词见苏轼《东坡乐府》。

南曲曲名。见曲谱。

98. ［福马郎］

南曲曲名。见曲谱。

99. ［十五郎］

曲牌名。见南曲谱。

100. ［江头送别］

唐以《送别》为题之诗极多，又往往冠以送别时地，如朱晦《秋日送别》、朱放《江上送别》、韩偓《江南送别》等，此曲名与后面的［秋江送别］当出于唐诗。

南曲谱中有此曲牌。

101. ［金蕉叶］

词牌名。始自柳永，因词有"金蕉叶泛金波齐"句，取以为名。

曲牌名。见南、北曲谱。

102. ［斗蛇麻］

曲牌名。即［斗黑麻］见南曲曲谱。

103. ［花儿］

曲牌名。见南曲曲谱。

104. ［抟山子］

曲牌名。《南曲九宫正始》南吕宫引子［转山子］句格与此同。"抟"、"转"形似，当有一误。

105. ［山坡里羊］

曲牌名。一说即［山坡羊］。南、北曲均有。

106. ［哭妓婆］

曲牌名。南曲谱作［哭歧婆］。

107. ［沉醉东风］

曲牌名。南、北曲均有。

108. ［似娘儿］

词牌名。见宋赵长卿《仙源居士惜香乐府》。

南曲曲名。见曲谱。

109. ［卖花声］

词牌名。见宋张舜民词。

曲牌名。南、北曲均有。

110. ［雁过沙］

南曲曲名。见南曲谱。

111. ［台州歌］

曲谱未收。当是台州地方民歌。

112. ［五方神］

曲谱未收。

113. ［乌夜啼］

唐教坊曲。源于六朝。《旧唐书》卷二十九："［乌夜啼］，宋临川王义庆所作也。元嘉十七年，徙彭城王义康于豫章。义庆时为江州，至镇，相见而哭，为帝所怪，征还宅，大惧。姬妾夜闻乌啼声，扣斋阁云：'明日应有赦。'其年更为南兖州刺史，作此歌。故其贺云：'笼窗窗不开，乌夜啼，夜夜望郎来。'今所传歌似非义庆本旨。"《乐府诗集》以之归入"清商曲辞"。

琴曲有［乌夜啼］，出处与曲调均不同于教坊曲。李勉《琴说》曰："［乌夜啼］者，何晏之女所造也。初，晏系狱，有二乌止于舍上。女曰：'乌有喜声，父必免。'遂撰此操。"白居易《池鹤八绝句》第四《鹤答乌》云："吾音中羽汝声角，琴曲虽同调不同。"按：琴曲有［乌夜啼］［别鹤怨］。此证［别鹤怨］在羽调。［乌夜啼］在角调。

词牌名。见李煜词。

南、北曲均有此曲牌。

114. ［亭前柳］

词牌名。见宋朱雍词。

曲牌名。诸宫调、北曲“亭”作“厅”。南曲仍作“亭”。

115. [青玉案]

词牌名。见苏轼《东坡词》。汉张衡诗“何以报之青玉案”，名出于此。

曲牌名。诸宫调，南、北曲均有。

116. [赵皮鞋]

南曲曲名。见曲谱。

117. [喜迁莺]

词牌名。见《金奁集》韦庄词。宋黄朝英《靖康缃素杂记》：“刘梦得《嘉话》云，今谓进士登第为迁莺者久矣。盖自《毛诗·伐木篇》云：‘伐木丁丁，鸟鸣嘤嘤。出自幽谷，迁于乔木。’又曰‘嘤其鸣矣，求其友声’。并无‘莺’字。顷岁省试，早莺求友诗，又莺出谷诗，别书固无证据，斯大误也。余谓今人吟咏多用迁莺出谷事，又曲名[喜迁莺]者，皆循袭唐人之误也。”按：《禽经》“莺鸣嘤嘤”，《伐木篇》之“鸟”即指“莺”，前人以莺迁乔木喻进士登第，无误。《词谱》卷六：“此调有小令、长调两体，小令起于唐人……长调起于宋人。”

曲牌名。诸宫调，南、北曲均有。

118. [五更转]

古乐府诗题。《乐府诗集》卷三十三“相和歌辞”录有陈·扶知道《从军五更转》，并云：“《乐苑》曰：‘[五更转]，商调曲。’按：扶知道已有《从军辞》，则[五更转]盖陈以前曲也。”

敦煌曲子词中有[五更转]多首。

南曲曲谱亦作[五更转]。“转”、“传”，古时通用。

119. [太师引]

南曲曲名，见南曲谱。

120. [一枝花]

词牌名。见宋袁去华词。原为话本名。唐元稹《酬翰林白学士代书一百韵》有“翰墨题名尽，光阴听话移”句，作者于其下自注：“乐天每与予游从，无不书名屋壁。又尝于新昌宅说一枝花话，自寅至巳，犹未毕词也。”

曲牌名。诸宫调，南、北曲均有。

121. [金钱花]

宋教坊曲名。《宋史·乐志》记“太宗洞晓音律，前后亲制大小曲及因旧曲创新声者，总三百九十”。其中小曲般涉调有［金钱花］。此名来源，据唐段成式《酉阳杂俎》卷十九“草篇”曰：“金钱花，一云本出外国，梁大同二年进来中土，梁时荆州掾属双陆赌金钱，钱尽以金钱花相足。鱼弘谓‘得花胜得钱。’”唐卢肇、陈翥等有《金钱花》诗。

南曲曲名。见曲谱。

122. [满江红]

词牌名。见柳永《乐章集》。

曲牌名。诸宫调，南、北曲均有。

123. [绵搭絮]

曲牌名。见南、北曲谱。

124. [哭梧桐]

南曲曲名。见曲谱。

125. [忆秦娥]

词牌名。从李白“秦娥梦断秦楼月”句出，自唐迄元，体各不一。

曲牌名。南、北曲都有。

126. [望梅花]

唐教坊曲名。见《教坊记》。

词牌名。见《花间集》。

曲牌名。见南曲曲谱。

127. [河传]

唐教坊曲名。见《教坊记》。王灼《碧鸡漫志》引《脞说》云：“水调《河传》。炀帝将幸江都时所制。声韵悲切，帝喜之。乐工王令言谓其弟子曰：‘不返矣！’水调［河传］，但有去声。”

词牌名。《词谱》卷十一：“［河传］之名，始于隋代，其词则创自温庭筠。”见《金奁集》。

诸宫调，南、北曲均有此曲名。

128. ［上堂水陆］

不见他书，当出于佛曲。佛教有“水陆斋仪”，俗称“水陆道场”，或略称“水陆”。此当是僧侣上法堂做水陆道场时所用之曲。

129. ［天下乐］

唐教坊曲名。见《教坊记》。

词牌名。见宋杨无咎《逃禅词》。

诸宫调，南、北曲均有此曲名。

130. ［秋江送别］

南曲曲牌名。又名［一封书］。曲名当出于唐诗，见［江头送别］条。

131. ［步步娇］

曲牌名。南、北曲都有。

132. ［打球场］

南曲曲牌名，见曲谱。《宋史·乐志》录队舞中女弟子队有“打毬乐队”；《都城纪胜》记“瓦舍众伎”中有“与马打毬”；《梦粱录》载“社会”条有“打毬社”。蹋弄打球是宋时社会上极其盛行的技艺，此曲名当出于此类队舞或技艺。“毬”“球”通用。

133. ［香遍满］

南曲曲名，见曲谱。

134. ［金牌郎］

未见于他书。

135. ［薄倖］

词牌名。见宋贺铸《东山词》。

南曲曲名，见曲谱。

136. ［马鞍儿］

曲牌名。见南曲谱。

137. ［锦缠道］

词牌名、见《类编草堂诗余》卷二宋祁词。

曲牌名。诸宫调、南曲均有。

138. ［绿襕踢］

南曲曲名，见曲谱。

139. ［三台令］

出于唐教坊曲［三台］。《乐府诗集》云："冯鉴《续事始》曰：'乐府以邕（蔡邕）晓音律，制［三台］曲以悦邕，希其厚遗。'刘禹锡《嘉话录》曰：'三台送酒，盖因北齐高洋毁铜雀台，筑三个台。宫人拍手呼上台送酒，因名其曲为［三台］。'李氏《资暇》曰：'［三台］，三十拍促曲名。昔邺中有三台，石季龙常为宴游之所。乐工造此曲以促饮。'未知孰是。"

词牌名。见冯延巳词。

南曲有［三台令］，诸宫调有［耍三台］。北曲有［梁州三台］［叠字三台］等。

140. ［林里鸡］

南曲谱未录。北曲有［林里鸡近］。

141. ［川拨棹］

民间棹歌，古已有之。《乐府诗集》有《棹歌行》，唐教坊曲有［拨棹子］。

此为曲牌名，南、北曲均有。

142. ［长相思］

古乐府诗题。古诗曰："客从远方来，遗我一书札。上言长相思，下言久离别。"《乐府诗集》收有宋吴迈远、梁昭明太子等《长相思》诗二十二首。

唐教坊曲名。敦煌曲子词中亦有此名。

词牌名。以白居易、欧阳修之作为正体。

南曲曲名，见南曲谱。

143. ［桃红菊］

南曲曲名，见南曲谱。

144. ［香柳娘］

南曲曲名，见南曲谱。

145. ［太子游四门］

出于佛曲。唐宋时，僧侣宣讲佛经、善行，往往吟唱。《乐府杂录》云："长庆中，俗讲僧文叙善吟经，其声宛畅，感动里人。"《西河诗话》

云："佛曲在隋唐有之，不始金元。……今吴门佛寺，犹能作梵乐。每唱佛曲，以笙笛逐之，名清乐。"今存敦煌佛曲《八相成道俗文》叙佛教始祖释迦牟尼故事。他原为古印度迦毗卫国太子，尝云游四门，见生老病死四苦，深生厌世之心，遂决意出家。此曲当出于这类讲唱佛祖生平的佛曲。今莆仙戏中仍保存此调。

北曲仙吕调有［游四门］，与此全异。

146. ［鹅鸭满渡船］

曲牌名，见南曲谱。

147. ［蛮牌令］

宋曾敏行《独醒杂志》卷五："先君尝言宣和末客京师，街巷鄙人多歌蕃曲，名曰异国朝、四国朝、六国朝、蛮牌序、蓬蓬花等。其言至俚，一时士大夫亦皆歌之。"

《东京梦华录》记"京瓦伎艺"中有"蛮牌"。《都城纪胜》载南宋京城临安的"瓦舍众伎"中有"舞蛮牌"。

"蛮""蕃"为古时对南方各族或外族的通称。可见，"舞蛮牌"是一种来自南方民族或外族的民间歌舞技艺。［蛮牌令］当出于此。

南曲曲名。诸宫调、北曲有［蛮牌儿］。

148. ［金莲花］

南曲曲名，见曲谱。

149. ［夜游湖］

南曲曲牌名，见曲谱。

150. ［五韵美］

南曲曲牌名，见曲谱。

151. ［缠枝花］

同上。

152. ［桃柳争放］

南曲曲名。曲谱作［桃李争放］。

153. ［山坡羊］

曲牌名。南、北曲均有。

154. ［红衲袄］

曲牌名。南、北曲均有。

155. ［引番子］

不见他书记载。

156. ［浆水令］

南曲曲牌名，见曲谱。

157. ［红芍药］

唐元稹有《红芍药》诗。

词牌名。见宋王观词；王曾撰《芍药谱》，见《鸣鹤余音》卷四。

曲牌名。南、北曲皆有。

158. ［生姜牙］

南曲曲名。见曲谱。

159. ［斗双鸡］

曹植有《斗鸡诗》。《邺都故事》曰：“魏明帝太和中，筑斗鸡台。赵王石虎亦以芥羽漆砂，斗鸡于此。故曹植诗云：‘斗鸡东郊道，走马长楸间’是也。”

此曲名仅见于南曲谱。

160. ［紫苏丸］

原为市井叫卖之调。《事物纪原》卷九《吟叫》条：“市井初有叫果子之戏，其本盖自至和、嘉祐（宋仁宗年号）之间叫紫苏丸，洎乐工杜人经十叫子始也。京师凡卖一物，必有声韵，其吟哦俱不同，故市人采其声调、间以词章，以为戏乐也。今盛行于世，又谓之吟叫也。”

曲牌名。见赚词《遏云致语》及南曲曲谱。

161. ［迎仙客］

唐人大曲。崔令钦《教坊记》以之列“大曲名”下。《南曲九宫正始》“中吕调近词”［迎仙客］下注：“唐谱曰：汉主迎贡使，坐而不语。时有雁鹿群绕，上知仙至，遂伏地拜。顷无踪。知［迎仙客］又有长短歌。”

词牌名。见宋史浩《鄮峰真隐词曲》。

曲牌名。诸宫调，南、北曲皆有。

162. ［幽花子］
不见记载。
163. ［和佛儿］
曲牌名。见南曲曲谱。
164. ［越恁好］
曲牌名。见赚词《遏云致语》及南曲曲谱。

总计以上一百六十四种曲名，其中出于大曲者九：

水调歌头、大圣乐、普天乐、新水令、薄媚令、后衮、歇拍、终衮、迎仙客

出于教坊杂曲者十六：

浪淘沙、望江南、望远行、生查子、临江仙、金钱子、女冠子、麻婆子、虞美人、乌夜啼、金钱花、望梅花、河传、天下乐、三台令、长相思

出于古诗词者六十四，除去已见于大曲、教坊杂曲者，还有四十七：

满庭芳、凤时春、小重山、绕池游、烛影摇红、粉蝶儿、千秋岁、西地锦、行香子、武陵春、惜黄花、七娘子、胡捣练、糖多令、捣练子、豆叶黄、酷相思、字字双、夏云峰、醉太平、鹤冲天、剔银灯、菊花新、风入松、祝英台近、荷叶铺水面、醉落魄、四换头、驻马听、探春令、黄莺儿、卜算子、江头送别、金蕉叶、似娘儿、卖花声、亭前柳、青玉案、喜迁莺、五更传、一枝花、满江红、忆秦娥、秋江送别、薄倖、锦缠道、红芍药

出于影戏、舞鲍老、赚词、诸宫调等民间技艺者十二：

川鲍老、出队子、狮子序、赚、尾声、大影戏、缕缕金、神仗儿、打球场、蛮牌令、紫苏丸、越恁好

出于佛曲者二：

上堂水陆、太子游四门

同于北曲曲名者五十五，除去已见于前列数类者，还有十二：

叨叨令、五供养、红衫儿、红绣鞋、山坡里羊、沉醉东风、绵搭絮、步步娇、川拨棹、山坡羊、红衲袄、麻郎（儿）

其余曲名，见于后世南曲谱者有五十一：

风马儿、凉草虫、油核桃、五方鬼、江儿水、锁南枝、忒忒令、双劝酒、朱奴儿、赏宫花序、金莲子、思园春、赛红娘、排歌、刮鼓令、孝顺歌、尹令、懒画眉、奈子花、呼唤子、斗黑麻、福清歌、上马踢、望吾乡、窣地锦裆、吴小四、福马郎、十五郎、斗蛇麻、花儿、挎山子、哭妓婆、雁过沙、赵皮鞋、太师引、哭梧桐、香遍满、马衫儿、绿襕踢、桃红菊、香柳娘、鹅鸭满渡船、金莲花、夜游湖、五韵美、缠枝花、桃柳争放、浆水令、生姜牙、斗双鸡、和佛儿

未见于他书者十五：

犯思园、犯樱桃花、复襄阳、福州歌、贺筵开、添字赛红娘、添字尹令、绛罗裙、滴漏子、台州歌、五方神、金牌郎、林里鸡、引番子、幽花子

以上“见于后世南曲谱”和“未见于他书”的两类，共有曲名66种。

由名称看，显然大多数来自民间歌谣。这一部分曲调竟占全剧曲调五分之二强，若加上出自教坊曲（包括大曲、杂曲，其后大多成为词调名）和古诗词者共得一百三十八调，几为总数的七分之六。明徐渭《南词叙录》论及温州杂剧的曲调时说："其曲，则宋人词而益以里巷歌谣，不叶宫调……""又即村坊小曲而为之，本无宫调，亦罕节奏，徒取其畸农、士女顺口可歌而已。"考察温州戏文《张协状元》（永嘉"九山书会"编撰）曲名来源，益信徐渭此说的正确有据。其"出于影戏、舞鲍老、赚词、金以前诸宫调等民间伎艺者"，由于当时民间文艺的被轻视，极少见于文字记载，因此，可考的并不多，但却仍可看到，这些民间技艺对南戏的形成和发展确曾发生过影响。与北曲曲名相同的55种，其中43种见于古词曲，说明南曲、北曲声腔虽不相同，渊源却多共同之处。还有12种未见宋以前文献记载，二者仅名称相同，句格大都有别，可见多数不是元曲的掺入。不过，今存《张协状元》是明《永乐大典》本。从南宋到明永乐年间，前后相距二百年左右，其间经过元明人的修改、增删而掺入几支源于北曲的曲牌也是可能的。

以上单是《张协状元》的曲名来历。就足以证明：南戏绝不是单纯从某一种文艺形式发展而来，它是广取博撷、兼收并蓄多种文艺形式的因素并加以改造、发展而成的一种新的综合性文艺形式。这从《张协状元》的故事搬演、表现手段、角色分工、乐器、化装等等方面还可得到证明。

这里要说明的是：一、我们考察的只是曲调名称的来历。至于曲调与其所本，有大致相同的，也有完全不同的。其不同处，或因随着时间的推移而有所变化，或因原只是借旧名创新调……这里就不一一说明了。二、有些曲名往往并见于教坊曲、古诗词、宋以前各种民间技艺以及后世南、北曲谱，凡我们见到的，都予以注明。这是因为从中可以看到我国古代各种文艺形式之间的继承或交流的关系。

中国古典文献浩如烟海，本文考据失误或疏漏之处在所难免，还希方家予以指正。

（浙江《艺术研究》1987年第7辑）

柳暗花明又一村

——读刘念兹《南戏新证》有感

把南戏作为一门学问来研究，这是20世纪初才真正开始的。在此之前，众所周知，宋元明清四代仅有一部徐渭的《南词叙录》是专门论述南戏的著作。除此之外，就只能在一些文集、笔记或戏曲论著中读到一点有关南戏的零星记载和评述。自王国维《宋元戏曲考》（1912）辟专章论述南戏的渊源、时代、文章之后，南戏才逐渐受到重视，不少学者、专家开始撰文探讨南戏的有关问题。据不完全统计，截至1985年，已有专门论述南戏的文章近四百篇，专著或专集十余种。南戏研究已受到愈来愈多的专家、学者、戏曲工作者和戏曲爱好者们的关注；南戏在我国文学史和戏曲史上不仅占据了一席地位，它的重要性亦已为越来越多的人所认识。

以往的南戏研究，其中重要的著作如：钱南扬《宋元南戏百一录》（1934）、《宋元戏文辑佚》（1956）、《戏文概论》（1981），赵景深《宋元戏文本事》（1934）、《元明南戏考略》（1958），陆侃如、冯沅君《南戏拾遗》（1936）等等，大都着力于从浩瀚的古典文献中爬梳剔抉、搜求南戏作品的佚曲及有关记载，加以分析研究，从而勾画出对我国戏曲的兴起和发展具有重要作用的南戏的基本面貌。他们以自己辛勤的劳动（有的甚至以毕生的精力）挖掘出这份祖国文化的宝贵遗产，使这个在我国戏曲史和文学史上几近湮没的重要环节得以重见天日。今天继续在古文献中搜索新的南戏资料（这已不是一件轻而易举的事），在前人已获成果基础上进行深入一步的研究、得出科学的结论，对南戏剧目和今存剧本加以考订、评论等等，还有许多工作有待去做。但是，仅仅依据古文献中保存不多的资料从事这项研究，其驰骋之地毕竟是有限的。南戏研究者们已经感到了这一困难，有些同志对这项研究望而却步，原因也在这里。

刘念兹《南戏新证》一书为我们打开了一个新的局面。

作者“在历史文献和前人著作成果的基础上，着重实际调查研究，为南戏史探索新的实证”（赵景深《序》）。二十余年来，他对各地方剧种和出土文物进行实际考察，获得了不少新的、鲜为人知或还不曾引起人们注意的南戏资料。例如该书第 25～28 页，对照列出宋元南戏与梨园戏相同的剧目十六种，与莆仙戏相同的剧目七十三种，其中如《赵贞女蔡二郎》《丙吉教子立皇帝》《包待制判断盆儿鬼》《朱文鬼赠太平钱》《刘锡沉香太子》《登台拜爵》《楚昭王》等等，都是宋元南戏中已佚或仅存残曲的剧目，有的剧目其情节至今还不甚清楚，而在莆仙戏中却存有抄本，甚至还能在舞台上演出。尽管这些抄本和演出可能已远非宋元南戏的原貌，却可借以了解并探索某些南戏作品和南戏演出的大概情况。该书六至八章，以全书近半的篇幅，介绍福建遗存的南戏剧目及其情节、佚曲、剧本等等；附录《嘉靖写本〈琵琶记〉校录后记》《宣德写本〈金钗记〉校后记》是在对出土文物作认真考察、整理、研究后写成的，文中指出广东揭阳出土的嘉靖写本《琵琶记》为接近原著的珍本，是难以见到的艺人演出本，宣德写本《刘希女金钗记》即失传已久的《刘文龙》，从中可以了解明初演出此剧的情况。这些“新的实证”，对南戏研究来说，都是弥足珍贵的。而尤为令人兴奋的是：在前辈学者从古籍中搜求南戏遗存殆尽之时，作者以开创的气魄、实干的精神为南戏研究开辟了另一条广阔的道路——从各地方剧种，尤其是南方的古老剧种中寻求南戏的遗响，并注重考古的新发现，这对我们进一步挖掘南戏遗产、开展南戏研究有着重要的意义。

作者在寻求南戏新证时，其用力之勤亦足令人钦佩。这部著作“从开始调查研究到写作完成，经历了二十多年的时间”（作者《后记》），作者曾四赴福建、三至江西、两到浙江、广东等地。书中的每一个实证都是在前人没有走过的道路上披荆斩棘、摸索前进而取得的。本书第 96～111 页《莆仙戏与南戏同名或情节类似剧目对照表》附梨园戏及外省剧种，如婺剧、苏昆、绍剧、瓯剧、湘剧、徽剧、赣剧、川剧等同名剧目，同时还列出杂剧、传奇与南戏同剧名或同题材剧目。这张表格，看起来只有十余页，却是作者南北奔驰所洒下的汗水与心血的结晶。它既给我们提供了研究南戏和杂剧的渊源、相互影响的丰富资料，又让读者看到南戏对传奇以及后世戏剧的深远影响。另如作者在论述宋杂剧的南流及其对南戏形成的影响时，对中原人口南流数字做了详细的统计，他说："两浙在南渡前人口数为3373441人，南渡后人口数为4327322人；福建在南渡前的人口为2043032人，南渡后人数激增2808851人。在同一时期内，福建比浙江人口多增加二十一万多人。"（第35页）提供这样一个数字所花费的劳动是可想而知的（只是得出的结论似应为：在同一时期内，浙江比福建人口多增加188062人，而不是福建比浙江多增加）。这可帮助我们对南戏兴起的背景有更具体的了解。

本书以占有资料的丰富、新鲜取胜。与此同时，作者也提出了一些值得重视的新的意见。本书第四章第二节以文献记载和调查所得实证为据，把南戏声腔分为两大系统，即除了以海盐、弋阳、余姚、崑山等声腔为主的"长江流域的声腔系统"外，还有一种包括泉腔、潮调、兴化腔等声腔的"沿海的声腔系统"。过去一般都根据徐渭《南词叙录》所载，以南戏有四大声腔；叶德均《明代南戏五大腔调及其支流》一文论证四大声腔以外，还有温州腔的存在；《南戏新证》则以泉潮腔为与四大声腔并存的第五种声腔，论证有据，值得研究。南戏的乐器，一般认为以鼓、笛、拍板为主，《南戏新证》第十一章提出，还有一种情况，"是以筚篥为主，助以鼓、拍"。作者从莆仙戏中找到证据，并详细介绍了筚篥的性能特点。这一意见有助于对南戏的器乐伴奏做进一步的探讨。

不过，本书在运用调查所得实例去证明某些新的观点时，往往使人感到结论下得过早，论据还欠充分，有时还出现一些自相矛盾的论述。例如，书中一个很重要的观点：认为南戏是在温州、杭州以及福建的莆田、仙游、泉州等地"同时出现"的。这就是说，杭州、莆田、仙游、泉州等地和温州一样都是南戏的产生地。但该书第六页却说："温州杂剧最初兴起于温州……温州杂剧在浙闽沿海地区流行之后，再进一步发展成为比较完整的戏曲艺术……”“温州杂剧一类民间小戏来到杭州，必然提高了它的艺术质量并有所发展。到了南宋末叶，南戏遂在临安成熟并且迅速盛行起来了。”这里明明说“浙闽沿海地区”（包括杭州）的南戏是在温州杂剧流行之后成熟、盛行起来的，并不是和温州杂剧“同时出现”的，除非作者不承认温州杂剧即南戏。但第 7 页又说：“南戏到了临安以后，出现了很多新剧目。”这里的“南戏”一词自然是指温州杂剧。既然温州杂剧（南戏）到了杭州后，由于提高了艺术质量并有所发展，才成熟、盛行起来；那么，杭州只能是南戏的流传地，而不是产生地。同样，浙闽沿海地区也是南戏的流行地区，而不是发源地。《南戏新证》在具体论述时出现的矛盾，显然削弱了该新见的说服力。另外，“南戏出现的时间和地区”一节，以文献资料说明宋光宗时，福建已出现了南戏，从而提出“南戏不仅出现在温州，同时也出现在福建”。这也难以使人信服。因明人记载说明，南戏是“宣和之后南渡之际”出现在温州的，宋光宗时福建出现南戏，只能说明温州南戏很快就流传到了福建，却不能证明它们产生在同时。而今福建戏中遗存的大量宋元南戏的剧目和剧本，可以用以证明福建在宋元时南戏盛行，也可据以了解和研究宋元南戏的剧目，却不能推出福建也是南戏产生地的结论。鄙意以为，要推翻前人（特别是不止一个前人）的记载，必须有充足的、无以辩驳的根据，否则，宁保留前人意见，或可提出怀疑，而不能率尔否定。

作者在注意文献记载和实际调查的同时，对今人研究成果似乎重视不够。现在一般都把“南戏”“传奇”分称，以传奇为在南戏基础上吸收北杂剧优点发展起来的一种戏曲艺术形式。南戏、传奇在形式上有相同处，也有所不同。《南戏新证》却沿袭了前人“南戏”“传奇”二词混用的习惯，忽以《琵琶记》和《荆》《刘》《拜》《杀》为“五大传奇”（第 13 页），忽又称之为“南戏五大名剧”（第 118 页）。该书第七章第三节说《娇红记》作者“沈寿卿生平事迹今无可考”，实则谭正壁《〈三元记〉作者沈寿卿生平事迹的发现》一文（载光明日报 1962 年 9 月 9 日），对沈氏的籍贯、里居、生平事迹已有初步考证，可供参考。《南戏新证》作者如果能够对今人研究的新成果也多加注意，当会使作品更加充实、全面。

《南戏新证》虽有不足，但它所开拓的挖掘南戏资料的新途径给人们以新启示。南戏研究将在更加广阔的天地中展开并获得进一步发展。

（载《烟台师院学报》1988年第1期）

南戏《牧羊记》及其演变

《苏武牧羊记》是宋元南戏的重要剧目之一。剧中许多关键性的、比较精彩的段落，数百年来一直上演于舞台。今许多地方剧种如京剧、昆曲、川剧、淮剧、粤剧、邕剧、滇剧、秦腔、辰河戏等均有以苏武故事为题材的传统剧目，它们多半与南戏《牧羊记》有些渊源关系。但是，对于这样一部上演不衰又有着较大影响的作品，笔者却至今没有读到一篇对它进行分析、评论的专门文章，而在历史剧创作颇为流行的今天，汲取《牧羊记》等古代历史剧的创作经验，似乎也不是没有意义的。本文拟对《牧羊记》做初步的介绍与分析，并以之与一、二同题材作品做简略比较，希望能引起人们对于这一古典剧目的关注和在历史剧创作中的思考。

以苏武故事为题材的戏剧作品，金有院本《苏武和番》（《南村辍耕录》卷 25），宋元时还有南戏《席雪餐毡忠节苏武传》（《寒山堂曲谱·总目》），杂剧有周文质《持汉节苏武还朝》（《录鬼簿》）、无名氏《汉武帝御苑射雁》（《传奇汇考标目》别本），明传奇有曹大章《雁书记》（同上）、范震康《双卿记》（同上）、祁彪佳《全节记》（祁氏《全节记序》），清有黄治杂剧《春灯雁书记》等。以上作品，除最后一种尚存刊本外，余均失传。

南戏《牧羊记》原本亦已佚。今存全本者仅“宝善堂较正”旧抄本，为明人或清人改本，二卷二十五出。《古本戏曲丛刊初集》据此影印。北京图书馆还藏有乾隆内府抄本（仅存下册，十六至二十六出）及清朱瑞占抄本（选抄六出）、两种情节与旧抄本基本相同，只字句稍有出入。内府抄本将《望乡》分为两出，故为二十六出。据松皂室《现存杂剧传奇版本记》载，20 世纪 30 年代尚有富春堂本存世，唯今不知下落，很可能早已毁于兵燹。

此剧作者姓名不详。徐渭《南词叙录》、无名氏《重订曲海总目》、支丰宜《曲目新编》等皆作无名氏撰。一说元马致远作：明刊本来凤馆精选古本传奇《最娱情》选有此剧数折，作者署“马东篱”[①]；清无名氏《传奇汇考标目》亦云是“马致远，号东篱”者所著；张大复《寒山堂曲谱·总目》于《苏武持节北海牧羊记》下注：“江浙省务提举、大都马致远千里著，号东篱。”这个马致远，即《汉宫秋》《荐福碑》等元杂剧的作者，为“元曲四大家”之一。他究竟有没有谱写过南戏《牧羊记》，由于前人记载不同，今人亦各从一说。但明人吕天成《曲品》“牧羊”条下云：“元马致远有剧。此词亦古质可喜……”则马致远似另有同题材杂剧。说他是南戏《牧羊记》的作者，根据尚嫌不足。

《牧羊记》在舞台上能常演不衰，我以为至少有以下几点是值得我们注意的：

首先，《牧羊记》表现的主题具有悠久的、重大的社会意义。

我国自西汉以来，民族矛盾始终是一个突出的问题。侵略、压迫和反侵略、反压迫的斗争从来没有停止过。宋元时女真族与蒙古的先后南侵及蒙古贵族的残暴统治，明末清初满族统治者发动的侵明战争及明朝的覆灭，都使广大人民备受战乱和被奴役之苦；鸦片战争以后，帝国主义列强尤其是日本帝国主义的侵略，更给中国人民带来深重的灾难。国家的危亡、民族的耻辱，激起广大人民强烈的爱国热情。他们要求抗战，反对投降，宁肯血染沙场，也不愿苟活于侵略者的铁蹄之下。只有极少数民族的败类，奴颜媚敌，以出卖国家和民族的利益换取个人的高官厚禄。

《牧羊记》以西汉时的民族英雄苏武为主人公。剧本极力描写和歌颂苏武出使匈奴、不受利诱、不畏威逼、被拘留于北海岸边牧羊，十九年啮雪吞毡、尝尽苦辛而始终不屈的坚强意志、民族气节和爱国情操；对变节投敌的李陵与卖国求荣的卫律则给予严肃的批判和无情的鞭笞。作者以自己生活在宋元这个民族矛盾十分尖锐的时代的切身感受，借历史题材赞美爱

---

① 《最娱情》一书，笔者未见。此载见谭正璧《话本与古剧·读曲小记》。

国志士、民族英雄，说明他们永远受到尊敬与爱戴，而那些投敌叛国者则受到人民的唾弃。作品表现的爱国主义思想主题（虽然，由于时代的局限，作品中的爱国思想与忠君观念往往纠缠在一起），代表并反映了广大人民群众的利益、思想和愿望。列宁曾说："爱国主义就是千百年来巩固起来的对自己的祖国的一种最深厚的感情。"[①]《牧羊记》发扬了历史悠久的中华民族的这一优良传统，它扣动了观众的心弦，获得了历代广大观众的喜爱。

其次，作为历史剧，《牧羊记》既忠于历史事实，又不拘泥于史实；既真实地再现了历史，又反映了作者生活的那个时代的风貌。它符合广大观众对于历史剧的审美要求。

《牧羊记》的主要人物、主要事件都有历史根据。苏武出使匈奴，卫律以富贵劝降，苏武不降而被置大窖啮雪吞毡又徙北海岸边牧羊，李陵置酒设乐劝降等均见《史记》《汉书》记载。李陵、卫律同为降臣，思想品格并不一样。据二书记载，李陵"事亲孝，与士信，常奋不顾身以殉国家之急"，他以五千兵先后击溃单于三万和八万之骑，终因矢尽粮绝，又无后援，败而投降；卫律则负汉事敌，为人阴险狡诈。《牧羊记》忠于史实，再现了一定时期的历史及其人物，并承二书观点，对李陵表示了一定程度的同情。由于是从历史事实出发，剧本在人物塑造上避免了单一的、概念化的毛病，同是降臣的李陵和卫律也就有了不同的面貌。

剧中也有虚构。例如，苏武出使被拘，据《汉书》载，乃因匈奴国中谋反者与汉副使张胜共谋劫单于母阏氏归汉，事败，罪及苏武。《牧羊记》改为匈奴"寇临汉城"，苏武奉汉帝命出使议和、不屈被囚——这显然是易入了作者生活时代的背景，表现了苏武爱国思想行为的反侵略性。又如"义刎"一出，写卫律派美妓以色引诱苏武，苏武拒之门外，其忠义之心使美妓悔悟自刎。此事不见记载，但它符合苏武不受威逼利诱、坚守汉节和卫律处心积虑、欲使苏武投降的思想性格，且有助于突出苏武的磊落胸怀和高风亮节。再如李陵撞石、卫律被刑，亦非史实，但它没有改变历史人物的思想面貌，却借以表达了作者及作者时代的人们对于屈节事敌的降臣

① 列宁：《皮梯利姆·索罗金的宝贵自供》，《列宁全集》第二十八卷，人民出版社，1963，第168～169页。

的批判和否定的感情。

《牧羊记》是历史剧，历史剧有别于传说故事剧，它应基本符合史实和对该历史人物、历史事件的正确的历史评价。那些按照作者的主观意愿任意改造历史、改变历史人物本来面貌的戏剧，不是真正的历史剧。稍有历史知识的观众一般不能接受，在感情上也不易与之产生共鸣。但是，艺术是表现理想的。历史剧不能只是单纯地“再现”历史，作品中的历史事实“应该服从一种既真实而对现代文化来说又是意义还未过去的内容（意蕴）”。“如果它们和现代生活已经没有什么关联，它们就不是属于我们的”（黑格尔《美学》第一卷第三章）。因此，历史剧表现的内容应该比原来的历史更高、更集中、更典型，也就是说，可以而且应该进行必要的艺术加工和虚构，以使历史人物的形象更为丰满生动，历史事件更具典型意义，以期引起观众的思考，使观众从中受到某些启示与教育。《牧羊记》在对历史材料的取舍以及虚实关系的处理上确有其值得借鉴的地方。

第三，剧本自始至终贯穿着尖锐的矛盾冲突，体现了舞台剧本的特色。

帷幕拉开，《家门》之后，苏武即在为老母祝寿的笙歌声中接到出使匈奴的圣旨。他无限离愁，告别母妻，踏上征途。一入异域，剧中的冲突就愈来愈趋于尖锐：《劝降》《逼降》写卫律以“赐号封王”“受荣华、享富贵”劝苏武投降，不花元帅继以杀戮逼其投降，面对富贵而生和受折磨而死的抉择，苏武表现了不可侵犯、视死如归的凌云豪气。《吃雪》《牧羊》诸出描写他被打入大窖和放逐北海后所受到的各种磨难，突出他坚守汉节、毫不动摇的坚强意志。《望乡》《义刎》进一步表现他在昔日好友动之以情的相劝和美女软语娇啼的诱惑下仍矢志不移，其凛然正气使李陵汗颜、美妓愧悔。《告雁》出只苏武一人场上抒情，没有人与人之间的冲突，但他抒发的对君亲（这里代表祖国）刻骨铭心的思念之情与19年独处北地过着孤凄、困苦的生活而归国无望的现实之间，显然存在着不可调和的矛盾。剧本集中描写了不同人物、不同思想、不同性格以及人与自然、感情与现实之间的矛盾冲突，表现了爱国与卖国、正义与邪恶之间的斗争，通过矛盾斗争发展情节、展示主人公伟大心灵的力量。剧中每一个矛盾冲突的发生与解决，都强烈地吸引着观众。

上面提到的这些表现冲突比较精彩的段落，后来成为折子戏经常搬演于场上。明清时一些戏曲选本，如《群音类选》《醉怡情》《缀百裘》等等也都选刊了这几场戏，只是标目有所不同。

第四，语言质朴浅显而不流于粗鄙，宜于雅俗共赏、文人与妇孺同观。

明人何良俊、徐渭、沈璟等人都很赞赏宋元南戏的“本色语”。显然，他们所用“本色”一词的内涵并不完全相同，但他们从舞台演出考虑、要求戏剧语言浅显易懂、简淡自然则是一致的。《牧羊记》的文辞简明而不板滞，例如：《劝降》中苏武曾对卫律说：“上复那单于，若要咱降顺……直待西方日上时。”后来单于令苏武牧羊，告以“直待羝羊生乳，放汝归乡”。话不多，却针锋相对、生动形象。《遣妓》出龟子见卫律，拜曰：“大王爷，半夜回来不点灯叩头。”卫律问：“什么半夜回来不点灯?”答曰：“是乌龟(归)。”利用谐音打诨，也颇有味。人物语言大致都能符合各自的身份、性格：黄石公上场，开头两句为“朝游北海暮沧溟，曾见黄河几度清”。一听而知是神仙。同是劝降，卫律赤裸裸以“受荣华”“享富贵”相劝，李陵则批评汉帝之过，婉转地说之以“理”，表现了二人不同的思想与格调。剧中多处环境描写，明白如话，绝无彩绘，对烘托气氛、刻画人物却有着积极的作用，如：

> 海水无边无际，沙场无极无垠，无亲无眷又无邻，况又无家可奔。日里无衣无食，夜间无被无衾，又无历日记时辰，不知春夏来，那识秋冬尽。(《望乡》)

苏武就是在这样的地方度过了十九个春秋！这段描写，有助于突出苏武坚韧不拔的意志。吕天成《曲品》评《牧羊》：“此词亦古质可喜，令人想念子卿之节。梨园演之，最可玩。”道出了这部作品的主要语言特色。

《牧羊记》在宋元南戏作品中并非上乘之作。这部民间作品虽经明人修改，仍保存了其质朴的面貌。它的文辞不很讲究，结构也欠紧凑，人物缺乏内心冲突。但是，它在舞台上却传唱了七百年，并且还将传唱下去。它的生命之源值得我们进一步探讨。

以苏武故事为题材的古典戏曲，今仅存清黄治《味蔗轩春灯新曲雁书记》一种，北京图书馆藏有道光年间刻本，此为杂剧，共四出。因一般不易读到，简要介绍其内容如下：第一出《劝降》，写苏武牧羊于北海岸边，卫律奉可汗之命前来劝降，被苏武骂回；李陵又携妓、酒前来慰问，欲相机致可汗之意，未果而返。第二出《路沓》，北海驻扎队主因女儿立意要嫁有才有貌的华人而资送女儿与苏武成亲。第三出《射雁》汉帝射雁得苏武帛书，知苏武尚在世间，命太监杨得意宣旨匈奴，取苏武还朝。第四出《锦园》，苏武回朝后，汉帝又命接回留在匈奴的妻与子，夫妻画像同上麒麟阁。

《雁书记》作者黄治显然观看或阅读过《牧羊记》，剧中隐约可见《牧羊记》的影子。但黄治有意避开《牧羊记》的情节而侧重于写苏武在匈奴娶妻生子、归汉后又接回妻儿之事。此事并非无据。《汉书·苏武传》记苏武归汉后有一段话："武年老，子前坐事死，上闵之，问左右：'武在匈奴久，岂有子乎?'武因平恩侯自白：'前发匈奴时，胡妇适产一子通国，有声问来，愿因使者致金帛赎之。'上许焉。后通国随使者至，上以为郎。"《李少卿答苏武书》[①] 中亦有"足下胤子（嗣子）无恙，勿以为念"之句。《雁书记》的情节当据《汉书》记载及李陵书所云生发。李陵书系后人伪作，不可为据；《汉书》所载是否事实，后人亦有怀疑。祝以豳《子卿娶胡妇辨》[②] 认为此乃"沙漠无据之事"，很可能出于"谗邪之口"；且云苏武以"十九年不屈之心"还报汉天子，"区区胡妇有无，胡足深辨!"即使有之，而苏武"内之丹衷无恙也，外之节旄无恙也"。此事之有无，今确已难考证。但正如此文所言，与苏武之大节相比，此"区区胡妇有无"之事，不值得深究。

此剧以苏武夫妇画像同上麒麟阁作结。据《汉书·苏武传》张宴注云，麒麟阁为武帝获麒麟时所建（一说萧何所造）。《苏武传》曰：宣帝时图画霍光、张安世、韩增、赵充国、魏相、丙吉、杜延年、刘德、梁丘贺、萧望之、苏武等十一人于麒麟阁上，以其"皆有功德，知名当世，是以表而

① 见《文选》第四十一卷。
② 见卫泳编（晚明百家小品）《冰雪携》。

扬之”。可见苏武画像上阁为历史事实，苏武之妻画像上阁则完全是作者虚构。

以《雁书记》与《牧羊记》同看，可明显感到，《雁书记》有着自己的特点和长处：首先，它没有蹈袭旧作。《牧羊记》主要从正面刻画苏武；《雁书记》则着重侧面描写。剧本除第一折外，余均以匈奴女自愿嫁苏武及汉皇对苏武的赞美、爱惜和给予的荣耀来表现苏武令人敬慕的品德，体现了明清剧论中求“奇”、求“新”的戏剧观念和审美趣味。其次，作者借剧中人之口曲折地抒发了自己胸中的郁悒与愤懑。作者曾自称，此剧为“游戏之作，五日而成者”（李錋《跋》）。但剧中卫律在受到苏武斥责时申辩：“世上如俺的人尽有，怕骂不得许多哩。”汉皇在夸赞苏武之德时感叹：“人生晚节谁能保，有几个持风操?”并以苏武为榜样令臣下“自勉”。剧末以苏武之妻画像上麒麟阁，云其：“非中产能知大义，与大夫十余年共苦同甘，不独女子所难，亦且男儿有愧。”——这些说明，此剧并非单纯“游戏之作”，其中显然寓有作者对自己生活时代的现实的批评。若联系嘉庆、道光以后统治阶级愈趋腐化堕落的现实和作者一生不得志以及作此剧前其兄黄濬被诬罢官的遭遇[①]，便可更清楚地体味到其讽世的意义。而作者写异邦一普通女子能识大义并以其画像上阁与功德卓著的大臣并列，不仅讥诮了礼仪之邦、泱泱大国的须眉男子，也表现了作者比较开通的不轻视妇女的思想。另外，《雁书记》中苏武当面斥骂卫律比《牧羊记》痛快、凌厉；对李陵的刻画着墨不多，却见风貌；将《牧羊记》中《劝降》《望乡》的内容合于一折，文字上也甚简洁。

但是，《雁书记》在选材、布局、人物形象塑造等方面都存在不少问题。作品以苏武为主人公，却仅以第一折正面写他的爱国思想、民族气节，而以大半篇幅写他在匈奴成亲、汉皇上林狩猎获书和苏武一家团圆的经过。本来，从不同角度刻画人物是完全可以的。只是，第二折《路奁》突出了队主资送的丰富和队主之女的才貌，以致苏武在匈奴十九年的苦难生活被这丰厚的陪送和身边有娇妻慰其寂寞的描写冲淡了；第三折《射雁》，写汉

① 详见刘世德《黄治和黄濬》一文，载人民文学出版社《中国古典文学论丛》第一辑。

皇与臣下打猎的场面也过多……这些都无补，有时甚至有损于苏武的英雄形象。《雁书记》中的苏武远不如《牧羊记》中的苏武形象丰满动人，是十分明显的。卫律上场时作的自画像："为官不问番和汉，处事何论孝与忠。"很是鲜明，但在苏武数言痛骂和拔剑自刎之后立即认识到"俺卫律之罪，上通于天矣"。（据《汉书》载，此为李陵之语）其转变似过于容易。此外，全剧第二折以后亦少冲突。《雁书记》写就后，伶人曾演其首出而不及其后（李铏《跋》），刊本行世后，流传亦不广，看来不是没有原因的。

《雁书记》晚出于《牧羊记》，作者黄治又是饱学之士，而《雁书记》却逊于《牧羊记》，这与作者猎奇的创作态度、对舞台艺术不够熟悉有关，但与作者生活的时代恐怕也不无关系。《雁书记》作于道光十五年（1835）。[①] 此时，清朝统治者入主中原已近二百年。在清王朝长期高压与怀柔政策兼施的统治下，随着时光的流逝，一般汉人的民族意识、反抗思想已逐渐淡漠。士绅谦会，无丝竹不举觞；郡邑城乡，岁时祭神赛会，亦无不有剧。在此莺歌燕舞的"太平"之世，黄治撰《雁书记》，不着重正面描写苏武的爱国思想、民族气节，而乐道于苏武与匈奴女的婚姻，这显然是作者缺乏国家兴亡的紧迫感的表现。直至西方殖民主义者用大炮轰开中国的大门，并步步实行其瓜分中国的阴谋，以致激起中国人民一次又一次大规模的反抗运动，以宣扬爱国主义为目的的文学作品才又大量涌现。

近代地方戏中，京剧《苏武牧羊》是舞台上常演的传统剧目，新中国建立以后，且已跃上荧屏。以马连良藏本[②]与南戏《牧羊记》、黄治《雁书记》比对，可知三剧情节相异处多，相似者少。京剧仅保留了南戏作品中《劝降》《逼降》《望乡》等出的基本内容。京剧《苏武牧羊》在情节和人物塑造上的发展、变化，比较突出的是以下两点。

一是更加强调匈奴发动的是一场侵略战争。从历史上看，匈奴自古以来，一直是中国的强敌。汉武帝时，由于国力强盛，多次对匈奴主动出击，使匈奴几番惨败。南戏《牧羊记》以汉武帝时出使的苏武置于"寇临汉城"的背景下，这与作品产生于宋元时有关。京剧《苏武牧羊》进一步发展了

---

① 黄治：《味蔗轩春灯新曲·自序》。

② 见《京剧汇编》第七十九集，北京出版社1959年出版。

这一情节。剧中匈奴大都尉大平章胡克丹明确地说："统领雄兵，逞奇能，侵略汉庭"，"夺取边关扰汉庭"。虽然剧中说明，匈奴因汉伐宛，惧汉兵袭取，故先出师，但在第八场中又交代，汉伐宛乃因宛杀汉使者，是宛无礼，匈奴出兵完全是借此口实"入寇"。剧本对匈奴入侵的突出描写为宋以后，尤其是鸦片战争以后中国屡受外族侵犯的历史和现实的反映。

二是对人物的刻画用力不如《牧羊记》那样集中，也不够细致。京剧《苏武牧羊》与黄治《雁书记》一样，以较多篇幅写苏武娶匈奴女的故事。不过剧中匈奴大平章胡克丹之女胡阿云比《雁书记》中队主之女思想略高一筹：队主之女愿嫁苏武，只因她"立意要嫁个有才有貌的华人"；胡阿云却因敬慕苏武"忠于汉室、威武不屈"，"是个有节有志、顶天立地的奇男子"，她金殿之上拒为青年单于的贵妃，北海岸边求作两鬓苍苍的苏武之妻，她深明大义，敢说敢为。胡阿云的形象比队主之女更能衬托、表彰苏武令人敬爱的品德。只是她朝堂上批评单于"不懂道理""没念过书"；单于将她赐婚苏武，她面对满朝大臣欢呼"好极啦"；苏武当面拒婚，她落落大方地与苏武辩理……这些言行过分地表现了她的现代意识，而与作品所写的时代太不协调。剧中对苏武的描写，也不尽如人意，例如，苏武曾拒绝纳妻，但在胡阿云表明心迹后，苏武竟唱："这番言真令人心怀开朗，作忠臣又何拒好逑成双！气恼中未看她如何貌相，果真是窈窕女琴瑟何妨！"当他见胡阿云美色过人时，不禁庆幸："我好侥幸也……老苏武此时节神魂飘荡。"这样的描写使苏武显得轻薄，并与剧中表现苏武持节守义已到"憨蠢"程度的性格不相一致。剧中李陵、卫律两个降臣面貌雷同，对李陵的投降没有同情，也没有指谪汉皇之过，表现了近代以来中国人民备经外患、对叛国事敌者愈来愈仇恨的感情；另一方面也暴露了作者刻画人物比较粗疏、草率的缺点。

《苏武牧羊》情节、人物的发展变化反映了时代的发展变化，也表现了作者还有投合现代市民趣味的一面。地方戏不同于传奇、杂剧等"雅部"戏。地方戏的作者多是生活在底层的文化水平不高的文人或艺人，他们的作品表现了下层人民的是非观念、爱憎感情；而商品经济日益发展对私营戏班的刺激，使他们在创作中比较注意迎合观众的趣味，力求情节曲折、场面热闹。京剧《苏武牧羊》就具有这些特点，它生动有余而细腻不足。它在文辞上比《牧羊记》《雁书记》更口语化，更为活泼流畅，因而也更适合于现代场上演出，若能在立意、关目结构、人物塑造等各方面认真汲取同题材作品的经验教训，对提高作品的文学水平当不无裨益。

笔者曾听到过这样一种议论：古典戏曲剧本文学性较强，但不太适合舞台演出；"花部"戏演出效果较好，而一般文学水平不高。既如此，今各地方剧种在改编、演出古典戏曲之前，何不对同题材戏剧作品做一番纵向和横向的比较，在明其成败得失之后再着手改编或创作？这似乎并不是一件难以办到的事。在我国亟须加强对全民进行爱国主义教育的今天，改编并演出以苏武故事为题材的作品，对发扬我国人民的优良传统似也还有着它的现实意义。

法国一位研究戏剧的专家曾介绍，法国现代派戏剧为了"超越皮相的实真主义"，开始"向东方找寻真理"，他们发现"中国戏剧虽然渊源古远，形式和风格却十分'现代'"①。他在比较中国和西洋古典戏剧处理历史题材的不同时说：西洋古典戏剧无不在剧中安排一女性，透过男女之间爱与恨的波折去营造回肠荡气，以加强全剧的感染力；中国戏曲却能做到完全以权力和江山的争夺、君臣或朋友之间的忠义等作为全剧的主题和动力。他惊叹于中国戏曲远在布莱希特提出"史诗戏剧"之前，早已把中国两千年的历史写进戏曲里。他明确指出："西方人对中国戏剧的兴趣，主要着眼于其中独特不同之处。"这位法国专家对我国戏曲以及"史诗戏剧"的高度评价，对我国戏剧如何走向世界的中肯意见，很值得我们深长思之。那些对祖国文化遗产一概否定，一味追求西化的中国的"现代派"，能否从这位外国人的意见中得到某些启示呢？

（《艺术百家》1990 年第 1 期）

① 〔法〕班文干著《一个洋鬼子的中国戏剧观》，蔡克建译，载《戏曲研究》第二十四辑。

南戏研究的回顾与思考

对于南戏研究的回顾，笔者读到过两篇文章：一为赵景深《过去对南戏研究的成就和缺点》[①]，一为孙崇涛《中国南戏研究之检讨》[②]。前者着重分析、批评当时已刊行的赵景深《宋元戏文本事》、钱南扬《宋元南戏百一录》、陆侃如、冯沅君《南戏拾遗》等三种南戏研究专书；后者重点在于说明南戏研究各阶段所取得的成绩和存在的问题，并对某些分歧意见发表议论。本文则准备就南戏研究各阶段的特点、方法及其得失作初步探讨，以期在今后的工作中有所借鉴。

南戏研究的历史，大略可以分为三个阶段。

一　元明清三代

中国的戏剧研究起步较晚。元代出现的几部有关戏曲的著作，如夏庭芝《青楼集》、钟嗣成《录鬼簿》等主要是记载元杂剧的演员和作家作品的，周德清《中原音韵》乃论北曲音韵之作。元代没有专论南戏的著作，仅在以上撰著及有些笔记小说（如周密《癸辛杂识别集》、刘一清《钱塘遗事》等）中偶尔可以读到几则有关南戏的记载。这些记载为南戏研究提供了宝贵的史料，却还不能说是南戏研究。

---

① 赵景深《元明南戏考略》，作家出版社，1958。

② 载《戏剧艺术》1987 年第三期。

对于南戏的研究，大约开始于明代嘉靖年间。徐渭《南词叙录》是我国最早的，也是这一时期仅有的一部专论南戏的著作。此书论述了南戏的渊源流变、风格特色、音律声腔等，也有对作家作品的评论，角色、术语、常用方言的考释，篇末还附录有宋元南戏剧目六十五种，明初南戏四十八种。书中很有一些精辟的议论，闪烁着作者不同凡响的思想光辉。此书对我国戏曲理论的建立有着重要的意义，同时还具有珍贵的史料价值。作品评点，是这阶段南戏研究的一种重要方式。署名李卓吾的批评本《琵琶记》《幽闺记》《荆钗记》以及陈眉公批评本《琵琶记》《幽闺记》，毛声山批评本《琵琶记》等都是影响较大的。《南词叙录》和各种评点本之外，其余有关南戏的论述都散见于曲话、曲品、曲录、曲谱、笔记小说、戏曲序跋等撰著中，大都是片段的记载、点滴的考辨、简略的品评、零散的议论。有的记载、考证，虽只寥寥数语，却有着重要的史料价值；有的品评、议论，虽不一定全面周到，却也不乏精妙的、令人悦服的分析。

这阶段南戏研究涉及的方面已相当广泛。它的发展过程很值得我们注意。

明清两代是中国长期封建社会的延续和逐渐衰亡的时代。由于统治者的提倡，以程朱理学为中心的儒家思想仍是这一时期的统治思想。在文艺领域里，以社会功利为核心的正统儒家文艺观念仍占统治地位。不过，自明中叶开始，经济上出现的资本主义生产关系的萌芽，促进了文化思想的革新。王学左派反道学、反传统的哲学思想对文艺发生了深刻的影响，反对传统思想的束缚，追求个性心灵的解放，主“真”重“情”的审美情趣冲击着复古的文学主张。明清两代，在文艺思想上始终贯穿着正统儒家思想和反传统思想的斗争。与此相联系，在剧坛上也存在着强调戏剧的教化作用与提倡抒写真情的不同主张，还有格律与才情、本色与文采之争。南戏研究中《琵琶记》与《西厢记》《拜月亭》何者为优的争论，反映了这时期不同文艺思想和不同戏剧观念的斗争。明初，《琵琶记》因其有关风教的内容而受到明太祖朱元璋的赞赏，以之比于“四书”“五经”，认为“富贵家不可无”（《南词叙录》）。理学名臣邱浚更是片面发展了《琵琶记》以戏剧进行风化之教的主张。一时，《琵琶记》被奉为戏文之“冠”，“遍传宇内”（雪蓑渔者《宝剑记序》）。嘉靖时，何良俊首先发难，他抛开儒家功利观念，以“当行”“本色”作为评判作品的标准，认为《拜月亭》“高出于《琵琶记》远甚”（《四友斋丛说》）。李贽进而以《拜月》《西厢》为“化工”，《琵琶》为“画工”，说画工虽“穷巧极工”，却有迹可循，不如化工之天然可喜，“其工巧自不可思议尔。”（《焚书》卷三《杂说》）王世贞则维护《琵琶记》的地位，批评《拜月亭》有三短，说以《拜月亭》凌驾于《琵琶记》之上，是“大谬也”（《艺苑卮言》）。王思任又以《琵琶记》优于《西厢记》，认为“《西厢》易学，《琵琶》不易学。盖传佳人才子之事，其文香艳，易于悦目；传孝子贤妻之事，其文质朴，难于动人……是不得不让东嘉独步。”（毛声山批评本《琵琶记》卷首“前贤评语”）这些争论，自明至清，绵延不绝。维护《琵琶记》的论者虽从儒家文艺思想出发肯定《琵琶记》有关世教的内容，却也随着革新派文艺思想和戏剧观念的发展而愈来愈重视发掘《琵琶记》以情动人的特点和在戏剧结构、文辞、音律等各方面所取得的成就。例如，毛声山评点本在不厌其烦地阐发《琵琶记》有裨风化的内容的同时，又以大量笔墨剖析其变幻的写法、巧妙的运思，赞美其文与情之交至、自然而入宫商等等优异之处。从这场争论以及这一时期对于其他南戏作品较多艺术表现方面的品评中我们可以看到，新兴的重视戏剧作品审美价值的观念对于以政教为中心的儒家文艺思想的冲击和影响。

宋元南戏绝大部分为民间作品，《琵琶记》作者高明是以“名公”身份撰写戏文的第一人。明清两代论者多为封建文人，他们对民间艺术一般持轻弃态度。祝允明曾污蔑南宋温浙戏文之调“殆禽噪耳”（《怀星堂集》卷二十四《重刻中原音韵序》），又把南戏各种声腔的争奇斗艳说成是“声乐大乱”，“极厌观听，盖已略无音律腔调”（《猥谈》）。王世贞、王骥德、胡应麟、沈德符等在探讨南戏渊源时说“北曲不谐南耳而后有南曲”（《艺苑卮言》），把南戏说成是“元人杂剧之变”（《庄岳委谈》）。究其原因，多半是由于他们心目中的南戏乃指明以后出现的传奇，故以元末文人创作的《琵琶记》为南戏之祖，有意无意地置《琵琶记》以前的宋元民间南戏于不顾。封建文人蔑视民间南戏的态度不仅造成了这一时期南戏作品大量流失和南戏研究冷落、不平衡（多着眼于《琵琶记》《拜月亭》等少数几部作品的考评）的状况，还带来了对于我国戏曲发展历史的一些误解。第一个大声疾呼为南戏鸣不平的是被称作“旷代奇人”的文艺革新家徐渭，他的《南词叙录》不仅说明南戏“始于宋光宗朝”，产生于北杂剧之先，从而揭示了我国戏曲发展史中的一个真相；并能一反封建文人鄙薄民间文艺的老爷态度、打破当时重北轻南的传统观念，对民间南戏做比较全面的阐述，为民间南戏力争社会地位。何良俊、吕天成、祁彪佳等从本色、音律、情真等方面给予南戏作品的褒扬，沈璟、沈自晋、凌濛初、钮少雅等于所编曲谱、曲选中多以南戏之曲为范例，并时有评论，他们对提高民间南戏的地位和南戏研究的开展都起了积极的作用。民间南戏在明清两代经历了一个被歧视、受压抑到逐步被认识和受到重视的过程。这与明中叶后，适应社会经济和文化思想的转变，小说、戏曲等通俗文学获得发展而出现空前繁荣的局面是分不开的。

但是，这一时期的南戏研究毕竟有着较大的随意性。许多撰著中有关南戏的记载、考证、论述往往是辗转相抄，或兴之所至、信手写来，缺乏自觉的、有计划的、系统的研究，以致叙及的问题比较零碎、散漫。这不能不说是这阶段南戏研究中的不足。

二　20世纪初到新中国建立

19世纪末到20世纪初，由于我国资产阶级改良派和民主革命派的提倡、宣传以及西方新文学观念的引进，我国的文艺思想发生了极大的变化。自改良派倡导“诗界革命”“文界革命”“小说界革命”“戏曲改良”之后，历来被视为雕虫小技的小说、戏曲被提到了文学正宗的地位，并被说成是改革社会、救国自强的主要手段。《新世界小说社报发刊词》曰：“小说势力之伟大，几几乎能造成世界矣。”失名《观戏记》认为戏剧有“左右一国之力”，“中国不欲振新则已，欲振新可不于演戏加之意乎?”三爱（陈独秀）《论戏曲》亦谓：“惟戏曲改良，则可感动全社会，虽聋得见，虽盲可闻，诚改良社会之不二法门也。”[1] 这些说法虽不免夸大了小说、戏曲的社会作用，却根本改变了小说、戏曲的社会地位，以致当时许多改良派和民主革命派的风云人物亦投入了小说、戏曲的创作，一些知识渊博的学者、教授则以自己部分或全部的精力转而从事小说、戏曲的研究。

近代学坛上的“大师巨子”（陈寅恪《历史人物》）王国维即在接受西方传入的新观念、新方法后对我国戏曲发展的历史进行了比较系统的研究，自 1908 年至 1912 年，他先后完成了《曲录》《戏曲考原》等八种有关戏曲研究的论著。其中《宋元戏曲考》是最后完成的、带有总结性的戏曲史著作。这是我国戏曲史的开山之作。书中第十四、十五章为论述南戏的专章，其中有对南戏的渊源、时代的探索与阐述，也有对南戏作家、作品的考辨和评介；既有对发展轨迹的细心寻觅，又有南北剧的横向比较。由于结论多是在搜罗了大量史料之后经过辨别、质疑、类比、分析等工作而得出的，故而具有较强的说服力。例如，书中对《南九宫谱》所收南曲曲牌五百四十三章一一加以考证、归类，从而得出结论曰：“可知南曲渊源之古也”，“可知南戏之曲，亦综合旧曲而成，并非出于一时之创造也”，“其渊源所自，或反古于元杂剧”。这些意见是令人折服的。《宋元戏曲考》对于南戏的研究，在南戏研究史上有着里程碑的作用。自此以后，南戏研究跨入了学术的殿堂，成为一门专门的学科，开始了自觉的、有步骤的、系统的研究阶段。

王国维之后，南戏在我国戏曲史、文学史著作中占有了不可或缺的地位。笔者随手翻到的如谢无量《中国大文学史》（1918）、葛遵礼《中国文学史》（1920）、吴梅《中国戏曲概论》（1926）、谭正璧《中国文学进化史》（1929）、郑振铎《插图本中国文学史》（1932）、卢冀野《中国戏剧概论》（1934）、青木正儿《中国近世戏曲史》（中文译本出版于 1936 年）、周贻白《中国戏曲史略》《中国剧场史》（1936）等等专著，其中无一不论及南戏，并且随着时间的推移和资料的发掘，南戏在我国戏曲史、文学史中所占的篇幅愈来愈多，地位也越来越显重要。郑振铎《插图本文学史》

---

① 失名、三爱诸作已收入阿英编《晚清文学丛钞·小说戏曲研究卷》，中华书局 1960 年版。

对南戏的产生、背景、形式、起源、与印度剧的关系，以及南戏的发展、南戏的作家作品等都做了比较详尽、系统的阐述，其史料的丰富、评介的简要、撇开旧说的勇气、远瞩外邦的探讨等各方面都能给人以启示。赵景深《宋元戏文本事》就是受郑氏此著的启发而完成的。青木正儿《中国近世戏曲史》虽意在续王国维之《宋元戏曲考》，实为《明清戏曲史》，但在叙述明清戏曲前，对南北曲的起源、发展、盛衰、体例以及南戏作品亦作了比较全面和充分的考述，在当时和后来都产生了较大的影响。

这阶段南戏研究以资料的搜集、史事的考辨为主，亦以这方面工作取得的成绩最大。由于民间作品极少刻本，加以前人对民间南戏轻视等种种原因，至近代，南戏作品已散失殆尽，对其剧目所知亦不多，有关南戏史的资料更是寥若晨星。资料是研究工作的基础，缺乏基本的史料和作品，研究工作便无法进行。于是，赵景深、钱南扬、陆侃如、冯沅君等致力于戏文佚曲的辑录、汇集和本事考证工作，先后出版了《宋元戏文本事》（1934）、《宋元南戏百一录》（1934）、《南戏拾遗》（1936）等三本著作。这是对宋元南戏的一次大清理，为南戏研究提供了必需的基本资料。这阶段各报刊上发表的有关南戏的文章约一百余篇，涉及了南戏的各个方面，它们为全面恢复南戏的历史面貌作出了初步的贡献。另外，《永乐大典戏文三种》和《南曲九宫正始》的发现与刊行，各种翻刻戏曲史料、戏曲论著的丛书（如《暖红室汇刻传奇》《读曲丛刊》《曲苑》等）面世，以及吴梅、郑振铎、傅惜华等在兵戈不息、烽火连天、经济十分拮据的困难条件下注意搜求、收藏戏曲作品，对南戏研究的开展都有着不可忽视的作用。

这一时期的南戏研究，由于是从近代文学观念出发，又运用了较以前更为多样的科学方法，故而比元明清三代有了长足的进步。有文章认为，王国维是“以乾嘉学派治经史之法来治曲”，这一说法似欠全面。王国维之弟王国华曾说：“先兄治学之方，虽有类于乾嘉诸老，而实非乾嘉诸老所能范围。其疑古也，不仅抉其理之所难符，而必寻其伪之所自出；其创新也，不仅罗其证之所应有，而必通其类例之所在：此有得于西欧学术精湛绵密之助也。”（《王国维遗书》序三）这个分析是符合实际的。王国维继承了乾嘉学派的考据方法，又能接受西方先进思想、科学方法的影响，故能不囿于传统而有所创造。王国维以后的南戏研究，在方法上亦都具有这个时代的特点。

乾嘉学派以考据为长，论事讲求证据，其治学方法有可取之处。南戏研究者在南戏资料散乱不实的情况下，以我国传统的辑佚、校勘、考订、辨伪等方法为主，是十分必要和切合实际的。但是，时代在前进，南戏研究的方法也不可能完全同于乾嘉学派。究其发展，大约表现在以下几个方面。（1）扩大了研究的范围。乾嘉学派以治经史为主，兼及文字音韵、名物制度等。以考据作为治曲的主要方法之一并被广泛应用，是在王国维之后，这一时期发表的有关南戏研究的文章多属考证性的，三本辑佚著作显然也得益于考据学的运用，而这只有在把戏曲视为小道的陈腐观念得到更新之后才成为可能。（2）开展系统的整理和研究。乾嘉学派孜孜于一字一音的考证，比较琐碎；南戏研究则将单项求证与整体研究结合起来。例如，钱南扬《宋元南戏考》（1930 年《燕京学报》第七期）集南戏作品名目，南戏与传奇、杂剧之不同，南戏的渊源与发展，南戏的结构、音律、角色等考索于一文，通过系统的研究达到对南戏整体的了解。陈子展《南戏传奇之发展及其社会背景》（1933 年《青年界》三卷四期）还将对南戏、传奇源流的考察与当时的社会背景联系起来，不仅求知其然，还力图知其所以然。（3）博采中外资料进行比较。乾嘉学派兀兀穷年、埋首故纸堆中，思想比较闭塞。南戏研究则较活跃。三种辑佚著作对辑有佚曲的戏文除作本事考证外，还介绍其同题材的杂剧、传奇剧目，以供比较研究。青木正儿《南北曲的比较》（1932 年《清华周刊》第 37 卷 12 期）、绿依《南北曲律新论》（1935 年《剧学月刊》四卷八期）、凌景埏《南戏与北剧之交化》（1940 年《燕京学报》第二十七期）、陶光《北曲与南曲》（1942 年《国文月刊》第十四、十五期）等文直接以南戏和杂剧相比较，求其不同体例与发展径路。许地山《梵剧体例及其在汉剧上底点点滴滴》（1927 年《小说月报》第十七卷号外）、李满桂《〈沙贡特拉〉和〈赵贞女〉型的戏剧》（1934 年《文学》第二卷六号）、林培志《〈拉马耶那〉与〈陈巡检梅岭失妻记〉》（同上）等文更以南戏与印度戏剧进行比较，证明戏文源出印度戏剧，其结论虽值得商榷，但其不拘一国之界限，能够放眼国外，用比较的方法去寻觅国与国之间文学相互影响的迹象，这种探索应该说是有益的，能够给人以启迪。

这阶段发表的南戏研究文章，极少作品评论。一些戏曲史、文学史著作只侧重于介绍南戏及其作品，或有三言两语的评论，多半为艺术分析。这方面的不足，至新中国建立以后，得到较多补充。

三 新中国建立以后

我们国家在经历了政治、经济上翻天覆地的变化之后，马列主义、毛泽东思想得到普及，文化艺术以及对于文化艺术的研究呈现了一片欣欣向荣的景象。在新的形势和新思想的指导下，南戏研究取得了较大进展，并有新的开辟。新中国建国 40 年来已发表的有关南戏的文章约有 450 篇左右，是 20 世纪前 50 年的四倍；专著 9 本，是前一时期的两倍多；还出版过几种专刊。可见盛况。这一时期的工作，主要有如下几个特点。

1. *在马列主义、毛泽东思想指导下开展评论和研究工作*

新中国建国初期，文艺界在学习马列主义、毛泽东文艺思想并以之联系古典文学研究的实际时，有些研究者对南戏作品《琵琶记》的价值产生了怀疑，认为这部作品的全部内容都是为封建统治服务的（1951 年《人民戏剧》二卷六期《〈琵琶记〉与旧戏封建说教的典型性》）。这种意见遭到一些同志的反对，他们认为作品“相当深刻地揭露了封建制度的罪恶”，“具有非常丰富的现实主义精神”（1955 年 7 月 31 日光明日报《试谈〈琵琶记〉的主题思想》）。中国戏剧家协会领导人意识到这些分歧意见，不仅关系这一部作品的评价问题，“也涉及对待古典文学艺术遗产的问题，和文学艺术理论上一系列重大的问题”（《〈琵琶记〉讨论专刊·前记》），故而在全国范围内发起并组织了一场较大规模的讨论。讨论中本着毛泽东“政治标准第一，艺术标准第二”和继承古代文化遗产的民主性精华的价值原则，对作品着重思想内容方面的分析。随着讨论的深入，报刊上发表了大量评论《琵琶记》的文章，还出版了几本专著。古典文学研究中存在的简单粗暴的否定和牵强附会的肯定的偏向，得到不同程度的纠正。何其芳《〈琵琶记〉的评价问题》（《文学研究》1957 年第一期）可以说具有总结的作用。文章运用矛盾统一的观点，对作品进行比较全面、具体、实事求是的分析，认为《琵琶记》中并存着“两种矛盾的成分”，即“对于封建道德的宣扬和对于封建社会、封建道德的某些方面的暴露，概念化的弱点和现实主义的描写，同时存在，而且它们是那样紧密地交错在一起”。何氏的意见为大多数人所接受，基本上被后来出版的几部文学史著作所采纳。当然分歧也仍然不可避免地存在着。这场讨论使毛泽东文艺思想及其价值观念更加深入人心，对后来的古典文学研究发生了较大的影响。

对于《琵琶记》以外的其他南戏作品，这阶段也出现了一些评论文章，都试图用毛泽东文艺观点进行分析，只是文章篇数不多，论及的作品较少。还有一些文章和著作，在运用辩证唯物主义、历史唯物主义的观点、方法去寻求南戏发生、发展以至逐渐消失的规律，研究社会经济、政治、哲学、宗教、文化、民俗对南戏形成和演变的影响，探讨各文艺形式之间的交流和影响等等方面，也取得了一定的成绩。我国第一部对南戏作全面、系统论述的专著——钱南扬《戏文概论》（上海古籍出版社 1981 年出版）就是作者在“认识有所提高”（《前言》）的情况下完成的。

2. 继续资料的辑佚、校勘、汇刻和考辨

这方面工作较之前一阶段更为全面、深入。

钱南扬《宋元戏文辑佚》（上海古籍出版社 1956 年出版）集前一时期三本辑佚著作之大成而又有新的增辑和考证；各种南戏著作的校注本陆续出版；今尚存世的十余部南戏作品全部影印收入《古本戏曲丛刊初集》；收罗较《曲苑》等古典戏曲论著丛书要完备得多的《中国古典戏曲论著集成》的问世……这些工作都给进一步开展南戏研究提供了方便。

这一阶段的考证文章仍相当多，数量大大超过前一时期。其中有对南戏源流、形态等的进一步探讨；有对于南戏声腔源流的阐述；有关于作家生平的考察；也有对作品产生时代、地点、作者和故事来源、流变的辨究。在许多问题上还发生过争论，例如，南戏发源地是温州还是闽浙沿海一带，昆山腔创于元代抑或明代的魏良辅，《琵琶记》作者究竟是不是高明，高明卒于元末或明初，等等。通过争论，有的问题已基本解决，有的尚待做深一步的考证。在版本研究方面，本时期成绩比较突出。南戏作品今存全本者虽寥寥，但有的作品却有多种甚至数十种不同版本，且大都经后人改动过，因此，版本鉴别也是南戏研究中的一个重要课题。赵景深《元明南戏考略》（作家出版社 1958 年出版）通过比勘，阐明了多种南戏作品的版本流变。还有不少文章对《琵琶记》、四大南戏以及《金印记》等作品的版本也做了比较深入、细致的考察。

3. 注重实际调查和文物发现，为南戏研究开辟了一条新的途径

南戏作品所存不多，古代文献中的有关资料经过前辈学者们的钩沉辑录，也已搜罗殆尽。仅仅依靠这些资料和作品从事南戏研究，其驰骋之地毕竟有限。刘念兹在前辈学者的指导下，运用毛泽东一贯提倡的调查研究的工作方法，为南戏研究另辟了一条新路——从各地方剧种，尤其是南方的古老剧种中寻求南戏的遗响，并注重考古的新发现。经过二十多个春秋的努力，他的力作《南戏新证》于 1986 年面世。此书以资料的丰富、新鲜取胜，亦以其提出的一些新的意见引起了学术界的重视和争论。它对进一步挖掘南戏遗产和开展南戏研究都有着重要的意义。刘氏此书是南戏研究从案头转向实际调查的代表作。叶开沅、张世尧《婺剧高腔考》也是一部经过实际调查研究而完成的著作。说的是婺剧，实关系到南戏对后世戏剧的影响。作者认为过去南戏研究有两点不足：一、由文献到文献；二、忽略南戏发展的主流——“民间”这条线索。作者从调查民间戏剧——婺剧高腔入手，阐明婺剧高腔在戏曲史上的地位，并追溯其与古南戏的联系，有意为南戏研究开拓新径。而福建、广东、江西、浙江等地的一些戏曲研究者对本地区戏曲剧种和声腔的历史进行调查研究后撰写的文章，进一步证明了这是一条广阔可行的道路。

在文物发掘方面，1958 年广东揭阳出土的嘉靖写本《蔡伯喈》、1967 年上海嘉定出土的成化本《白兔记》和 1975 年发掘于广东潮安明代墓葬中的宣德写本《金钗记》都是极为难得的保存宋元南戏面貌较好的明代前期的舞台演出本。这些戏曲文物为南戏研究提供了实据，已有不少文章做了

有益的探讨。

上述这些工作的进行和成绩的取得，与新中国建立以后党和国家对文化建设的重视、支持，以及马列主义、毛泽东思想的普及是分不开的。如果没有这样有利的条件，很难想象能够在全国范围内开展对南戏作品的讨论研究并获得比较深入、一致的意见；一些集公私所藏的大型戏曲作品、论著丛书似也难以问世；需要投入较多人力、物力的遍及全国许多省市的戏曲剧种的调查研究工作恐怕也不可能顺利进行。但是，1949 年以后逐渐膨胀起来的极“左”思潮对于学术研究发生的影响却也是不能低估的。南戏研究中单纯从社会学的角度和狭隘的文学功利观念出发，对作品着重思想内容方面的分析，忽视其文学本身的特性，即是这种影响的突出表现之一。20 世纪 50 年代的评论，即使是像何其芳《〈琵琶记〉的评价问题》那样具有较高的马列主义理论与实际分析相结合的水平的文章，也未能摆脱“左”倾思想的束缚；文中只承认作品的客观意义，不敢充分肯定作为封建文人的高明在主观上对当时社会的不满与揭露。60 年代前几年发表的数篇评论《琵琶记》《荆钗记》的文章，复又对作品的内容持基本否定的态度，反映了当时的政治风向，预示了一场极“左”政治风暴的到来。“文化大革命”时期，在彻底否定、打到一切旧文化的同时，南戏研究与其他许多学科一样，呈现一片死寂；偶尔刊登几篇有关文章，也只是棍棒加谩骂，根本不是学术研究。粉碎“四人帮”以后，政治上比较宽松；改革、开放政策的深入更促进了万象更新；学术研究也迎来了又一个春天。随着新观念、新方法的引进和新时期文学批评、文学理论的发展，南戏研究开始逐步摆脱庸俗社会学和“左”的思想影响，突破社会批评、历史批评、实证方法等传统模式，从单一化转向多元化，出现了一些着重探讨作品的审美价值、文艺特性，或从新的角度对南戏进行研究的文章。只是眼界没有完全打开，步子迈得还不够大，故而显得比较拘束、局促。

回顾数百年来尤其是进入 20 世纪以后的南戏研究，我们不能不深切地感到：

我国传统的研究方法对发掘文化遗产、还其本来面目有着重要的意义。我国戏曲史上几近湮没的南戏就是经过几代学者在浩瀚的古籍中爬梳剔抉、刮垢磨光而得以初步恢复其整体面貌的。在这里，传统的辑佚、校勘、考证、辨伪等研究方法起了决定性的作用。今天，南戏研究的史料和作品存本还相当匮乏，现已搜集到的南戏资料还只是宋元时丰富多彩的南戏演出活动的“一斑”，虽可由此窥其“全豹”，却只能影影绰绰而不能准确、真切地见其活生生的“全豹”。南戏的史料和作品尚有待于更多的发掘、整理，已有的史料和作品也有待于进一步辨析、评论，作家作品研究中存在的不平衡状态有待改变，存在的分歧意见也有待于争辩、统一。因此，传统的研究方法仍然是今后南戏研究不可或缺的重要方法。

南戏研究的历史还告诉我们，南戏研究的每一次飞跃都是在社会新思想的推动下出现的。明代，南戏研究随着文学解放思潮的兴起、奔涌而开始，并获得发展；20 世纪初期欧洲文化思想的输入使南戏受到前所未有的重视，从而开始了自觉的、有步骤的、全面系统的研究；新中国成立以后，马列主义深入各个学术领域，南戏研究又有了崭新的面貌，出现了大量以历史唯物主义、辩证唯物主义观点、方法对南戏及其作品进行探讨和评判的文章，并从案头走向实际调查，拓宽了道路；80 年代思想观念的解放，新潮文艺理论的崛起，又促进了南戏研究向多元化的发展。历史事实说明，学术研究犹如人的肌体，只有不断增添新的营养，输入新鲜血液，才能葆其活力，焕发生机。以往的南戏研究，总的看来，务实较多，偏重于资料工作和基础研究；也有一些宏观研究的撰著，大都论述不深，理论探讨尤显薄弱（其中有的著作，虽占有较多材料，却不能从中抽象出符合客观实际的结论）。这一状况，根源于这门学科史料、作品奇缺的实际，而与研究者的理论修养、治学习惯也有着密切的关系。南戏研究者必须尽快提高自己的理论水平，坚持在马克思主义理论指导下，学习、运用新的观念、新的方法，才能在现有的基础上求得突破性的进展，使南戏研究更上一层楼。

近些年来，在改革开放，更新观念、方法的形势和潮流下，有些人不仅否定传统的研究方法，鄙薄基础工作，而且认为马克思主义也已过时。他们有意无意地抛弃了“实事求是”、一切必须从实际出发，“充分地占有材料”，从这些材料中引出正确的结论以及调查研究、批判继承等马克思主义最基本的原则与方法。其实，它们都已被实践证明了是科学的、行之有效的。过去我们在工作中曾经发生过把马克思主义理论机械化、庸俗化的做法是对马克思主义的歪曲，阉割了马克思主义的活的灵魂，破坏了它的根本的理论基础——辩证法，那不是真正的马克思主义。我们不能因为在学习、运用马克思主义过程中发生的偏差而否定马克思主义本身。当然，马克思主义也将随着实践发展，不应成为不切实际的教条。但上述那些最基本的原则，对于我们的研究工作仍然有着普遍的指导意义。我们必须坚持马克思主义的学风和科学研究的方法。

坚持马克思主义并不排斥近年来从西方引进的“新观念”和“新方法”。但是，对于新观念、新方法，我们必须先要弄懂（不是一知半解或根本不知），在弄懂的基础上再做具体的鉴别和分析：汲取那些进步的、确实有助于我们认识文学的本质、特征、规律，有助于文学、文学研究的发展与繁荣的新观念、新方法；摒弃那些落后的、在西方已被批得体无完肤、却仍被当作“新观念”引进的东西和那些虽是科学的、却只适用于自然科学和社会科学的彼一学科而不适用于此一学科的“新方法”。不加批判的、生吞活剥地肯定和使用外来的东西，认为凡外来的都是先进的、科学的，凡属传统的都是保守的、落后的，必欲打倒而后快，这不仅会造成研究工作的混乱，而且会使我们民族的文化和对于民族文化的研究丧失自我、沦于拾人唾余的可悲境地。至于在文章中仅仅玩弄一些新名词，没有切实的内容，那更是毫无意义的。梁启超曾经总结过晚清“诗界革命”失败的教训，那就是缺乏充实有力的新的思想内容而只是生硬地堆砌一些翻译名词和支离破碎地摭拾基督教经籍中的字句，用梁启超自己的话来说，即是“颇喜寻扯新名词以自表异”，以致后来他回顾时还说“至今思之，诚可发笑”①。诗歌创作固然与研究工作不尽相同，但道理还是相通的。我们是否可以从中受到一些启示呢？

我国实行开放政策以后的信息告诉我们，台湾近数十年来在南戏研究

---

① 《饮冰室诗话》六十。

方面取得了不小的进展，日本、波兰、美国也都有介绍、研究南戏的专著和文章发表，南戏在世界上的影响正在扩大。我们必须突破封闭式的研究，加强信息工作和学术交流，使南戏研究跟上时代的步伐、出现新的风貌，向更高的层次、更广阔的领域腾飞。

（《社会科学战线》1990 年第 2 期）

《琵琶记》对后世戏曲的影响

高则诚《琵琶记》的出现，标志着南戏创作在由粗到细、由低到高、由俚到文的过程中，步入了艺术上比较成熟、能为雅俗共赏的新阶段，在我国戏曲发展史上具有里程碑的作用。它对后世戏曲在理论、创作、演出等各个方面都发生了深刻的影响。

在戏曲理论上，高明虽然没有专门的戏曲理论专著和文章，但《琵琶记》“副末开场”【水调歌头】中的一段话：“不关风化体，纵好也徒然。论传奇，乐人易，动人难。知音君子，这般另做眼儿看。休论插科打诨，也不寻宫数调，只看子孝共妻贤。”以及《琵琶记》的创作，都往往成为明以后各曲派戏剧主张的理论根据。明代以后各派关于戏曲理论和创作主张的争论，几乎无不与《琵琶记》中的这段话和它的创作实践有关。

首先是关于教化与言情的争论。

《琵琶记》以其“不关风化体，纵好也徒然”的主张以及有关风化的内容，得到明太祖朱元璋的称赞，将它比于五经、四书，以为“贵富家不可无”。此后，藩王朱权在其《太和正音谱》中主张戏剧“以饰太平”，讴歌“皇明之治”，“以歌人心之和”；朱有燉于《搊搜判官乔断鬼传奇引》中声明其写此剧的目的是“使人歌咏搬演，亦可少补于世教也”；理学名臣邱濬更在传奇《五伦全备记》“开场”说：“若与伦理无关紧，纵是新奇不足传”，并表明自己这部作品，“一场戏里五伦全，备他时世曲，寓我圣贤言。”“虽是一场假托之言，实万世纲常之理。”邵灿《香囊记》亦强调“今即古，假为真，从教感起座间人。传奇莫作寻常看，识义由来可立身。”他们企望把来自民间的戏曲引上宣扬封建道德、维护封建秩序，为巩固皇权服务的轨道，将高明“不关风化体，纵好也徒然”的主张发展到极端。高则诚处在元末乱世，对当时社会的黑暗十分不满，欲以风化之教拯救社会，故《琵琶记》虽极力宣扬伦理道德，却以“讽世”为主，具有揭露、抨击黑暗统治的现实意义。邱濬、邵灿的剧作却因其对高则诚主张的片面继承和恶性发展，而成为毫无情趣、枯燥乏味的道学教科书。不过，他们肯定当时被视为“末技”的戏曲具有感移风化的教育作用，对提高戏曲的社会地位、促进戏曲创作的繁荣，无疑有着积极的意义。故此后谱传奇者遍及社会各个阶层，上自皇室胄裔、庙堂公卿、鸿生硕儒，下至富绅巨贾、山林隐逸、布衣寒士、名门闺秀，以及寺观僧道、优伶女妓等等，而以有较高社会地位和文化修养的作者占多数。由于大批长才硕学的文人的参与，戏剧的社会地位、创作水平得到很大程度的提高。

与教化论者不同的是言情论者。高则诚于《琵琶记》中说：“论传奇，乐人易，动人难”，已经提出了“动人”的要求。他的《琵琶记》成为传世名作，关键在于能够以情动人。吕天成评其作“情从境转，一段真堪断肠”，刘廷玑评《琵琶记》：“语语至情，天真一片。”王世贞言《琵琶记》：“是一道《陈情表》，读之使人欷歔欲涕。”剧中那些脍炙人口的曲文，确乎如此。教化论者虽知戏剧“尤易感动人心，使人手舞足蹈亦不自觉”，但因把灭情的“理”放在第一位，创作中以道德说教代替情的描写，其作品必然不能动人。言情论者真正继承、发展了高则诚《琵琶记》以情“动人”的创作主张和特点，它对中国古典戏曲抒情特色的形成有着重要的作用。明代嘉靖前后，随着文学解放思潮的兴起与推进，要求戏剧言情的主张逐渐被明确地提出，其理论不断得到丰富发展，影响也越来越大。明代文学解放运动的先驱者之一徐渭在《南词叙录》中强调戏曲演出是为了“感发人心”，而要感发人心，就必须出以真情。他盛赞《琵琶记》中《食糠》《尝药》《筑坟》《写真》诸作，“从人心流出”，“最不可到”。他自己的剧作贯彻了借戏剧抒真情，鸣不平，以惊醒世人的创作主张。其后汤显祖高举“情”的大旗，反对“理”的束缚，成为万历时期剧坛上言情派的核心人物。他的《宜黄县戏神清源师庙记》认为：戏剧生于情。古来戏剧均因人之情而“生天生地生鬼生神”，以表现“人物之万途”“古今之千变”。

他自己的戏剧创作皆发于情，“因情成梦，因梦成戏”。写的是梦，讲的是情，并且是真情。他以讲情对抗道学家的讲性与教化论者以戏剧宣讲“纲常之理”的主张。与汤显祖同时或稍后的曲家中，主言情者比比皆是，如冯梦龙评论自己所作之曲时声称“子犹诸曲，绝无文采，然有一字过人，曰‘真’”；袁于令强调“剧场即一世界，世界只一‘情’字”，他的《西楼记》被赞为“写情之至，亦极情之变”；孟称舜谓己作《贞文记》为“言情之书”，选曲亦“以辞足达情者为最”。言情论者把“情”强调到戏剧创作的第一要求，突出了戏剧以情感人的特点和作用。

万历以后，随着国家危机的加深，一些剧作家为了发挥戏剧匡时救世的作用，有意识地将“情”与“理”联系在一起。他们在强调戏剧言情的同时，阐述其“宅神育性”的作用，认为“能道性情者莫如曲”，赞赏那些“不第情之深，而又为情之至正者”的作品，肯定“笃于其性，发于其情”。不过，他们所说的“性”，已有别于道学家“灭情”之“性”。这种情本于性、性发于情的主张，把言情论与教化说结合在一起，对后世的剧论有着较大的影响。洪昇于《长生殿》“开场”中说“看臣忠子孝，总由情至”。孔尚任《桃花扇·小引》曰：“不独令观者感慨涕零，亦可惩创人心，为末世之一救。”显然，又回归于《琵琶记》“以情以理”的创作佳境。

其次是关于音律、意趣，何者为先的争论。

元代杂剧在音律上有严格的限制。周德清《中原音韵》曾借古人之言曰：“作乐府，切忌有伤于音律。”朱权《太和正音谱》继承此说，认为不合律“乃作者之大病”。但同时，书中又说：“且如词中有字多难唱处，横放杰出者，皆是才人拴缚不住的豪气。然此若非老于文学者，则为劣调矣。”可见朱权要求合律，并未要求死守音律，若行家里手，才情所趋，即便有出律处，亦无伤大雅。这倒是符合高则诚创作《琵琶记》的情况。最早把声律明确提到制曲，甚至制南曲首位的是何良俊。他说：“宁声叶而辞不工，毋宁辞工而声不叶。”话虽不多，影响却极大。沈璟继何良俊之后竭力提倡合律依腔。他在论曲散套【二郎神】中首先肯定并阐述何良俊的意见，强调“名为乐府，须教合律依腔。宁使时人不鉴赏，无使人挠喉捩嗓。说不得才长，越有才越当着意斟量”。甚至说“宁律协而词不工，读之不成句，而讴之始协，是曲中之工巧”。沈璟不仅在论曲、评曲、言谈、书信以及自己的创作中处处宣扬音律至上的观点，并撰《南九宫十三调曲谱》《南词韵选》《古今词林辨体》等专门著作对南曲曲律细加考辨，提供楷式。他的《南九宫十三调曲谱》，从数以万计的宋词、元明散曲以及《琵琶记》等宋元戏文、明代传奇中选出 827 首作为范例；其中所选《琵琶记》支曲有 137 首，占该谱所选六分之一强，《琵琶记》中之曲大半入选。沈璟此谱，“词家奉为律令”，对南曲的规范化作出了重要的贡献。在沈璟大力提倡与推动下戏曲声律受到广泛的重视，有相当一批曲家追随沈璟强调音律，甚至亦以之置于制曲的第一位。如吕天成、卜世臣、汪廷讷等等。正如王骥德《曲律》所说：“自词隐作词谱，而海内斐然向风。”那些追随者则被后人称为“格律派”。明末，沈璟的从侄沈自晋曾将《南九宫十三调曲谱》增补为《南词新谱》二十六卷，谱中“采新声”“备于今而略于古”，较原本更精详，词曲家亦奉为圭臬。此谱从 258 种宋词、元明南戏、传奇、散曲作品中选出 1144 支曲子，其中以《琵琶记》支曲为楷式者仍有 138 首，占全部选曲的八分之一还多。由此可见，高则诚虽说“也不寻宫数调”，剧中也有音韵舛误之处，但大都合律，堪作范例。魏良辅谓《琵琶记》：“自为曲祖。词意高古，音韵精绝，诸词之纲领，不宜取便苟且。”吕天成赞高则诚“能作为圣，莫知乃神。特创调名，功同仓颉之造字；细编曲拍，才如后夔之典音。……化工之肖物无心，大冶之铸金有式”。陈继儒言“《琵琶》曲俱自然合律，而不为律所缚，最是纵横如意之文”；臧懋循称“《琵琶》诸曲颇为合调”，“后下遂奉为矩矱”；皆非虚言。

音律至上的意见是针对入明以后戏曲创作多文人案头之作而不宜于场上演唱的情况提出的。它从场上之曲着眼，为便于演唱和悦耳动听，强调合律依腔，其要求是合理的。它对克服自《香囊记》以来，有些作者“一味孜孜汲汲，无一句非前场语，无一处无故事，无复毛发宋元之旧”的弊病，有着不可忽视的积极作用。但格律派斤斤返古，以古曲古律为式，把音律不适当地提到戏曲创作的首位，以致极大地束缚了作家的文思与才情，其消极作用亦极明显。

与格律派意见不同的是徐渭、汤显祖等人。徐渭《南词叙录》批评：

“今南九宫不知出于何人，意亦国初教坊人所为，最为无稽可笑。”他认为南曲与北曲不同，北曲有宫调，而“南曲本市里之谈，即如今吴下【山歌】、北方【山坡羊】，何处求取宫调?”故书中称许高则诚作《琵琶记》“也不寻宫数调”为有见识。徐渭评曲，重情崇真，未尝见苛求音律。张凤翼效《琵琶记》以意用韵，以便俗唱。万历时，格律派主张颇为风行。汤显祖继徐渭之后，反对以音律束缚思想，其《答吕姜山》书中说：“凡文以意、趣、神、色为主。四者到时，或有丽词俊音可用，尔时能一一顾九宫四声否？如必按字模声，即有窒滞迸拽之苦，恐不能成句矣。”汤显祖把“意趣”放在第一位，反对以律害意。为了强调曲意，他甚至说：“正不妨拗折天下人嗓子。”高则诚说：“休论插科打诨，也不寻宫数调，只看子孝与妻贤。”实际上，《琵琶记》中不少插科打诨，也讲究音律。各家曲谱多以《琵琶记》之曲作为范例，可以为证。高则诚这样说，为的是突出内容，把曲意放在第一位。汤显祖真正理解并继承了他的主张。其后孟称舜编选《古今名剧合选》，明确表示：“予此选去取颇严，然以辞足达情者为最，而协律者次之。”汤显祖虽未与人组成什么派，然后人将赞同他的主张或创作上接近他的风格的一些曲家都称为“临川派”，或又因他们在创作中比较注重文情辞采，而被称作“文采派”。此派意见表现了反对束缚、要求自由抒发思想的革新精神，它是明代文学解放思潮中一股不可忽视的力量。其成员虽不如格律派众多，但他们的意见代表了进步和方向；其核心人物汤显祖的传奇作品又取得了明代戏曲创作的最高成就。故其理论的意义以及对后世创作的影响都是格律派望尘莫及的。不过，此派在争论中的一些过激言辞，多少也说明了他们有时对于“场上之曲”的忽略。

有鉴于双方的意见或多或少带有片面性，万历以后出现了一种折中的意见，有人称之为“双美说”。最早阐述这种主张的是吕天成。在他之前，王骥德曾评沈璟、汤显祖谓：“松陵具词法而让词致，临川妙词情而越词检。”指出二人各有短长。吕天成认为此为“定品”，并继曰：“二公譬如狂、狷，天壤间应有此两项人物。不有光禄，词硎不新；不有奉常，词髓孰抉？倘能守词隐先生之矩矱，而运以清远道人之才情，岂非合之双美者乎？”事实上，许多曲家在创作中都尽可能使自己的作品达到双美，其中包括被称为吴江派或临川派的一些作家。双美说是对“格律至上”与“意趣第一”两种意见争论的总结，比之沈、汤之说似较平稳、全面，对晚明以后的戏曲理论和创作也都有较大影响。

再者，在文辞上讲求骈俪或崇尚本色，也是争论的焦点之一。

朱权《太和正音谱》在强调音律的同时，又提倡藻丽。他鄙视“俚歌”，表现了贵族文人的情趣和立场。理学名儒丘濬虽知谱写传奇“要得看的，个个易知易见”，由于强调要“寓我圣贤言”，宣扬“万世纲常之理”，所作《伍伦全备记》不免多用典故和经史语，被讥为“纯是措大书袋子语，陈腐臭烂，令人呕秽”。在统治阶级的提倡和腐儒文风的影响下，戏剧创作中刮起了一股时文风。邵灿《香囊记》为始作俑者。此剧以《诗经》、杜诗语句入曲，宾白亦用文语，讲究对仗，好用典故。王骥德曾批评：“自《香囊记》以儒门手脚为之，遂滥觞而有文词家一体。”文辞家派效颦《香囊记》，于曲中堆垛陈腐、填塞学问，且镂金错彩、绮绣满眼，宾白好用四六骈体，故又被称作骈绮派。郑若庸、梁辰鱼、屠隆、梅鼎祚、许自昌等均以自己的作品表明了在这方面的追求。吕天成《曲品》、凌濛初《谭曲杂札》追本溯源，认为“此派从《琵琶》来”，以“《琵琶》间有刻意求工之境，亦开琢句修词之端。”不可否认，《琵琶记》中确有搬弄学问、绮绣满眼的词句，但大都出于伯喈、牛氏等人之口。且即便是伯喈、牛氏之词，亦有所不同。李渔曾分析其《中秋赏月》中文字说：“同一月也，出于牛氏之口者，言言欢悦；出于伯喈之口者，字字凄凉。一座两情，两情一事。”“同一月也，牛氏有牛氏之月，伯喈有伯喈之月。所言者月，所寓者心。牛氏所说之月可移一句于伯喈、伯喈所说之月可挪一字于牛氏乎？”汤显祖亦说：“《琵琶记》都在性情上着工夫，并不以词调巧倩见长。”实际上，《琵琶记》中文辞以人物身份、学养、性格、环境的不同而有所区别。其赵五娘、蔡婆等人的语言，则真率直露，朴实无华。可见，骈俪派是片面继承了《琵琶记》文辞富丽的一面，并将它发展到不论人物身份、学养有何不同，皆能出口成章的地步。

与骈俪派不同的是，明代有相当数量的曲家极力主张戏剧语言的“本色当行”。徐渭《南词叙录》严厉批评了“以时文为南曲”的不良风气，充分肯定宋元南戏“句句是本色语，无今人时文气”的优点。何良俊亦谓：“盖填词须用本色语，方是作家。”凌濛初并指出，骈俪派作品“不惟曲家一种本色语抹尽无余，即人间一种真情话，埋没不露已”。他们提倡“本色”，反对戏曲创作中的华靡之风。明代后期，用本色语，已成为曲家比较普遍的要求；只是对于“本色”一词的内涵，却有着不同的认识。沈璟以词语的俚俗拙朴为本色，要求毛发宋元之旧，故其作品，正如凌濛初所批评的：“直以浅言俚句，棚拽牵凑，自谓独得其宗”，而一些私服沈璟的作者，制曲时亦“以鄙俚可笑为不施脂粉，以生硬雉率为出之天然”。徐渭所说的本色，与沈璟等有所不同。他在《西厢序》中说：“世事莫不有本色，有相色。本色犹俗言正身也；相色，替身也。替身者，即书评中‘婢作夫人，终觉羞涩’之谓也。婢作夫人者，欲涂抹成主母而多插带，反掩其素之谓也。故余于此本中贱相色，贵本色。”可见徐渭重在求“真”：婢即婢，夫人即夫人；婢“涂抹”“插带”假装夫人，反失其素朴的本来面目。这与他要求写“真情”的主张是一致的。与徐渭的意见相通，何良俊亦强调“语不着色相，情意独至”，以“天然妙丽者之为胜耶”。汤显祖则索性称“本色”为“真色”，他在评《焚香记》时说：“其填词皆尚真色，所以入人最深，遂令后世之听者泪，读者颦，无情者心动，有情者肠裂。”他们的“本色”二字，其内涵较之沈璟等所提倡的要丰富、深刻得多。他们以真面目、真情趣为“本色”之质，以语言为表，要求出之天然。由于现实生活中的人与事有着千差万别，因而摹写其人、其事、其情的戏曲语言就不能强求一律。徐渭说：“文既不可，俗又不可，自有一种妙处，要在人领解妙悟，未可言传。”王骥德继承徐渭之说，综合各家意见，并总结文人剧作、村坊戏本的创作经验及对其演出效果的思考，认为“本色”的最高境界“在浅深、浓淡、雅俗之间”。他以《琵琶记》的文辞为本色之“正体”。他说：“曲之始，止本色一家，观元剧及《琵琶》、《拜月》二记可见。自《香囊记》以儒门手脚为之，遂滥觞而有文词家一体……大抵纯用本色，易觉寂寥；纯用文调，复伤琱镂。《拜月》质之尤者，《琵琶》兼而用之，如小曲语语本色，大曲引子如‘翠减祥鸾罗幌’、‘梦绕亲闱’，过曲如‘新篁池阁’、‘长空万里’等调，未尝不绮绣满眼，故是正体。……雅俗浅深之辨，介在微茫，又在善用才者酌之而已。”在明人中，他以汤显祖“才情在浅深、浓淡、雅俗之间，为独得三昧”。他的“本色三昧”说，既体现了场上之曲的要求，亦兼顾了戏剧作品的文学性。徐复祚盛赞《琵琶记》“庆寿”“赏月”“剪发”“吃糠”“写真”“看真”“赐宴”“成亲”诸出中之曲词，以为“富艳则春花馥郁，目眩神惊；凄楚则啸月孤猿，肠摧肝裂；高华则太华峰头，晴霞结绮；变幻则蜃楼海市，顷刻万态。他如【四朝元】、【雁鱼锦】、【二郎神】等折，委婉笃至，信口说出，略无扭捏。文章至此，真如九天咳唾，非食烟火人所能办矣。”《琵琶记》因人物身份、教养、性格的不同，其文辞亦有所不同。浅深、浓淡、雅俗各得其所，出之自然，为众多本色论者及其作家所赞赏和师法。

以上可见，明以后在戏曲领域内出现的几种主要理论分歧和争论，无论是教化论还是言情说，是格律至上还是意趣为先，是骈俪派还是本色派，各方无不以高则诚的主张及其《琵琶记》作为立论的根据。其中有片面继承高则诚的主张或《琵琶记》创作的某一方面，以致其理论、创作发生偏差；更多的则能正确领悟、继承高则诚的主张及《琵琶记》创作的经验教训，使戏曲理论获得长足的发展。

高明《琵琶记》对明以后戏曲的影响，除理论倾向之外，还表现在选材、情节、结构等剧本的具体创作之中。

明人倪倬云：“传奇，纪异之书也。无奇不传，无传不奇。”“奇”是明以后曲家共同的自觉的追求，代表了当时人们普遍的看法。故戏曲作品中所叙，在在皆奇人奇事。梅鼎祚《玉合记》叙韩翃得柳姬之奇事；其得，与失而复得，皆因幸遇奇人李王孙和许俊。许自昌《桔浦记》演柳毅传书龙庭、后与龙女谐姻的奇事。王骥德《男王后》以男子被封为正宫娘娘的怪事入曲。陈与郊《昭君出塞》《文姬入塞》，叶宪祖《易水寒》《骂座记》皆以古之奇女子、伟丈夫作为戏剧的主人公。奇与新是紧密相连的。唯“新”才能出“奇”，若袭旧则无奇可言；故求奇亦必逐新。黄方胤《陌花轩杂剧》描写很少被人注意的社会角落，题材以新奇取胜。吕天成《齐东绝倒》于有关唐、虞时人物的事迹和传说中翻出新意境。孙钟龄《东郭记》取《孟子》中人物，以漫画的手法，化腐朽为神奇，其巧思令人耳目一新。

史槃诸作则以情节迂回曲折、出人意料见奇。而徐渭《四声猿》写四奇人之奇事，构局巧，词曲新，风格独创，个性鲜明，时人赞为“天地间一种奇绝文字”，推为明人杂剧之翘楚。汤显祖《玉茗堂四梦》以梦中之境与现实之境交错杂糅，似幻似真，其情趣超拔，神采焕发，堪称明代传奇之冠。总之，对于“奇”的追求，不仅表现在要求剧中人奇、事奇、情奇、景奇之上，还要求其情节、结构、关目、词曲等各个方面都能做到匠心独运，别出心裁。

关于“奇”，李贽有过一段精辟的议论。他说：“世人厌平常而喜新奇，不知言天下之至新奇，莫过于平常也。日月常而千古常新，布帛菽粟常而寒能暖、饥能饱，又何其奇也！是新奇正在于平常。世人不察，反于平常之外觅新奇，是岂得谓之新奇乎？”他强调“新奇正在于平常”，不应“于平常之外觅新奇”。汤显祖以《琵琶记》为布帛菽粟之文，他说：“天下布帛菽粟之文最是奇文。……东嘉此书，不特其才大，其品亦甚高。”他认为戏剧之奇在于“生天生地生鬼生神，极人物之万途，攒古今之千变”，明确以古今人物之千变万途为构成戏剧之“奇”的根本。王骥德《曲律》曾批评那些“捏造无影响之事以欺妇人、小儿者”。祁彪佳亦谓“一涉仙人荒诞之事，便无好境趣”。张岱不满“传奇至今日，怪幻极矣”，“但要出奇，不顾文理”的现状，他赞赏《琵琶》《西厢》于“布帛菽粟之中，自有许多滋味咀嚼不尽”。这些议论表明了一个比较一致的认识，即：奇，不能脱离现实，不能悖于情理。也就是说：奇，不能失其“真”。就古代戏曲的主流及优秀作品而言，它们基本上符合这一要求。但也有不少作品“于平常之外觅新奇”，它们凭虚驾幻，谈天说鬼，以致流于荒唐、谬妄。这样的作品注定其生命不会久长。李渔于其戏剧理论著作《闲情偶寄·戒荒唐》中说：“凡作传奇，只当求于耳目之前，不当索诸闻见之外。无论词曲，古今文字皆然。凡说人情、物理者，千古相传；凡涉荒唐、怪异者，当日即朽。”《琵琶记》的广为流传，有力地证明了这一论断。

《琵琶记》对戏曲创作的影响还表现在其后许多作家甚至是大家，在创作中师法、模仿其写作。如汤显祖《邯郸梦·生寤》“【急板令】以上数曲与蔡公遗嘱仿佛”；沈璟《分钱记》“全效《琵琶》，神色逼似”；汤家霖

《玉鱼记》“前段摹仿《琵琶》”；高一苇《葵花记》“前半全袭《琵琶》”；吴炳《疗妒羹·哭柬》“以曲代柬，犹之伯喈辞朝之以曲代表也”；孟称舜《娇红记·诉红》中曲“极似《琵琶记》中佳处”；李玉《永团圆·都府挜婚》“近《琵琶》”；洪昇《长生殿·定情》“全学《琵琶》‘赏秋’”……凡此等等，皆经前人指出，此不赘言。而自《琵琶记》改编《赵贞女蔡二郎》为蔡伯喈翻案之后，改作、翻案之作亦层出不穷，如为王魁翻案的《焚香记》《桂英诬王魁》《王魁不负心》，改崔、张私合为以礼求之的《东厢记》《翻西厢》以及《翻七国》《翻千金》等等。《琵琶记》之后，又有《后琵琶》《续琵琶》《翻琵琶》《赛琵琶》等剧作相继问世。

在舞台上，《琵琶记》不仅是昆曲的看家戏，亦是许多地方剧种主要的传统剧目之一。清钱德苍据玩花主人所选增订之《缀白裘》12集，收乾隆时场上流行的《荆钗记》《西厢记》《绣襦记》《鸣凤记》《牡丹亭》《长生殿》《一捧雪》等88种昆曲作品和30余种梆子腔剧本共516出，其中《琵琶记》有26出，为收入最多的剧目。清道光时琴隐翁补校的《审音鉴古录》，是一部昆曲演出选本，选有此前流行场上的戏曲剧本单折共65折（其《序》言66折），其中《琵琶记》有16折，亦为所选剧目中最多者。遍查明以后的曲谱、曲选，大都以《琵琶记》中曲文和单折为重头，作为演员演习的首选。20世纪80年代，笔者从文化部戏曲研究所所藏《地方戏曲剧目参考资料》及有关资料中查到，除各地昆曲外，他如京剧、评剧、豫剧、徽剧、湘剧、杭剧、越剧、淮剧、扬剧、桂剧、滇剧、粤剧、汉剧、川剧、锡剧、祁剧、秦腔、湖滩、莆仙戏、梨园戏、彩调剧、松阳高腔、新昌高腔等地方戏中也保留着《琵琶记》全本或单出的传统剧目。明·雪蓑渔者《宝剑记序》说《琵琶记》“自胜国已遍传宇内”。胡应麟《少室山房笔丛》言《西厢》《琵琶》“演习梨园，几半天下。上距都邑，下迄闾阎，每奏一剧，穷夕彻旦，虽有众乐，无暇杂陈”。近人渊实（廖仲恺笔名）之文称道《西厢》《琵琶》《四梦》，“虽典丽高雅之歌辞，依然千古”。都反映了六百余年来此剧在舞台上盛演不衰的事实。

《琵琶记》剧作的影响还深入到人们的日常生活之中。据记载，人们在宴会、贺寿、婚庆、送别等活动中不仅点演《琵琶》，还往往借用《琵琶》

中词语表意、嘲谑。如崇祯时南畿发榜，物议沸腾，有人改《琵琶记》中【绣带儿】【太师引】二曲之词，讥刺“功名富贵钱所与。钱若与，不求而至”。“秋闱里，纷纷的多是富儒”的科举黑幕。又如嘉靖时，有某老先生代草诏敕，竟然引用剧中之语，惹得举朝掩口。又有燕妓马玉曾歌剧中“满城中许多公与侯，何须羡状元?”回绝欲娶她的状元余煌。而侯方域《李姬传》曾记其落第时，李姬置酒桃叶渡，歌琵琶词为其送行，嘱其无学“中郎学不补行”“愿终自爱”。春秋时士大夫在外交场合往往引用《诗经》中语句表达意见、愿望。《琵琶记》中文辞竟在各种场合被广泛应用，可见人们喜爱、熟悉此剧的程度。

吴梅于《曲学通论》中探索“曲原”时云：“传奇定于永嘉，《琵琶》一记，卓然千古。”《琵琶记》以其对当时社会现实真实的反映，艺术表现上所取得的卓越成就，以及对后世戏曲理论、创作、演出等各个方面产生的深刻影响，获得了“传奇鼻祖”“词曲之祖”“南曲之宗”“不祧之祖”等等称号。《琵琶记》无愧于对它的称誉！

（《琵琶记研讨会论文集》，上海古籍出版社，2008）

《紫钗记》中的风尘三侠

汤显祖的同时人王思任对《玉茗堂四梦》的“立言神指”曾各以一字概括，他说：“《邯郸》，仙也；《南柯》，佛也；《紫钗》，侠也；《牡丹亭》，情也。”（《批点玉茗堂牡丹亭叙》）认为《紫钗记》有别于其他三“梦”之处，在于以“侠”立言。如何理解这一“侠”字呢？下面试探其义。

查《紫钗记》中曾被称作“侠”的，共有三人：

一是女主人公霍小玉。《女侠轻财》写她慷慨救济崔、韦二生，二生离开时不禁称赞：“这女子贤哉！女侠丛中她可也出的手。”霍小玉被称作“侠”，是因为她轻财。“轻财”因为什么？她自己说得很明白：“俺家也无以次人丁，便要访问李郎消息，也没个人。前日李郎说，他与二人至厚，兼他客中贫窘，咱家少什么来？不如因而济之，以收其用。”她对二人说：“‘丈夫之友，将杂佩以赠之。’杂佩因何赠投，望看承报琼玖。”她“收其用”“望看承”，为的都是探访李益消息。后来，她散尽百万家资，甚至变卖聘钗，为的也是探访李益消息。显然，霍小玉“轻财”，是因为重情。当她听说并确信李益已入赘卢府，而玉钗又恰卖卢府时，她怨恨地将所得百万金钱乱撒满地。情已断，要钱何用？她把情看得比金钱、生命更为重要。为了情，她身染沉疴；为了情，她死而复苏。正当她奄奄一息、魂魄离体之际，忽闻李益到来，她竟跃然而起，重续断情。这个被称作“女侠”的霍小玉，原来是一个痴情的女子。作者《紫钗记·题词》说：“霍小玉能作有情痴。”“情痴”是她的本质，“侠”只是她多情的一种表现。

一是出场不多的黄裳豪客。全剧五十三出，他仅在四出中登场，除《醉侠闲评》《花前遇侠》两场以他为主外，另两出在台上的时间均极短暂。

但是，他在剧中却是个举足轻重的人物。《堕钗灯影》中他首次亮相，爽朗的性格、英雄的气概给读者留下了深刻的印象。《回求仆马》写李益就婚，欲向“翩翩豪侠徒”借骏马金鞍、翦发胡奴，以荣耀成亲。《仆马临门》通过胡奴之口表明“俺豪门体态殊，风流惯相助”。这两出从侧面介绍了黄裳客的豪富，以及乐于助人的性格特征。有此铺垫，后文写他直接干预霍、李爱情悲剧，观众才不感到突然。他在闻说李益薄幸、小玉为情缠绵病榻之事后，曾命苍头送钱十万至霍府广张酒席，又计挟李益到霍府与小玉重会，并撺掇言官奏明皇上，使霍、李得圣旨嘉奖、夫妻团圆。而以势压人、妄图气死小玉、逼迫李益入赘的卢太尉则受到削职处分。黄裳豪士的侠义之行对霍、李重谐起了决定性的作用。作者着力写他的“侠”，也明白交代了他为什么会行侠。《醉侠闲评》详写他邀鲍四娘共饮，目的是为了表现他的多情。由于多情，他在闻知霍、李悲剧时才会拍案而起，为这“人间第一不平事”气愤填膺，于是他仗剑而行。在黄裳豪客身上，“侠”与“情”是紧密相连的。他曾说：“冷眼便为无用物，热心常为不平人。”不平是因热心，多情才能任侠。“侠”是他的表现，“多情”是他的实质。

一是被称作“闺中侠、锦阵豪”的鲍四娘。她“挥金养客，韬玉拾身。如常富贵，不能得其欢心，越样风流，才足回其美盼”。她为佳人得配才子奔走于霍、李之间，又为小玉被“弃”愤愤不平，为小玉一病不起烦恼流泪。她的“侠气”与“多情”也互为表里。

三位“侠”共同的特点是多情。他们的侠行、侠气根源于他们的多情。作者写侠、赞侠，实际上是写情、赞情。这正是作者以“情”为核心的文学主张的体现。在“文必秦汉，诗必盛唐”的文学复古运动统治文坛的时候，在统治者极力提倡的“顺天理，去人欲”的封建道学极其猖獗的明代，汤显祖抒写、赞美真诚的爱情、人情，这无疑是进步的。

三位“侠”中，霍小玉与鲍四娘只是有些侠行、侠气，无济于矛盾的解决。霍小玉主要是一个“情痴”。与《牡丹亭》中追求个性解放、富于进取精神的“情痴”杜丽娘相比，她承受着更为沉重的因袭的精神负担。她最终与李益团圆完全是依靠别人的恩赐，而不是自己斗争的结果。鲍四娘在剧中只起点缀作用。剧中黄裳豪客才是作者理想中“侠”的代表。这是个拥有大量财富、“姻连外戚”的埋名贵人。唯其巨富，才能一掷千金；唯其力量暗通宫掖，才能使皇帝明察，得圣旨裁决。他的所为，“有助纲常”“无伤律令”，因此也受到圣旨表彰。他是一个赞助封建“王风”、为封建统治阶级补天的侠士。

作者写作《紫钗记》的万历时期正是明王朝政治上极端腐败、经济濒临崩溃的时期。残酷的剥削迫使人民一次又一次地起义。汤显祖对黑暗现实深为不满，但他不同意暴力反抗，而且指称农民起义者为“贼”。《紫钗记》以“侠”立意，把解决社会矛盾的希望寄托在个别可通天的义侠身上，反映了作者对封建统治者所存在的幻想和他所受到的阶级的局限。《紫钗记》写成后不几年，汤显祖因上疏批评朝政，被神宗以“假借国事攻击首辅”（《明实录》）之罪远谪广东徐闻。残酷的现实，破灭了汤显祖对统治者的幻想，在他以后的作品中，就再也见不到像黄裳客这样的“侠”了。

（《光明日报》1984年1月10日“文学遗产”第620期）

注：此文与下篇原为一文，由于刊用时限于篇幅，删去部分，分为两篇。

《紫钗记》中的李益形象

李益这个形象，原有所本。据新旧《唐书》记载：唐代著名诗人李益“长于歌诗”，每作一篇，即为乐人求取，唱为歌词。然“多猜忌，防闲妻妾，过为苛酷……”

文学作品中以李益为主人公，始于唐人传奇《霍小玉传》。这篇小说写李益负心小玉，致小玉怨愤而亡的故事。篇中李益是个被否定的人物。作品批判他的负情，揭露、鞭挞封建门阀制度的罪恶。篇末小玉死后，鬼魂复仇，致李益对妻妾猜忌虐待，以至三娶而终无家庭幸福。作者蒋防与李益为同时人，他或据当时传闻，或仅据李益“多猜忌”之事敷衍而成，均属可能。

《紫钗记》主要依据《霍小玉传》改编，仍写霍小玉和李益的欢合、悲离，许多地方还直接沿用了小说中的语句。有些情节与构思也参照了《旧唐书·李益传》的记载。剧中李益的形象与小说中被否定的李益有所不同。

小说中的李益负义薄情，母亲为他求订世家大族之姻，他不敢稍有“辞让”，且到处奔波求贷，以为聘财。剧中李益对小玉较有诚意：卢太尉欲招他为婿，以“再结豪门，可为进身之路”相劝，他却依恋小玉，不愿入赘；卢太尉继以威势相逼，把他软禁招贤馆内，出入均着军校十数人持棍棒跟从，又派他的好友韦生前去说合，他仍不忘小玉之情，设词拖延；卢太尉计使堂侯官之妻持紫玉钗卖卢府，诳以小玉已另适人，他睹物伤情，悲念小玉不已。这些表现都说明他对小玉确有爱情。但是，他的情不深，意不坚。我们不应把他有限的感情与小玉纯真、执着的爱情相提并论，以为作品歌颂了“一对青年男女对爱情的忠贞”，或说李益对小玉有着“坚贞不渝”的爱情。

事实是，李益不愿入赘卢府，却又畏惧太尉，不敢“骤然相忤”。他被拘禁，不得与小玉通音讯，然非绝无青鸟可托：他的挚友韦生被迫前来劝婚时，即可托带口信，他的书童秋鸿与小玉的丫环浣纱为夫妻，让秋鸿设法传信，当有可能。但他消极地不通一信。他和小玉也非绝无机缘相见：崔、韦二生设酒崇敬寺，假借长老之名邀他外出，为其谋得“乘兴一见”小玉的机会，他却退以“怎敢造次便去也”。黄裳豪客拔剑镇住禁持李益的军校，以邀李益至家一饮为名挟往霍府，当李益认出系往见小玉时，竟借故退避，再不肯行。李益与小玉一别数年，并已从崔、韦二生口中得知小玉“早晚待君永诀”，却宁愿坐失良机，不肯谋见一面，这不能不使人怀疑他先前对小玉的誓言，对入赘卢府的推诿、拖延，以及闻小玉卖钗另嫁后的哭泣闷倒，其中多有虚情。

李益曾对黄裳豪士解释，他不敢见小玉是因有“三畏”：“小生当初玉门关外参军，受了刘节镇之恩，题诗感遇，有‘不上望京楼’之句。因此，卢太尉常以此语相挟，说要奏过当今，罪以怨望。所畏一也。他又吩咐，但回顾霍家，先将小玉姐了当，无益有损，所畏二也。白梃手日夜跟随厮禁，反伤朋友，所畏三也。因此忧吟去就，不然，小生岂是十分薄幸之人？”这似乎能够言之成理。但他的顾虑何其多也！以李益之情与小玉不顾一切，甚至散尽家产、舍弃性命的情意相比，就不难看出其间的差别和距离。韦夏卿在与李益晤谈后曾感叹：“画虎画皮难画骨，知人知面不知心。……当初李十郎花灯之下，看上郑家小玉姐，拾钗定盟、拈香发誓，拟待双眠双起，必须同死同生。一旦征骖，三年断雁；现留西府，还推无可奈何；听说东床，全不见有些决断。言来语去，尽属模糊；移高就低，总成缱绻。看来世间痴心女子，反面男儿也。”韦又与崔允明在李益不肯去见小玉时当面批评：“足下终能弃置，实是忍人！”“丈夫不宜如此。”但是，李益仍置若罔闻。最后是黄裳豪士劫往霍府，并言明“卢太尉俺自有计处，不索惊心。无危难。”他才顺从地被拥入门，与小玉夫妻重会。

剧中李益是一个动摇于爱情与权势之间的人物。在二者没有利害冲突时，他可以爱，而且可以似乎爱得很深；但一遇风险，在权势容不得爱情之时，就迟疑观望、趑趄不前，终于舍弃爱情、屈从权势以求安适。虽然，内心仍不免感到苦闷和惭愧。作者没有把这个尚为有情却又患得患失、性格怯懦的知识分子简单化，而是真实细致地描写了他复杂矛盾的思想表现，并借剧中人之口给予严厉的批评。作者在《紫钗记题词》中云："霍小玉能作有情痴，黄裳客能作无名豪，余人微各有致。第如李生者，何足道哉!"诚然，剧中李益是微不足道的。

汤显祖改原小说中负心的李益为受权贵迫害而畏缩、动摇的李益，在一定程度上加深了作品的社会意义。小说把霍、李爱情悲剧的发生归罪于封建门阀观念和李益的薄幸，较重追究个人道德的责任。剧本则把批判的矛头直接指向封建统治阶级。剧中增写了一个专横、自私、阴险、残忍的卢太尉，他"一门贵盛""势压朝纲"，霍、李爱情悲剧是他一手制造。剧本借这个形象揭露、控诉了明代辅臣专权、特务四布的黑暗的社会现实和封建统治阶级为所欲为、给受压迫者带来深重苦难的罪行。随着主题的改变，李益在作品中的地位也起了变化，由小说中的主要批判对象转为剧本中的受迫害者，但这个受迫害者是有缺点的。

（《光明日报》1984 年 1 月 17 日"文学遗产"第 621 期）

略谈明清水浒戏的思想特点

——兼与小说《水浒传》比较

完成于元末明初的长篇小说《水浒传》是一部现实主义杰作。在它成书之前和流传以后，都有许多搬演水浒故事的戏剧活跃在舞台上。了解、研究这些水浒戏，对我们学习、继承祖国的戏剧遗产是十分必要的，同时，也有助于我们充分认识和正确评价小说《水浒传》的巨大成就及其重要意义。

元代水浒杂剧，今知有三十四种（包括元、明间不知确切年代的作品在内）。[①] 从仅存的十部作品看，内容多是歌颂梁山泊好汉劫富济贫、锄强扶弱、重义轻生、主持公理的侠义行为，反映了处在元代黑暗统治下苦难深重的人民群众的思想愿望。人民群众把摆脱苦难、伸张正义的希望寄托在梁山泊英雄身上，有苦向好汉倾吐，有冤去梁山告状。他们对封建统治者不抱任何幻想。除《梁山七虎闹铜台》《宋公明摆九宫八卦阵》《征方腊》三部元、明间的作品表现了愿意接受朝廷招安的思想或赞扬宋江等归顺朝廷后破辽擒方的“功业”之外，其余作品对封建王朝都显示出不屑一顾的态度。这些作品中的梁山英雄从未想过要接受统治者的招安。“招安”一词在好汉们口中的意思是：动员、招引那些尚未落草的英雄好汉归附梁山水泊。这与统治者的意思正好相反。宋江等坐镇梁山水泊，与宋王朝分庭抗礼，为民除奸申冤，这比小说《水浒传》表现了更为彻底的反叛朝廷

---

① 傅惜华《元代杂剧全目》中有三十三种。另《曲录》中无名氏《征方腊》一种为《元代杂剧全目》所未收，《雍熙乐府》卷一保存了其［醉花阴］曲词。

的思想。但是，这些水浒杂剧受舞台表演时间的限制，它只能刻画一个或几个主要人物，它没有也不可能像长篇小说《水浒传》那样塑造众多的英雄形象，充分、全面地描写声势浩大的农民起义运动，深刻揭示出这支农民起义队伍发生、发展以至灭亡的根本原因及其发展规律。如果说，《水浒传》给我们展开的画面是汪洋恣肆、洪波万里的长江全貌，那么，元水浒杂剧只是摄下了汇入这莽莽大江的几条支流，以及在这些江河中腾起的几朵浪花。

《水浒传》问世后，很快就成为一部家喻户晓、妇孺皆知的名著。它不仅对后世的农民起义运动发生过作用，对后世的文学创作也有深远的影响。戏剧方面，出现了许多新的水浒戏。据不完全统计，明、清两代约有水浒戏（这里指传奇和杂剧，不包括清乾隆以后的花部戏）三十九部，笔者仅读到其中的十三部及残存的《木梳记》《虎囊弹》散出，剩下的多已失传。[①] 我们只能从有关著作中获知几部剧作的大概，有的则仅知剧目。这些水浒戏中，明初周宪王朱有燉的杂剧《黑旋风仗义疏财》内容更接近元水浒杂剧，它赞颂了梁山英雄除暴安民的侠义行为。他的《豹子和尚自还俗》，剧中口口声声咒骂梁山英雄为“贼”、为“寇”，却暴露了作者地主阶级的反动立场。清代乾隆时宫廷词臣周祥钰、邹金生等奉旨制作的大戏

---

① 三十九部中有传奇三十二部：李开先《宝剑记》、陈与郊《灵宝刀》、沈初成《宝剑记》（一说沈初成即沈璟或沈自晋）、许自昌《水浒记》、王元功《水浒记》、沈璟《义侠记》、李素甫《元宵闹》（一名《玉麒麟》）、沈自晋《翠屏山》、范希哲《偷甲记》（一名《雁翎甲》）、张子贤《聚星记》、夏邦《宝带记》（《远山堂曲品》谓此记“以小旋风为生，而添捏宝带结姻一事”）、无名氏#《水浒青楼记》（即《青楼记》）、#《木梳记》《鸾刀记》《高唐记》《髯虎记》《屏山侠》、#丘园《虎囊弹》、洪昇《闹高唐》、古吴介石逸叟《宝和谱》、史集之《清风寨》、金蕉云《生辰纲》、周祥钰、邹金生《忠义璇图》、无名氏《鸳鸯笺》《双飞石》《忠义堂》《河灯赚》《二龙山》《祝家庄》《神州擂》《鸳鸯楼》《情中义》。

杂剧七部：朱有燉《黑旋风仗义疏财》《豹子和尚自还俗》、凌濛初《宋公明闹元宵》，无名氏《宋公明》《元夜闹东京》、唐英《十字坡》、张韬《戴院长神行蓟州道》。

以上分别见于《远山堂曲品》《远山堂剧品》《曲录》《曲海总目提要》《曲海总目提要补编》《重订曲海总目》《今乐考证》《传奇汇考标目》《新传奇品》《也是园藏书古今杂剧目录》《明代传奇全目》《明代杂剧全目》《曲目新编》《八能奏锦》，等等。

剧名下画横道者为笔者已读到的；前有#符号的，为残存散出者。

另，《今乐考证》等提到的高奕《续青楼》、陈宏绪《方外司马杂剧序》提到的《蔡跄踏杂剧》，疑亦为水浒戏。

《忠义璇图》更让宋江等一百零八条好汉死后下地狱受尽惩处，发泄了封建统治阶级对农民起义运动的刻骨仇恨。除了这几部剧作外，总观明清水浒戏，并以之与小说《水浒传》兼与元水浒杂剧相比较，感到它有如下一些特点。

一 取材于《水浒传》，继承了小说歌颂起义英雄、揭露社会黑暗的现实主义传统

明、清水浒戏与元水浒杂剧不同。后者直接取材于民间传说和瓦肆勾栏中的“说话”。前者则多从小说《水浒传》中截取材料，因此情节与小说大致相同。多数只略作增删和改动，有的则移花接木，将甲的某些经历或英雄行为写到乙的身上。仅无名氏的《鸳鸯笺》与小说情节大不一样，但也能从中看到《水浒传》的影子。

《水浒传》集中描写了一个个英雄好汉的不同遭遇，他们最终都被迫走上了反叛朝廷的道路。小说热情歌颂了这些起义英雄，无情揭露了那个黑暗的封建社会。明清水浒戏对梁山泊上的英雄好汉一般都持歌颂态度，对奸臣弄权、人民涂炭的黑暗现实也有较具体、生动的描写和揭露。

在这些水浒戏中梁山泊上的好汉，一般地说，都是正面人物。他们智勇过人，具有凛然正气。许自昌《水浒记》里的宋江比小说中“全忠全孝”的宋江形象可爱得多，他上山不像小说中的宋江那么难。作者突出他不重女色、尚义任侠的英雄气概。《义侠记》中武松鸳鸯楼“报怨”，只杀张都监、张团练、蒋门神三人，未滥砍无辜。不过，从全体来看，明清水浒戏中的英雄形象往往比小说中的带有更多的士大夫气。李开先《宝剑记》中的宋江初见林冲，首先关心的是朝廷是否用贤、退不肖，以及道学家二程（程颐、程颢）、忠直之臣三陈（陈禾、陈瓘、陈过庭）的情况。而林冲更被塑造成典型的朝廷忠臣，集忠孝节义于林冲一门。沈璟《义侠记》里的武松也被涂上了浓重的忠君色彩。

在这些水浒戏中，权奸结党营私、谋害忠良，他们为“肥家润身”“剥

尽民膏"[①]；朝廷昏暗不明，反复无常，"承恩随赐死，暮佞与朝贤"[②]。在黑暗的统治、无休止的盘剥下，"百姓流离，干戈扰攘"[③]。晁盖等智取生辰纲、聚义梁山，正是"为嗔贪黩，故要把江翻海倒"[④]。宋江曾明确指出："他一个生辰，惊动多少地方，刻剥多少小民！如今人人思乱，家家动摇"，"便是那豪杰，人人甘作乱"。[⑤] 这就把人心思乱、豪杰造反归罪于"奸佞盈朝，豺狼当道"的黑暗现实。作者的同情显然在人民一边。明清水浒戏在揭露封建统治者残酷剥削人民、酿成社会动乱这一方面对小说是有所补充和发展的。

二　表现忠与奸、正义与邪恶的斗争

取材于《水浒传》，并不等于主题思想与小说相同。同样的题材，经过不同作者的手，可以表现不同的主题。

以《宝剑记》为例，这部传奇主要写林冲被逼上梁山的始末，情节与小说基本相同。但对林冲与高俅矛盾冲突发生的原因做了改动。《水浒传》中林冲被高俅逼上梁山主要是因高衙内垂涎林娘子的美色。《宝剑记》中却改为林冲多次上本参奏高俅、童贯朋比为奸、祸国殃民的罪行，因而遭到高、童的阴谋陷害。虽然后来也有高衙内图谋贞娘的情节，但已退居次要地位。过去曾有不少评论者对《宝剑记》在主要矛盾上的这一改动大加赞赏，认为"把林、高之间的矛盾写成了政治上的斗争，就把主题思想的积极性提高了一步"[⑥]，比小说"意义正大得多了"[⑦]。其实，写政治斗争的作品不一定就高于描写因抢占别人妻女而引起冲突的作品。《白毛女》主要写

① 见许自昌《水浒记》。

② 陈与郊：《灵宝刀》。

③ 李开先：《宝剑记》。

④ 见许自昌《水浒记》。

⑤ 见许自昌《水浒记》。

⑥ 仲弘：《读〈林冲宝剑记〉》，《光明日报》1956 年 3 月 18 日。

⑦ 周贻白：《中国戏剧史长编》，第 286 页。

黄世仁为夺取喜儿，逼死杨白劳，迫使喜儿逃上荒山由人变“鬼”的故事，却深刻反映了地主对农民凶残的阶级压迫和农民阶级的反抗斗争。难道我们能说这部作品的意义就一定不如那些直接写政治斗争的作品？题材的大小和主题思想意义的大小，其间既有联系，又不应也不能画等号。小题材写得好，可以表现大主题；大题材写得不好，其主题思想未必深刻。我们看问题不应停留在事物的表面，仅以是否写了政治斗争来判断作品的价值，而应分析矛盾斗争的全过程，洞察事物的本质，然后作出正确的结论。《水浒传》中林、高矛盾的发生和加剧虽然都是因为贞娘，但通过林冲这样一个颇有地位的禁军教头，连个妻子都保不住，竟然被高俅害得家破人亡、走投无路，终于奔上梁山成为农民起义军中一员虎将的事实，有力地揭示了社会的黑暗和统治阶级的罪恶的严重程度。这一从调戏贞娘开始的矛盾，后来终于发展成压迫者和被压迫者之间的斗争，林冲也由对朝廷存在幻想，因而一再忍让、委曲求全发展到坚决反对接受朝廷“招安”。这一过程说明，个别有权有势的官僚欲图侵占下级官吏利益的个人之间的冲突已发展到统治阶级和起义者之间势不两立的阶级斗争。这是具有重大社会意义的。《宝剑记》却把林冲塑造成一个忧国忧民的、耿直无私的朝廷忠臣，他“愿溅一腔腥血，疏献九重宫阙”，他念念不忘“报君恩”，时时想着“斩奸臣”。林冲与高俅之间的矛盾因忠始（林冲多次向朝廷奏本进忠言），以忠结（林冲上梁山刚半载，便“警化同侪宋江等数万来归”）。他们之间展开的是一场激烈的忠与奸的斗争。这里的忠指的是忠于朝廷，忠于地主阶级的最高统治。忠奸斗争是封建统治阶级内部的政治斗争。它与压迫阶级和被压迫阶级之间的阶级斗争不能相提并论。曾有同志认为小说《水浒传》也只表现了忠与奸的斗争，这是把小说中错综复杂的阶级关系和矛盾斗争简单化了，并忽视了作者思想上存在严重矛盾的这一客观实际。仅林冲一例就已说明《水浒传》绝不是“忠奸斗争”四个字所能范围得了的。当然，写忠奸斗争也不能说毫无意义。在某些历史条件下，例如民族危急之时，忠臣力抗外侮，不惜为国捐躯，这比起卖国求荣、祸国殃民的奸臣来，无疑与人民的利益是一致的。在封建社会的一般情况下，忠奸斗争实际上又往往表现为清官与贪官的斗争。清官从封建统治阶级的长远利益出发，主张给人民以和平安定的环境和必要的条件从事生产，这对人民是有利的；同时，发展生产，提高社会生产力，能够促进社会向前发展，也是顺应社会发展规律的。贪官却不然，他们贪赃枉法、破坏生产，使人民赤贫、社会倒退，甚至造成国家沦亡、生灵涂炭的严重后果。所以，一般地说，忠臣比奸臣好，清官比贪官好，这是不容颠倒的。因此，赞扬忠臣、清官的作品，应该说，也还有一定的社会意义。对于《宝剑记》我们应给予必要的肯定和恰当的评价。但与《水浒传》相比，我们不能不说《宝剑记》把“主题思想的积极性”降低了一步，意义也狭小得多了。

《宝剑记》写成四十年后，陈与郊据《宝剑记》改写《灵宝刀》，在矛盾的起因上恢复了《水浒传》的本来面貌，却又过多地写了趋炎附势的小人陆谦的挑唆，反而削弱了对高俅、高衙内等大官僚、大地主阶级的揭露力量。沈璟《义侠记》赞颂了武松的忠勇贤良、义胆侠骨，使奸夫、淫妇、强徒、暴吏受到惩处，表现了忠义必然战胜奸邪的思想。其他如许自昌《水浒记》、李素甫《元宵闹》、范希哲《偷甲记》、沈自晋《翠屏山》、丘园《虎囊弹》、洪昇《闹高唐》等也大都只表现了忠与奸、正与邪、善与恶的斗争，其主题思想一般都不如《水浒传》深刻。

不过，话又说回来。这些水浒戏中所写的忠与奸、正与邪、善与恶的斗争，思想虽不如小说深刻，但它又不同于封建社会里一般的表现忠奸斗争的作品。因为，它所赞颂的大忠、大孝、大节、大义的英雄正是被封建统治者及反动封建文人视为有“豺狼虎豹之姿”“杀人夺货之行”的“敲朴劓刖之余”“揭竿斩木之贼”。[①]《水浒传》出，李贽曾冠以“忠义”二字称许这部小说，这遭到了反动封建文人的攻击和谩骂，称之为“有乱逆之心”[②] 的“好乱之徒”[③]。宋朝道学家朱熹继承并发展儒家思想，宣扬“君尊于上，臣恭于下，尊卑大小，截然不犯”[④] 的封建秩序，提倡“心不妄动”“所处而安”[⑤] 的奴才哲学。后世反动文人奉为经典，据以围攻、诅咒

① 金人瑞《第五才子书施耐庵水浒传·序二》。

② 金人瑞《〈宋史目〉批语》。

③ 金人瑞《第五才子书施耐庵水浒传·序二》。

④ 《朱子语类》卷68。

⑤ 朱熹：《四书集注·大学》。

《水浒传》及它的作者和称道者。他们强调“上下有定分，乃天经地义，父虽不慈，子不可忤，官虽失德，民不可犯”[①]，说什么“既是忠义，必不做强盗；既是强盗，必不算忠义”[②]。明清水浒戏作者却偏把梁山泊的“强盗”写成正义的化身，使他们具有赤胆忠心和凛然正气。这就使我们不得不承认这些水浒戏作者的思想比一般封建文人高出一筹，也不能不看到小说《水浒传》对明清水浒戏的积极影响。

三　较多封建道德的说教

明初，刚恢复汉族地主阶级统治的封建帝王，为了加强对人民的思想统治、维持并巩固封建秩序，他们极力提倡以封建纲常为绝对真理的程朱理学。明成祖还亲自主持编纂《性理大全》等书。戏剧方面，元末明初高明《琵琶记》明确提出“不关风化体，纵好也徒然”[③]，开传奇维持风化、教忠教义之风。这受到开国皇帝朱元璋的赞赏与提倡，称道此剧“如珍馐百味，富贵家岂可缺耶?”[④] 明太祖“钦定”的《大明律》也规定，乐人只能搬做“神仙道扮及义夫节妇孝子顺孙劝人为善者”。在这样的背景下，一时剧坛上以传奇进行封建道德的说教蔚然成风。理学名臣丘濬作《五伦全备记》，他继承高明的理论，认为传奇“若与伦理无关紧，纵是新奇不足传”，他这部作品“虽是一场假托之言，实万世纲常之理”[⑤]。另如宣扬封建道德的邵灿《五伦香囊记》、劝人行善积阴德的沈受先《冯京三元记》等也相继出现。明、清两代统治者三令五申严禁“淫词小说”，他们查禁、禁毁一切不利于封建统治的小说戏曲。明清水浒戏作者显然受到统治者禁令的约束，也显然未能摆脱传奇教忠教义的理论和风气的影响。《宝剑记》作者

---

① （清）余治：《得一录》卷五《禁止演淫盗诸戏谕》。

② （清）俞万春：《荡寇志·引言》。

③ 高明：《琵琶记》第一出。

④ 见（明）黄溥《闲中今古录》。蒋瑞藻《小说枝谈》、郑振铎《插图本中国文学史》等均云此话引自（明）姚福《青溪暇笔》。

⑤ 丘濬：《五伦全备忠孝记》“副末开场”。

在第一出［鹧鸪天］中言明其作剧宗旨在于“诛谗佞，表忠良，提真托假振纲常”。《义侠记》也于“开场”时提醒观众“谈言微中处，莫认滑稽曹”。又于末尾以“忠义事存忠义传，太平人唱太平歌”作结。《水浒记》也表明要使“忠义尽传闻”[①]。

这些水浒戏对小说中人物及其性格的改动，往往是为了宣扬“忠孝节义”的封建道德观念。《宝剑记》增加林母，为的是突出林冲的孝，把林冲写成一个忠孝两全的封建统治阶级的理想人物，以宣扬“孝者所以事君，忠臣多出与孝子之门”[②] 的思想。写贞娘事姑至孝，贞洁自保，两次自经，不肯效“文君浊乱”，感动得王婆弃家相随、宁愿代死，王进冒死放生、逃走他乡，既赞美了贞娘的节孝，也颂扬了王婆、王进的重“义”。改锦儿为贞娘赴死，也是为了颂“义”。最后圣旨表彰一门忠孝，忠臣节妇“极品加封”，祖宗荣耀。这真是振封建之纲常，美太平之盛世。另如《义侠记》硬给行者武松加了个自幼定亲的贾女，花不少笔墨写贾女之孝贞，借以衬托武松之忠义。《灵宝刀》增加忠臣竹尚书救林冲不死、后来林冲在陆谦火烧草料场时拼死救出竹尚书的情节，既赞扬了竹尚书的忠直耿介，又称颂了林冲知恩报恩、重义轻生的侠义行为。《闹高唐》把柴进改写成在高唐受尽毒打、折磨之后，仍不肯上梁山，反往汴京叩阍待罪，借以突出柴进对朝廷的忠诚。

水浒戏作者大多按照封建道德的原则塑造自己的正面人物和英雄人物，使人物形象缺乏鲜明的个性，个性“完全消融到原则里去了”[③]。说《水浒传》写一百零八条好汉，“人有其性情，人有其气质，人有其形状，人有其声口”[④]，个个有血有肉，人人栩栩如生，未免言过其实，但就其几十个主要人物来说，确实是做到这点的。怀林曾分析《水浒传》刻画人物“情状逼真，笑语欲活”的原因是来源于生活的真实，“非世上先有是事，即令文人面壁九年，呕血十石，亦何能至此哉！”[⑤] 这是颇有见地的。水浒戏作者

① 《水浒记》第一出。

② 《宝剑记》第五十二出。

③ 马克思、恩格斯：《论艺术》，人民文学出版社 1960 年版，第 6 页。

④ 《第五才子书施耐庵水浒传·序三》。

⑤ 见明万历三十八年容与堂刻本《李卓吾先生批评忠义水浒传》卷首。

恰恰是面壁虚构理想中的人物，结果是呕了不少心血，所塑造的人物形象却大不如小说生动。

正因为这些水浒戏中较多封建道德的说教，因此在明清两代，水浒戏及其作者的命运比小说《水浒传》及其作者的命运要好得多。后者遭到统治者及其御用文人的切齿痛恨，因而作品屡遭禁毁、攻击，作者也受到谩骂、诅咒；前者则较少受到指名道姓的攻击。清余治《得一录》卷十一收有苏州设局收毁淫书目单，开列了一百一十六种应禁书目；同治七年江苏巡抚丁日昌查禁“淫词小说”，计开书目一百五十六种，“淫词唱片”一百一十二种[①]，其中小说《水浒传》在所难逃，而水浒戏却未见踪迹。由此可见，水浒戏因其内容上的教忠教义而未受到某些封建统治者的忌恨，这也有力地证明了小说《水浒传》的不合封建统治者的脾胃。

四　赞颂起义英雄接受“招安”

《水浒传》作者对待“招安”的态度是矛盾的：既肯定接受招安是忠君的表现，又清醒地看到这条路是行不通的。因此，细致描写、生动叙述了起义英雄们接受招安后的悲惨结局。这不能不引起读者的深思。

明清水浒戏大多发展了《水浒传》肯定招安的一面，把林冲等盼望、接受招安作为忠君的表现大加赞扬，写梁山好汉们一致盼望招安，没有反对，没有斗争，一旦招安圣旨到，便都乖乖地匍匐在宋天子脚下。《宝剑记》中的林冲，作者把他当作为君主不辞万死的忠臣来歌颂。林冲被逼得“夜奔”梁山，就是在浓云密雾、漆黑一片、前有山路崎岖、后有官兵追急的狼狈情况下，仍不时“回首望天朝”，刚上梁山，就“望阙遥拜”“专望招抚”；半载之后，即“謦化同俦宋江等数万来归”。《灵宝刀》竟然把《水浒传》中坚决反对接受招安的林冲、鲁智深、李逵改为主动要求招安，并出谋划策，建议“多带金珠宝贝”去求皇上宠幸的人转乞诏书。其他如

① 《江苏省例藩政》，见王晓传《元明清三代禁毁小说戏曲史料》。

《义侠记》《水浒记》《水浒青楼记》《元宵闹》《翠屏山》《雁翎甲》《虎囊弹》《闹高唐》《鸳鸯笺》《宋公明闹元宵》等等无不写到招安，称颂接受招安为“反邪归正”[①]。其中有一两部作品情节没有发展到招安，也要于剧情中写出梁山好汉乞求招安（如凌濛初《宋公明闹元宵》杂剧），或于剧中预示“管指日招安达帝都”（如《水浒记》）。

英雄们接受招安后，结局如何呢？美好得很！一方面是权奸被诛，云开日出。《宝剑记》第四十九出叙宋天子下诏旨，把高俅父子问成死罪，任林冲“割腹剜心，碎尸万段”。沈初成《宝剑记》[②]、陈与郊《灵宝刀》也都写高俅父子被林冲诛杀。有些剧作虽未写奸臣被诛，但浮云已不能蔽日，天子对他们的意见已置若罔闻，如《义侠记》《闹高唐》等。另一方面是，起义英雄加官晋爵、封妻荫子。《宝剑记》中林冲受招安后，官加旧职二级，封为都统；贞娘封洛阳郡夫人；锦儿封义烈真姬；林母李氏也因“丧夫守节，教子成名，封为贤德夫人”。林冲与贞娘终于团圆，宋江等也授安抚使，从此做王臣。《义侠记》虽未写英雄们接受招安后所封官职，但圣旨上明明写着“必当重用”，武松与自幼定亲的贾女经过一番颠沛流离的生活，也终于在接受招安赦书的那天洞房花烛、喜庆团圆。其他如《元宵闹》颂“汴京颁赦日，水浒运通时”，无名氏《双飞石》、丘园《虎囊弹》等写好汉们为王臣后，平田虎、擒方腊，为朝廷立功。笔者所读到的水浒戏剧本，几乎没有一部写英雄们在接受招安后有什么不幸。他们个个高官厚禄、夫妇团圆，奸臣却失恩宠甚至被诛杀。这样的结局只能帮助统治者欺骗群众、粉饰现实，起号召农民起义军向封建统治阶级投降的作用。

团圆结尾，是传奇的俗套。贞娘不死，得以与林冲团圆；宋江有妻，后来上山团聚；武松有贾女，结尾成秦晋之好；卢俊义妻也为贞烈之妇，与卢在梁山上相会。水浒传奇对小说所做的这些改动，可能是因未能摆脱传奇的俗套，但也确实起了歌颂“招安好”的消极作用。因为，是“招安”给他们带来了团圆，带来了家庭幸福。

小说《水浒传》在招安问题上打破了对于封建统治阶级的幻想，粉碎

---

① 无名氏：《水浒青楼记》，见《曲海总目提要》。

② 《曲海总目提要补编》中记有沈初成《宝剑记》与李开先《宝剑记》为两本。

了对待“招安”政策的乐观主义。虽然作者没有提供，也不可能提供任何更好的解决办法，但他能够真实地描写事物发展的必然，深刻地反映现实关系的本质，确乎是难能可贵的。水浒戏作者却与之相反，对封建统治阶级充满了幻想，在赞颂“招安”这一点上，充分暴露了他们的弱点。

笔者所见水浒戏中，唯一对“招安”表示了一点异议的是范希哲的《偷甲记》。第五出写宋江素愿“解甲归降”，但担忧“投戈就缚，众志安从”。第六出戴宗便明确表示了不同看法：“他（指宋江）则要安臣节，决不肯定远图，只恐怕聪明反被聪明误。”他认为“从来窃国为君父，再休得悠悠不断成耽误”，主张“把乾坤重整令诸侯”。在宋江接受招安之后，公孙胜、戴宗、汤隆、时迁均不愿为官，一同离去学道。剧中透露出作者不同于一般文人的较为大胆的看法。“道以盗成，盗以道济”“盗君皇帝”“盗学名家”，这些剧中的诨语结合“从来窃国为君父”的议论来看，不能不说寓有一定的讽刺意义。

五　作者多为不得意的封建文人，写水浒戏是借他人酒杯，浇自己块垒

元代水浒戏作者大多是书会才人、民间艺人。《水浒传》作者施耐庵的身世，由于材料不足，目前还有争议。但从作品反映的思想和一些有关记载看来，有一点是可以肯定的，即：他曾经是一个地位低下的知识分子，在比较长的时间里接触和了解过人民群众。

明清水浒戏的作者却不然，他们大多是封建文人，有的甚至身居高位、名显士林。《宝剑记》作者李开先，是嘉靖八年进士，“嘉靖八才子”之一，官至太常寺少卿提督四夷馆。《义侠记》作者沈璟，万历二年进士，历任官职至光禄寺丞，为明代万历以后剧坛上两个流派之一的吴江派的首领。《灵宝刀》作者陈与郊，也是进士出身，官至太常寺少卿。《闹高唐》作者洪昇，出身名门望族，为国子监生。《宋公明闹元宵》杂剧作者凌濛初、《十字坡》杂剧作者唐英均为国家官吏……他们的身份和地位说明他们从小接

受封建思想的教育。在他们脑海中，填满了封建统治阶级的思想。

封建文人参与制曲，这与社会风气有关。宋元时，作剧者受到歧视，地位十分底下。稍有地位和名望的文人一般耻与制曲者为伍。至明，自明太祖朱元璋始，历代帝王均好词曲，“洪武初年，亲王之国，必以词曲一千七百本赐之。”[①] 明成祖时，专供“御览”的《永乐大典》中收有杂剧一百多种，戏文三十余部。有的以高价收买曲本，有的“搜罗海内词本殆尽”[②]，有的以近侍二百余名习戏承应[③]，更有天子乔装打扮亲自参加演出。[④] 统治者的提倡与爱好，使戏剧地位得到极大提高。明代，竟至出现了文人学士、宰相亲王竞相制曲的盛况。清代也相沿成习，戏剧盛行，作者中不乏地位有名望的文人。

封建统治者提倡戏剧，为的是“被仁风于帝泽”[⑤]，也为了娱悦耳目，满足自己的声色之好。他们对于那些“离经叛道”之作，“轻薄淫荡之声”[⑥] 则是严加禁止的。一般文人制作词曲，当然会受统治思想的约束，他们以词曲进行封建道德的说教，也有借以显示才学、风流自赏的。而比较好的作品则往往出自那些具有进步思想，或抑郁不得志，借以抒发怀抱、寄托情思的作者之手。

水浒戏作者中虽较多有名位的封建文人，但往往又是仕途坎坷、饱经风霜的山林隐逸或愤世嫉俗、胸怀块垒的落魄之士。李开先曾被罢官，家居二十余年。《宝剑记》雪蓑渔者《序》说他犹如“千里之马而困槽枥之下，其志常在奋报也，不得不啮足而悲鸣”，“以发其悲涕、慷慨、抑郁不平之衷”。洪昇因所作《长生殿》传奇演于佟皇后丧、“国服”未除之时，而被斥革国子生籍，归里后，潦倒而死。他在《闹高唐》自序中明确表示“特借此以抒怀抱耳”。沈璟因忤旨遭贬，乞归田里；丘园经历了明末之乱，

① 李开先：《张小山小令后序》，见《李开先集》上册，中华书局1959年版。
② 李开先：《张小山小令后序》，见《李开先集》上册，中华书局1959年版。
③ （清）杨恩寿：《词余丛话》卷三。
④ （明）陈悰：《天启宫词》。
⑤ 朱权：《太和正音谱·序》。
⑥ 朱权：《太和正音谱》。

明亡后隐居乌邱山上；《清风寨》作者史集之“倜傥不羁，笑傲一世”[①]。他们胸中一腔悲愤愁苦无处倾吐，便寄之笔端，歌于场上。《元宵闹》传奇作者李素甫在体味了“床头金尽少相知，酷见炎凉滋味”之后，“闭室闲观水浒，缘情草就传奇”[②]。这些作者选取水浒故事作为题材，正是为了便于抒发不平之气。“那朝廷之上呵，用了些蛸蚩辈，沐冠猿，好将俺英雄志贬。”[③]“鸿儒贤士，雄文壮武，多少山林埋没”“壮志空怀臣子恨，惟酌酒高歌弹铗。”“古人云：‘高鸟尽，良弓藏；敌国破，谋臣亡。’诚如此言！”[④]“宦海风波时时险，富贵多灾谴，分明抱虎眠。”[⑤]……这样的曲词俯拾皆是，处处可看到生不逢时之叹，时时流露出怨愤不平之气。

以上五点，第一、二两条是明清水浒戏的价值所在，它们接受了小说《水浒传》的一些积极影响。第三、四两条是其糟粕，应该予以批判和摈弃。而第五条是关键，与前四点互为因果。因为，封建文人，一般地说，生活圈子比较狭窄，他们对广大人民群众的生活了解不多，观察不深，缺乏直接的感受和由之引起的创作激情，因此往往从书本中撷取创作题材。明清两代颇多这样的剧作者。不过，选取什么样的题材，却因作者的思想、志趣不同而异。由于明清水浒戏作者大多借水浒戏之酒杯，浇自己胸中块垒，这就使他们的作品继承了小说《水浒传》的现实主义传统，具有较为积极的意义。但由于他们是受封建思想毒害较深的封建文人，被封建的三纲五常、道德观念牢牢束缚住手脚，这就使他们的作品不仅继承并且大大发展了小说《水浒传》的消极因素，起了宣扬封建道德和给封建统治者欺骗人民的“招安”政策涂脂抹粉的不良作用。

上述特点是就笔者所见的明清水浒戏的大多数而言，并非每一部明清水浒戏都具备这些特点。若从个别人物、个别细节来看，明清水浒戏中有改动得较好的地方。如《水浒记》中李逵不乱杀平人，对官吏刮民脂膏的揭露也较深刻。《偷甲记》第二十四出描写高俅派心腹虞侯为钦差，处处挟

---

① （清）高奕：《新传奇品》。

② （明）李素甫：《元宵闹》传奇。

③ 范希哲：《偷甲记》。

④ 李开先：《宝剑记》。

⑤ 陈与郊：《灵宝刀》。

制大将呼延灼的情景，真是惟妙惟肖；对小人得势后的癫狂无状，也予以辛辣的讽刺和嘲笑。（当然，也有丑化了水浒英雄的地方。如张韬《蓟州道》中的李逵，唐英《十字坡》中的孙二娘，一个“状貌狰狞”，一个“声娇态冶”；两人都“好吃人肉”“杀人如草”。）但从整体来看，任何一部明清水浒戏都抵不上《水浒传》内容的丰富和深刻，抵不上《水浒传》影响的深远。这有力地证明了《水浒传》是一部不可多得的好作品，以及它所获得的巨大成功。而明清水浒戏思想上的严重局限也都能于《水浒传》中找到渊源，只是前者发展得更为严重了。从中我们又看到了小说《水浒传》的消极影响。

明清水浒戏中写得较好、影响较大而又能够完整保存下来的作品多产生在明代中叶、特别是万历以后。如李开先《宝剑记》产生于嘉靖年间，沈璟《义侠记》、陈与郊《灵宝刀》、许自昌《水浒记》都是万历年间的作品，而沈自晋《翠屏山》、范希哲《偷甲记》则出现在明朝末年。这一情况与传奇盛于嘉靖之后、大盛于万历至清初不无关系。不过，其更直接的原因还是社会情况的变化。明初，新王朝为了巩固政权，实行并采取了一些有利于发展生产的政策和措施，社会生产有了显著的恢复和发展，社会生活也相对稳定。随着统治阶级的日趋腐化，为了满足自己奢侈糜烂的生活，他们对人民实行残酷的剥削、疯狂的掠夺，引起了阶级矛盾的激化。明中叶以后，农民起义就不断发生。万历年间，神宗皇帝的贪婪、挥霍更是达到惊人的地步，他派出大批宦官到各地开矿、征税，到处搜刮，引起了更为频繁的大规模的起义斗争。朝廷内部，宦官、奸党轮流专权。为了宗庙社稷的安全、巩固，一些忠直之臣同宦官、奸党展开了殊死的斗争。在历次斗争中，大批忠臣义士遭到残酷迫害。社会的黑暗、政治的腐败终于使明王朝在农民起义的洪波中淹没。以描写农民起义英雄、揭露社会黑暗、表现忠奸斗争为主的水浒戏大都出现在这个动荡的时代，这绝不是偶然的。它们多数是借这一题材反映当时的社会现实，抒发作者忧国忧民的怀抱，表达人民的思想愿望。

明清水浒戏尽管以教忠教义的内容获得某些统治者的“放行”，没有被列入禁毁剧目，但是它们以起义英雄为正面人物，为剧中主角，却是不利于封建统治的。统治阶级中一些敏感的卫道者逐渐看到这一点，如清乾隆时福建道监察御史胡定曾奏称《水浒传》之罪，其中有："梨园子弟，更演为戏剧；市井无赖见之，辄慕好汉之名，启效尤之志，爰以聚党逞凶为美事，则《水浒》实为教诱犯法之书也。"因此他要求"申严禁止，将《水浒传》毁其书版，禁其扮演"[①]。又如清余治《得一录》卷五中有："今登场演《水浒》，但见盗贼之纵横得志，而不见盗贼之骈首受戮，岂不长凶悍之气，而开贼杀之机乎。"他们还看到，百姓在观水浒戏后，"见而学样者，十有五六"[②]。统治者一旦认识到水浒戏也不利于他们时，他们是决不心慈手软的。乾隆十九年吏部就根据胡定的奏请议准严禁，并"奉旨依议"，敕下直省督府学政、行令地方官"一体严禁"[③]。道光时，江苏按察使裕谦亦曾下令："如有将《水浒》、《金瓶梅》、《来福山歌》等项奸盗之出在园演唱者，地方官立将班头并开戏园之人，严拿治罪。"[④] 与此同时，封建统治者又命宫廷词臣谱写《忠义璇图》，按照反动地主阶级的立场、观点改写水浒故事，妄图取代其他水浒戏的地位。由此可见，明清水浒戏中尽管存在许多封建性的糟粕，但他在传播水浒英雄的故事、扩大他们的影响、破坏封建统治的秩序方面确是起了不容忽视的积极作用。

明清水浒戏对后来的戏剧创作也有较大的影响。后世活跃在舞台上的各地方剧种中深受群众欢迎的水浒戏，多半是依据明清水浒戏改编的。仅以京剧为例，陶君起《京剧剧目初探》收有水浒戏七十多种。而卖座率高、至今流传不衰的《野猪林》《林冲夜奔》《乌龙院》《坐楼杀惜》《武松打虎》《狮子楼》《鸳鸯楼》《十字坡》《时迁盗甲》《醉打山门》等等均来自明、清水浒戏。其他川剧、汉剧、湘剧、徽剧、粤剧等约二十种地方剧中也都有依据明清水浒戏改编的剧目。这不仅意味着明清水浒戏在内容上有许多能够引起后世作者和观众共鸣的东西，而且在艺术上也有许多可供汲

① 江西按察司衙门刊《定例汇编》卷三《祭祀》。

② （清）余治《得一录》卷五《翼化堂条约》。

③ 江西按察司衙门刊《定例汇编》卷三《祭祀》。

④ （清）余治《得一录》卷十五之四。

取的养料。虽然，由于文人制曲，文辞上往往过于典雅，不利场上演唱，但在关目的安排、头绪的繁简、曲词的表情达意、宾白的诙谐成趣以及如何把小说改编成戏剧等方面都有许多可供借鉴的经验和教训。

1980 年冬于北京

（原载赵景深主编《中国古典小说戏曲论集》第一辑，上海古籍出版社，1985）

关于汪道昆的几个问题

汪道昆和他的《大雅堂杂剧》四种，对于治古典文学和戏曲史的同志来说，并不陌生。但是，历来对他的评价不高；各家文学史和戏曲史中虽提到他，却都语焉不详；1949 年后，也未见有对他的生平和作品进行全面论述的文章。近年来，随着天都外臣《水浒传·序》的日益受到重视，汪道昆也开始引起了人们的关注，并已有人提出重新认识汪道昆的意见。笔者不揣浅陋，就此问题，略陈己见，以就正于学界。

一　方外司马何许人？《蔡跄踣杂剧》何为而作？

明末陈弘绪曾撰《方外司马杂剧序》，此文被清人卫泳视为晶莹如冰雪的佳作而编入晚明百家小品集《冰雪携》。《序》在论述了“屈原之后无《骚》，子美之后无诗歌”后，继曰：

> 方外司马何人乎？《蔡跄踣杂剧》何为而作乎？其忧愁抑郁、悲愤感慨诚不可知，然其技则几与屈原之《骚》、子美之诗争胜矣。夫其技何以至于此也，可叹也。尝试于高堂静夜，灯火交荧，鼍鼓逢逢、哗呼雷发之际，进俳优发场歌之，当必有发上指而鬓怒张者……

陈弘绪将方外司马杂剧比于屈原的《离骚》、杜甫的诗歌，评价可谓高矣。陈弘绪好博览，喜撰述。他的父亲陈道亨因反对魏忠贤用事而去职；他自己也曾因忤阁臣而被劾逮问。他推崇方外司马杂剧，显然是因为这部杂剧所抒发的“忧愁抑郁、悲愤感慨”的感情，引起了他强烈的共鸣；而杂剧在艺术上所取得的成就，也使他赞叹不已。

那么，这部曾经受到如此推崇的杂剧作者方外司马究竟是谁呢?《蔡跄踏杂剧》又因何而作呢？三百多年来，这两个问题始终未见解决。《蔡跄踏杂剧》今已失传，在明清两代的“曲目”“曲录”中均无记载，傅惜华先生编的元、明《杂剧全目》中也未提及。近年出版的庄一拂《古典戏曲存目汇考》据陈《序》增入此剧，但列于“元明阙名作品”之编。然而，这两个问题果真就不能解决了么?

其实，方外司马就是汪道昆，下面试述其详。《明史·文苑》有汪道昆小传数行：

> 汪道昆，字伯玉，世贞同年进士。大学士张居正亦其同年生也，父七十寿，道昆文当其意，居正亟称之。世贞笔之《艺苑卮言》曰：“文繁而有法者于鳞，简而有法者伯玉。”道昆由是名大起。晚年官兵部左侍郎，世贞亦尝贰兵部，天下称“两司马”。世贞颇不乐，尝自悔奖道昆为违心之论云。

汪道昆曾任兵部左侍郎，见于多种文献记载，毋庸置疑。兵部左侍郎，通称“司马”“左司马”。“司马”之前加“方外”二字，说明这个司马已经、或至少意欲置身“世外”。汪道昆“中岁事佛”[①]，他的《太函集自序》说自己“壮而游方之内，乃始有闻；彊而为方外游，乃始有觉”。晚年家食，他僊僊于方外之游，曾于肇林大作佛事，主檀樾，建无遮会。[②]

以汪道昆的经历而言，他有可能别署“方外司马”之号。事实上，他也确曾用过这个别号。《太函集》卷七十九有一篇《三楚升中颂》，末有“帝命方外司马汪道昆勒之石”句。同书卷八十五有一篇仿枚乘《七发》而

① 《太函集》卷六十《庐山大安和尚塔记铭》。
② 《太函集》卷七《送首座璋公还鹫峰序》，卷八十《介弟仲淹赞》。

作的《七进》，中有“于是方外司马历阶而进曰”句，又一次用了这个别号。汪道昆用过的别号很多，如太函氏、函居士、高阳生、高阳酒徒、天游子、泰茅氏等等。这些别号，和他的居室、嗜好、经历、思想都有一定的联系。“方外司马”只是汪道昆众多名号中的一个。

汪道昆为什么作《蔡跎踏杂剧》？要弄清这一问题，首先须了解这部杂剧的内容。这部杂剧虽已失传，其内容尚可考知大略。元明杂剧《鲁智深喜赏黄花峪》中有“蔡疙瘩”这个人物。他在自报家门时说：

花花太岁为第一，浪子丧门世无对。墙下小民闻吾怕，则我是势力并行蔡衙内。自家蔡衙内的便是，表字蔡疙瘩。我是那权豪势要的人，嫌官小做不得，马瘦骑不得，打死人不偿命，长在兵马司里坐牢，我打死人如在房上揭一片瓦相似……

这个蔡疙瘩倚势挟权、强抢秀才刘庆甫之妻，后由梁山英雄“替天行道”，擒得蔡衙内，斩首街前，帮助刘庆甫夫妇重聚。明传奇《木梳记》写的也是这个故事，秀才之妻名李幼奴，扮货郎救幼奴的英雄是李逵，均与《黄花峪》相同。唯蔡疙瘩作蔡扢搭，刘庆甫作刘庆山，接应者鲁智深作一丈青。二剧的情节不见于小说《水浒传》，一以杂剧形式，一以传奇体裁，写同一故事，可见这个故事在当时颇为流行。王古鲁先生在日本访书时曾抄录“内阁文库所藏，中土已佚”的明崇祯版《鼓掌绝尘》小说中的一段文字[①]，即第三十三回所叙上元佳节“走马灯”上的二十八个戏文故事。在节日用来装饰走马灯以娱乐群众的故事，当然应是民间家喻户晓的，如“董卓仪亭窥吕布，昆仑月下窃红绡。时迁夜盗锁子甲，关公挑起绛红袍……”等等。其中有一则即“会跌打的蔡扢搭飞拳飞脚”，证明蔡疙瘩的故事在明代民间，确实十分流行。《蔡跎踏杂剧》当然要写蔡跎踏。从《黄花峪》《木梳记》中我们得知，蔡跎踏即蔡衙内（跎踏、疙瘩、扢搭，只是写法的不同），是权豪势要的代表。那么，汪道昆在剧中是抨击这个衙内

① 见王古鲁辑《明代徽调戏曲散齣辑佚·木梳记》“简介”。

呢，还是为他作翻案文章？

汪道昆曾于万历十七年以“天都外臣”之号为小说《水浒传》作序。说天都外臣就是汪道昆，有基本上与汪同时的沈德符（汪离世时，沈已十六岁）《万历野获编》的记载为据：“今新安所刻《水浒传》善本……前有汪太函序，托名天都外臣者。”（卷五）汪道昆《太函集》中虽未见用“天都外臣”之号，但其诗中记述“我所居兮在天都”（《七襄诗》之二），“新筑傍天都”（《衹中感旧四首》），自称“柴桑帝外臣”（《丙子元日》），都可证明沈德符之说无误。

汪道昆在《水浒传・序》中指斥蔡京、童贯、高俅等为“窃国之大盗”；认为徽宗北辕之辱，盖因重用此辈，咎由自取；歌颂水浒英雄“有侠客之风，无暴客之恶”，“非庸众人也”；表现了作者痛恨权贵、同情起义英雄的思想态度。这与他在《骤进论》中批评“窃钩者诛，窃国者侯”，为“有民誉”而被罢官的大夫鸣不平的态度是一致的。由此看来，汪道昆在《蔡疙踏杂剧》中不可能为蔡衙内涂脂抹粉，何况这个衙内，在民间戏曲中早已成为横行无忌、做尽歹事的权豪势要的代表。

对于揭发昏君、权奸罪恶，歌颂农民起义的《水浒传》，汪《序》赞其“如良史善绘，浓淡远近，点染尽工……”以之与《史记》并提，奖为“千秋绝调”，认为这样的书“固以正训，亦以权教”。汪道昆把封建统治阶级诬为“诲盗”之作的《水浒传》说成是可以正其训导，发挥教化作用的史书，其胆识亦足惊人。

在《黄花峪》《木梳记》中，蔡疙踏的故事实即水浒英雄除暴安良的故事。《蔡疙踏杂剧》有可能仍写蔡抢李幼奴、后被梁山好汉斩首的故事，也有可能写蔡的其他罪行。联系陈弘绪说此剧抒发了“幽愁抑郁、悲愤感慨”的强烈感情的那段议论，以及汪道昆在《水浒传・序》中所表达的思想，可以推测，《蔡疙踏杂剧》当也是一部揭露、抨击官府黑暗、权豪横行，描写并歌颂梁山英雄扶危济困、为民除害的“水浒戏”。

然而，汪道昆不是曾官至正三品的兵部左侍郎么，在历来的评论中，都把他作为上层封建统治阶级、正统封建文人中的一员。他的“幽愁抑郁、悲愤感慨”由何而来？他赞美《水浒传》、亲谱“水浒戏”的离经叛道思想因何而生呢？要解决这一问题，就不得不对他的生平做一番考察。

二　有关汪道昆生平的几点考辨

在一般人的印象中，汪道昆生前似乎是文章、仕宦两相得，可称幸运。例如《静志居诗话》云："闻伯玉晚年林居，乞诗文者填户，编号松牌以次给发，享名之盛几过于元美。盖元美所推奖二人，于鳞道峻，仕又不达，伯玉道广、位历崇阶，人情望炎而趋，不虑其相埒也。"这种看法，影响所及，在今人的文章中也说"汪道昆官运亨通"，在世时，官位抬高了他的文名。其实，事情并不尽然。为便于论述，这里先简略介绍一下汪道昆的生平：

> 汪道昆（1526—1593）[①]，字伯玉，号南溟、南明。安徽歙县人。出生盐贾之家，至汪道昆始业儒。他于嘉靖二十六年（1547）考中进士后，历任义乌知县、北京户部江西司主事、兵部职方司主事、武库司员外郎、武选司员外郎等职。嘉靖三十六年（1557）升湖广襄阳府知府，嘉靖四十年升福建按察司副使，两年后任按察使，又于翌年升都察院右佥都御史提督军务巡抚福建地方。嘉靖四十五年（1566），罢归。隆庆四年（1570）奉钦命以原职抚治郧阳等处地方，后以右副都御史巡抚湖广兼赞理军务。六年，升兵部右侍郎，奉钦依兼都察院右佥都御史阅视蓟辽保定边务。万历元年（1573）升兵部左侍郎。万历三年（1575）致仕。

从简历看，除嘉靖四十五年和万历三年两次罢归以外，确可说是步步高升。汪道昆精于文治，又擅武略。他为义乌令时，息讼争，平冤案，邑人称为神明。他教民讲武，邑民多英勇善战，后戚继光募以抗倭，名闻天

① 汪无竞《汪左司马公年谱》谓汪道昆生于嘉靖四年乙酉十二月二十七日，即公元1526年一月九日。有些著作以汪道昆生于1525年，误。

下。汪道昆胆略过人，任福建按察副使，会福宁兵变，他单骑入军门，斩首事者，一军皆肃。倭寇入闽，戚继光率卒八千赴援，汪为监兵，二人共相谋划，屡出奇计，大破敌寇。汪道昆匡时济世、以身许国的耿耿忠心和奇谋胜算，不避锋刃所建立的功绩，使他多次受到嘉奖，在仕途上节节上升，他的祖父母、父母、妻子也都受到赠封，并移荫及弟。但是，正当他可以大有作为的时候，却被罢官闲置四载；又在知命之年诏准归里，林居近二十年，直至离世。两次罢归，原因何在？这是必须弄清楚的。

嘉靖四十五年之罢归，据汪道昆之子无竞所编《汪左司马公年谱》云："四月，中丞台灾，以烦言奉钦依回籍听调别用。"王世贞在贺汪道昆父母七十"寿序"中载此事曰："……汪公（道昆）以破岛夷积功至御史中丞督府闽，后先闽中者七阅月，而中流言听移镇归。翁（指道昆之父）迎司橐而枵然无余奉积也，盖皆以养士矣。"（《弇州山人稿》卷 61）与汪道昆交情至深的龙膺于《汪伯玉先生传》中记："……岛夷就平，方献馘露布上，而悍卒干纪，先生法绳之，遂哄。忌者借以诋诎先生，解闽事。"（《纶溦文集》卷三）其后谈迁《国榷》卷 64 则云：六月，"罢福建巡抚右副都御史汪道昆。时右中允陈谨忧居，其舍人与卫卒殴，谨出解之，被伤，卒。南京□科给事中岑用宾劾道昆贪污纵士也。"由上面这几条记载看来，汪道昆罢闽事的主要罪名是"贪污纵士"。但他归里时，行囊空虚，俸禄皆以养士用尽，这贪污的罪名显然是恶语中伤；悍卒违反军纪，汪道昆绳之以法，仍被"纵士"之名，不亦冤乎！汪道昆在致《宋宪长》书中曾言及自己释闽事的原因，他说："古之善用武者，必先行陈辑穆而后有功，河曲之师虽宣子犹将败绩。昔之在事，区区独此心耳。乃今不曰辑穆而曰比周，则不佞之罪也。"汪道昆所谓善治军者，他知道首先须求得军内和合亲睦，而后才能有功，谁知却被攻击为结党营私。他在致《张中丞》书中曾云"不佞去闽滋久，罪状弥彰"，要求"为之一洗"。

万历三年之乞归，据《年谱》云："时刘侍御疏触江陵，江陵龁龁之，公（道昆）闻言不入。又江陵方引用某为上卿，佯问公，公直摘其瑕，执政意滋不怿。遂上书陈情终养，上许之。"自称"后学"的蓝文炳《汪司马先生年谱・序》云："（先生）终以睢鸠之司，再拜司马之命。于是，有执政某者，先生同年也，抗诤不合，遂致为臣峰谷幽栖……”汪道昆与张居正同为嘉靖二十六年进士。万历初，张居正柄国。这两条记载都明确指出，汪道昆是因忤江陵——张居正而放归。汪道昆在致《陈侍御》书中曾言：“……乃今之在事者，或不免以奴隶视干城，而以腹心视夷狄，一何倒行而逆施哉！不孝在闽、在蓟两以此而中人言……”对执政者以奴隶视武将，表示了不满，言明自己因此而中人言。《得南台弹事》中云“人难容执戟，我易避当门。”提到了他请归的原因。《太函集》中有几处明显流露出对张居正的不满情绪，虽然说的是别人的事，如《胡少卿墓志铭》中说“江陵专国”，《明二千石麻城丘谦之墓志铭》中说丘谦之父原与张居正相善，守忠州时，因上书张居正“论时政得失，江陵恚甚，立罢之”。

对于自己两次因人言罢归，而冤屈不得洗白，汪道昆内心是十分愤怒和痛苦的。他清楚自己屡中流言是因“自恁恣睢，夙婴众恶”（《致许相公》），而“功高见忌”（《致李宁远》）也不能不说是原因之一。汪道昆不仅为自己“奉干戈则老而蒙诟”（《吹剑集序》）扼腕，亦为他熟悉的、相友好的一些将领所受到的不平待遇而气愤填膺。在《致许相公》《张督抚》书中，述及胡宗宪“内不顾身家，外不顾毁誉，上不避刑戮，下不避猜疑”，挽东南于危难，其保国安民之功“独优”，而“其受法尤烈”；抗倭名将戚继光功勋卓著，却以贫死，“闻病革无以为汤药费，身后愈益窭窭”，“恤典不及闻之”。他与戚继光共事二十五载，相视莫逆。叙述中，其愤激不平之情显然可见。

了解了汪道昆仕途上的坎坷，便不难理解他为什么会在《水浒传·序》中表现了痛恨权贵、同情并赞美起义英雄的思想态度，为什么会满怀“忧愁抑郁，悲愤感慨”之情编撰《蔡卮路杂剧》。

汪道昆不失为一个正直的封建文人。他考中进士时，大学士夏言知其才，欲罗致门下，他却说：“士之始进，如处子醮而从夫，何可以不正也？始进不正，令终难矣。”遂不见而得义乌令。嘉靖四十年，他由襄阳知府转福建按察司副使，明为升迁，实因不肯趋奉而受排挤。隆庆六年，汪道昆奉命巡边，他裁革冒滥兵饷，岁省浮费二十余万。[1] 可见这是一个正直、爱

① 以上见《年谱》及《扬州志》卷五十一。

国、文武之才兼备的人。

附带再谈一个问题，关于汪道昆任兵部左侍郎是在北京，还是南京，《光明日报》“文学遗产”① 曾经展开过讨论，迄未取得一致意见。由于“这个问题如能得到合情合理的解决，有关《忠义水浒传》的刊版地域、时代和汪氏序文之作都可以有个确切的论定”②，故愿在此一陈己见。《扬州志》卷五十一汪道昆传云：“道昆以诗文名海内，与太仓王世贞并称南北两司马。”而《明史·王世贞传》明确说王世贞“起南京兵部右侍郎”。王世贞既为南司马，则汪道昆无疑当在北京，为北司马。又《太函集》卷三十三《吴平仲传》云“壬申（隆庆六年），孤自楚入朝”；卷八十六《文待诏内苑十景图跋》曰“余故事世宗出入西内，其后贰本兵，典禁旅……”蓝文炳《年谱·序》载，汪道昆于隆庆六年迁兵部右侍郎，万历元年诏以本官“暂管京营戎政，寻改授本部左侍郎”；王世贞《弇州山人稿》卷六十一称汪道昆入拜少司马后，“与闻枢筦之事”；以及汪道昆的儿子无竞于《年谱》中云万历元年七月“阅视事毕（指阅视蓟辽保定边务），回京具奏……九月，奉钦依暂管京营戎政，十月升本部左侍郎”；——这些记载进一步证明了汪道昆是在北京兵部任侍郎。他任右侍郎时，随世宗出入西内，管京营戎政，阅视蓟辽边务后回京具奏，都说明在北京，因此，“升本部左侍郎”当然也是北京兵部左侍郎。

三 《大雅堂杂剧》只表现了安闲享乐的情趣吗？

汪道昆的戏剧作品，今存《大雅堂杂剧》四种。一般认为，这四种杂剧只不过表现了封建文人追求安闲享乐的生活情趣。我以为这一看法有欠公允之处。

《大雅堂杂剧》是汪道昆任襄阳守时所撰。今存万历年间原刊本，前有

---

① 见 1983 年 597、617 期，1984 年 624 期。

② 吴晓铃：《漫谈天都外臣序本〈忠义水浒传〉》，《光明日报》1983 年 8 月 2 日。

《大雅堂序》一篇，末署“嘉靖庚申冬十二月既望东圃主人书”。嘉靖三十九年庚申（1560）正是汪道昆任襄阳知府的第三年。从内容看，这是一篇作者自序，“东圃主人”当是汪道昆的又一别署。《序》曰：

襄王孙曰：国风变而为乐府，乐府变而为传奇，卑卑甚矣。然或谭言微中，其滑稽之流与！乃若江汉之间，湘累、郢客之遗，犹有存者。顷得两都遗事而文献足征，窃比吴趋，被之歌舞。宾既卒爵，乃令部下陈之，贵在属餍一脔足矣。彼或端冕而卧，其无求多于予载。

《序》中作者表明，他将古事谱为戏剧，只是借以佐觞。但是，《序》以襄王孙[①]之言开头，说明戏剧虽“卑卑甚矣”，却往往于诙谐戏谑之中寓有讽喻的意义。

《大雅堂》四种中，《五湖游》一剧比较突出地具有这种讽喻的意义。试看作为此剧提示的末上“开场”，其词曰：

［浣溪沙］落落淮阴百战功，萧萧云梦起悲风，齐城七十汉提封。弃国直须轻敝屣，藏身何用叹良弓，百年心事酒杯中。

我爱鸱夷子，迷花不事君。红颜弃轩冕，白首卧烟云。

劈头就以人所共知的韩信功成被害的历史故事向观众猛喝一声，接着转入对范蠡的赞扬，写他助勾践复国后，弃千乘之业、携西施泛游五湖，隐迹江上。此剧情节很简单，以范蠡、西施与渔翁夫妇邂逅的一段谐谑、却颇能发人深思的对话，说明“才是祸胎”，该退步时不思退是“自取其祸”；又借渔翁夫妇离去后，范蠡与西施的对唱，进一步宣扬了急流当勇退、鸟尽良弓藏的思想。从现有记载看，作者汪道昆在撰写此剧之前，仕途上似乎没有遇到什么波折。《五湖游》的主题说明，作者至少从史书上和

① 从《太函集》卷二十九《王子镇国少君传》及卷95致《东圃镇国》书中，可以得知，襄王孙即襄宪王曾孙、镇宁恭靖王少子朱厚柯。汪道昆守襄时，二人“相与绸缪”，朱厚柯“设部乐习吴歈，太守（汪道昆）至则命升歌，务尽长夜”。

明代的现实中看到了隐伏在仕宦者身后的危机。他对封建统治集团中“人情翻覆”“鲸鲵流血”的现实表现了强烈的不满，抒发了怨愤悲痛的情怀。如果我们联系当时严嵩父子专权，功罪颠倒、忠良被害的现实，便不难理解为什么汪道昆在仕途上一帆风顺之时，竟会发出这样的悲叹。《太函集》中到处可以看到作者名成身退的思想流露，《游城阳山记》表明自己“生平慕鸱夷子”，《冬日山村》说“只今飞鸟尽，好为韄良弓”，自己“吏迹留三楚，生涯落五湖”。汪道昆晚年林居，时以范蠡自慰，并效范蠡汗漫游于五湖。

《大雅堂杂剧》中，《高唐梦》依宋玉《高唐》《神女》二赋，写楚襄王游高唐梦会神女之事；《远山戏》敷衍张敞为妻画眉的故事；《洛水悲》则将曹植《洛神赋》演为戏剧。所写都是帝王、文人的风流韵事，似乎确实没有什么意义；但其中偶尔掠过的几朵乌云，发出的几声呻吟，却能引起读者的一些思考。例如《高唐梦》中宋玉对忠愤而死的屈原的哀悼，《洛水悲》中甄后对“中郎将弄其权柄”致使洛水生悲的怨忿等，都明显寄托着作者的感情。汪道昆的门人潘之恒曾说：“汪司马伯玉守襄阳，制《大雅堂》四目。《画眉》、《泛湖》以自寿，《高唐》、《洛浦》以寿襄王，而自寓于宋玉、陈思之列。”[①] 他没有提到作品的讽喻意义，只说作者借戏剧侑觞，以宋玉、曹植自寓。这确乎只表现了封建文人闲适无聊的生活情趣以及作者的自负才高。但是，明末徐翙在《盛明杂剧·序》中已明确指出，汪道昆与徐渭、康海等都是“胸中各有磊磊者，故借长啸以发舒其不平”。时至今日，我所读到的今人的有关评论中，却都忽视了这一点，而这，正是作品应该得到肯定的地方，也是作者在自序中曾经提示过的。

不过，《大雅堂杂剧》的讽喻意义毕竟是有限的，它只不过发抒了封建文人对于现实不满的一些牢骚，表现了他们对于是非颠倒的黑暗现实无可奈何的消极态度。

《大雅堂杂剧》四剧共四折，以一折写一事；除《五湖游》用南北合套外，余竟全用南曲；剧中有独唱、对唱、轮唱、合唱；四剧开头均仿南剧

---

① 潘之恒：《亘史杂篇》卷四《曲余》。

以末上“开场”，说明作者旨意和剧情大意。它在形式上完全突破了元杂剧的藩篱，而更多地具备了南剧的特色。北曲杂剧自元末在与南戏的竞争中日益明显地暴露了它在艺术形式上的局限性后，它的衰亡迹象也开始明显地表露出来。明初贾仲明、朱有燉尝试在杂剧中吸收南戏优点，对杂剧在曲调、演唱形式上做了初步改革。正德、嘉靖年间，王九思首创一折一剧先例，其后许潮（比汪道昆略长）亦以一折一事撰《太和记》，徐渭则完全摒弃元剧规矩[1]，他的《四声猿》折数无定、曲调无定、唱者也不限定，完全视剧情发展的需要而定。他们的改革使明代剧坛上出现了一种新的杂剧形式，它既具有北杂剧短小的特点，又吸收了南剧灵活多变的优点，成为南北戏剧的混合体，故又被称作“南杂剧”。“南杂剧”是北曲杂剧艺术形式上的解放与进步，它使行将衰亡的北杂剧获得新生，在明清两代延续、流传达数百年之久。汪道昆作为明代杂剧改革的先行者之一，其功不可泯灭；《大雅堂杂剧》作为这场改革中的早期产物，在戏曲史上亦应给予适当的地位。

不过，《大雅堂杂剧》给予后世杂剧的不良影响也是不应被忽视的。明代杂剧改革者，包括汪道昆在内，多属上层统治者或封建士大夫，他们之中不少人虽有着坎坷的经历，对当时社会有所不满，但他们和下层人民很少接触，对下层社会很少了解。他们撰写词曲，或为歌颂太平，或为娱乐宴饮，或为提倡风教，更多的则为书写怀抱、发泄牢骚不满。他们自身生活的贫乏和单调，决定了他们往往只能从古人的轶事琐闻和传说故事中撷取片断，即兴写成短小的杂剧。其中除少数几部，如《中山狼》《四声猿》等具有振聋发聩的艺术魅力之外，多数作品内容贫薄、苍白，缺乏尖锐的矛盾冲突和感人的艺术力量，而更多地表现了文人案头之作的特色。后世作者，效其先行，重在以杂剧抒情，忽视场上演出的要求，致使这种在文人手中诞生的形式，又在文人抒情的窄小天地里衰落，它远不能与植根于人民群众土壤中的元杂剧媲美，也无力与当时称霸剧坛的内容丰富、情节生动的传奇争雄。

---

① 徐渭虽比汪道昆长五岁，但其《四声猿》的完成时间却在《大雅堂杂剧》之后。

对于《大雅堂杂剧》在艺术上所取得的成就，前人意见不甚一致。吕天成《曲品》以之与徐渭《四声猿》并列为南杂剧上品，称其为“清新俊逸之音，调笑诙谐之致”。祁彪佳《远山堂剧品》以之列入“雅品”（《剧品》分六等，此为第二等），赞其“庄雅不群”“巧于传情”。而沈德符《万历野获编》则云汪作“都非当行”。意见的不一致，是由于各人着眼点的不同。若以《大雅堂杂剧》置于案上吟咏，或于文人筵前歌舞，它确有值得玩味的地方，使人感到庄雅蕴藉、清新脱俗。但若以之搬演于民众之中，只怕未终场而席空。四剧关目平淡、情节简单、文辞典雅，甚至直接以前人的大段诗赋入曲。说其“都非当行”，如从面向舞台、面向广大观众来说，并不为过。

四　汪道昆的文学思想和戏曲修养

要真正理解汪道昆的作品，不能不了解他的文学思想。汪道昆自言，他“少而好古”（《太函集·自序》），长仍慕古、师古（《太函副墨·自序》）。他持论与李攀龙、王世贞同，曾称许李攀龙“主盟当代”（《致李于鳞》），推奖王世贞之文“凌厉千古之上”（《沧洲二会记》）。他的诗文，在“后七子”统治文坛之时，亦曾名盛一时。王世贞赞其“文章妙天下”[①]，将他列入“后五子”，并作诗云：“伯玉人间人，忽往在千古。矫矫先秦则，耻为东京伍……”[②] 当时人有以汪道昆与李攀龙、王世贞“并驾”者[③]，后来张汝瑚《汪南溟集·序》亦称其“可与李王埒”。然而汪道昆之诗文集《太函副墨》（先刻）、《太函集》中，可取者实不多。由于刻意摹古，极少新意，语亦因此往往扞格不畅。

汪道昆主张文学复古，这使他的创作沿袭了前后七子模拟古人的错误方法。不过，即便是前后七子，他们的文学主张也不完全一致，甚至他们

① 《弇州山人稿》卷六十一《贺封少司马双塘汪翁胡淑人并寿七十序》。

② 《弇州山人稿》卷十四《后五子篇》。

③ 《太函集·朱镇山先生集序》。

之中的某些人早期和晚期的主张也不尽相同。李梦阳晚年在《诗集·自序》中强调“真诗”，自惭所作“非真”，王世贞有过“夫诗，心之精神发而声者也”的议论[①]，晚年自悔复古主张，而以怡淡自然为宗。汪道昆的文学主张在主要方面与前后七子相同，重在形式上的模拟古人，但与此同时，他也继承了儒家抒情言志的文学思想。例如，他称赞《玉岘集》“庶几乎可以群、可以怨矣”[②]，在《诗薮·序》中说“夫诗，心声也，无古今一也”。在《姜太史文集·序》中也说：“夫文由心生，心以神用。以文役心则神牿，以心役文则神行。牿其心以役于文则棘端、槲叶者之为，吾惧其无实用矣。”强调“以心役文”，反对“以文役心”，认为后种文字无实用价值。由此出发，他很看重文章表情达意的作用。他认为《骚》后无骚，“非无骚也，善哭者无情而不哀，《骚》之优孟也”，说《文选》之后无选，“非无选也，雕几工而太朴丧，《选》之杯棬也”（《〈骚〉〈选〉》序）。没有真情实感，不哀而哭，那只不过是优孟伎俩，字雕句镂，丧其大道，则只是矫揉造作，二者都没有继承《骚》《选》的精神实质。由于强调“心声”、情真、大道，故而又云“至言无文，文之至也”（《致戚少保》）。这些意见，与当时唐宋派“直抒胸臆，信手写出”[③]，以及稍后的公安派“从自己胸臆流出”[④] 的主张也有相通之处。

汪道昆以礼乐起家，他的思想中封建儒家的正统观念是主导方面，却又不满宋以来统治者极力提倡的程朱学派。他心折旨在反对程朱学派的王阳明学说，称“王文成公崛起东越，倬为吾党少林”（《致王子中》）。思想上的不局于“正宗”之见，使他在文学上也不踡于一隅。他强调文学作品“如国医然，但能起疾，即乌喙亦可，无须参苓也”（《水浒传·序》），赞赏那些“不守一隅，不由一径，或得之心，或遇之目，或出之兴，或动之情，调调刁刁众窍毕作”的作品（《汪禹乂集序》）。晚年里居，他与龙膺、屠隆、李维桢、吕玉绳、胡应麟、梅鼎祚、潘之恒等结白榆社，他为社长。

---

① 《弇州山人稿》卷六十五《金台十八子诗选序》。

② 《太函集》卷二十五《玉岘集·序》。

③ 唐顺之：《荆川先生文集》卷七《答茅鹿门知县书二》。

④ 袁宏道：《袁中郎全集》卷一《叙小修诗》。

每集则饮酒啸咏，评古论今，辨析哲理，杂呈雅谑。社人尊崇他，称其为“长者”[①]，奉其为“指南”[②]，他则“虚怀折节，奖引后来”[③]。他推重对复古派理论有所突破的胡应麟，赞其学问文章“博而核，核而精”（《少室山房四稿序》）；嘉许屠隆的《白榆集》，并助成其刊行，而屠隆于集中表述的文学思想比早于此集的《由拳集》阐述的更接近于公安派的文学主张；自称“通家后学”[④] 的李维桢则以“性灵”之说修正七子理论，在当时和后来都产生过一定影响。汪道昆与他们结社，奖励推引他们，说明他们的志趣相近，他们在相互切磋中会互有影响。胡应麟、屠隆等文学思想的转变，实际上也反映了汪道昆文学思想的转变。

正因为汪道昆没有完全陷入从形式上模拟古人的泥沼，尤其晚年更重心声，因而一旦心有所动，挥笔纸上，便也出现了一些抒情言志的佳作。他的《孤愤集序》借沈山人祭胡司马一事，极写司马功高、礼士及其长者之态，批评昔日受恩者于司马被法后“群起而诽讪之”的恶行，盛赞沈山人不忘恩义，其诚感动天地的深厚情谊，抒发了作者愤世嫉俗的强烈感情。文章记叙简洁，形象生动，感情真挚，运用环境描写衬托气氛也很自然。《善仕论》列数世上善仕者的五项诀窍，如说“彼有长喙，务中用事者之蘿”，“彼不倡而和，乘人而结其心，所憎则尧可非也，所喜则跖可誉也”等，均以不骂为骂，颇能击中要害。其弟困诸生，有嗜酒、放言、玩物之癖，他作诗讽之曰：“以我车前辙，为君座右铭。鬓无多日绿，眼有几人青。国步须骐骥，家声仗鹡鸰。别来成契阔，莫厌太叮咛。”平易、流畅，使人感到亲切，读之朗朗上口。而其辞世前四年写的《水浒传·序》尤为奇文，它奇就奇在作者发表卓见的直率大胆上。作者“以心役文”，神行不羁，故而文章写得汪洋恣肆，气度不凡。文中内容宏富而组织谨严，文字简约而气雄意舒。足见作者在不以复古主义枷锁加身时所表现出来的令人叹服的见解和才能。

---

① 屠隆：《白榆集》卷十二《报汪伯玉司马》。
② 潘之恒：《亘史杂篇·酹昆》。
③ 屠隆：《白榆集》卷十二《报汪伯玉司马》。
④ 李维桢：《汪左司马公年谱·序》。

汪道昆对于戏曲的爱好与其家庭影响有关。他的祖父善饮，家有苍头一人，能秦声，使佐酒。由于自幼受到熏陶，年十二，即改编小说为戏曲，被父亲发觉焚毁。后来，他又“由礼乐起家”。任襄阳守时，镇宁恭靖王少子朱厚柯设部乐，习吴歈，汪道昆至即命升歌，终夜而散。他的《大雅堂杂剧》即作于此时，剧中多用南曲，当与朱厚柯部乐习吴歈以及“嘉靖中江以南竞南音”（《查八十传》）的风气有关。汪道昆在世之时，正是北腔冷落、南声盛行之时，他在《东圃镇国》书中云“今所供奉必多新声”，其诗文云“试听新声作越吟”“征歌还许出吴趋”等都反映了这一时期声腔流行的情况。汪道昆既习北腔，亦喜南声。他与琵琶名手查八十有交往；与当时曲家吕玉绳、屠龙等亦相笃厚。二十年里居生活中，时以丝竹声伎为乐，终夕不疲。他在明代杂剧形式的改革与创新中，能够发挥作用，成为先行者之一，这与他熟悉南北戏剧具有一定的曲学修养是分不开的。

汪道昆在《送黄文学迁成均序》中曾说：“诗也、歌也、舞也，三者必本于心，而后乐从之。”据此，则集诗乐歌舞于一台的戏剧自然亦以“本于心”者为上。要求戏剧传心声，这与道学先生以戏剧进行封建说教的理论相比，无疑是进步的。但是，忽视了诗与曲在抒情方式上的不同，不求在生动的情节中表达思想，而直接以蕴藉典雅的文辞抒写胸臆，所言又皆士大夫之情，这不能不说是汪道昆的杂剧行之不远的主要原因。陈弘绪称杂剧为“备小说之奇，揽诗余之秀，去弹词之鄙者”，与此同时，又极口称赞《蔡跄踏杂剧》之技，“几与屈原之《骚》、子美之诗争胜”。可见汪道昆此剧当也是一部奇拔秀雅、清新脱俗而以抒情言志为主的作品。

屠龙曾说：“弇州以无所不法为法，伯玉以有所不法为法。”[①] 所谓“法”，李维桢《太函集·序》曾云：“文章之道，有才有法。……法者，前人作之，后人述焉。犹射之彀率，工之规矩准绳也……”“以有所不法为法”，意即没有泥于古人文章的规矩准绳，而能融意于心神，写出法古中有所变化、能够自成一格的文章。屠龙与汪道昆结交是在汪道昆的晚年，屠龙所云当主要指汪道昆晚年的创作特色。这说明了汪道昆由“矫矫先秦则”

① 张汝瑚：《汪南溟集序》。

到“有所不法”的转变。汪道昆“以心役文”“以有所不法为法”，写出了一些令人击节的佳篇妙文；又能突破元人藩篱，改革杂剧形式，谱写摅愤言志的戏剧作品：这些与他所处的时代无疑有着密切的关系。汪道昆从事文学活动的时候，正是文学复古运动渐呈衰颓之势的后期。这时，唐宋派已经崛起，他们对拟古主义文学的批评具有深刻的揭露意义；承继王阳明学说中具有积极意义的部分而发展起来的“王学左派”正形成一股进步的思想潮流，其突出代表人物李贽的叛逆思想和他反复古、反道学的文学思想正在发生影响；在杂剧形式的改革上，朱有燉、王九思等也已迈出了步伐。这些，对汪道昆的思想、创作都会发生一定的影响。当然，他不羁的性格，创新的精神，以及能够接受一些异端思想的影响，与他出生盐贾之家，祖父、父亲多侠义之行[①]，以及自身的经历，也都有着一定的联系。

（《文学遗产》1985 年第 4 期）

① 《太函集先大父状》及王世贞《弇州山人稿》卷六十一《贺封少司马双塘汪翁胡淑人并寿七十序》。

何良俊《曲论》发义

何良俊《四友斋丛说》是明代著名笔记之一。书中卷三十七“词曲”是论述品评戏曲的专章，后人曾把它摘出单独付印，题为《何元朗曲论》或《四友斋曲说》。何氏的《曲论》在当时和后来都颇有影响，然而却至今未见有专文对它进行评论和探讨，仅在有的《批评史》《戏曲史》或有关文章中略及，且表现了对其理论理解的分歧。

何氏《曲论》贯穿了两个主张：一为提倡本色；一为首重声律。下面就何氏这两个主要观点，结合学术界存在的分歧意见，谈谈自己的看法。

一

《曲论》评曲，十分强调“本色”。书中明确指出：“盖填词需用本色语，方是作家。”“本色”一词，前人曾用以评论诗词。如严羽《沧浪诗话·诗辨》：“诗道亦在妙悟。……惟悟乃为当行，乃为本色。”何良俊是明代较早以本色一语用于曲论的戏剧理论家。与何良俊同时的徐渭，他的《南词叙录》比《四友斋丛说》成书略早，书中亦极力提倡本色，称赞南戏“有一高处：句句是本色语，无今人时文气”。何氏之后，沈璟、王骥德、吕天成等等也都崇尚本色。但是，同是“本色”二字，它在这些提倡者的意念中，其内涵却不完全一致。

对于何良俊的本色说，近有文章以为，他对有文采的语言“一概采取排斥的态度”，而有的文章却说，何良俊表面推崇本色，实“重骈俪而轻本色”。究竟应该如何理解何良俊本色说的含义呢？

读《曲论》，发现其中经常出现“简淡”二字。例如说王实甫《丝竹芙蓉亭》杂剧仙吕一套“通篇皆本色语，殊简淡可喜”。赞《歌舞丽春堂》杂剧［落梅风］后两句“甚简淡”。称白朴之词“颇简淡”等。简，要求叙说情事，言简意赅；淡，反对浓施粉黛、搬弄学问。何氏在论史、讲经、谈诗、说文中也要求“简明快畅”“简严质实”。

何良俊提倡简淡，不只是个语言形式问题。他曾说“文以纪政论事，诗以宣扬性情”“词曲乃诗之流别”，故以“情真语切”者为妙，而“靡丽过美，则与情相悖”。他批评当时一些名家“其制作非不华美，譬之以文木为椟，雕刻精工，施以采翠，非不可爱，然中实无珠，世但喜其椟耳”。这说明何氏对那些镂金错彩、内容空洞、没有真情实感的作品是不满的。“简淡”二字，体现了何氏要求作品“立言”“明志”、抒发性情的主张。正是从这一点出发，他读诗，最喜白居易的作品，“以其不事雕饰，直写性情”；评曲，以郑德辉剧作为元人第一，因其“摹写羁怀壮志，语多慷慨”，所作情词“不着色相，情意独至”。

何良俊认为：“大抵情辞易工。盖人生于情，所谓‘愚夫愚妇可以与知者’。观十五国风，大半皆发于情，可以知矣。是以作者既易工，闻者亦易动听。”这种愚夫愚妇可以与知的情是什么样的情呢？作者在《丛说》卷四《经四》中曾经语及：“阳明先生拈出‘良知’以示人，真可谓抒前圣所未发。盖此良知，即孔子所谓愚夫愚妇皆可与知者，即孟子所谓赤子之心，即佛氏所谓本来面目，即中庸所谓性，即佛氏所谓见性成佛，乃得于禀受之初，从胞胎中带来，一毫不假于外。”王守仁的“良知”说以是非之心、诚孝之心为人人皆有，认为“性无不善，故知无不良”[①]。他的立言宗旨在“彻根彻底不使那一念不善潜伏在胸中”[②]。这是主观唯心主义的学说。他把程朱理学宣扬的封建道德准则说成是人性固有，认为求“良知”是提醒人们觉悟的最“真切简易”的方法，“虽至愚下品，一提便省觉”[③]。王守仁

① 《王文成公全书》卷二《传习录》中《答陆原静书》。

② 《王文成公全书》卷三《传习录》下。

③ 《王文成公全书》卷六《寄邹谦之书》之三。

的学说，实际上是封建统治阶级从精神上束缚、奴役人民的工具。但是，明代封建统治者支持、提倡程朱理学，而王守仁的学说却以反对朱熹学派的姿态出现，这就给后来的王学左派以积极的影响。王守仁之后，王艮、何心隐、李贽等竟逐渐发展到抨击君主专制、反对封建礼教，从而改变了王守仁学说巩固封建统治的性质。何良俊在《丛说》中对宋儒理学多有批评，他肯定并赞美陆象山及发展了陆象山学说的王守仁，要求用简明淡朴的文辞抒发性情，描写并表现“赤子之心”“本来面目”，这反映他在哲学思想上受王守仁影响较大。但是，他首先赞赏《国风》所写之情，在戏剧作品中能够肯定那部描写并赞美青年男女反抗封建婚姻、追求自由爱情的《拜月亭》，并以之列于提倡风化的《琵琶记》之上，从而挑起了明代曲坛上一场对于《拜月亭》《琵琶记》孰优孰劣的争论。这表明他所说的“赤子之心”“本来面目”与王守仁以“天理”为本心，要求“去人欲”的主张是不同的。他所说的“赤子之心”“本来面目”，实际上是指人们的七情六欲。因此，在他评论作品时，总是以情真者为妙；他自己的著述也是直写胸臆、时时流露出愤世嫉俗的思想感情。

在要求词曲抒发真情、描写本来面目方面，何良俊与徐渭贵写“正身”(即真性)，反对“涂抹”“插带”，反“掩其素”[①] 的主张是相通的。但是，徐渭的本色说还强调“词须浅近”，“与其文而晦，曷若俗而鄙之易晓也?”何良俊虽也反对词意晦涩，以为“过于晦涩，失其本色”，却要求“近而不浅，质而不俗”。他一再强调“蕴藉”，欣赏郑德辉所作情词“蕴藉有趣”，虽是寻常说话，“然中间意趣无穷”。他将关汉卿列在郑德辉之后，是因关词“激励而少蕴藉”，他批评《西厢》某些情词“语意皆露，殊无蕴藉”。在论诗时，他也批评那些“浅俗”“怒张”“鏖糟鄙俚”之作，喜欢“无一点尘俗气”的作品。他借黄庭坚之口曰：“士生于世可以百为，唯不可俗，俗便不可医也。”这与沈璟直以浅言俚句为本色的意见显然是不同的。

要求作品蕴藉，于简淡的词语中包含丰富的感情和言外之趣，这是无可非议的。应该允许不同风格的作品争奇斗艳。蕴藉的作品可以发人深思、

---

① 《徐文长佚草》卷一《西厢序》。

令人回味，往往能给读者以领略到所蕴情趣后的快感。但是戏剧不同于诗文，戏剧搬演于舞台，要给不同身份、不同文化修养、甚至不识字的妇人小儿同看，应以明爽为佳；诗文供读书人案头吟诵，含蓄些无妨。何良俊似乎已经意识到对戏剧和诗文在语言要求上应该有别，故于称赞《琵琶记》“长空万里”是一篇好赋的同时，又批评它作为词曲、不免感到缺少“蒜酪”，犹如“王公大人之席，驼峰、熊掌、肥腯盈前，而无蔬、笋、蚬、蛤”的缺点。不过，何氏重视的是词曲的风味特色，而未着眼于让观众、包括不读书的观众能够一听就明，了然于心。因此在戏剧语言上过分强调蕴藉。而他反对“俗”，反对“怒张”，甚至因此贬低那些感情激烈、语言凌厉、直接发抒被压迫人民的怨愤之情的作品（如关汉卿的剧作），则明显地表现出他作为封建士大夫阶级的立场和趣味。

何良俊对有文采的语言并没有完全排斥。他虽批评《西厢》“全带脂粉”、《琵琶》“专弄学问”，却也肯定了“王实甫才情富丽，真辞家之雄”“高则诚才藻富丽”，并以二家譬之李白、杜甫，他说：“若谓李、杜之诗为不工，固不可；苟以为诗必以李、杜为极致，亦岂然哉。”他反对的是以《西厢》《琵琶》为剧中绝唱，认为不同风格的作品各有其妙，不能独取李、杜而废其他。他甚至对以平典质实为正体的史书，也没有排斥文采。例如，他在盛赞司马迁《史记》“字挟千金”，去一人、去一事均不可得的同时，又称道其“文字贯串，累累如贯珠，粲然夺目。文章之奇伟，孰有能过此者?”“其文章之抑扬出入，若神龙变幻有非人之可能捉摸者，盖甚奇矣。”认为班固《汉书》“虽无太史公之奇，然叙事典赡，亦自成一家之言。”不过，比较起来，他更喜欢淡雅、清丽的作品。他说：“画家以重设色为‘浓盐赤酱’，若女子施朱傅粉、刻画太过，岂如靓妆素服，天然妙丽者之为胜耶!”他论文欣赏“天然国色”，评诗也喜“芙蓉出水”“天然妙丽”之作。可见他并不反对文采，只是反对雕刻太过，要求出之自然。他赞同古人把“自然”作为品评作品的最高标准，以之列于神品之上。郑德辉的词在元人作品中属较典雅者，但因其写情婉畅自然，故何氏极口称赞。如评郑作《倩女离魂》中词“清丽流便，语入本色，然殊不穠郁，宜不谐于俗耳也。”可见，俊词、丽句，只要清新脱俗，运用得自然流利，就符合何氏本色说的要求。

综上所述，何良俊本色说的含义即：要求抒发性情简淡蕴藉，清丽流便。若以雅俗分界，何良俊的本色说偏于雅，但属于淡雅，与追求辞藻华丽、堆垛故实的骈俪派迥然有别。

明代曲家主本色者，尽管对本色二字的理解不完全一致，甚或各有所偏，但他们以提倡本色反对当时弥漫于剧坛的不良风气却是共同的。明代自邵灿《香囊记》开以时文为南曲的风气后，一时雕章琢句、填塞学问的剧作相继而起，以致泛滥成灾。"本色说"反对在戏剧创作中卖弄辞藻、掇拾陈腐，要求用本色语叙说情事，对纠正时弊、使戏剧创作面向舞台和面向观众方面起了积极的作用，它在戏剧史上的功绩是不应被抹杀的。

二

《曲论》开篇，何良俊有感于古人审音之妙，慨叹"今世律法亡矣！"故论中又十分强调音律的重要。他认为："'声音之道，与政通矣。'佛经亦曰：'以我所证，音声为上。'今佛家梵呗，如念真言之类，必和其音者，盖以和召和，用通灵气也。"基于这一认识，故在评论南戏《吕蒙正》《王祥》《杀狗》《江流儿》等九种戏文时，虽明知其词不尽工，却因其"皆入律"而给予肯定。

何氏首重音律的主张，集中体现在他的一句名言中，即："宁声叶而辞不工，无宁辞工而声不叶。"这句话为历来论曲者所重视，对后世的戏剧理论也发生过重要的影响。但是，在有关著作中却出现了意思决然相反的两种解释。一般认为，这句话的意思是，主张制曲必须声调合律，却不一定要求文辞工巧。而近年来出版的一部颇有影响的《中国文学理论批评史》则说：这句话是"反对叶韵至上"。何良俊的这句话究竟是首重声律，还是反对首重声律？这是必须首先辨明的问题。

对何氏这句话出现相反的解释，关键在对"宁……无宁……"这两个冠于句首的词在理解上有出入。在古汉语中，"宁"可做助动词"宁可"

讲。如："礼，与其奢也，宁俭。"(《论语·八佾》)"与人刃我，宁自刃。"(《史记·鲁仲连传》)也有"宁……宁……"连用者，如"宁其死为留骨而贵乎？宁其生而曳尾于涂中乎？"(《庄子·秋水》)"人之情，宁朝人乎？宁朝于人也？"(《战国策》卷21"赵四")表示于两种意思中选择一种。一般地说，单用一"宁"字，或连用两"宁"字，在理解上很少会发生歧异。对何氏一语意见的分歧，症结在"无宁"二字上。

"无宁"通常作"宁可"解，"无"为语首助词，无义。例如《左传》"昭公二十二年"："寡君闻君有不令之臣，为君忧，无宁以为宗羞。"杜预注曰："无宁，宁也。"《论语·子罕》："且予与其死于臣之手也，无宁死于二三子之手乎？"马融注曰："无宁，宁也。"但作"宁可"解，何良俊这句话就成为：既宁可"声叶而辞不工"，又宁可"辞工而声不叶"。而这两个分句的意思是完全相反的，都"宁可"，岂不自相矛盾？以何氏之博通古今、精于撰文，当不致发生如此错误。

"无宁"还可以有另一种解释，即："无"作禁戒副词"莫"[①]，与"毋"通，作"不要""不可""不得"讲。"宁"又可作语中助词，无义。[②] 如《左传》"襄公二十一年"："宾至如归，无宁菑患。""昭元年"："不宁惟是，又使围蒙其先君。"其中"宁"均无义。据此，"无宁"可径作"莫"讲。则何语可释为："宁可声叶而辞不工，不可辞工而声不叶。"此解语意可通，且与其上下文以及《曲论》全篇的意思连贯、一致。

在何良俊的文章中，"宁"与"无宁"连用，取肯定前者、否定后者之意，这种用法还可证之于《四友斋丛说》的其他章节。例如卷三十《求志》云："余所不满于韩信者，独不荐用李左车与杀钟离昧二事而已。然信之于汉，君臣之分已定矣。故宁卖友以从君，无宁背君以从友。至是亦乌得不杀哉。其失在于始之受之耳。……"这里的意思是，何氏不满韩信背友，但认为在君臣之分已定的情况下，韩信宁可卖友从君，不肯背君从友，则是无可非议的。韩信的过失在于开始时接受朋友之请……显然，这里的"无宁"作"不得""不肯"讲，表否定。值得注意的是：这是在二者必取

---

① 杨树达《词铨》。

② 杨树达《词铨》。

其一的情况下，何氏只得赞同卖友从君一策，并非提倡卖友从君。

同样，何氏强调“宁声叶而辞不工，无宁辞工而声不叶”，也是在声叶、辞工二者不可兼得时，他表示赞同前者，否定后者。并非在任何情况下都提倡“声叶而辞不工”。这是在特定环境中发表的议论。前面已经提到，明代中期，曲家多偏于追求词之工巧，他们以雕绘为工，饾饤成篇，而曲多不入律。何良俊提出“宁声叶而辞不工”和他主张文辞“本色”一样，都是为了反对当时剧坛上的这股颓风。

何良俊首重声律。并没有忽视辞工。《曲论》大半品评曲文优劣，即可为证。他称赞马致远词“老健”，却批评其“乏姿媚”，深喜白朴之词简淡，却因其欠“俊语”而感到遗憾。他不放过曲中的一字之讹，每有发现，必穷思冥想、务求订正而后快。在声叶、辞工二者不可兼得的情况下，他主张舍辞工而取声叶，但若二者可以兼得，当然仍以兼得者为善。他以《拜月亭》驾于《琵琶记》之上，主要因其不仅“上弦索”，且剧中“彼此问答，皆不须宾白，而叙说情事，宛转详尽，全不费词，可谓妙绝”。文辞也符合他的“本色”要求。他对《拜月亭》之外的八种戏文也给予肯定，是因其“皆入律”，但由于其词“不能尽工”而在《曲论》中只一笔带过。

何良俊的声律论继承了前人“必以中原之音为正”（《中原音韵》）、“切忌有伤音律”（《太和正音谱》）的意见。他的理论，从针砭当时曲坛弊病出发，有一定的意义。但他的提法，毕竟比较偏激。王骥德《曲律》就曾批评其为“有激之言”，并反问：“夫不工，奚以辞为也?”而被后世称作“吴江派盟主”的沈璟却极力推崇何氏此说，他在论曲散套［二郎神］中说：

> 何元朗，一言儿启词宗宝藏。道欲度新声休走样，名为乐府，须教合律依腔。宁使时人不鉴赏，无使人挠喉捩嗓……

这段话显然是对何氏理论的阐述与发挥。沈璟继承何良俊的声律论，并把它发展到极端。在晚明曲坛上，首重声律的主张竟成为“吴江派”的理论核心。

但是，前面提到的那部“批评史”却因对何语理解的不同而接着又写了如下的一段话：

> 他（指何良俊）……反对叶韵至上，而这恰恰是晚明时期相当流行的观点。“吴江派”的沈璟就曾说过：“宁协律而辞不工”，把“叶律”看作是戏曲创作的十分重要的、甚至是根本的问题。“吴江派”的片面强调“叶律”的观点，在当时影响很大，对明代传奇的创作发生了有害的影响。……何良俊的观点正是针对这种现象而发的。

这就不仅在语意的理解上有出入，甚至把时间的先后也弄颠倒了。

何良俊生于明武宗正德元年（1506）①，卒于明神宗万历元年（1573）②，属于明代中、晚期之交时人。而沈璟，生于嘉靖三十二年（1553），卒于万历三十八年（1610）③，为晚明时人。何良俊比沈璟年长四十七岁，何氏续成《四友斋丛说》的万历元年④，沈璟才二十一岁。沈于次年中进士，此后十余年奔走仕途，直至万历十七年（三十七岁）辞官归里，家居廿余年而卒。据《宁庵公传》云，他寄情词曲是在晚年：“晚年产益落，户外之履几绝，乃以其兼长余勇，尽寄于词。所著有《论词六则》、《正吴编》及诸传奇杂咏，并增订《九宫词谱》行于世……”⑤《吴江沈氏诗录》亦称其“晚年寄情乐府”。那么，沈璟成为“吴江派”盟主，而“吴江派”理论又在“当时”产生很大影响，这个“当时”应是在何良俊

① 何良俊《何翰林集》卷25《兄光禄寺署丞五山何君行状》中云：“府君自生君后十年而始有良俊……君生弘治丙辰。”何良俊之兄何良佐生于弘治九年丙辰（1496），何良俊比其兄小十岁，当生于正德元年。又卷19《与王槐野先生书》云：“乙酉之冬，良俊年二十矣。”乙酉，为嘉靖四年（1525），往前推十九年，正好也是正德元年。

② 王世贞《弇州山人四部稿》卷十五《悲七子篇序》云：“明年，万历改元。六月，余之楚臬，过吴门……传云间何翰林元朗物故。”

③ 关于沈璟生卒年及其生平，早在1939年《文学年报》第五期上，凌敬言《词隐先生年谱及其著述》一文中已有详细说明，此不赘。

④ 据张仲颐《〈四友斋丛说〉重刻本序》说，《丛说》三十卷，早已刊行，“岁癸酉，续撰八卷……不意是岁先生遘疾不起。”可知何良俊于万历元年癸酉续成《丛说》后，不久就离开了人世。

⑤ 见《吴江沈氏家谱》卷末。

入土数十年之后。何氏生前的著述怎能“针对”离世数十年后的“这种现象而发?”事实是沈璟继承并发展了何氏重视叶律的理论，而不是何氏曾经指谪、反对过沈璟首重音律的理论所造成的影响。

拙见或亦谬误，谨奉以受教于学界。

（《中国古典文学论丛》第3辑，人民文学出版社，1985）

桀骜不驯的奇人

——徐渭和他的《四声猿》

在明代剧坛上，汤显祖的《牡丹亭》是传奇之首，而徐渭的《四声猿》则是杂剧创作中“绝奇文字之第一”（澂道人《四声猿引》）。明戏曲理论家王骥德曾评当时词人之冠，他说：“于南词得二人，曰吾师山阴徐天池先生（徐渭）……曰临川汤若士（汤显祖）……”（《曲律》卷四）清人陈栋也说：“明人曲自当以临川（指汤显祖）、山阴（指徐渭）为上乘。”（《北泾草堂曲论》）那么，这个堪与汤显祖并驱的徐渭，究竟是怎样一个人呢？

徐渭（1521—1593），初字文清，更字文长，号天池、青藤，别署田水月、柿叶翁、苍箕中人、翁洲道士等。山阴（今浙江绍兴）人。他是一个多才多艺的文士，在诗文、书画、词曲等各方面都取得了相当高的成就。前人说他是“旷代奇人”，称其“行奇、遇奇、诗奇、文奇、画奇、书奇，而词曲为尤奇”（磊砢居居士《四声猿跋》）。

徐渭九岁能文，人皆以为奇。但弱冠进学后，屡试不中。壮年因浙江总督胡宗宪一再折节相邀，入幕为书记。当时，胡宗宪督府威势严重，文武将吏进府不敢仰视，他却布衣敝巾，长揖纵谈；幕中有急事，深夜开戟门以待，却有时大醉不至。曾代草进白鹿表，世宗皇帝嘉许，旬月遍诵人口；又知兵好奇计，帮助胡宗宪破倭建功：所以胡对他宠礼独甚。胡宗宪得罪被杀，徐渭恐牵连致祸，伪装病狂；由于痛心胡宗宪之死，自己又不能报胡之恩，悲痛怨愤，感慨激烈，以致真得狂病。曾以利锥自刺双耳，深数寸，流血几殆，然终未死。后因戮杀继妻[①]入狱七载。得张元汴相救而出，时已五十三岁。出狱后，愈自放。曾入京师，馆于张元汴舍旁。张导以礼法，他却视如“碎磔吾肉”，离而纵游于荒漠草原、名山大川之间。晚年归里，以卖书画为生，潦倒以终。

徐渭青年时曾从王守仁门人季本探究“王学”，又曾潜心佛学。他不能忍受儒家思想的束缚，性格狂放不羁，身卑而气傲。当时，李攀龙、王世贞主柄文坛，摈弃布衣谢榛，徐渭恨李、王以轩冕压布衣，誓不入二人党，并撰诗云：“谢榛既与为友朋，何事诗中显相骂？乃知朱毂华裙子，鱼肉布衣无顾忌。即令此辈忤谢榛，谢榛敢骂此辈未？回思世事发指冠，令我不酒亦不寒。”（《廿八日雪》）愤激之情，跃然诗中。他乐于结交的多是那些胸怀磊落、豪放旷达的诗友酒侣，或刚直不阿、勇于献身的文臣武将。因反严嵩父子而被弃市的沈炼是他的知交；他读到汤显祖不事模拟、能够抒发真情的《问棘堂集》，尽管汤比他晚生近三十年，却寄诗汤云：“执鞭今始慰生平。”戚继光抗倭得胜，他数赠《凯歌》以贺。他深恶诸富贵人，晚年尤甚，虽贫极，达官贵人求其一字却不可得。而贫贱友人，每当酒热兴浓之际，向他征诗文、索字画，无不顷刻而就。徐渭里居后，十余年不食谷，携一犬居，插户不出。只有一次例外：张元忭逝，张子相葬地外出。徐渭白衣径入，抚棺恸哭，口说“惟公知我！”哭完不告姓名而去。张子追而哭拜于途，尚见徐涕泗满襟。徐垂手抚张子，不出一语离去。其情真如此！

徐渭作诗，不拘旧格，直写胸臆。他强调“啸歌本是舒孤抱”（《锦衣篇答赠钱君德夫》），要求“出于己之所自得”，反对“窃于人之所尝言”（《叶子肃诗序》）。认为诗应“本乎情”，若抄袭，“则诗之实亡矣”（《肖甫诗序》）。因此，他生平所见一切可惊可愕之状，胸中一段不可磨灭之气，皆见之于诗。悲壮、豪放、愤激、苍凉，是徐渭诗歌的基调，前人曾比之如李贺。唐顺之十分欣赏他的诗，茅坤崇拜唐顺之，竟曾误以徐诗为唐作。徐渭论文亦求“写其胸膈”，强调“言生于心而发于政”（《胡大参集序》），他的文章，

---

① 徐渭杀继妻的原因，历来说法不一。有说因狂，有说起于猜忌……徐渭《上郁心斋书》曾自辩，他不承认是狂、忍、疑或好奇之过，似有难言隐衷。

无论是书启、策论，或纪传、序跋，皆富新意，颇多创见。徐渭生前，由于耻于与达官贵人、骚士墨客交往，故其名不出乡里。卒后数年，袁宏道偶见其作，拍案惊起，盛赞其“诗文崛起，一扫近代芜秽之习”，为“有明一人”（《徐文长传》）。自此，海内大震，影响所及，开晚明性灵派先河。他的诗文集《徐文长三集》廿九卷，《徐文长逸稿》廿四卷，《徐文长佚草》七卷以及三部中未收佚作，今已汇编为《徐渭集》（中华书局出版）。

徐渭作书，亦以“心为上”（《玄抄类摘序》），笔意奔放，苍劲中姿媚跃出。他的画离奇超脱，天然成趣。他泼墨写生，成为后世大写意画派的开创者。清代的石涛、朱耷、郑板桥、吴昌硕，以至近世的齐白石等，均师承其法。

徐渭的诗文书画，无不以革新精神突破陈规，自树一帜，表现了“奇崛”的风格。他曾自评其作曰：“吾书第一，诗二，文三，画四。”而他自己没有提到的曲，在文学领域里，实际上比他的诗文影响更大。

他的《南词叙录》是我国最早的，也是宋、元、明、清四代唯一的专论南戏的著作。书中对南戏的源流、发展、风格、特色、文辞、音律，以及南戏的代表作家和作品，都有精辟的阐述和评论，篇末并附宋元及明初的戏文目录。在戏曲史上，这是一部极其珍贵的文献。书中为民间南戏力争社会地位；强调戏曲“感发人心”的作用；提倡文辞本色，批评当时“以时文为南曲”的不良风气；赞赏“顺口可歌”，反对以宫调束缚南曲。这些意见反映了作者打破重北轻南的传统观念，重视并扶植民间文艺的过人胆识。

《四声猿》杂剧是四个独立的短剧的总名。据徐渭的门人王骥德说，《玉禅师》为“早年之笔”，《雌木兰》《狂鼓史》是晚年居故乡时所作，当时徐、王所居仅一垣之隔，每成一剧，呼王共评。《女状元》系邀王命题而完成者，从而凑足四声之数。

《狂鼓史》将祢衡裸体击鼓骂曹的历史故事移至阴间。写祢衡即将上天，判官请他并放出在监的曹操重演旧日阳世骂座情状，从而出现了“戏中戏”的场面。这样写，便于祢衡历数曹操一生罪行，而不受骂座时间的限制；也便于当面揶揄、嘲弄这个曾经威慑天子、势压诸侯的权臣，借以抒发被压迫者胸中积怨，同时，也增加了剧作的喜剧色彩。

全剧只一折，剧中祢衡一口气数出曹操逼献帝、杀伏后、夺皇尊、害贤良的桩桩罪行，激昂慷慨，痛快淋漓，对曹操的一生作了总清算。全剧在鼓声、骂声中塑造了一个阴险狡诈、心狠手毒的权奸形象，与此同时，一个疾恶如仇、秉性刚直的文士形象也呈现在读者面前。剧终作者借判官与祢衡共唱："提醒人多因指驴说马，方信道曼倩诙谐不是耍。"点明剧中对曹操的痛骂，意在提醒当世之人，斥责当世之事。

《玉禅师》取材于民间流传的关于柳翠的故事。作者依据民间故事，增入柳宣教使红莲破玉禅师色戒一节，借以抨击封建官僚的权势及其阴险卑劣的性格；对玉通和尚苦修二十年，只因一念之差，堕入圈套，以致沉沦风尘，表示惋惜和同情；剧终以月明和尚唤醒投胎报怨的柳翠（即玉通）同归西天，表现了回头是岸的思想。

《雌木兰》据《木兰诗》改编，情节大致相同。剧中描写并歌颂了木兰勇敢从军、驰骋沙场、力擒敌首从而取得战争胜利的英雄气概，反映了明代人民，特别是妇女在抗倭战斗中所建立的功勋。《曲海总目提要》说："明有韩贞女事，与木兰相类，渭盖因此而作也。"其实，徐渭耳闻目见的抗倭军队中英勇的少数民族女统帅苗族瓦氏、他诗中曾经歌颂的宁死不从寇缚的湖州严氏长女，以及他后来在边塞诗中提到的"西北谁家妇，雄才似木兰"等现实生活中的女杰，都可能给他以启示。

《女状元》据《杨升庵外集》所述黄崇嘏事敷衍而成。剧本着意描写并赞美黄崇嘏吏事精敏和领袖文苑的才华，与《雌木兰》相互补充，从文武两个方面塑造了胜于须眉的女性形象。剧末称"世间好事属何人？不在男儿在女子"。与木兰剧中云"这都是裙钗伴，立地撑天，说什么男儿汉"一样，表现了作者在妇女问题上冲破了男尊女卑的传统观念，而具有尊重妇女、男女平等的民主思想的色彩。但是，黄崇嘏和木兰最终仍只能回到闺房，作者未能、在当时也不可能为她们找到妇女解放的出路。剧本第二折，作者借胡颜之口说："文章自古无凭据，惟愿朱衣暗点头。""不愿文章中天下，只愿文章中试官"，显然是对当时科举取士弊病的讥讽，也是作者屡试不第、怀才不遇的不满情绪的发泄。

四个短剧合称《四声猿》，取其"猿叫肠堪断"之意。顾公燮《消夏闲记》说："盖猿丧子，啼四声而肠断，文长有感而发焉，皆不得意于时之所为也。"四个剧确都表现了作者对权臣、官府和社会不平的愤恨；他为一切有胆有识、刚直不阿、洁身自好、才智超群，却受黑暗势力、传统习俗压迫、拘禁而埋没、丧生的人们悲啼，也为自身的"英雄失路，托足无门"、才能不得施展而哀恸。剧中洋溢着狂傲的、愤世嫉俗的叛逆精神，表现了那个时代还处于萌芽状态的反对封建压迫、要求平等的民主思想。虽然，这还只是一种基于对压迫不满的自发要求，却给当时充斥着令人窒息的封建道德说教的剧坛输入了一股振奋人心的新鲜空气。前人评徐渭"如怒龙挟雨，腾跃霄汉间"（陈栋《北泾草堂集》），说四剧所写皆"使世界骇咤震动"（钟人杰《四声猿引》）之事，谓徐渭"借彼异迹，吐我奇气"（澂道人《四声猿引》），他们体味到作品中所抒发的不同凡俗的、令人震骇的奇气，却不一定都能领悟到作品中所表现的进步思想的真髓。至于剧中的轮回果报思想，则是作者在现实生活中找不到出路，只有寄希望于幻想世界的表现。

《四声猿》在艺术上同样表现了作者的性格。不仅选材奇特，构思亦极巧妙。《狂鼓史》别开生面，以阴间扮演阳间之事；《玉禅师》使妓破僧戒，僧又投胎为妓；《女状元》以黄崇嘏辞为周庠之婿，却做了周家儿媳。可以想象，搬演时舞台上忽而阴风惨惨，忽而仙乐缭绕，忽而荒山野寺中妖娆计迷佛性，忽而文坛、沙场上女儿才惊朝廷。作者没有故意猎奇，作品中的奇是作者立足于现实，又翱翔于理想世界的自然表现。

《四声猿》以十出写四个剧。这四个剧既可独立成篇，又可合在一起表达一个完整的思想。剧中有主唱，也有对唱、合唱。作者不囿于杂剧旧格，完全从剧情需要出发，灵活运用南曲、北曲之长，甚且采用民间歌舞中哑剧形式。他是明代杂剧改革的先行者之一，对明代南杂剧的兴起和盛行发生了重要的作用。

徐渭的戏剧理论和创作，突出表现了他桀骜不驯的性格、离经叛道的先进思想和冲破传统束缚的创新精神，对后世的理论和创作都产生了较大的影响。

（载《古典文学知识》1988年第2期）

我国戏曲史上的“吴江派”和“临川派”

明代万历时期，是传奇创作获得辉煌成就的黄金时代。这时，剧坛上出现了所谓“吴江派”和“临川派”的争论，它代表了两种针锋相对的戏剧创作理论，反映了当时和后来戏剧创作中两种主要的、风格迥异的创作倾向。

“吴江派”的首领沈璟（1553—1610），字伯英，号宁庵，自号词隐生。江苏吴江人。万历二年进士，官至光禄寺丞。万历十七年（1589）乞归。闲居二十余年，寄情词曲，于万历三十八年辞世。沈璟论曲，首重格律，强调填词“须教合律依腔，宁使时人不鉴赏，无使人挠喉捩嗓”（《词隐先生论曲》）。他曾修正增订蒋孝《南九宫谱》，制成《南九宫十三调曲谱》，使传奇作者度曲时有所遵循，不少曲家奉为“律令”，称之为词林的“指南车”（徐复祚《三家村老委谈》）。在文辞上，他提倡“本色”。他写给王骥德的“手札”中，明确表示“鄙意癖好本色”。所制《曲谱》例句，绝大部分采自宋元及明初的民间南戏，浑金璞玉，古色闇然。李鸿《南词全谱原叙》载，沈璟性不喜酒，然时从友人出入酒社间，“闻有善讴，众所属和，未尝不倾耳而注听也”。作为士大夫阶级中的一员，能够推重古民间戏文，学习当时民间的东西，不能不说是难能可贵的。

沈璟崇尚声律、本色的理论是建立在传奇创作应为场上之曲而不是案头之作这一认识基础上的。这对针砭邵灿《香囊记》以来曲坛盛行雕章琢句、填塞典故的弊病，具有积极的作用。但他对音律的过分苛求，在一定程度上又限制、束缚了作家思想的表达和戏曲音乐的发展；他把鄙俚浅陋也当作“本色”的看法，影响了某些作家（首先是他自己）才华的表现。

沈璟重视场上之曲，为的是更好地发挥戏剧“作劝人群”（《埋剑记·家门》）的教育作用，这与《琵琶记》以来一些封建文人以传奇教忠、教孝、提倡风化的理论完全一致。他的创作实践正体现了这一主张。沈璟的戏曲作品有《属玉堂十七种》，今存全本者仅《红蕖记》《埋剑记》《双鱼记》《义侠记》《桃符记》《坠钗记》《博笑记》七种，无论是写爱情、友谊，还是以公案、义侠为题材，作品的主题都离不开对于封建道德的提倡和轮回果报思想的宣讲。艺术上大多比较平庸，这与他的理论主张不无关系。例如，为了宣讲封建道德，他给具有不同思想性格的英雄人物的脸上都抹上一层浓重的“忠君”色彩，以致面貌雷同；文辞上追求俚俗浅陋，又以文字迁就音律，因而缺乏妩媚之态。王骥德曾批评沈璟的作品“如老教师登场，板眼场步，略无破绽，然不能使人喝彩”（《曲律》）。

“临川派”的代表是名扬中外、与英国莎士比亚并列、被誉为“东方曲坛伟人”[①] 的汤显祖。汤显祖（1550—1616），字义仍，号海若，别署清远道人。江西临川人。他才学超群，为时人所重。由于不阿权贵，万历十一年（1583）三十四岁之时才考中进士，得以观政礼部，后迁南京礼部祠祭司主事。万历十九年因批评朝政、指斥权臣，远谪广东徐闻。两年后转任浙江遂昌知县，百姓爱戴。万历二十六年，由于不满神宗皇帝盘剥百姓的矿税等原因，向吏部告归。回临川三年后，吏部以“浮躁”名夺去他的官职。贫居故里近二十年而卒。汤显祖在以传奇名世前，曾以诗文“名蔽天壤”。他反对当时统治文坛的文学复古运动，批评前后七子模拟古人的文章只不过是“等赝文尔”，他强调言情，要求传神。他的诗文直接记叙、抒发了他的真情。

汤显祖的戏剧观点集中在《宜黄县戏神清源师庙记》一文中。此文涉及戏剧的兴起、发展、内容、功能乃至声腔、表演等各个方面。和文学主张相一致，他认为歌舞戏剧也都发乎“情”，从古剧爨弄、参鹘到后来的杂

---

① 青木正儿：《中国近世戏曲史》。

剧、传奇，无不表现人们的不同遭遇和古今世态人情的变化，可以起到以情感人的教育作用。他的代表作《牡丹亭》通过杜丽娘、柳梦梅的生死爱情，表现人性、人情和封建礼教、封建道学之间的矛盾，以及“情”与“理”的斗争，“情”终于战胜“理”的理想。从中可见他所提倡的，主要是反对封建压迫、封建理学，向往和追求自由爱情、个性解放之情。这与沈璟以戏剧进行封建说教的主张是背道而驰的。

汤显祖在戏剧创作中强调“情”，因而反对格律至上，他在《答吕姜山》书中说：“凡文以意趣神色为主，四者到时，或有丽词俊句可用，尔时能一一顾九宫四声否?”他不满吕玉绳因《牡丹亭》不合昆山腔格律而作的改窜[①]，嘱咐伶人演唱“要依我原本，其吕家改的，切不可从。虽是增减一二字以便俗唱，却与我原做的意趣大不同了”（《与宜伶罗章二》）。他把“意趣”放在第一位，反对以律害意，这正是他与沈璟戏剧观点最重要的区别。

汤显祖的传奇作品《玉茗堂四梦》（即《紫钗记》《牡丹亭》《南柯记》《邯郸记》四部传奇）以对情的细腻传神的描写、奇幻美妙的意境、绚烂多彩、清新自然的曲调，几百年来征服了多少观众的心。他的作品与思想陈腐、文辞质实少意趣的沈璟剧作相比实有天壤之别。

汤显祖和沈璟没有正面展开过争论，他们的不同意见是在给友人的信件或自己的作品中表现出来的。汤显祖曾批评“曲谱诸刻，其论良快。久玩之，要非大了者。庄子云：‘彼恶知礼意。’此亦安知曲意哉?”并表示“弟在此自谓知曲意者，笔懒韵落，时时有之，正不妨拗折天下人嗓子”（《答孙俟居》）。沈璟著有《南九宫十三调曲谱》，汤显祖此处当是批评沈璟等人不知“曲意”，其“不妨拗折天下人嗓子”之语，是出于意忿的偏激之词。事实上，汤显祖还是重视音律的，早在遂昌任上，他听说王骥德曾批评他的《紫箫记》略短于“法”，便表示要邀王“共削正之”。不过，他首先重意趣，决不以律害意，因而其作品确也有不合音律之处。汤作以才情见长，沈璟在他的论曲散套［二郎神］中曾说：“纵使词出绣肠，歌称绕

① 王骥德《曲律》云，沈璟曾改易《牡丹亭》字句之不协律者，吕玉绳转交临川。据此，则汤显祖所称“吕家改的”，当即沈璟改本。

梁，倘不谐律吕，也难褒奖。”显然也是有的放矢的。他们之间的争论后人称作“临川派”（又称“文采派”）和“吴江派”（又称“格律派”）之争。

其实，汤显祖并未与人组成什么派，只是他的意见得到当时和后来一些曲家的赞同，产生了深远的影响，因此，后人把那些赞同他的主张或创作上接近他的风格的作家，如王思任、茅暎、凌濛初、阮大铖、吴炳、李玉等等都划入“临川派”。虽然如此，其中如阮大铖，只不过学其皮毛，而于神髓却毫无所得。

“吴江派”的阵容似乎很大，万历时的史槃、顾大典、王骥德、吕天成、卜世臣、叶宪祖、汪廷讷以及明末的冯梦龙、沈自晋、沈自征、范文若、袁于令等等都曾被列入“吴江派”。其实，他们之中不少人的主张与沈璟的理论并不完全相同。例如，吕天成、卜世臣被认为是尺尺寸寸守沈璟“矩矱”者，但吕天成在首重音律的同时又提出“倘能守词隐先生之矩矱，而运以清远道人之才情，岂非合之双美者乎！”卜世臣在讲究音律的同时，其剧作文辞偏于典雅。王骥德一面推崇沈璟为词家“指南”，对音律要求极严，一面又激赏汤显祖之作，称汤显祖为“今日词人之冠”。他主张音律、文辞并重，对沈璟不重文采的理论和创作颇多微词，称道汤显祖“才情在浅深、浓淡、雅俗之间”，于本色一家，独得三昧。汪廷讷被祁彪佳评为“守律甚严，不愧词隐高足”，汤显祖却称其“传奇种种为余赏鉴，正与余同调者”。可见这些被作为“吴江派”成员的作者，大多只是部分赞同或继承沈璟的理论，或仅仅是制曲时谨守曲律，也有的只因为与沈璟关系比较密切。

汤显祖与沈璟的理论、创作在中国戏曲史上有着重要的影响。以他们为代表的所谓“临川派”和“吴江派”，对中国系统的戏曲理论的建立、发展和戏曲创作的繁荣、提高也都有着深远的影响。

（原载中华书局《文史知识》1986 年第 8 期）

惩恶扬善　尚朴求真

——略论明代无名氏传奇的审美特征

明代，是传奇戏剧盛行的时代。对于传奇的爱好，遍及皇室、公卿、士庶各个阶层。明代传奇作品，今知剧目约一千一百余种（实际远不止此数），其中无名氏作品（指那些无姓名，并字、号也未留下的作者的作品）有三百二十种左右。[①] 历来对于明代传奇的研究多着眼于汤显祖等几位著名作家的作品，对于无名氏的作品则较少给予关注。无名氏作者，由今存作品（存全本者约四十，存散出、佚曲者约八十）及有关记载可知，其中除少数文化艺术修养较高或有一定社会地位者外，大都是粗通文墨的民间艺人和市井文人。例如，《鸾钗记》为吴下一优人所作，《桃园记》“出自俗吻”，《新金印记》为俗优改旧本《金印记》而演者（均见祁彪佳《远山堂曲品》）；不少作品语词鄙俚，文理欠通，也说明了这点。有些作品实际上是演出中辗转相传、不断加工的民间艺人和编剧者的集体创作，很难说作者是某一个人。对明代无名氏传奇作品做整体的研究，有助于我们全面了解明代戏剧演出的状况；从这些多半活跃于民间舞台的作品中，探索当时下层人民群众的审美情趣、审美理想，从而寻求其生存、发展的规律，以便对今天的戏曲创作、戏曲改革有所启示与促进。本文拟就以上问题对明代无名氏传奇做初步研究与阐述。

① 据傅惜华《明代传奇全目》及庄一拂《古典戏曲存目汇考》统计。

一

明代无名氏传奇作品题材广泛，内容丰富。其中有直接描写当时社会生活中重大政治事件、政治斗争的时事剧，如《鸣凤记》[①]《弴弓记》《六恶记》《犀轴记》等；有写历史人物、历史事件的历史故事剧，如《和戎记》《桃园记》《金貂记》《西洋记》《金牌记》《赤松记》等；有叙述男女恋情、婚姻波折的爱情剧，如《同窗记》《荔镜记》《玉环记》《霞笺记》《彩楼记》《赠书记》等；有事涉平冤决狱的公安戏，如《珍珠米糷记》《卖水记》《盍簪记》《金钏记》等；还有以宣扬忠孝节义、入道求仙、因果报应、天意宿命为主旨的教化剧、宗教剧，如《商辂三元记》《韩朋十义记》《升仙记》《香山记》；等等。作品题材的来源多为当时的社会生活、现实斗争或史传著作、讲史演义、笔记小说、民间说唱和民间传说故事等，也有一些作品直接据旧有南戏、杂剧剧本改编。

概观无名氏传奇作品，比较突出地感到，它有如下几个特点。

首先，它继承了我国古代戏剧干预现实斗争的优良传统，以时事入戏剧，反映当代重大政治斗争，歌颂正义、批判邪恶，表现出具有无畏的、强烈的战斗精神。

《鸣凤记》取材于嘉靖时震动朝野的杨继盛、邹应龙等忠直之臣与弄权廿载的奸相严嵩及其狐群狗党的政治斗争事件。剧本深刻揭露、愤怒鞭挞严嵩集团贪赃枉法、结党营私、丧权辱国、残害忠良的滔天罪行；细致描写、热情歌颂“双忠八义”十位大臣发奸擿伏、面折廷诤、前仆后继与奸党展开殊死斗争的可歌可泣的事迹以及在斗争中所表现的忧国忧民、疾恶如仇、无私无畏、慷慨赴义的崇高精神品德。对于嘉靖皇帝的昏庸与残忍，剧本也给予了一定程度的批评指摘。全剧以忠奸斗争为核心，围绕恢复河套、倭寇入侵二事展开剧情，真实地反映了明代朝廷内忠与奸、爱国与卖

---

① 明人皆以《鸣凤记》为无名氏作，明末清初始出现王世贞作之说，后又有谓王世贞门人或唐仪凤作者，皆无可靠根据，故仍从无名氏作之说。

国的斗争。在我国戏曲史上，像这样迅速、直接、完整地描写、反映当时重大政治斗争事件的鸿篇巨制，《鸣凤记》可说是第一部。它开明代时事剧的先河，为明代众多时事剧中成就最高、影响最大的传奇作品。

明代自成祖朱棣后，宦官逐渐得势。宦官与权臣或相勾结，或互倾轧；他们轮番擅权、独断专行、凌暴朝廷、荼毒人民。《鸣凤记》中严嵩贿通内监、诛戮元臣，是其写照。《琱弓记》（一作《彤弓记》）则把矛头直接指向武宗时的太监刘瑾。此剧全本今已失传。从仅存的一折《李巡打扇》中可以看到，作品于嬉笑怒骂中揭露刘瑾想当皇帝的野心，表扬奴仆李巡的斗争智慧，宣泄了对干政太监的痛恨之情。据明末清初记叙宦官魏忠贤事的小说《梼杌闲评》载，武进士顾同寅为同年饯行，路过魏忠贤生祠地基受辱，因乘酒意点演《李巡打扇》，被魏忠贤党羽诬以"讪谤朝廷大臣，妖言惑众"之罪而受刑斩首（顾同寅被魏党诬陷坐斩事，《明史》卷305亦有简略记载）。在魏忠贤令人发指的累累罪行中，此事似不足道，但它说明了《琱弓记》令阉党惊恐的战斗作用，反映了宦寺势炽、厂卫横行时期，此剧竟搬演于场上的现实和群众斗争的勇气。他如《六恶记》《犀轴记》《鸾笔记》《瑞玉记》等也都是直刺明代时事的戏剧。

无名氏传奇即便是那些敷衍历史演义、才子佳人、忠孝节义、公案侠义、神仙道化等故事的作品，多半也隐含着对明代黑暗现实和对明代统治阶级的暴虐、贪婪、荒淫无耻、卖国求敌等罪恶的挞伐。歌颂一门贤孝、臣忠友义的《四贤记》写的是元代的事，但剧中描写皇亲与中贵勾结，批评朝廷无道、虎狼塞路，怒骂奸臣"挟宠殃民、贪财贼国"，显然是对明代腐败政治的严肃批判。而叙说张良诛秦、灭楚、兴汉之功及功成身退、从赤松子学道登仙的《赤松记》，剧末以韩信被杀、萧何系狱，彭越、英布受诛夷，衬托张良"跳出豺狼伍""避却红尘是与非"的明哲贤达，则是对朱明王朝杀戮功臣的罪行的抨击。《霞笺记》赞美宦门之子与青楼女子的金石爱情，却于剧中把在朝为官比作"袖蛇抱虎"，且点明"古今同"；描写男扮女、女装男、鸾凤错配的《赠书记》，以荒诞的情节反映乖戾的现实：都表现了作者对当时社会的认识和嘲讽。

其次，无名氏传奇作品较多展示的是市井凡人的世界。在许多作品中被压迫、被损害的下层人民成为主角，作品描写他们的生活、遭遇、挣扎、奋斗以及欲望、理想。明代资本主义萌芽所带来的朦胧的民主意识，在作品中得到不同程度的倾诉与反映。

《同窗记》（一作《访友记》）描写梁山伯与祝英台纯洁的爱情以及他们对自主婚姻的追求和对封建婚姻制度的反抗。《玉环记》《霞笺记》《荔镜记》《彩楼记》等写青楼韵事或才子佳人的作品，歌颂的也都是不以门第、财富为条件的，违抗父母之命、媒妁之言的真诚、热烈、执着的爱情。《长城记》叙述民间流传已久的孟姜女千里送寒衣的故事。作品着重描写暴政统治下人民的苦难；控诉“侈用民财，疲残民命”“放富差贫，赋役不均”的无道君王；以孟姜女哭倒长城表达人民对虐民政治的仇恨。《珍珠记》《盍簪记》等公案戏揭露皇亲、权奸罪恶，借包拯等清官形象表达人民对清廉官吏、清明政治的渴望。《和戎记》反对投降、批判卖国，赞美为人民、为国家牺牲个人的爱国主义情操。而《桃园记》《古城记》《白袍记》《金貂记》《金牌记》《金锏记》《木梳记》《鸾刀记》等叙三国、隋唐、杨家将、水浒一类故事的传奇，其主人公多是起自草莽、为人民群众所熟悉、喜爱的英雄。他们披肝沥胆、信义笃烈；他们扶危定倾、效命疆场；他们除暴安良、劫富济贫；他们武艺超群、除恶务尽。他们的侠义之行和奋发精神令观众快惬、神往、振奋。

如果比较一下不同时代的同类题材的作品，我们可以明显地感到时代脉搏的跳动。例如，《金貂记》据元杂剧《功臣宴敬德不服老》改编。元剧中的王叔李道宗因无功而争上首之座，被尉迟敬德击落门牙；敬德被贬，道宗亦被“去官罢职”。《金貂记》中皇叔李道宗却是一个逼死节妇、嫉贤妒能、谋害忠良、无恶不作的权奸①，他始终受到皇帝宠幸，把握国柄。剧本借开国功臣薛仁贵被李道宗构陷入狱，尉迟敬德不平、怒打道宗、被贬归田的情节，较元剧更为激烈、直露地揭发、痛斥“狡兔死，走狗当烹”，“伴君王似虎狼作队”的朝廷黑暗。《和戎记》中的王昭君，在番兵百万杀人放火滚滚而来、满朝文武束手无策、汉王大惊失色的危急时刻，从容上

① 史书载李道宗屡有殊功，他“敬慕贤士，不以地势凌人，宗室中唯道宗……最为当代所重”（《旧唐书》卷六十）。作品改变历史人物本来面目，完全是出于表现主题的需要。

表，自请和番，愿“舍一人之命，保全万载之邦，救万民之危难”。到达边关时，要求单于答应三事才肯下关：一为交出降书，二为向汉王呈送金箱玉印，三为杀死毛延寿。三事完成，遂自投乌江。较之马致远《汉宫秋》中的明妃，《和戎记》中的王昭君智谋深远，更具英雄气概。出现在明代商业经济最发达地区之一——闽广的《荔镜记》，剧中黄五娘主动投荔向陈三表示爱慕之情；反对“父母之命、媒妁之言”订下的婚事；斥骂、扭打媒婆，责令退婚；强调“姻缘由己”，“女嫁男婚，莫论高低”；因私奔被诉公庭，竟以撞死阶下逼迫知州判退父母所订婚约。较《西厢记》等前代爱情剧本的女主人公，黄五娘表现出具有更加强烈的反对封建压迫、要求婚姻自主的愿望和大胆挣脱封建枷锁的行动。《珍珠记》将婚变戏与包公戏结合，使结局大快人心。宋元南戏中的婚变戏多以悲剧收场，即使团圆结尾，也往往因女方的委曲求全或其他悲剧因素而带来一种凄惘的情调。元杂剧中的包公戏则多除暴安良、断冤折狱的故事。《珍珠记》让宋元以来民间传说、话本戏曲中具有神话色彩的清官形象——包拯来解决在当时社会里不可能解决的婚变问题，使皇亲、权臣受到严惩，被迫害者扬眉吐气、获圆满结局，表达了人民群众善良、美好的愿望和积极进取的精神。《金花记》《赠书记》与以往多写郎才女貌的爱情剧也有所不同，剧中女主角文经武略胜过须眉。这类敢于直接批评君王、明确提出自主婚姻要求、弘扬女性才智、赞美被压迫者的反抗斗争和他们的胜利等内容的作品的涌现，与明代中叶以后商品经济的发达、市民阶层的扩大、民主思潮的影响有着密切的关系。

再者，无名氏传奇作品多数（《鸣凤记》《霞笺记》等几部明显属文人所作者除外）具有鲜明、泼辣的民间文学风格，无论就其文辞的鄙俚浅露、通俗易懂、适宜于弋阳诸腔的演唱，或描写多劳动群众熟悉的俗境、俗情来看，皆为搬演于民间舞台的“下里巴人”之曲，而非皇室贵族、文人学士红氍毹上传唱的“阳春白雪”之调。

明末戏曲评论家祁彪佳曾批评“《三国传》散为诸传奇，无一不是鄙俚”，《和戎记》为“滥恶词曲”，《金凤钗》“词理荒谬”，《绨袍记》“词气庸弱，失韵处不可指屈”，等等。但正是这种被讥为“正村儿信口胡嘲者”（以上均引自《远山堂曲品》）才能被广大不识字或识字不多的民众所理解。《古城记》写张飞古城称王后吩咐喽啰：

［耍孩儿］众军小卒听吾道，法律严明须听着。一匹黄布为旗号，上写着笼统年和月，无姓无名把字标。中间写着丰年号，左边写着民安国泰，右边写着个雨顺风调。（白：每日轮流具膳，切不可有违。我一日也吃不多。）

［前腔］一日三斗白米饭，餐餐要把细茶浇。馒头蒸饼时时要，一埕老酒开怀抱，五六斤猪蹄烂烂熬。你们休违拗，一年四季，要整顿衣袍。

文字明白如话，表达了普通百姓“民安国泰”、“雨顺风调”、年年丰收的愿望和丰衣足食的理想生活。观众字字听懂，才能感到张飞这个人物可亲可喜，从而发出会心的微笑。《和戎记》中御弟刘宣在匈奴入侵、百官一筹莫展之时批评道：“文官乃是木雕的，武官一似泥塑成。两国如何得安宁!”昭君出塞时叹道：“岂知当今元帝有多少文共武，百万铁衣郎，没个男儿性。忍将红粉去和番，要拿将军则甚?”王公贵族、深宫后妃的话亦醒豁、尖锐，老妪能解。

作品多选取、描写普通群众身边之境、习见之情。《同窗记》写梁山伯送别祝英台时，英台遇景吟哦，以井中之影、庙中土地、池塘鸳鸯、长河白鹅起兴，借景言情，希望梁山伯能明白她的暗示。它生动地表现了祝英台的聪颖、多情；而梁山伯终不能领悟，更突出了他笃厚、诚实的书生呆气。观众则于此常见而被作品赋予了爱意的情境中，获得心领神会的乐趣和美的享受。《古城记》中关羽以两指碾死蚂蚁，使三拳打不死沙上蚁的周仓心服而降；关羽与蔡阳比力，蔡阳横砍柳树，刀夹木中，关羽斜劈，刀过树倒：情节虽似儿戏，却是劳动人民的经验之谈，借以表现关羽的智慧，颇感亲切有趣。《白袍记》《双杯记》《彩楼记》《新金印记》等剧中主人公发迹前受困辱的苦境，《珍珠记》《分镜记》《江天雪》等剧所写夫妻分别、抛离后的苦情，都能打动观众，甚至为剧中人一洒同情之泪。而《荔镜记》中看灯答歌、士女同游和《金貂记》中尉迟敬德与乡人社日同饮村醪、共话渔樵之乐的描写，也都极富生活气息，以活泼、醇美的乡风民俗令人陶醉。

当然，不能不承认，由于统治阶级思想的影响，无名氏传奇作品中不可避免地、或多或少地也存在着封建性的糟粕，为迎合观众的趣味，有时也会出现一些低级趣味的描写和科诨。例如《商辂三元记》极力歌颂为已故未婚夫守节而终身不嫁并赴夫家侍奉公婆、养育庶出遗孤的秦雪梅，宣扬理学“去人欲，存天理”的名教纲常和迷信果报思想。《韩湘子九度文公升仙记》于批评世态、讲说功名富贵“有灾殃”“梦一场”的同时，一再强调学道修仙、以求长生。《苏英皇后鹦鹉记》固有暴露后宫争宠、皇妃阴谋弑后的宫廷丑闻的一面，其主旨却在张大封建统治阶级提倡的忠孝节义和以德报怨的道德观念。而《荔镜记》陈三自鬻为佣、苦追黄五娘之时，又求与丫鬟益春同枕席，则不免坠于恶趣。《珍珠记》中二求济者所唱长达二百余字的俗曲《懒媳妇》，不仅与剧情发展无关，其格调亦不甚高。

由于作者文化艺术修养的局限，无名氏作品中文字不通、结构荒疏、叙事板实、蹈袭他作词曲、意境者屡见不鲜。不可否认，这显然是某些来自民间无名氏传奇作品的不足之处。

以上说明，明代无名氏传奇作品大多能面向社会、面向现实、贴近生活、贴近劳动，表现普通民众的喜怒哀乐、生存竞争、道德观念、宗教意识，反映普通民众的理想、愿望。与文人传奇相比，它们更适合于在大众的舞台上搬演，于观众或哀叹，或扼腕，或欣喜，或振奋的感情变化中发挥其审美作用、显示其审美价值。不过，较之优秀、杰出的文人传奇作品，如汤显祖的《牡丹亭》《邯郸记》等，绝大多数无名氏传奇作品使人感到缺乏哲理的追求与深度，其文辞、布局、构思、意境也欠精美、隽永。这大概正是许多无名氏作品受到文人轻蔑、未能厕身于文学史著作的原因之一。

二

明代的民间戏剧活动较宋元时更为活跃。由于商品生产、商品经济的空前发展与繁荣，明代的商业发达的城市、市镇较前倍加，人口也随着激增。上海宋时为镇，元改为县，至明日趋发达，“谚号小苏州，游贾之仰给于邑中者，无虑数十万人。”（《纪录汇编》卷204陆楫《蒹葭堂杂著摘抄》）吴江县成化时只有市镇七，嘉靖时增至十四。震泽镇，元时居民只几十家，明成化时多至三四百家，嘉靖时又倍而过之。（《乾隆震泽县志》卷四《镇市村》）居民人口的剧增与集中，必然促进文化娱乐活动的发展。他们在劳作、经商之余须要有趣的休息，集市、庙会也须歌舞戏剧助市、助兴。明姜准《岐海琐谭》曾言及当时浙江永嘉地区戏剧演出的盛况：

> 每岁元夕后，戏剧盛行，虽酷暑弗为少辍。如府县有禁，则托为禳灾、赛祷，率众呈请；非迁就于丛祠，则移香火于戏所，即为瞒过矣。醵金之始，延门比屋，先投饼饵为囮；箕敛之际，无计赢绌，取罄锱铢。除所费之外，非饱其欲，未为遽止，虽典质应命有弗恤矣。且戏剧之举，续必再三，附近之区罢市废业，其延款姻戚至家，动经旬日。支费不赀。又不待言。[①]

无论严寒酷暑，不惜倾囊巨资，罢市废业、观看演出。其嗜好程度，可想而知。范濂《云间据目钞》卷二《记风俗》亦记载了明时松江府一带的情况：

> 倭乱后，每年乡镇二、三月间迎神赛会，地方恶少喜多事之人先期聚众搬演杂剧故事，如《曹大本收租》、《小秦王跳涧》之类，皆野史所载俚鄙可笑者。然初犹只学戏子装束，且以丰年举之，亦不甚害。至万历庚寅各镇赁马二三百匹，演剧者皆穿鲜明蟒衣靴革，而幞头纱帽满缀金珠翠花，如扮状元游街用珠鞭三条，价值百金有余，又增妓女三四十人扮为《寡妇征西》、《昭君出塞》色名，华丽尤胜。其它彩亭、旗鼓、兵器种种，精奇不能悉述。街道桥梁皆用布幔，以防阴雨。郡中士庶争挈家往观，游船、马船壅塞河道，正所谓举国若狂也。每

---

① 转引自光绪《永嘉县志》卷六“格言”。

镇或四日或五日乃止，日费千金，且当历年饥馑而争举，孟浪不经，皆予所不解也。

撇开范濂士大夫阶级的立场和历年饥馑仍日费千金争举演戏的是非，这条记载让我们看到明代，尤其是万历以后当地“举国若狂”的戏剧演出活动及其所演内容“皆野史所载鄙俚可笑者”。而嘉靖时山东武城县令金守谅组织“歌舞剧戏之徒”于集日“各呈其技于要街，众且观且市，远近毕至，喧声沸腾”[①]，更是以歌舞戏剧作为繁荣贸易之方。

无名氏传奇作品大都应民间广泛、急切、热烈的演出需求而作。它在民间的传播较文人传奇要宽广得多。王骥德《曲律》曾针对明代戏剧演出状况发表过如下的意见：“剧戏之行与不行，良有其故。庸下优人，遇文人之作，不惟不晓，亦不易入口。村俗戏本，正与其见识不相上下，又鄙猥之曲，可令不识字人口授而得，故争相演习，以适从其便。以是知过施文采，以供案头之积，亦非计也。”这是从优人搬演的角度说的，其中虽把村俗戏本轻蔑地称作“鄙猥之曲”，但也不得不承认优人争相演习这些作品而文人过施文采之作却只能积于案头的事实。王骥德在谈到万历前后的演出情况时还说：“数十年来，又有弋阳、义乌、青阳、徽州、乐平诸腔之出。今则石台、太平、梨园几遍天下，苏州不能与角什之二三”，则民间舞台显然是以演出民间作者传奇作品为主的弋阳诸腔的天下了。

无名氏传奇作品在民间舞台上较一般文人传奇的影响也要深刻得多。《和戎记》到清乾隆时仍被作为“时剧”收入《纳书楹曲谱》。以川剧《柳荫记》第七出与今存《同窗记》散出相比较，川剧除曲牌减少、曲词更为大众化外，“大体没有多大差异”，可见其“血统的关系”。京剧《文昭关》第三场与明代《摘锦奇音》所收《招关记》散出“内容和表达方式是相同的”[②]。《长城记》《彩楼记》《古城记》《草庐记》《赤松记》《金貂记》《绨袍记》《珍珠记》《商辂三元记》《观音鱼篮记》《苏英皇后鹦鹉记》，等等，在今京剧、昆剧、越剧、川剧、湘剧、婺剧、赣剧、汉剧、豫剧或秦腔、

① 乾隆《武城县志》卷十四所收明张君锡《兴集记》。

② 见王古鲁《明代徽调戏曲散出辑佚·〈同窗记〉简介》及《〈招关记〉简介》。

梨园戏、莆仙戏、河北梆子、同州梆子等地方剧种中仍有遗踪。它们或直接据明传奇改编，或参照多种同题材剧本重写，或选取明传奇中的一折、数折略加改订，数百年来传唱于舞台，成为经常上演的传统剧目。显然接受了《同窗记》《鱼篮记》《和戎记》《锦囊记》《草庐记》等明无名氏传奇影响的越剧《梁山伯祝英台》《追鱼》、京剧《昭君出塞》《龙凤呈祥》《群英会》等并已搬上银幕或荧屏，受到当今广大观众的欢迎。

自明以来，数百年间，我国历经朝代更换和翻天覆地的社会制度的变革，人们的思想、情趣也随之发生了变化。然而，明代不少无名氏传奇作品在舞台上却仍具有旺盛的生命力。这说明古今民众的审美情趣、审美需求仍有着相通之处。纵览今存和尚行于舞台的明代无名氏传奇，我以为，至少有以下几点是一致的。

尚真实，弃虚假。无名氏传奇作品大都立足于真实地描写、反映现实。作品或揭露、控诉社会的黑暗、统治阶级的腐败和罪恶，或诉说人民的苦难与反抗，绝少粉饰太平、为封建王朝歌功颂德之作。《珍珠记》尽管较多蹈袭前人作品之处和存在这样、那样的不足，但剧中王氏受欺压、被凌辱的悲惨境遇是封建社会里广大劳动妇女生活的写照。温相窃弄权威、任意而行，高文举与王氏直至他被罢官为民才获团圆。温小姐悍妒、狠恣，尊贵的地位、优裕的生活、横暴无理的家长的身教和对子女的骄纵造就了她的性格。这两个形象较《琵琶记》中经女儿“几言谏父”便幡然悔过的牛相和贤淑知礼、一言一行都恪守封建教条的牛小姐更符合生活的真实，表现了民间作者对封建统治阶级的深刻的认识。今赣剧、婺剧、潮剧、莆仙戏等剧种仍保留了《珍珠记》全本或折子戏的演出。而《琵琶记》虽脍炙人口，剧中出于作者提倡风教的目的被美化了牛相、牛小姐的有关几场戏，如《牛氏规奴》《丞相教女》等，在演出中则往往被删节、摈弃。[①] 真实是艺术的生命，真实的形象才能栩栩如生。封建统治阶级总是提倡戏剧“以饰太平”，讴歌“皇明之治”，“以致人心之和”（朱权《太和正音谱》），借以巩固封建的统治。广大人民则喜欢如实描写生活、刻画人物的作品。这

---

① 明清《词林一枝》《玉谷调簧》《摘锦奇音》《缠头百练》《玄雪谱》《尧天乐》《徽池雅调》等戏曲选本所选《琵琶记》散出均无“规奴”“教女”等出。

样的作品不仅富有认识的价值，也具有审美的意义。黑格尔在论及美的理念时曾强调："美与真是一回事。这就是说，美本身必须是真的。"（《美学》第一卷第一章第三节）车尔尼雪夫斯基也说："美是生活"，"任何事物，凡是我们在那里面看得见依照我们的理解应当如此的生活，那就是美的；任何东西，凡是显示出生活或使我们想起生活的，那就是美的。"（《生活与美学》）虚假的东西，任凭统治者怎么吹捧，它总是没有灵魂的躯壳，人民是不会欢迎的。

颂英豪，伐奸佞。明代无名氏传奇作品正面描写和歌颂的人物，无论是忠臣良将、清正官吏、草泽英雄、巾帼女杰、智慧超群的谋士、功成身退的达人、苦志进取的书生、节孝两全的贤媛，或封建礼教的叛逆者、为爱情殉身的痴男痴女，无不寄托着普通民众的理想，反映了人民认为"应当如此的生活"。对于杀戮功臣、诛求无厌的朝廷，窃权误国、同恶相济的权奸，觍颜事敌的民族败类，趋炎附势的无耻政客，搬弄是非的小人，杀人越货的强徒，贪财爱势的家长，草菅人命的官僚，等等，都给予无情的揭露与攻讦。这些作品大都表达了人民群众的是非观念、爱憎感情、生活追求和社会理想，与封建统治阶级提倡的道德观念、维护的等级制度往往迥然有别。《木梳记》把封建统治者咒骂为"盗贼""草寇"的农民起义军将领赞为"济困扶危，扫除奸弊，俯仰乾坤无愧"，"只手扶社稷，脚踹帝王基"的英雄好汉；权豪势要的代表蔡跎搭则是个强占人妻的恶徒。《赠书记》《金花记》颂扬的女性或武艺超群，或文可夺魁，与"女子无才便是德"的训诫背道而驰。《同窗记》《荔镜记》褒美的女主人公，一个殉情而亡，一个离家出走，皆封建礼教不能相容者。前所引《古城记》中张飞所唱［耍孩儿］曲，表达的是下层群众的理想生活。较多作品突出善恶有报，也反映了人们认为"理应如此"的强烈愿望。明代无名氏传奇作品体现了广大人民群众的善恶观和应该如此生活的理想，它令观众愉悦、激动、奋发，故而受到民众的青睐。

喜质朴，厌华靡。广大人民喜欢质直朴实、通俗易懂的戏曲是由他们不识字或识字不多的文化程度决定的。这种爱好与"求真"的欣赏趣味也相一致。嘉靖时戏曲家徐渭曾针对当时一些文人传奇堆砌典故、搬弄学问、追求骈俪的弊病而大力提倡“本色语”。他说：婢作夫人，多“涂抹”“多插带”，结果“反掩其素”（《〈西厢〉序》），“锦糊灯笼，玉镶刀口，非不好看，讨一毫明快，不知落在何处矣。”认为以此种小做作“媚人”，“不知误入夜狐作娇冶也”，故强调“语入要紧处，不可着一毫脂粉，越俗、越家常，越惊醒，此才是好水碓，不杂一毫糠衣，真本色”（《〈昆仑奴〉题词》）。李贽的“画工”“化工”之论影响也很深远。他以“觅其工，了不可得”的“化工”之作优于“工巧之极”的“画工”之作，认为前者犹如“天之所生，地之所长，百卉具在。人见而爱之矣”，后者“似真非真，所以入人之心者不深耶！”（《焚书·杂说》）李贽强调“自然之为美”乃因“声色之来，发于情性，由乎自然”（《焚书·读律肤说》）。徐渭、李贽的意见是一致的。他们提倡本色，崇尚自然，皆因这样的作品描写的是真面目，宣泄的是真性情，故而能够感发人心。他们对于民间戏曲作品的推许，就是为了发扬其优点，以针砭时弊。其后沈璟等一些文人曲家亦予倡导并身体力行，更扩大了这种尚朴求真的审美趣味的影响。许多无名氏传奇作品俚俗浅近、朴素自然、富于生趣的特点使它不仅拥有广大平民观众，在文化层次较高的观众中也有它的知音和欣赏者。

重场上，轻案头。传奇是舞台演出的艺术。一般民众劳作之余或节日休息，都愿群聚嬉戏、观看演出，绝少灯下枯坐、以阅读剧本为乐者。故作者编撰剧本时须明确是为舞台演出而作，心目中应有舞台、演员和观众。无名氏传奇作品文字大多通俗易懂，就是以民间演员、民间观众为出发点的。“滚调”的创造与被广泛采用，也因它切合普通观众文化水平低、闲暇时间少的实际，投合他们喜欢痛快淋漓、热烈奔放的趣味。《赠书记》以不失其真的离奇情节吸引观众。作者让女扮男、男装女，又别出心裁地让假男、假女奉旨成婚，以致花烛之夜，二人各怀惊惧、演出了一场令人捧腹的喜剧。剧中主要角色生、旦、贴旦交错登台，演员有劳有逸；每隔数出又有众人场面，或施刑，或武打，或两军对阵，或张灯结彩，冷寂与喧哗相间，观众情绪时时得到调剂。《鱼篮记》以真假金牡丹同台，不仅肉眼凡胎莫辨，连“日断阳间夜判阴”的包拯亦只得求助于天。其关目新奇，不落俗套。《鸣凤记》在令人气结的几出戏中间插入船夫的科诨和几曲山歌，起活跃情绪、调节气氛的作用。这些作品都能兼顾场上的演出、观众的兴趣、情绪和演出的效果。《草庐记》着重写斗智，作品不是借敌人的愚蠢表现正面人物的无敌，而是以对手的足智多谋、却终归失败来描写、衬托被歌颂人物的才略胆识高人一筹。这样的作品能开智启慧、诱人思考，自然深受群众欢迎；这样的构思也体现了作者对广大观众的尊重和对他们智力的足够估计与认识。明代许多曲家已认识到“当行”的重要。所谓“当行”，即“内行”之意。戏剧作品的语言、结构、关目、音律等等都应适合场上演出，并使观众为之动容，这才是“当行”之作。臧懋循认为曲之上乘“首曰当行”（《元曲选·序二》）。许多文人传奇虽出自名家，且又文采灿然，却只能供少数人案头观赏，终究不能拥有广大的观众，发挥戏剧“能使人快者掀髯，愤者扼腕，悲者掩泣、羡者色飞”（同上）的审美作用。

明代无名氏传奇作品所反映的人们的审美趣味和审美理想，有些虽已随着时代的变迁而发生变化，但有些对于今天的戏曲创作仍然有着参考的价值和启迪的作用。前些年，许多戏曲工作者和研究者曾为戏曲艺术在城市受冷落而忧心忡忡，有的同志甚至认为戏曲已走上必然灭亡的道路。近年来，党和国家重视、提倡发扬民族的文化，在广大戏曲工作者的努力下，戏曲艺术又迈开步子，正在吸引着越来越多的观众。相比之下，演出剧目则显得较贫乏、单调。如果我们能够更多地把古代深受群众欢迎的剧本改编上演，能够从广大群众的爱好、需求出发，创作出更多足以振聋发聩、赏心悦目的优秀剧作，那必将大大促进戏曲艺术的繁荣与发展。

（《艺术百家》1991 年第 3 期）

徐渭《四声猿》人物、思想辨

徐渭《四声猿》为明代杂剧之冠，这几乎是自明以来共有的认识。人们称道《四声猿》的“意义”和“奇绝”，但在具体分析作者所舒之怀、立意所在及其意之奇时，看法并不一致。本文拟就此问题略陈己见。

一

《四声猿》包括《狂鼓史》《玉禅师》《雌木兰》《女状元》四个短剧。历来文章以对《玉禅师》的论述意见最为分歧，故本文首先并重点讨论《玉禅师》一剧。

《玉禅师》取材于民间传说①，共二出。叙杭州水月寺玉通和尚被诱破色戒，投胎仇家报怨，后经师兄月明和尚点拨回头的故事。对于作者撰写此剧的用意，众说纷纭，主要的大约有以下几种：一、戒淫说。谓“戒淫即以启悟”“就迷途起觉”②。二、忏僧冤说。云徐渭“以愤使梅林戮寺僧，后颇为厉……故红莲，忏僧冤也”③。三、揭露官府与佛门之间的矛盾斗争说。认为“重点在揭露和尚的虚伪”，玉通和尚似莫里哀笔下的“伪君子”，

---

① 见田汝成《西湖游览志》等所载。

② （明）澂道人：《〈四声猿〉跋》，瘌头陀檠谭《跋》。

③ （清）王定柱：《后〈四声猿〉序》；顾公燮《消夏闲记》。

是个“假道学者”①。四、肯定人欲说。指出此剧“主旨大约是揭露寺院中性的不正常的关系”，“集中反映了徐渭肯定人欲的思想”②。五、自寓说。以玉通和尚遗帖自称“水月禅师”与徐渭别号“田水月”暗合，说作者借玉通“自我作猿，以倾心声也”③。以上诸说，“戒淫说”为封建卫道者之论，可置勿论。“忏僧冤说”实属无稽，前人已谓“无所依据，亦不可深信”（顾公燮《消夏闲记》）。后数说分歧的关键在对玉通和尚的认识上，即：玉通究竟是被否定的人物——伪君子，还是值得肯定的正面形象？

说玉通和尚是伪君子者，其引为根据的是：一、玉通和尚的“开场白”。认为这篇开场白说明玉通骨子里未能免俗，常存非分之想，所以在色欲引诱面前，必将无法抵挡。二、第一出的情节。说玉通闻深夜叩门者为绝色女子，“便邪念顿起”；被诱时口说“快不要，快不要”，实则心领神会，一任摆布；破戒后又为自己作种种辩解。

其实，仔细琢磨玉通和尚的“开场白”和第一出情节，我们得出的结论恰恰相反。

“开场白”长达六百余字，对认识玉通此人，有着重要的意义。现摘录于下：

> （生扮玉通上云）南天狮子倒也好提防，倒有个没影的猢狲不好降。看取西湖能有几多水，老僧可曾一口吸西江？俺家玉通和尚的是也。俺与师兄见今易世换名的月明和尚，本都是西天两尊古佛。只因修地未证，夺舍南游来到临安，见山水秀丽，就于竹林峰水月寺，选胜安禅。住过有二十余载，越觉得光景无多，证果不易。俺想起俺家法门中这个修持，像什么？好像如今宰官们的阶级，从八九品巴到一二，不知有几多样的贤否升沉；又像俺们宝塔上的阶梯，从一二层扒将八九，不知有几多般的跌磕蹭蹬。假饶想多情少，止不过忽剌剌两

---

① 叶长海：《徐渭的戏剧艺术》，见《中国悲剧喜剧论集》；孙崇涛：《〈四声猿〉管窥》，载《戏曲研究》第二十二辑。

② 赵景深：《戏曲笔谈·徐渭》；贺圣遂：《徐渭文学的个性精神》，载《复旦学报》（社会科学版）1989 年第 1 期。

③ 季学原：《〈四声猿〉题名考》，《艺术研究论丛》，同济大学出版社。

脚立追上能飞能举的紫霄宫十八位绝顶天仙；若是想少情多呵，不好了，少不得扑冬冬一跤跌在那无岸无边的黑酆都十八重阿鼻地狱。那个绝顶天仙，也不是极头地位，还要一跤一跌，不知跌在甚恶堑深坑；若到阿鼻地狱，却就是没眼针尖，由你会打会捞，管取捞不出长江大海。有一辈使拳头喝神骂鬼，和那等盘踝膝闭眼低眉，说顿的，说渐的，似狂蜂争二蜜，各逞两下酸甜；带儒的，带道的，如跛象扯双车，总没一边安稳。谤达摩单传没字，又面壁九年，却不是死林侵盲修瞎炼，不到落叶归根；笑惠可一味求心，又谈经万众，却不是生胡突斗嘴獠牙，惹得天花乱坠。真消息香喷喷止听梅花，假慈悲哭啼啼瞒过老鼠。言下大悟，才显得千寻海底泼剌剌透网金鳞；话里略粘，便不是百尺竿头滴溜溜腾空铁汉。……

这段话的意思可分四层：首先，玉通和尚开门见山地承认自己猿心难降，正如一口不能吸尽西江水，自己也难以融贯万法。[①] 他修行二十余载，却越来越觉得“光景无多，证果不易”。其次，说明证果难成的原因。他将法门修持比作官场升沉和攀登宝塔阶梯，形象地描绘了其间丛生的险象和凶多吉少的结局。无论是“想多情少”或“想少情多”，只要“情”未灭，就少不得跌入恶堑深坑或十八层阿鼻地狱，永受煎熬——这是何等可怕的景象！接着，他批评佛门的派系斗争[②]“似狂蜂争二蜜”，讽刺禅宗初祖达摩面壁九年是“死林侵盲修瞎炼”，讥笑二祖惠可谈经万众是“生胡突斗嘴獠牙”，从而彻底否定了佛法的修炼，揭露佛门也是一个钩心斗角、争权夺利的是非之地。佛教戒情禁欲，实际上是难以做到的。最后，他强调“真”，否定“假”，认为悟得此，才能如透网金鳞、腾空铁汉，达到自由自在的境地。

玉通身为禅师，没有掩饰自己猿心未伏的真实情况，也没有为佛门涂

---

① 《维摩经·香积佛品》：“以进化之人心如猿猴，故以若干种法，制御其心，乃可调伏。”开场白中“没影的猢狲”喻浮躁如猿猴的心。

《景德传灯录·居士庞蕴》：“（庞蕴）后之江西，参问马祖云：‘不与万法为侣者是什么人？’祖云：‘待汝一口吸尽西江水，即向汝道。’”开场白中“一口吸西江”，喻融贯万法。

② “说顿的”“说渐的”，指禅宗南北两派。南宗主“顿悟”；北宗主“渐悟”。

脂抹粉，把它说得天花乱坠，而是毫不留情地剥下它神圣的外衣，将其肮脏的内囊暴露无遗。玉通真心向佛，却看透了佛门的虚伪。这篇“开场白”，重点在于揭露。它表明了玉通不是口是心非的伪君子，而是一个思想深刻、率性真实的和尚。

从剧情发展看玉通也不失为一个正直、善良的长老。他在水月寺安禅，二十年闭门不出。为“清闲自在”“打坐安心”，他于新府尹柳宣教下车伊始不去迎参，以致得罪官府。柳宣教设圈套派妓女红莲破他色戒。从红莲敲寺门到玉通破戒，其间红莲步步进逼，玉通处处被动，在在表现了玉通的谨慎、克制与宅心之仁厚：先是红莲于一个风雪交加的夜晚前来借宿。在此“前不着村，后不着店”的山野之地，如果拒绝这个孤身女子的哀求，就意味着将她推入危险的境地，稍有恻隐之心的人都不会这样去做。玉通虽觉允其住下“却不稳便”，但“叫她去，可又没处去”，只得嘱懒道人将一床荐席“放在左壁窗槛儿底下，叫她将就挨挨儿罢”。——红莲获准入寺，这是第一步。稍待，红莲趁懒道人不在，闯入禅房。玉通急令她去窗外，她伪装肚痛欲死。玉通命懒道人烧姜汤，懒道人又一去不返。红莲疼得死去活来，玉通也无法再令她回到窗外。——红莲得以与玉通对面，这是第二步。红莲腹痛不止，玉通关切地问旧时止痛之法，红莲答曰：“只是我丈夫解开那热肚子、贴在我肚子上一揉就揉好。”随即假装疼死。玉通叫懒道人不应，不禁慌了手脚：“不好了，这场人命啊，怎么了？验尸之时，又是个妇人，官府说你庵里怎么收留个妇人，我也有口难辩。”在此情况下，自然救人要紧，他只得照红莲说的方法去做，不料意马难拴，终于破戒。——红莲诱奸成功，胜利完成任务。从事情发展的全过程看，红莲所走的每一步都是精心预谋的；而玉通和尚则是在被推至进退维谷的境况下迈步的。唯最后破戒，不能不说是“一丝我相”的暴露。然而，正因为被诱破戒，玉通二十年苦功毁于一旦，“到如今转添业缘，说什么涅槃寂圆？”他愤而坐化，以求报复。

玉通修行二十余载，“坐着似塑弥陀，立起就活罗汉”，却仍未能收服猿心，斩除欲根。玉通为自己开脱时提到的阿难菩萨，是如来佛十大弟子之一，“西天二十八祖”的二祖。他被摩登伽女摄去，若非如来相救，也几乎坏了戒体。西天菩萨、年德俱高的长老都不能灭情绝欲，尘世凡人就不必说了。由此可见，佛教的“断欲无求”，道学家的“灭人欲”之说，都是骗人的鬼话。剧中红莲说：“我还笑这摩登没手段，若遇我红莲啊，由他铁阿难也弄个残，铁阿难也弄个残。”表现了情欲终能战胜违背人性的禁欲主义的充分信心。

玉通和尚仅仅因为未去迎接、参见新府尹的一件小事遭到恶计陷害，以致汞飞炉败、名毁身亡。这说明了官吏以势压人，横行无忌到了什么样的程度。剧中柳宣教虽未出场，其可憎面目已跃然眼前。红莲只是引诱玉通和尚落入圈套的执行者，元凶则是临安府尹。玉通径往柳家报怨，是认准了方向。清吴士科因剧中红莲没有结果而撰传奇《红莲案》，让徐渭入剧，借徐渭杀红莲以了前案。[①] 这无疑转移了斗争的矛头。其实，徐渭在《玉禅师》中已写明：红莲原知玉通“是个好长老”，不愿干这样“犯佛菩萨的事”，由于畏“官法如炉”，才被迫依计而行。徐渭的笔锋是指向官府的。

玉通和尚在“开场白”中否定佛门的修炼，却在破戒后以为德行有亏，说明他对佛教的欺人之谈虽有认识，思想上仍未摆脱佛教禁律的束缚。这个只求“清闲自在”、与世无争的长老终于在官府和佛教戒律的双重压迫下死去。他死后投胎柳府，以“败坏他门风”报怨雪恨，也不合慈悲为怀、恶来善往的佛法，却表现了被欺凌者的反抗精神。第一出下场诗云：“佛菩萨尚且要报怨投胎，世间人怎免得欠钱还债。”更是借玉通的报复行为肯定受害人们以牙还牙、进行斗争的正义性。

第二出写月明和尚度柳翠。开首一篇“法门大意”是玉通“开场白”的补充。月明和尚以形象的比喻、揶揄的口吻说明佛门不可能脱离浊世，无论各派经旨有何不同，说得多么玄妙动听，无非都是虚情假意、矫揉造作的谎言。他奉命指点玉通和尚的后身——已沦为娼妓的柳宣教的女儿柳翠回头，深感难以用言语使其醒悟，乃用禅家“哑谜相参、机锋对敌”和棒喝的“妙法”使柳翠悟得前身、脱下女衣。剧终月明、玉通一人一句轮

---

① 据《曲海总目提要》卷 23。《红莲案》剧本已失传。

唱的［收江南］曲，将人世间图强称霸、受降纳疆、匡佐朝堂、光耀门楣、生子吊丧、男婚女嫁、嗜菖吃疮、掘塘救荒、隐迹山林、托钵闹市——“这一切万桩百忙”总归于“都只替无常褙装”，从而也就否定了“这一切万桩百忙”。玉通因悟一切皆空、全无烦恼而立地成佛。

这里宣扬一切皆空、全无烦恼与前半篇对于社会的攻击似相龃龉。这一矛盾现象的出现与作者自我思想的矛盾有着直接的关系，我们必须联系作者的生平、思想加以考察。

徐渭生活在明代商品经济空前繁荣、市民阶层急剧壮大的时代。从王阳明心学发展而来的王学左派“百姓日用是道”、肯定人欲、反对“天理”的学说风行天下；禅宗“我心自有佛，自佛是真佛”（慧能《坛经》），反对一切教条、呵佛骂祖、放荡无检的“狂禅”之风在部分士大夫中呈席卷之势：从而在明代中后期掀起了一股反对传统、反对道学、追求个性解放、追求尘世幸福的思想解放运动的狂飙，反映了资本主义生产关系萌芽带来的社会心理结构的变化。

徐渭自幼生活多艰，才高学博，却于弱冠进学后屡试不第，一生蹭蹬，穷老以终。他曾师事王阳明弟子王畿、季本；与王学左派（泰州学派）创始人王艮的弟子也有交往。[①] 他曾学道，后又学禅，所交僧、道多为“有物蟠胸中”（《宝剑篇送陆山人》）、“十载关门傲长官”（《赠吕山人》）或擅长诗画、性喜饮酒者。这些经历与交游对他的思想性格有着深刻的影响。他愤世嫉俗、仇恨压迫、怨愤社会不平，曾为“朱毂华裾子，鱼肉布衣无顾忌”而“发指冠”（《廿八日雪》），为王生客死裸葬“不及豪家一匹马”而“泪如雨”（《骤闻王生客死于燕裸葬》）；他肯定情欲、强调现世实有的幸福，否定虚名，认为“人生堕地，便为情使”（《选古今南北剧序》），“虚名鬼享耳，享不享孰知也?”（《周愍妇集序》）他无佛无祖，揭露、嘲讽佛、道“俱以退让名”，实则“角吻同苍蝇”的丑态（《天目狮子岩》）；他任性而行，狂放不羁，布衣敝巾入督府而不拜（袁宏道《徐文长传》），视礼法如“碎磔吾肉”而弃前程（陶望龄《徐文长传》）。在文学上，他反

---

① 《徐文长三集》卷7《饮于施学官斋，席上有丹阳朱叟。叟，施之师也（朱为王心斋之徒）》，诗中有“千里神交已十年……泰州衣钵夜深传”之句。

对前后七子复古派文学主张，提倡“本乎情”（《肖甫诗序》），“写其胸膈”（《胡大参集序》）、“从人心流出”（《南词叙录》），崇尚本色、天然，开晚明性灵派文学主张之先河，成为明代文学解放运动的先驱。他泼墨写生绘画和以“心为上”（《玄抄类摘序》）的书法也都体现了他强烈的个性色彩。后世大写意画派的著名作家石涛、朱耷、郑板桥、吴昌硕以至近世的齐白石等均师承其法。

了解徐渭的生平、思想、交游、性格，有助于我们比较正确地把握、理解《玉禅师》的人物、思想。诚然，作者通过这个故事确实控诉了官府的淫威，揭露了佛门的欺诳，但玉通和尚并不是作为佛门的代表出现的。这个清静寡欲、远离红尘的德高望重的禅师尚且不能逃脱官府的迫害，那些在官府直接管辖之下营生的庶民百姓的遭遇就可想而知了。那佛门也不是世外桃源，这里有诈骗、有争斗，戒律森严、冷酷无情。玉通只因“我相未除，欲根尚挂”，多了点人情味（这正是徐渭所肯定的），以致无容身之地。这真是入世苦，出世也苦，出路何在？作者茫然。月明、玉通由西天来中土求成证果，可见那里也不是极乐世界。玉通报怨只能在来世，报不报孰知耳？月明度玉通醒悟，相携回“西方故乡”，依旧修行佛法，幸福与不幸福又谁知耳！此剧反映了作者对于人生的思考，表现了作者透悉尘世龌龊，疾恶人间不平，希望有所作为，向往自由幸福，却又立足无门的悲哀。

剧中比较突出地表现了禅宗毁佛焚祖、任情直吐的作风和世界万物“总在空中”、以心为本、顿悟成佛的思想，禅味颇重；但又违背禅宗“不思善，不思恶，自在无碍”，“众恶无喧”（慧能《坛经》）的教义，直言官府、佛门之恶，否定灭人欲之说，宣扬报怨雪恨之行，是仍未能忘怀世情。作品反映了作者恨世、怨世之情郁结难舒，希图以谈禅调节心理平衡、求得解脱而又未能解脱的复杂矛盾的心情。徐渭曾说：“不患落禅，惟患不能禅耳！”（《论玄门书》）事实上，徐渭终其身也未能禅，未能超然物外。他晚年携一犬居，捷门不出，显者至门拒而不纳的奇行，就表现了他激烈的情怀。

《玉禅师》篇幅虽短，其丰富、深刻的思想内涵却是元以来同类题材的戏剧作品所不能相比的。元杂剧《月明和尚度柳翠》写观音菩萨净瓶内柳枝，因叶上偶污微尘，被谪降人间为妓，后得月明罗汉点化返本还原的故事。剧中没有柳宣教令红莲破玉通色戒的内容，是一部宣扬灭尽凡情、出离生死之苦的度脱剧。明陈汝元杂剧《红莲债》亦写禅师与红莲私通，情节却与《玉禅师》迥异。剧中五戒和尚不信“极乐西天”，怀疑“阿鼻地狱”，主动追求现世幸福，令十六年前拾养大的红莲相从，被师弟明悟点破，愧而坐化，投胎为苏轼；明悟则转生为佛印，度东坡回头。作品宣扬了顿悟成佛的禅宗思想。它们的社会意义都不如《玉禅师》。徐渭以仙佛度脱剧故事抨击社会，肯定人欲，抒发胸中块垒，使作品具有不同凡响、卓逸不群的特点。

二

《四声猿》中四个短剧，各写一个故事，似互不相关，实则一线贯串，为一整体。把四剧联系起来看，我们对剧中的人物和作者的意图会有更加清楚的认识。

徐渭将四个短剧合称《四声猿》，是取其“猿叫肠堪断”之意。猿声哀厉，古人多借以写情。顾公燮《消夏闲记》曾解释《四声猿》的命题曰：“盖猿丧子，啼四声而肠断，文长有感而发焉，皆不得意于时之所为也。”由题目看，《四声猿》所放应为悲声。唯清怜芳居士认为，《狂鼓史》外，其他三剧“则未尽若猿声之令人肠断也”（《后四声猿·跋》）。近亦有文章说：《四声猿》“这个题目不能涵盖四剧的思想内容”，《狂鼓史》表现的“不是‘猿鸣三声泪沾裳’式的凄切”，《玉禅师》“更无一丝悲意”，《雌木兰》的结局是“衣锦荣归，花好月圆”，《女状元》也“只能给人欢快愉悦之感”。并说：“就徐渭的一生来看，他因功名无望而陷入极度悲苦之中，只是极短暂的一段时间，而在他因杀继室张氏入狱之后，便逐渐恢复了心理平衡。迨及出狱，他已经宣布‘从此余生，并是付之再造’了。此后的十余年中，他的确是潜心于‘究天人之际，通古今之变’的学问探讨之中。

潜心于艺术的创造之中……”[1] 这种意见并不符合作品和作者的实际。

《狂鼓史》写祢衡在阴间应判官之请，重演阳世裸裳击鼓骂曹之事，全剧仅一折。以祢衡怒目横眉、痛快淋漓地历数曹操逼献帝、杀伏后、夺皇尊、害贤良的桩桩罪行，对曹操一生所为作总清算。剧终祢衡与判官同唱“提醒人多因指驴说马，方信道曼倩诙谐不是耍”，点明剧中对曹操的痛骂和嘲弄，意在提醒当世之人，斥责当世之事。徐渭诗文中多次提到嘉靖时被权相严嵩借刀杀害的沈炼。赞美他“伏阙两上书，裸裳三弄鼓”（《哀四子诗·沈参军青霞》），“公之死也，诋权奸而不已，故假手于他人，岂非激裸骂于三弄，大有类于挝鼓之祢衡耶！”（《与诸士友祭沈君文》）沈炼为徐渭知友，沈被害，徐悲愤不已。说剧中祢衡喻沈炼，曹操隐射严嵩，有一定道理。但徐渭诗文中也曾以祢衡自喻，如“我则祢衡，赋罢陨涕”（《十白赋·鹦鹉》）。又曾以喻怀才不遇、满腔怨愤难舒的贫士，如写王丈“不醉亦骂座”（《哭王丈道中二首》），郑老“醉而为予一击大鼓”，“鼓声忽作霹雳叫，掷棰不肯让渔阳，猛气犹能骂曹操”（《少年》）。可见祢衡代表了包括沈炼、作者本人及一切才华横溢、意气豪迈却受迫害至死或困厄终身的俊杰。曹操则是阴险狡诈、心狠手毒、野心勃勃的权奸的典型。作者借此剧为祢衡及一切遭遇不幸的当世的祢衡一吐不可遏灭之气，确是大快人心。但祢衡须待死后到阴司和天庭荣耀——受阎罗天子抬举，待为上宾；获玉帝赏识，召为修文郎。不亦表现了作者对世间不平无可奈何的哀伤么！

《雌木兰》《女状元》从文武两方面塑造了胜于须眉的两个女性形象。在妇女受礼教压迫最深、最严酷的明代，徐渭一反男尊女卑、“女子无才便是德”等传统观念，宣扬“这都是裙钗伴，立地撑天，说什么男儿汉！”“世间好事属何人？不在男儿在女子。”等惊世骇俗之见，这确实是可贵的。剧中战争的胜利、美好的婚姻确实给人带来“欢快愉悦之感”。但花木兰、黄崇嘏最后都只能解职复女装，“做嫂入厨房”，英雄再无用武之地，惠民束吏的奇敏之才再无施展之处，这里难道没有隐含悲啼？这与徐渭在一些颂扬妇女才智的诗文中（如《白母传》）所表现的惋惜之情是一致的。

---

① 张志合：《徐渭的生平及其〈四声猿〉刍议》，《河南师大学报》1989年第2期。

徐渭身负奇才，一生除在胡宗宪幕府的五年得一展其颖敏、卓越的才略外，余皆无处施其能。他时有“学剑无功书不成，难将人寿俟河清。风云似海蛟龙困，岁月如流髀肉生”（《寄彬仲》）。“少年曾负请缨雄，转眼青袍万事空。今日独余双鬓在，一肩舆坐度居庸”（《上谷歌》之一）的抑郁、哀叹。他亦曾表示“生无以建立奇绝，死当含无穷之恨耳”（《上提学副使张公书》）。《雌木兰》《女状元》实亦寄托了作者老马嘶风、英心未退却终究只能伏枥而鸣的凄怆。

《狂鼓史》《雌木兰》《女状元》皆作者晚年所撰。《狂鼓史》怒叱全篇，何处见“恢复了心理平衡”？最后完成的《女状元》第二出胡颜所说“文章自古无凭据，惟愿朱衣暗点头”，“不愿文章中天下，只愿文章中试官”，对科举取士弊病的嘲讽是何等辛辣。第三出黄崇嘏理冤摘伏、了结三案后，属下一句“吏典也从不曾见爷这样的神明”，道出了吏治腐败的程度；而其中夏葛收买毛屠诬告黄天知以夺地基一案，则反映了作者年轻时因豪棍无赖所诖误而“有毛氏迁屋之变，赀悉空”（《畸谱》）一事在胸中掀起的波澜始终未能平息。正因为作者胸怀无穷之恨和撕心裂肺之痛，其笔下流出的才会是“种种凄伤，令人肠断”（李廷谟《叙〈四声猿〉》）、“使世界骇吒震动”（钟人杰《〈四声猿〉引》）的作品。如果作者心理已经平衡，则其作品当别有境界，不会发生这样的艺术效果。

顺便再提一下，《狂鼓史》《雌木兰》《女状元》的主角祢衡、木兰、黄崇嘏都是作者歌颂、痛惜的正面形象，那么，即使从《四声猿》的整体构思看，《玉禅师》的主角玉通和尚也应是作者赞美、同情的正面人物。前人已清楚地认识到这一点。知和氏《沁园春·读〈四声猿〉》曾曰：“玉禅老，叹失身歌妓，何足联芳！”认为玉禅师不配与祢衡“联芳”。但作者却欣赏玉通和尚的真诚和他的反抗精神，对于他“失身歌妓”并未加以指责。这与《女状元》中周丞相喜胡颜“只是不遮掩着他的真性情，比那等心儿里骄吝么，却口儿里宽大的不同”，故虽才稍逊，又敢于顶撞试官，仍然予以录取一节所表现的作者的爱憎是一致的。

《四声猿》的思想内涵，无论就其深度与广度来说，在明代杂剧中都是无与伦比的。它触及了社会生活的各个方面。它批评权奸当道的黑暗政治，揭露巧言欺世的佛门内幕，攻击科举之弊，挞伐吏治腐败，感叹“谁肯向输棋救一将”的世态炎凉，同情戒律约束下僧侣枯寂、无望的人生跋涉，光大被压迫者的反抗斗争，赞美从征救国的尚武精神，歌颂胜于须眉的妇女的英雄业绩和聪明才智，陈述不遮掩真性情、重在写意的创作主张，抒写对清明政治的向往和不拘一格选拔人才的理想，表现当时还处于朦胧状态的尊重人性、要求平等、自由的民主思想。四剧取材于旧闻，实则描绘、讥刺明代的社会现实，鼓棹于明代中叶以后激荡而起的进步思潮之中，体现了时代的要求、时代的精神，却又透露出作者对现实的清醒认识和理想不能实现的怅恨。

徐渭于《四声猿》中借四奇人奇事为一切有胆有识、刚直不阿、洁身自好、才智超群，却受黑暗势力和传统观念压迫、束缚而埋没、丧生的人们悲啼，也为自己“英雄失路、托足无门”（袁宏道《徐文长传》）而哀恸。剧中飞扬着狂傲的、愤世嫉俗的叛逆精神，包含着深沉的、刻骨铭心的悲痛。这给当时充斥着令人窒息的封建道德说教的剧坛输入了一股振神清心的新鲜空气。前人谓《四声猿》“如怒龙挟雨，腾跃霄汉间”（陈栋《北泾草堂集》），如“峡猿啼夜，声寒神泣”（钟人杰《四声猿引》），“以惊魂断魄之声，呼起睡乡酒国之汉，和云四叫，痛裂五中”（李廷谟《叙〈四声猿〉》），并以《四声猿》比于司马迁的《史记》、屈原的《离骚》（钟人杰《引》、澂道人《题》）。——这都是知音之论。

说《四声猿》所发皆悲声，还可以从它的创作特色中看出。

前人对《四声猿》的创作特色有过一言以蔽之的论述，曰：“嬉笑怒骂以舒其磊块”（尹用平《明史窃》卷九十八）；曰：“嬉笑怒骂也，歌舞战斗也”（钟人杰《〈四声猿〉引》）。《狂鼓史》通篇怒骂，中间却插入了女乐嬉戏的弹唱，于反复咏叹的民间俗调中，借用以鹈鹕喻小人在朝的典故[①]，嘲笑权奸当道也如抹粉搽脂只一会儿红，到头来还是“一场空”。这段演唱寓庄于谐，既调节了场上的空气，也表现了严肃的内容。此剧将祢衡骂曹移至阴间，是为了便于对曹操一生罪恶作总清算，同时也为了有利

① 见《诗经·曹风·候人》。

于以居高临下的气势指斥、戏弄这个在阳世飞扬跋扈、显赫一时的权奸、描写他终于被历史的洪流所吞没，成为无足轻重、任人嘲笑的小丑，揭示了人生短促、历史无情、是非自有后人评说的真理。《玉禅师》的曲文宾白似诉、似讽、如偈、如诨，妙语如珠，耐人寻味。《雌木兰》描写出征的胜利，几曲［清江引］以轻松、愉快的笔调表现对敌人的蔑视和木兰“杀贼把王擒，是女将男换，这功劳得将来不费星儿汗”的英雄气概。《女状元》中那场别出心裁、一洗头巾气息的考试，如清香扑鼻，令人心旷神怡；胡颜的巧语戏言，亦使人忍俊不禁，其中却饱含着士子们（包括作者在内）多少的心酸、怆痛与渴望！《四声猿》怒骂时飞剑投戟，嬉笑中含悲吐愤。读《四声猿》不可忽略了它的弦外之响、言外之意。

徐渭曾说：“苦无尽头，遇苦处休言苦极”（《赠人》），又言“艳者固不妨于骚也”（《曲序》）。作者在戏剧创作中很少以苦言苦，以牢骚表怨尤，其激烈的情怀往往出之以诙谐、嘲弄、调侃、戏谑之笔，寓悲于喜，寓哭于笑，这样的写法，有其社会历史的原因，也与作者的思想、个性、心理状态和审美趣味有着密切的关系。明末程羽文《盛明杂剧·序》曾曰：“才人韵士，其牢骚抑郁、啸号愤激之情，与夫慷慨流连、诙谐笑谑之态，拂拂于指尖而津津于笔底，不能直写而曲摹之，不能庄语而戏喻之者也。”明代统治者严酷的专制统治迫使文人韵士的作品不得不以曲笔出之。徐渭的剧作鲜明地打上了时代的印记。而他憎恨强权、反对束缚、渴求发展、激切表现自身的价值与实际上理想不可能实现的矛盾和力求超逸、一意任放却又无法解脱、五内俱焚的心态，以及他崇尚真情、提倡本色的创作主张，都造就了《四声猿》可歌可泣、亦庄亦谐、多姿多态、宜俗宜雅的特色。

《四声猿》既具有“将人生有价值的东西毁灭给人看”的悲剧内容，又体现了“将那无价值的撕破给人看”的喜剧特色。[①] 这种以喜写悲的手法，表现了更为深沉的悲痛；而剧中对于人生哲理的探索，亦使作品意味无穷，极富深度。

清人张韬《续四声猿》、桂馥《后四声猿》皆仿徐渭《四声猿》，以四

---

① 引文见鲁迅《再论雷峰塔的倒掉》，载于《鲁迅全集》第一卷。

短剧写四事，吐臆抒感，消胸中垒块。二剧甚受推崇。但与徐渭《四声猿》比较，徐剧抨击社会的力度，对具有启蒙意义的社会理想的描绘，以及对权贵、官府、佛道、科举、礼教等一概加以嘲戏所体现的作者桀骜不驯的个性和叛逆精神，都是二剧未能达到和超越的。

（载《徐州师院学报》1991 年第 4 期）

汪道昆评传

汪道昆，明代著名的文学家和戏曲家，在我国文学史和戏曲史上都占有一席不容忽视的地位。他的主要作品有诗文集《太函副墨》《太函集》以及《大雅堂杂剧》四种。

一

汪道昆，安徽歙县人。初字玉卿，后更字伯玉，号南明、南溟，别署太函氏、泰茅氏、方外司马、天都外臣等等。

汪道昆出生在一个盐商的家庭。祖父汪守义，字玄仪，贾于东海诸郡。因有长者之风，颇受市人尊崇。父良彬，尚侠义之行，曾贩盐于吴越间，由于不愿理财，改而习武，后又慕神仙，求不死之道。叔良植，业贾。其家以儒为业，则自汪道昆始。

汪道昆生于嘉靖四年乙酉十二月二十七日（嘉靖乙酉为公元1525年，而农历十二月二十七日为公元1526年1月9日），卒于万历二十一年（1593）四月十九日。他一生经历简述如下：

嘉靖二十五年（1546），中应天乡试第九十名。嘉靖二十六年（1547），中会试第五十九名，殿试三甲第一百零七名，十二月除金华府义乌知县。嘉靖三十年（1551）四月，升北京户部江西司主事，奉命崇文门主榷。之后，历任兵部职方司主事、武库司署员外郎、武选司署郎中、员外郎、湖广襄阳府知府、福建按察司副使、按察使，嘉靖四十三年（1564），升都察院右佥都御使提督军务巡抚福建地方。嘉靖四十五年（1566），罢归。隆庆四年（1570），奉钦命以原职抚治郧阳等处地方，七月入京受事。之后，历任右副都御史巡抚湖广兼赞理军务、兵部右侍郎、左侍郎，三品考满。万历三年（1575），诏准归里。

从简历看，除嘉靖四十五年和万历三年两次罢归以外，可以说，在仕途上是步步高升的。

汪道昆精于文治，又擅武略。他为义乌令时，息讼争，平冤狱，百姓称为神明；又教民习武，县民多英勇善战。后戚继光募以抗倭，教以各种战术，义乌兵名闻天下。至汪道昆谢世，朝臣议谥之时，仍念及其“所简练者，至今赖之”。他守襄三年，政绩亦显著。襄民好讼，汪为于廊下设炊，对簿者带粮至，往往炊未熟而案已结。故民谣赞曰：“案无停，汪半升。”襄学士科名多逊于他郡，汪道昆具廪膳，使士子专心学业，并责令学官择其优者，进而与之弹射；于是，士子苦学蔚然成风。为防汉水岁溢害民，又筑堤千余丈、民赖以安。他赴任福建按察副使，适逢福宁兵变，他单骑入军门，斩首事者，一军皆肃。倭寇入闽，戚继光率卒八千赴援，汪为监兵。戚主战，汪主谋，二人协诚共事，大破敌寇。他还曾独自驰入“拥众千人，叱咤自雄”的海上大盗朱珏之垒，安抚其众，录朱珏于行伍中。朱珏在抗倭战争中成为一名骁将，汪道昆甚得其死力。他任兵部右侍郎，钦命阅视蓟辽保定边务时，裁革冒滥兵饷，岁省浮费二十余万。

汪道昆为人正直，性格狂放，这使他在宦海中不止一次地受到风浪的打击。他考中进士时，大学士夏言喜其才，欲罗致门下，他却说：“士之始进，如处子醮而从夫，何可以不正也！始进不正，令终难矣。”谢不见夏，遂授浙江义乌县令。他由襄阳知府转福建按察司副使，明为升迁，实亦因不肯趋奉而受排挤。挟嫌者以为他“优文绌武”，有意举荐他从戎；后来他在福建建立奇功，原非举荐者本意。使汪道昆真正受到打击的，是嘉靖四十五年和万历三年的两次罢官归里。第一次罢归，据王世贞说，是因“中流言听移镇归”（《弇州山人稿》卷61）。与汪道昆交情至深的龙膺亦云：“岛夷就平，方献馘或露布上，而悍卒干纪，先生法绳之，遂哄。忌者借以诋訾先生，解闽事。”（《纶灑文集》卷八《汪伯玉先生传》）第二次放归，是因违逆首辅张居正之意。汪道昆的儿子汪无竞所编《汪左司马公年谱》云："时刘侍御疏触江陵（张居正），江陵龋龁之，公（道昆）闻言不入。又江陵方引用某为上卿，佯问公，公直摘其瑕，执政意滋不怿。遂上书陈情终养，上许之。"对于自己两次罢归，汪道昆的内心是十分愤怒和痛苦的。他清楚自己屡中流言是因"功高见忌"（《太函集·李宁远》），王十岳《寿汪南明司马》云："谁知道忌成功谤书堪诧，生把个无暇璧青蝇一抹。"（《北宫词纪》卷二）证明了这一点。他也清楚，无论是被忌受谤或忤江陵而放归，都与他"自恁恣睢，夙婴众恶"（《太函集·许相公》）的性格有着密切的关系。

对于汪道昆在官场中所表现的品格，《列朝诗集小传》等书的片面或不符合实际的"记载"造成了一些误解。这些记载说：万历初，张居正父寿，朝士争为颂美之词，汪道昆之文独当江陵之意，经王世贞《艺苑卮言》称道后，文名大起。有的记载甚至说汪道昆"以江陵公心膂骤贵"。这给人留下汪道昆善于迎合权相并靠张居正而显贵的不好印象。其实，汪道昆在张居正为首辅前，已官至兵部右侍郎，他并未"以江陵公心膂骤贵"。而称寿之作，本多溢美之词，历来如此。汪道昆未能免俗，与当时在朝之士（包括王世贞）一起为张居正父作颂词，自然不是什么光彩的事。但是，他并没有因自己之文"独深当江陵意"而去攀附江陵，也未"以此得幸于江陵"（《列朝诗集小传》丁集），却于两年后因得罪江陵而罢官。江陵身后祸发，王世贞于自己已经行世的文集中抽去谀辞；汪道昆却在自刻全集时仍然收入这篇寿词。汪道昆不文过饰非，不以自己忤江陵归、江陵又败而削文，表现了他坦荡的胸怀。这一点，沈德符《万历野获篇》中亦曾给予肯定。

汪道昆自万历三年罢归至万历二十一年去世，在近二十年的岁月中，他沉酣于诗酒声伎，悠游于名山大川之间。

他与龙膺、屠隆、李维桢、吕玉绳、胡应麟、梅鼎祚、沈嘉则、潘之恒等词人墨客共结白榆社，他为社长，每集辄以酒为令。他们"扬扢今古，辨析禅玄"，"递献异闻，杂呈雅谑"（龙膺《纶隱文集》卷八《汪伯玉先生传》），往往聚以达旦。他又于旅次西湖时，与戚继光等"四方之隽不期而集者十九人"作中秋之会，饮宴中分韵赋诗，与会者推他为南屏社主。

他效《兰亭序》撰《南屏社记》。汪道昆晚年著述尤多，四方乞诗文者踵至，每每填户。

他常携弟或友浪迹山川，效范蠡作五湖游。他曾说：“生平慕鸱夷子”（《游城阳山记》），又说“只今飞鸟尽，好为鞲良弓”，自己“吏迹留三楚，生涯落五湖”（《冬日山村》）。

汪道昆里居后并耽于佛事，曾建肇林社，作无遮大会，主檀樾。但他不是一心向佛，他于《太宗师颂》中说，他时而师孔，时而拜佛，又时而宗老氏，然“吾无常师，吾有余师，吾自得师，吾自丧师”。《王真人》中云：“仆事佛无验，乃归故吾。”《人间世颂》说得更加明白：“与其媚世，吾宁遗世；与其遗世，吾宁玩世。毋曰世丧道，毋曰道丧世。吾将以是出世。”显然，他是由于不愿媚世，故而玩世、出世。王十岳［黄莺儿］《访汪伯玉归隐》曲曰：“海上掌兵符。返田园，尚未芜。危机且避时人妒。诗瓢酒壶，丹经药炉。百年休被功名误。托模糊，渔樵队里，偏爱老潜夫。”（《南宫词纪》卷六）也点明了汪道昆晚年作方外游、逍遥游，放浪形骸，醉心声伎，其源乃出于对险诈、黑暗的社会现实的不满和逃避。

汪道昆孝于亲，义于妻，慈于弟；对情投意合的朋友，他推心置腹，恩礼有加。二十岁时，祖母病重，他侍奉汤药、不解衣带达十昼夜。罢官归里后，日取悦于父母之前，甚至衣斑斓、为亲劝饮。原配吴氏，未婚病痨，媒人劝勿娶，他说：“妇生而死之，不义。吾不忍为也。”竟迎归。翌年，妇卒；岁当比试，因妇丧而未应试。对胞弟道贯（字仲淹）、从弟道会（字仲嘉）等，不仅授以衣食，并为治婚嫁。万历元年，钦敕荫一子入监，却推恩与弟道贯。道贯病重，他视若己病，偕赴吴越间就医。他与戚继光共事二十五载，交情至深；戚病危无汤药费，身后寥寥，他为鸣不平，并撰祭文，遣子束帛致祭于灵前。龙膺贬归，他携弟泛舟，相送千余里始别。对于后进，他诱掖汲引，更是不辞辛苦。

万历二十年，又有倭寇之警，群议起用汪道昆。汪道昆虽久居林下，时以范蠡自喻、自慰，然报国之心并未泯灭，遂上《备倭议》。只是朝廷终未启用。第二年，他即不无惆怅地离开了人世。

二

汪道昆自幼爱好文学。4 岁时，祖父已口授古诗百篇。他性喜涉猎书史，父亲以无益于科举严禁之，乃夜半偷读。仕宦之后，他日理政事，夜陈编简，往往一手执杯，一手持书，且饮且读，寒暑不辍。秦汉以前作品，无不诵读，尤攻《三礼》《左传》《国语》《庄子》《离骚》。时有所作，轻易不以示人。任襄阳守时，襄庄王好文，每设宴奉觞，待其醉而授简乞诗。在戎马倥偬之中，从未停笔；林居后，更勤于吟诗撰文。曾选刊诗文集《太函副墨》（自序于万历七年），辞世前不久，又编订《太函集》一百二十卷（自序于万历十九年），均传于世。

在明代文学复古风气弥漫文坛之时，汪道昆受其影响，少即好古，长仍崇古、师古。他推许位居“后七子”之首的李攀龙“主盟当代”（《李于鳞》），夸说王世贞的文章“凌厉千古之上”（《沧洲二会记》）。他自己撰文亦“矫矫先秦则，耻为东京伍”（《弇州山人稿》卷十四《后五子篇·歙郡汪道昆》），以先秦之文为法，不肯稍沿东汉以后华靡卑弱之气，在文学复古运动中起过推波助澜的作用。王世贞赞其“文章妙天下”（《弇州山人稿》卷六十一），将他列入“后五子”。更有人以王世贞、汪道昆二人“诗文名海内”而并称其为“南北两司马”（《扬州志》卷五十一）。也有“论天下名士独推道昆与于鳞、元美鼎足而三”者（尹守衡《明史窃》卷九十六）。

汪道昆从事文学活动的时候，已是文学复古运动的后期。这时，唐宋派已经崛起，他们对拟古主义文学的批评具有深刻的揭露意义；“左派王学”的杰出代表李贽的叛逆思想和反复古、反道学的文学思想也正在发生影响。汪道昆对这些不可能充耳不闻。他归里后，与一些志趣相近的文人结白榆社。社友中的胡应麟即对复古派理论有所突破，他的诗论已由重视格调转入神韵；屠隆的理论亦属复古派，他在《由拳集》中所阐述的乃格调之说，至《白榆集》其说已接近公安派的文学主张；李维桢亦以“性灵”之说修正七子理论，提倡“取材于古而不以模拟伤质，缘情于今而不以率易病格”（《大泌山房集》卷二十一《方于鲁诗序》）。汪道昆嘉许、推重他们，并助成屠隆《白榆集》的刊行。他们文学思想的转变以及汪道昆对他们的态度，都反映了汪道昆文学思想的转变。

汪道昆的诗文集中，有不少作品由于刻意摹古，缺乏新意，语亦佶屈聱牙，难以卒读。不过，当他没有专事摹古，而因情有所激、心有所动，挥笔纸上之时，便也出现了一些抒情言志的较好的作品。尤其晚年，他虽身在田园，心却仍思报国，对于自己两次罢归，久居林下，颇为怨愤，对黑暗社会现实的认识亦渐趋深刻，因而写出了一些批评世态，抨击时政、抒发自己牢骚愤慨的佳作。《孤愤诗》历叙胡司马昔日礼贤下士、威震东南，他扫除倭寇、功使南国固若金汤，却因“流言遽从东”，终于被法而死。诗中批评朝廷官吏趋炎附势、落井下石，一旦权落势去，“吏议纷雷同”；指谪“君门高九重”，致使功臣蒙冤，一抔黄土埋忠骨。诗中对世态炎凉，也有着生动的描写：“荣华一朝歇，掉臂无相亲。昔为平生欢，今为行路人。”全诗既写实，又抒情，表达了作者深沉的悲痛、满腔的愤怒和“死生成契阔”、无以报知己的怅惘之情。

汪道昆有些短小的议论文写得诙谐风趣、生动传神而又十分尖锐。《善仕论》叙：有人批评汪道昆等不善于仕。是因“以方枘而投当世”，自然不合。并具体分析汪违于当世者有五：

> 今之游道者广矣，公不能游，一也；彼又长喙，务中用事者之欢，而公短于口，二也；彼不裘不裼，且伛偻弱不胜衣，而公木强，三也；彼不倡不和，乘人而结其心，所憎则尧可非也，所喜则跖可誉也，公务察察，而持论与人殊，四也；彼射利如射雉，负翳而居，省括而释，亡能出其彀，公弛而不张，张则失前禽矣，五也。有一于此，则仕者之赘疣也，况五者哉！

文章把善仕者的嘴脸勾画无余，以不骂为骂，颇能击中要害。

万历十七年，汪道昆以“天都外臣”之号作《水浒传·序》。这篇文章没有收在《太函集》中。说天都外臣就是汪道昆，有基本上与汪同时的沈德符（汪离世时，沈已十六岁）《万历野获编》的记载为据：“今新安所刻《水浒传》善本……前有汪太函序，托名天都外臣者。”（卷五）《太函集》中未见汪道昆用“天都外臣”之号，但其诗中云：“我所居今在天都”（《七襄诗》之二），“新筑傍天都”（《徙中感旧四首》），自称“柴桑帝外臣”（《丙子元日》），都可证明沈德符之说无误。

《水浒传·序》中明确指出，文学作品“如国医然，但能起疾。即乌喙也可，无需参苓也”。只要能够医治社会的疾病，方法可以不拘。这与他早年的复古主张大相径庭。由于重视文学作品的社会作用，他对揭发昏君、权奸罪恶，描写农民起义的小说《水浒传》持肯定态度，他批判“诲盗”之说，认为《水浒传》“固以正训，亦以权教”。把它说成是可以正其训导、发挥教化作用的书。《序》中指斥蔡京、童贯、高俅等为“窃国之大盗”；认为徽宗北辕之辱，盖因重用此辈，咎由自取；歌颂水浒英雄“有侠客之风，无暴客之恶”，“非庸众人也”；表现了他痛恨祸国殃民的权贵、同情起义英雄的思想态度。这与他在《骤进论》中批评“窃钩者诛，窃国者侯”，为“有民誉”而被罢官的大夫鸣不平的态度是一致的。在把农民起义运动视作洪水猛兽的时代，汪道昆敢于对起义者的不幸遭遇表示同情，肯定他们的非凡才能和侠客之风。足见其过人的胆识。但他主张招抚，认为：若“使国家募之而起，令当七校之队，受偏师之寄，纵不敢望髯将军、韩忠武……何渠不若李全、杨氏辈乎?”他自己在闽时，就曾招抚海上大盗朱玨，朱在抗倭战争中也作出了贡献。《序》对《水浒传》在艺术表现方面所取得的卓越成就大加赞赏，说它“如良史善绘，浓淡远近，点染尽工，又如百尺之锦，玄黄经纬，一丝不纰”。甚且以之与司马迁《史记》并列，说《史记》为“千秋绝调”，而《水浒传》中警策，往往似之。从现存文献资料看，历史上最早对《水浒传》作全面分析并给予这样高的评价的当数汪道昆。张凤翼《水浒传序》虽比汪作稍早（作于万历十六七年间），但论述较简略，且未涉及小说的艺术技巧。李贽《忠义水浒传叙》则作于汪《序》之后。

汪道昆以心役文，运笔如神。《水浒传·序》写得汪洋恣肆、意态轩昂。文章内容宏富而组织谨严，文字简约而气雄意舒。足见作者晚年在挣脱复古主义枷锁时所表现出来的令人叹服的见解和才能。

屠隆曾说："弇州以无所不法为法，伯玉以有所不法为法。"（张汝瑚《汪南溟集·序》）所谓"法"，李维桢《太函集·序》曾云："文章之道，有才有法……法者，前人作之，后人述焉。犹射之彀率，工之规矩准绳也"，"以有所不法为法"，意即没有拘泥于古人文章的规矩准绳，而能融意于心神，写出法古中有所变化、能够自成一格的文章。这正是汪道昆晚年诗文创作的主要特色。

三

汪道昆对于戏曲的爱好与其家庭影响有关。他祖父善饮，又喜秦声，每以听曲佐酒。汪道昆年十二，即改编小说为戏曲。父亲怒其不务制义，杖而焚之。任襄阳守时，与襄宪王曾孙、镇宁恭靖王少子朱厚柯相得。朱厚柯设部乐习吴歈，汪道昆至，即命升歌，务尽长夜。在笙歌宴饮的往来中，汪道昆曾谱《大雅堂杂剧》四种。归里后，尤嗜曲，"听丝竹声伎，终夕不疲"（龙膺《纶灊文集·汪伯玉先生传》）、并撰《蔡跄踏杂剧》。

《大雅堂杂剧》四种，即《高唐梦》《五湖游》《远山戏》《洛水悲》。今所存万历刊本前有《大雅堂序》一篇，末署"嘉靖庚申冬十二月既望东圃主人书"。嘉靖三十九年庚申（1560）正是汪道昆任襄阳知府的第三年。

汪道昆的门人潘之恒曾说："汪司马伯玉守襄阳，制《大雅堂》四目。《画眉》《泛湖》以自寿，《高唐》《洛浦》以寿襄王，而自喻于宋玉、陈思之列。"（《亘史杂篇》卷四《曲余》）汪道昆在楚时，以狂简居郡、从政之余时以豪饮、听曲为乐。说他撰《大雅堂杂剧》，借以向襄王祝酒，或自负才高，以宋玉、曹植自喻，都符合当时的实际，却未探得作者的深意。《大雅堂序》，从内容看，是一篇作者自序。"东圃主人"当是汪道昆的别署。《序》借襄王孙之言曰："国风变而为乐府，乐府变而为传奇，卑卑甚矣。然或谭言微中，其滑稽之流与！"戏剧虽小道，但于滑稽诙谐之中却有着讽喻的意义。显然，《大雅堂杂剧》不只是祝寿侑觞之作。

《高唐梦》据宋玉《高唐》《神女》二赋作。写楚襄王出游云梦，至高唐，宋玉为讲怀王与神女相会事；襄王入梦，见神女，须臾而别，惆怅梦回。从剧情看，只是游戏之笔。但篇首末念［如梦令］云："岁事悠悠转毂，世路纷纷覆鹿。人醉我何醒，莫待黄粱先熟……"剧中宋玉"泽畔招魂"，为忠愤而死的屈原"断肠"，无奈时，"且随他下里巴人，品题风月"。寥寥数语，表达了作者对逐利败国的世态、忠臣含冤而死的现实的不满，自己唯愿长醉不醒，以"品题风月"解愁，以"比周取容"处世。

《五湖游》叙范蠡助勾践复国后，弃千乘之业，携西施泛游五湖、隐迹江上的故事。开场末念［浣溪沙］词曰："落落淮阴百战功，萧萧云梦起悲风。齐城七十汉提封。弃国直须轻敝屣，藏身何用叹良弓，百年心事酒杯中。"又咏诗曰："我爱鸱夷子，迷花不事君。红颜弃轩冕，白首卧烟云。"劈头就以韩信功成被害的历史故事向观众击一猛掌，接着转入对范蠡功成身退行为的赞扬。此剧情节很简单，写范蠡、西施与"避世逃名"的渔翁夫妇湖上相遇，以酒换得渔翁夫妇的渔歌和鲈鱼。作者借两首渔歌，点出"才是祸胎"，该退步时不思退，"乃是自取其祸"；又借渔翁夫妇离去后范蠡与西施的对唱，抨击封建统治集团内"鲸鲵流血""人情翻覆"的黑暗现实，进一步宣扬激流当勇退、鸟尽良弓藏的思想。

《远山戏》敷衍汉京兆尹张敞为妻画眉的故事，《洛水悲》将曹植《洛神赋》铺叙为戏剧，二剧较多地表现了作者士大夫阶级的闲情逸致。但《洛水悲》中甄妃对"中郎将弄其权柄"，遂使相互倾心的"佳偶不谐"所表现的哀怨之情，多少也反映了作者对以权势压人者的痛恨情绪。

汪道昆撰《大雅堂杂剧》时，在仕途上还没有遇到什么波折，但黑暗的社会现实教育了他。当时严嵩父子把持朝政，他们结党营私、招降纳叛、贪赃枉法、鱼肉人民。一些忠直之臣，目睹朝政腐败、外患迭起、人民涂炭的黑暗现实，奋起疾书、直言上谏，以致触怒权奸，惨遭屠戮。兵部员外郎杨继盛、锦衣卫经历沈炼，都因弹劾严嵩父子先后于嘉靖三十四、三十六年间斩。这是当时震惊朝野、相与涕泣的冤杀。汪道昆于所撰杂剧中揭露封建统治者的反复无常，抨击残害忠良和有功之臣的黑暗社会，宣扬急流勇退、鸟尽弓藏的思想，正是借以抒发他怨愤不平、愁绪难解的情怀。

敏感的汪道昆，在他治政得意之时已经看到了隐伏在仕患者身后的危机。

明末徐翙在《盛明杂剧序》中说：徐渭、康海、汪道昆等都是“胸中各有磊磊者，故借长啸以发舒其不平”。已经指出了《大雅堂杂剧》是作者借以发舒不平的作品。不过，它的讽喻意义毕竟是有限的。它只不过发抒了封建文人对于现实不满的一些牢骚，表现了他们对于是非颠倒的黑暗现实无可奈何的消极态度。也因此，四剧中更多的是描写帝王、文人的恋情或他们的爱情生活，表现了封建文人追求安乐闲适的生活情趣。

作者在《高唐梦》中曾说：“且随他下里巴人，品题风月”，［尾声］自夸“绝胜村中歌白雪”，《洛水悲》中亦自称是“郢中巴里新篇”；而实际上，《大雅堂杂剧》在风格上却近于“雅”。王世懋曾对比宋玉的《高唐赋》与汪道昆的《高唐梦》剧，曰：“赋以妖艳胜，巧于献态。此以婉转胜，妙在含情。”又评《五湖游》“以冷语灌入热肠”。《远山戏》“从淡处生情肖景，乐而不淫”。《洛水悲》“出调凄以清，写意婉而切，读未终而感伤情思已在咽喉间矣。文生于情耶，情生于文耶?”（《盛明杂剧》所收四剧眉批）王世懋为汪道昆知交王世贞之弟，其评虽不免有过誉之处，却说出了四剧的主要特点。祁彪佳《远山堂剧品》以四剧列入“雅品”，亦赞其“庄雅不群”“巧于传情”。综观《大雅堂杂剧》，其情节简单，关目平淡，文辞典雅，甚且以大段诗赋入曲，写情婉转含蓄，使人感到清新脱俗，若以之置于案上吟咏，或于文人筵前歌舞，它确有值得玩味的地方；但若以之搬演于民众之中，只怕未终场而席空。沈德符《万历野获编》评汪作“都非当行”，从戏剧应该面向舞台、面向广大观众来说，有一定的道理。

《大雅堂杂剧》四剧共四折，以一折写一事；除《五湖游》用南北合套外，余三剧全用南曲；剧中各角色都可唱，不限定一人独唱，还有对唱、合唱、轮唱；四剧开头都仿南剧以末“开场”，说明作者旨意和剧情大意。它在形式上打破了元杂剧的严格限制，表现为具有更多的南剧的特色。自元杂剧逐渐明显地暴露出它在艺术形式上的局限性后，明初贾仲明、朱有燉曾尝试在杂剧中吸收南戏优点，在曲调、演唱形式上作了初步改革。正德、嘉靖年间，王九思首创一折一剧先例，其后许潮（比汪道昆略长）亦以一折一事撰《太和记》，徐渭（比汪道昆长5岁，但他的《四声猿》完成于《大雅堂杂剧》之后）则完全摒弃元剧规矩，他的《四声猿》折数、曲调、唱者都无一定之格，完全根据剧情需要来定。他们的改革使明代剧坛上出现了一种新的杂剧形式，它既具有北杂剧短小的特点，又吸收了南剧灵活多变的优点，成为南北戏剧的混合体，故又被称作“南杂剧”。“南杂剧”是北曲杂剧艺术形式上的解放与进步，它使行将衰亡的北杂剧获得新生，在明清两代延续、流传达数百年之久。汪道昆，作为明代杂剧改革的先行者之一，《大雅堂杂剧》作为这场改革中的早期产物，在戏曲史上应占有适当的地位。而《大雅堂杂剧》重在抒情、忽视场上演出要求的案头之作的特色，曾给予后世杂剧以不良影响，这也是不应被忽视的。

汪道昆又曾以“方外司马”之号谱写过一部《蔡跎踏杂剧》。剧今不存，过去也无记载说明汪道昆曾作此剧。关于此剧的情况，仅见于明末陈弘绪《方外司马杂剧序》（见晚明百家小品集《冰雪携》）。其文曰：

> ……方外司马何人乎？《蔡跎踏杂剧》何为而作乎？其忧愁抑郁、悲愤感慨诚不可知，然其技则几与屈原之《骚》、子美之诗争胜矣！……

以《蔡跎踏杂剧》比于屈原的《离骚》、杜甫的诗歌，评价可谓高矣。然而，明末人已不知方外司马为何许人！《太函集》卷七十九有一篇《三楚升中颂》，其末云：“帝命方外司马汪道昆勒之石”，同书卷八十五有一篇仿枚乘《七发》而作的《七进》，中有“于是方外司马历阶而进曰”句，都可证明方外司马即汪道昆。那么，《蔡跎踏杂剧》何为而作呢？元明杂剧《鲁智深喜赏黄花峪》、明传奇《木梳记》中都有蔡跎踏这个人物。这是个衙内，权豪势要的代表，因强抢民妻，被梁山英雄斩决。《蔡跎踏杂剧》当然主要写蔡跎踏，有可能仍写他强抢民妇、被梁山好汉镇压的故事，也有可能写他的其他罪行。联系汪道昆晚年所作《水浒传·序》的内容以及陈弘绪说此剧抒发了“忧愁抑郁、悲愤感慨”的感情，可以推测，此剧很可能也作于汪道昆晚年，当是一部揭露、抨击官府黑暗、权豪横行，描写并歌颂梁山英雄扶危济困、为民除害的“水浒戏”。

自《水浒传·序》日益受到重视并确认为汪道昆所作之后，汪道昆已经引起学术界的关注；如果《蔡跎踏杂剧》能够被发现，它将有助于我们对汪道昆作进一步的认识。

（《中国古代戏曲家评传》，中州古籍出版社，1992）

散曲家王田非山阴知县王田

明代散曲作家王田所著《王舜耕词》（或称《西楼乐府》）历来颇受曲家称道，以为“多近人情，兼善谐谑”（王骥德《曲律》）。王田，字舜耕，号西楼。明王世贞《艺苑卮言》、陈所闻《北宫词纪》等曾将他与亦号“西楼”的散曲家王磐混为一谈。王骥德《曲律》辨明其为二人。王氏谓：“今世所传《西楼乐府》有二：一为王磐，字鸿渐，高邮人；一为王田，字舜耕，济南人。二人俱号西楼。”自此以后，两个王西楼算是区别开来了。

但是，由于王田的生平缺乏记载，因此，在寻求他的生平资料的过程中，又出现了将明代两个王田的资料相混淆的情况。先是赵景深、张增元编《方志著录元明清曲家传略》（《中华书局》1987 年版）从各地方志中搜寻到关于“曲家”王田的四条记载。为便于论述，现抄录于下：

> 字舜耕，山东人。永乐中知山阴，有经济大略。时朝廷初事营建，征发旁午。耕调剂节约，不废法，亦不病民。中官郑和下西洋取宝玉，道所经辄盗横，室庐不宁。耕抗言：“邑所产唯布粟，宝玉非所有也”。和遂去。（《康熙绍兴府志》42）
>
> 字舜耕，山东单县人。永乐中知县事，贞介惠和，有经济大略。时草昧初营造事，段远卫勾摄旗校络绎旁午，供应调发，民且不堪，耕经理节约，不废法，亦不病民……耕又善水墨画，为世所宝。（康熙《山阴县志》24）
>
> 字舜耕，济南人，以县佐请老归田。才敏，喜为乐府词，脍炙人口，远近传播。山水学高房山，不失矩度。（道光《济南府志》49）

洪武间，以人才举为济南府学训导，升县令，告归。自号养颐子。为人蕴藉，自喜遨游名胜，对客挥毫，为一时独步。(《民国单县志》7)

其后，李昌集《中国古代散曲史》（华东师范大学出版社 1991 年版）指出，以上诸方志中所载王田是洪武、永乐间人，不是曲家王田。其理由有二：一、王骥德《曲律》将散曲家王田列为“近之为词者”，此“近”者，上限只到康海、王九思，若方志中所云王田即此人，则王骥德绝不可能将一百年前的王田列为“近之为词者”；二、洪武、永乐间戒奢甚严，整饬吏风尤厉，除了宁、周二王以作曲为韬晦，文人士夫几无人染指作曲，朱权谓“国初一十六人”，均元末明初人，除汤式有散曲存世，其他诸人曲作多不存。原因之一，即在其时文人喜曲之风暂衰，故在洪武、永乐间不可能有个“喜作乐府”而又“远近传播”的一般文人散曲家王田。——据此，其结论为：散曲家王田与方志中所云洪、永间王田“断非一人”。

李氏的判断有一定的道理。王骥德《曲律》所列“近之为词者”，北词有康海、王九思、杨慎、陈沂、胡汝嘉、徐霖、李开先、冯惟敏、常伦、王磐、王田、杨循吉；南词有陈铎、金銮、沈仕、唐寅、祝允明、梁辰鱼等，皆明中叶时人。说散曲家王田不是洪武、永乐间王田，似可成立。但其第二条理由却使人心生疑念。诚然，明初戒奢甚严，可这不等于奢风就此止息。洪武时连续发布不许军人学唱、不许弦歌饮博的禁令，且立法严酷，至永乐，又出榜明禁词曲[①]——中央一再发布禁令，这一事实本身就说明了禁而未止。实际上，明初统治者自己也离不开词曲的供奉。朱元璋进膳、迎膳之曲，“皆用乐府、小令、杂剧为娱戏。”（《明史》卷六十一《乐志》）永乐帝朱棣对精于乐府、隐语的贾仲明、汤舜民、杨景贤等宠遇甚厚，每有宴会，即令应诏而作。在下不能禁、上不能废的情况下，明初散曲作者决不会止于宁、周二王和“国初一十六人”。《录鬼簿续编》所载刘士昌、花士良、张伯刚、俞行之等亦皆由元入明、洪武或永乐时仍在世的“一般文人”散曲作家；生于洪武、永乐时入仕的李祯有《侨庵乐府》流传

① 见王利器辑录《元明清三代禁毁小说戏曲史料》第一编《中央法令》。

至今。故以明初戒奢甚严、文人喜曲之风暂衰作为不可能出现一般文人散曲家王田的理由，是难以令人信服的。

虽然，李氏的论据有欠周到之处，但他关于两个王田的判断还是正确的。只是他在纠正了将方志中四条记载全部归于曲家王田的错误的同时，又发生了把它们全部归于洪武、永乐间王田的偏差。其实，只要仔细阅读四条记载，即可看出，它们分属于两个王田。上录第一条记载说明，永乐中王田曾任山阴知县，山东人。第二条指明“永乐中知县事”的王田为山东单县人。第四条见于《单县志》，证实这个王田确为山东单县人，由“洪武间，以人才举为济南府学训导”一句看来，当生于元末或洪武初年，他官至县令。第三条字数最少，却与一、二、四条所述有着明显的不同：首先，这个王田是济南人，济南与单县虽同属山东，历来分为两府。明清时济南为府治，单县属兖州府。其次，这个济南王田仅官至县佐，与单县王田以县令致仕有别。再者，这个济南王田“喜为乐府词”，且“脍炙人口，远近传播”，可见是一个颇有名气的散曲作家。单县王田亦擅文事，但未言其善散曲。以上分析可知，一、二、四条所载为洪武、永乐间王田，第三条则为散曲家王田的生平资料，二者不应混淆。

王骥德《曲律》在言及“近之为词者”时称“济南则王邑佐舜耕”，这与第三条记载所云曲家王田的籍贯、官职相符，证实了以上分析无误。至于两个王田，均字舜耕，对于这样的巧合，李昌集先生已有解释：“取古舜帝耕田之典，故名田而字舜耕，本是习套。”其说有理。史载舜耕田于历山；历山，一说在山东济南历城县南。故山东人以“田”或“舜耕”为名字者特多。济南一地，见于《府志》记载的，仅弘治、正德间贡生就有三名“王田”。看来，我们在研究古代作家时，辨明其同名、同字或同号者，是一个不可忽视的问题。

凡事越辩越明。赵景深、张增元先生在浩瀚的方志中检索出关于王田的记载，李昌集先生的考证为辨别两个王田打下了很好的基础，本文只是再下一次磨洗功夫，从而辨认出两个王田籍贯、官职的不同和四条资料的不同归属，希望有助于比较准确地了解散曲家王田的生平，有助于对王田散曲的研究。

（载《文学遗产》1992 年第 6 期）

顾大典生平补正

对于明代戏曲家顾大典生平事迹的探索，近年来取得了较大的进展，其中以徐朔方先生所撰《顾大典年谱》[①] 最为详备。这里，就涉猎所及补正二事。

其一，万历二年，顾大典由处州府推官迁刑部主事，《年谱》说，他就任的是“南京刑部主事”。但是，康熙《吴江县志》卷三十五、光绪《震泽县志》卷十九[②]都说顾大典“万历二年，擢刑部主事，改南京兵部”。这里，“刑部主事”前无“南京”二字。《明史·职官志》谓：永乐后“在南之官加‘南京’字于职衔上”，已成定制。[③] 据此，则顾大典“擢刑部主事”应为北京刑部而不是“南京刑部主事”。

另，顾大典的同乡、稍晚于顾的潘柽章（1626—1663）在《松陵文献》卷九《顾大典传》中也说：“万历二年，征为刑部主事，以母老请改南京兵部。”所述与《县志》记载相同。以母老需照顾为理由，请改南京兵部，也说明了顾任刑部主事是在北京。如原已在南京，只是要求由刑部改兵部，“母老”就不能成为请调的理由了。

又，骆问礼《万一楼集》卷三十四《北行集·序》谓：

> 顾道行以处州司理迁刑部尚书郎，既而得告改南京兵部，是集，其邸次所作也。……道行以官联之义不鄙属余为序，因发所窃见如此。

---

① 见《徐朔方集》，浙江古籍出版社，1993。

② 震泽县由吴江县分出。《震泽县志·跋》云：“震泽自雍正四年奉诏分吴江之半为县。”故顾大典亦入《震泽县志》。

③ 其中仅“仁宗时补设官署，除‘南京’字。正统六年定制复如永乐时”。见《职官》四。

这里，“处州司理”即“处州推官”，明时俗称“推官”为“司理”；“刑部尚书郎”即“刑部主事”，洪武后主事与郎官并列，故称。[①] 此《序》说顾大典迁刑部主事后，不久（从《序》中“既而”一词和“至其抵都，卒告而南”一句看来，在京时间不会太长）就“告改南京兵部”，说法与前数条记载完全一致。骆问礼（1527—1608），字子平，号缵亭。嘉靖四十四年进士。万历元年由扬州府推官升南京工部主事，次年转南京兵部署郎中，万历五年迁云南布政司右参议[②]。顾大典调南京兵部主事时，骆正在南京兵部任职，故《北行集·序》称，顾大典“以官联之义”属骆为《序》。顾与骆关系极好。从骆著《万一楼集》中可以看到，二人常相偕游，时有唱和之作。骆问礼《序》中所言，应该是可靠的。

再，顾大典自己在记谐赏园之文中曾说：“主人去家园二十年，官两都，历四方，足迹几半天下。”[③] 亦说曾在“两都”（北京和南京）做官。从顾大典的宦历看：隆庆二年，中进士，授绍兴府教授；五年，调处州推官；万历二年，擢刑部主事；后改官南京兵部主事、吏部郎中；十二年，升山东按察司副使；十三年，转福建提学副使；十五年，谪禹州知州，弃官归里。其中有可能为北京官员的也只万历二年刑部主事一职。

上述材料证明了顾大典任刑部主事是在北京，而不是南京。虽然这只是任职地点的差别，却关系到对顾大典思想志趣、人生态度的探索与了解。因为，明自永乐后，北京成为全国政治的中心，政治实力的所在地；南京留都，各部衙门形同虚设，官员闲散，难以有所作为。顾大典主动放弃具有实权的北京刑部主事之职，要求到被视作“迁谪处”的留都“闲曹”[④]任事，难道仅仅是因为“母老”的原因吗？其真正的动机是什么，这是值

① 见《文献通考·职官》《续通典》等。

② 见陈性学《皇明万一楼居士墓表》、骆问礼《万一楼续集·自撰墓志铭》及《万一楼外集》卷三《密记》。

③ 见《吴郡文编》抄本卷127，转引自《徐朔方集》。

④ （明）吴应箕《南都应试记》云：“大司寇坐堂日，余常伺之，见诸司自庭揖外无他事，因思南中故闲曹，然各尽其职岂无一事可办？余以王故，尝与诸郎相识，有谓‘吾吏隐而已’，甚者以为‘此吾辈迁谪处也’。”吴《留都见闻录》又云：“南京仕国也，先朝以吏治著声者甚多。万历以后承平无事，士大夫以南中为左迁，都不复事事，即贤者亦多无可述。”

得我们深入研究的。但这已不是本文的任务了。

其二，顾大典的著作，戏曲作品之外，一般记载都说有《清音阁集》《海岱吟》《闽游草》《园居稿》四种。其中仅《清音阁集》今有存本，余皆失传。《年谱》据《松陵文集》的顾大典小传补入《稽山集》《三山集》《括苍稿》《北征稿》《南署稿》。骆问礼《北行集·序》说明顾曾撰《北行集》。这《北行集》与《北征稿》有可能是同稿而异名，由于不见传本，难以确定。不过，骆问礼《北行集·序》为我们提供了《北行集》的大概情况：

《北行集》约作于万历二、三年间。骆《序》说《北行集》是顾大典由处州推官迁刑部主事、旋又告改南京兵部时“其邸次所作”。前因文献记载说明，顾大典擢刑部主事是在万历二年，不久改南京兵部，当亦在二年或其后不久。他在“车尘马足之中不废吟咏”①，亦可见其旅思之富，运笔之勤。

《北行集》字里行间“每存偃息就闲之意”。而作者撰此集时，正当壮年，宦途又颇顺利。骆问礼曾以此为“怪”，《序》中极力探究其有别于积极用世者之所思、所为的原因，认为是“所志者良远”。且不论骆氏之分析是否有理，借助骆《序》，我们了解到：顾大典在升调掌有实权的刑部主事时，旅次中不是考虑竭力自效，而是多呈莼鲈之想。联系他请改南都后放于诗酒、为忌者所劾就弃官归里、再起开州亦辞不就的行迹，可知不是出于偶然。“每存偃息就闲之意”是顾大典真实思想的流露，他晚年安于闲适的生活，于此可见端倪。

《北行集》的风格温润柔和，恰似作者为人。骆《序》曾比较李梦阳、杨一清二人的集子，借以说明《北行集》的特色。《序》谓：

> 尝读李空同、杨石淙二集。大率李词苍丽雄浑，如横空之鹜、发硎之刃，锐气夺人；而杨词温然春融、莹然玉润。卒之李以不显而杨公功名能与之并者指不多屈。岂郢曲之有高下耶？平易而善成，李于

① 引自骆问礼《北行集·序》，下同。

是乎不容有德色矣。今读道行词，绝似石淙，而其人则温然称之。使究其志，功业容可少槩！

《序》以《北行集》的风格似杨作而预言顾大典的功业不可估量。其说是否正确，这里不论。然由此，我们约略获知《北行集》及其作者顾大典的特点，亦属有幸。顾大典在《清音阁集自叙》中曾言及自己所作，“为浑厚，为冲淡，为流丽，为慷慨悲壮。言虽屡迁，务求合作者之轨而后已”。《北行集》体现了作者多样化撰著风格中的一种，反映了作者人生道路上的一段历程。

以上据骆问礼《北行集序》探知的一些关于顾大典及其《北行集》的消息，仅供研究者们参考。

（载《河北师院学报》1995 年第 2 期）

别具一格的明代传奇《博笑记》

《博笑记》是明代曲坛与汤显祖齐名的吴江派领袖沈璟晚年谱写的传奇剧作。

沈璟（1553—1610）字伯英，晚字聃和，号宁庵，自号词隐生。江苏吴江人。生于世代仕宦之家。父沈侃“训督诸子严急，不遗余力”，曾率幼年沈璟游于东南理学甘泉学派之重要人物唐枢（字惟中，学者称一庵先生）之门。沈璟年十六。补邑弟子员；十八岁，饩于庠；二十一岁举于乡；次年，万历二年（1574）连捷为进士。授兵部职方司主事，后升礼部、吏部员外郎。万历十四年（1586），因神宗宠爱郑贵妃，迟迟不立皇长子为皇位继承人，为维护封建秩序和社会安定，沈璟继大学士申时行、户科给事中姜应麟之后，上疏请立储，并为皇长子生母王恭妃请封号。神宗怒，命降三级，为行人司司正，奉使归里。万历十六年还朝，为顺天乡试同考官，升光禄寺丞，又因科场舞弊案牵连，于第二年辞归。时仅三十七岁。此后二十余年，他闲居故里，寄情词曲，直至万历三十八年（1610）离世。天启五年（1625），追录谏臣，恤赠奉政大夫光禄寺少卿。①

“失之东隅，收之桑榆。”沈璟从官场失意而归，却于里居后在戏曲研究和戏曲创作方面获得丰收。他与曲家孙鑛、顾大典、吕玉绳、吕天成、王骥德、凌濛初等均有交往。或相互切磋曲学；或并蓄家乐，互为观摩。他的曲学著作和传奇创作大多完成于归林之后。

① 以上见《吴江沈氏家谱》、《沈氏家传》、凌敬言《词隐先生年谱及其著述》（载《文学年报》第五期）、徐朔方《晚明曲家年谱·沈璟年谱》。

沈璟的著述十分丰富。诗文集《属玉堂稿》二卷，已佚。今可于《吴江沈氏诗录》中得其诗十四首，编者言其诗“宗盛唐”，《家传》称其“文企班、马，诗宗少陵”。可见崇尚。散曲集《情痴寱语》、《词隐新词》、《曲海冰青》亦佚。《全明散曲》辑其小令十七、套数四十三。从今所存曲看，多写丽情、闺怨、春恨、秋思，大率为游戏之作，缺乏真情实感，故少佳篇。所编《南词韵选》为散曲选集，依韵分卷，悬填词之法。曲学著作有《遵制正吴编》《论词六则》《唱曲当知》《古今词谱》等多种，皆佚。今仅存《南九宫十三调曲谱》二十一卷。传奇创作有《属玉堂十七种》。按写作先后排列为：《红蕖记》（存）、《埋剑记》（存）、《十孝记》（存曲文）、《分钱记》（存佚曲）、《双鱼记》（存）、《合衫记》（佚）、《义侠记》（存）、《鸳衾记》（存佚曲）、《桃符记》（存）、《分柑记》（佚）、《四异记》（存佚曲）、《凿井记》（存佚曲）、《珠串记》（存佚曲）、《奇节记》（存佚曲）、《结发记》（存佚曲）、《坠钗记》（俗名《一种情》，存）、《博笑记》（存）。其中今存全本者仅七种。沈璟还曾把汤显祖的《牡丹亭》改写成《同梦记》，并曾考订《琵琶记》。

沈璟在明代戏曲史上的重要地位主要是由他的戏曲理论和所产生的影响而确立的。他的理论突出有二：一、首重音律。他把“合律依腔”放在创作的首位，“宁使时人不鉴赏，无使人挠喉捩嗓”。（套曲【二郎神】《论曲》）这是他强调音律的名言。他编制《南九宫十三调曲谱》（即《南词全谱》），使南词作者度曲时有所遵循，促进了南曲创作的规范化。此书被当时和后来的曲家奉为词林“律令”和“指南车”[①]，他本人亦被尊为“词家开山祖师”[②]。二、崇尚本色。他在给王骥德的“手扎”中曾说：“鄙意癖好本色。”《曲谱》中所引800余首例曲，绝大部分摘自宋元南戏和明初传奇。浑金璞玉，古色黯然。他又每于眉批尾注中称赞那些古拙、质朴、俚俗的曲辞，他自己在创作中也努力实践文辞通俗浅近的主张。

沈璟的《曲论》是建立在传奇创作应为场上之曲、而不是案头之作这一观念基础上的。他以古词、古调为式，对针砭明代自《香囊记》以来曲

① 沈自晋《重订南词全谱凡例》、徐复祚《三家村老委谈》。

② 《太霞新奏》卷1《周生别妓赋此记情·跋》。

坛盛行雕章琢句、填塞典故而音律错乱的弊病，具有积极的作用。王骥德说他“斤斤返古，力挽狂澜，中兴之功，良不可没”。(《曲律》) 充分肯定了沈璟在纠正曲坛时弊方面的功绩；但沈璟把音律放在高于一切的地位，又不免失于偏颇。他对音律的过分苛求，在一定程度上限制、束缚了作家思想的表达和戏曲音乐的发展。

沈璟的戏曲理论影响颇大，在当时和后世都有不少附和者、追随者。万历时的王骥德、吕天成、卜世臣、叶宪祖、汪廷讷以及明末的冯梦龙、沈自晋、沈自征、范文若、袁于令等等，他们赞成或部分赞成、继承或部分继承沈璟的理论，或仅仅是因为制曲时谨遵音律，而被后世称作“吴江派”（因沈璟是吴江人。或称“格律派”“本色派”)。而以沈璟为代表的“吴江派”，也就成为晚明曲坛上与以汤显祖为首的“临川派”（或称“文采派”）在创作理论、创作倾向上都迥然不同的一个流派。

沈璟在曲学论著中把音律放在第一位，并不说明他忽视戏剧创作的思想内容。事实上，他强调“场上之曲”，正是为了更好地发挥戏剧“作劝人群”(《埋剑记·家门》) 的教育作用。他的传奇创作清楚地体现了他的创作思想，表达了他的政治、道德观念。例如《红蕖记》取材于唐人小说《郑德璘》，写两对男女的巧合姻缘。剧中描写他们大胆追求爱情，赞美水府龙君以大德报杯酒之恩的侠义之行，批评“覆手为雨，翻手为云，当面输心，背面窃笑”的世态。这在“人欲”“天理”之争方兴，重利轻义之风甚炽的晚明时期，有一定的社会意义。但剧本抹去原作中人情可移天意的思想，宣扬善恶有报、万事天定的宿命论观念，其作用显然是消极的。《埋剑记》本唐人小说《吴保安传》。此剧淋漓尽致地描写并歌颂吴保安与郭仲翔生死不渝的友情，感人至深。与原作相比，剧中增加了郭仲翔宁服苦役、誓不降敌，郭妻不从改嫁、割股疗姑，郭仆舍生救主等情节，体现了作者提倡传统道德的良苦用心。《义侠记》是沈璟剧作中流传最广、舞台搬演最盛的一部，主要敷衍《水浒传》中武松的故事。剧中歌颂忠义，鞭笞奸邪，对被迫聚义梁山的起义英雄们的不幸遭遇表示深切的同情，但作者把原作中反对诏安的英雄如武松、林冲等一概写成忠于朝廷、眼巴巴盼望“彤庭降赦章”的“怀忠仗义人”，并以受招安后的光明前景美化封建统治阶级用以欺骗、招降义军的招安政策，则表现了他封建士大夫的阶级立场。

沈璟的传奇创作亦反映了他不同时期的艺术追求。他的作品虽多半失传，但从今存传奇及已佚作品的有关记载和评论中，仍可知其大概。他的处女作《红蕖记》，以十种“无端巧合”构成曲折离奇的情节，文辞典丽，音律谐和。王骥德以为，沈璟所作传奇“要当以《红渠》称首”，沈璟却因其非本色而感到遗憾，曾自评曰：“字雕句镂，正供案头耳。”此后渐趋本色。沈璟的前期作品，大都是写悲情苦境，如《埋剑》写历经苦难的生死交情，令人欷嘘；《分钱》“事情近酸，然苦境亦可玩”。《双鱼》写书生沦落之状，凄凉惨痛；《合衫》“苦处境界，大约杂摹古传奇”。《义侠》写英豪啸聚，悲壮激烈。而自《鸳衾记》后，作者剧中的喜剧因素越来越多，关目亦愈趋新奇。例如《鸳衾》“局境颇新”，“含讥无所不可”；《分柑》“备极谑浪之态”；《四异记》“净、丑白用苏人乡语，谐笑杂出，口角逼肖”。《珠串》“描写妇人反唇之状，非先生妙笔不能”。[①]

《博笑记》是作者最后完成的传奇，也是作者后期作品中追求新奇，喜剧性最强的作品。吕天成赞其“令人绝倒。先生游戏，至此神化极矣”。

此剧二十八出，由十个故事串联而成。全剧原无出目，几出戏写一故事。不过第一出末上“开场”，于【西江月】词后，以整齐的七字句概括了十个故事的内容，实即题目：

巫举人痴心得妾。乜县佐竟日昏眠。
邪心妇开门遇虎。起复官遘难身全。
恶少年误鬻妻室。诸荡子计赚金钱。
安处善临危祸免。穿窬人隐德辨冤。
卖脸客擒妖得妇。英雄将出猎行权。

十个故事大多据明人王同轨《耳谈》所载改编。如《某孝廉》《句容氏》《刘尚贤》《优诈》为《巫举人痴心得妾》《恶少年误鬻妻室》《穿窬人隐德

① 以上引语见吕天成《曲品》、祁彪佳《远山堂曲品》。

辨冤》《诸荡子计赚金钱》所本，《僧诈》《巫诈》《大别狐妖》《杞县疑狱》等篇中的部分情节为《起复官遘难身全》《卖脸客擒妖得妇》《英雄将出猎行权》所取。张弼《张东海集》卷四《睡丞志》所记之嘉兴丞则显然是《乜县佐竟日昏眠》中乜县佐的原型。作者以往剧作多据明以前小说、戏剧或古书所载之人、事改编，《博笑记》却直写当代之人，当代之事。

剧名《博笑》，取“未必谈言微中，解颐亦自忘劳”（第一出）之意。其实，此剧绝非仅为“解颐”“忘劳”而作，十个故事无一不含讽世之意。剧中巫举人受骗下聘，花烛夜险遭劫夺、杀身之祸；乜县丞识字不多、终日昏睡，却知滥施淫威；起复官途中投宿，被僧人毒害，成为寺院赚钱的“活佛”；恶少年趁兄在外经商，计卖亲嫂；诸无赖设骗局，敲诈道士钱财；结拜兄弟见利忘义，互相残杀……作品无情揭露、嘲讽了那个官吏昏聩、道德沦丧、歹徒四起的黑暗社会。作者借剧中人之口说出“虎有仁义，人不如兽”（第 21 出），更有着震撼人心的力量。剧末下场诗云：“旧迹于今总未湮，一番提起一番新。”亦点明了意在讽喻当世。作者生活的晚明时期，在明初经济恢复、发展的基础上，商业经济、手工业生产获得了迅猛的发展，工商业发达的城镇和城镇居民人口也随之急剧增加。比沈璟略早的林希元曾说：“今天下之民，从事于商贾技艺、游手游食者十而五六。”[①] 人们纷纷“舍本逐末”，他们追求营利，锱铢必争。商品经济使传统的道德观念受到冲击，社会风气发生了巨大的变化。钱成为万能的“神”，“有了他诸般称意，没了他寸步难行”。[②]“功名富贵钱所与，钱若与不求而至”。[③] 在这样的情况下，一些人为了钱，敲诈、勒索、贪污、行贿、抢劫、杀戮，无所不用其极；为了钱，朋友反目为仇，至亲骨肉可以相残。《博笑记》真实地描绘了我国封建社会末世、资本主义萌芽出现之时的社会生活，揭示了当时社会的弊病，具有一定的认识价值。

讽世是为劝世。剧写巫举人的志诚、善良终于感动了行骗者之妻，二人相携而逃，得以化险为夷，行骗者则落得撞死牌楼的下场；安处善命中

---

① 见《林次崖先生文集》卷 2。

② 朱载堉散曲［山坡羊］《钱是好汉》。

③ 明代无名氏散曲［南曲绣带儿］。

注定该被虎噬，以孝、信而免；船家本不应入虎口，因谋害人命致果虎腹；寡妇守节志不坚，开门揖虎，命丧黄泉；小叔贪财卖嫂，却使妻室被抢；强盗杀人越货，劫掠弱女，不意身落豺狼之口。凡此种种，皆以“举头三尺有神明”来奉劝世人“休碌碌”（第十四出下场诗）。虽然，剧中也有一些积极的引导，如第二十二出窃贼与赌徒决心改过时说：“任他百种膏肓病，改过从来是妙方。”但贯穿全剧的却是宣扬传统的封建道德观念和善恶有报的迷信思想。在反传统、反道学的王学左派进步思想发生较大影响、如潮奔涌的明代后期，《博笑记》所提倡的显然是落后的，甚至具有欺骗的作用（如说起复官被害，多应是“宿孽偶相寻”等等）。

《博笑记》以简明、生动的漫画手法描绘了那个险恶、堕落的社会。作品寓讽刺、谩骂、赞美、鞭挞于嬉笑中。它不同于荒诞、滑稽的闹剧，也有别于抒情喜剧；它以幽默取胜，以富有风趣而意味深长的语言、情节，使人发出会心的微笑，从而达到讽世、劝世的目的。这与作者的前期作品在风格上有着明显的差别。

《乜县佐竟日昏眠》是十个短剧中最获盛誉者。此剧仅二出。以夸张而不失其真的笔墨生动地勾勒了一个封建官吏的形象。这位乜县丞在上任第一天，就因把“倒韵”听成“倒运”而亲自咬打皂隶蒋敬；秀才拜贺新官上任时，这位县丞又把拜帖上的“张铁”念成“长铁”，把表敬贺之意的“将敬”二字误作皂隶“蒋敬”，竟命手下人“拿他下去”！更可笑的是，他在回拜乡宦时，竟与乡宦对面沉睡，你醒我睡，我醒你睡，直至天晚县丞回府，二人始终未能互通一言。一连串令人忍俊不禁的言行，揭示了这个县丞不过是个嗜睡成僻、斗大的字不识几个的昏庸官吏。不过，他在有些方面却也并不糊涂：他懂得拘囚可以“卖放”；深知不可得罪乡里的头面人物，故当听说乡宦曾来拜访，便立即回拜；得知误打了学里相公的家人，便准备去“请罪”。可见此人虽无才无德，却通晓为官之道。他能“钦承恩命”来到崇明掌管一县粮马、巡捕之事，绝非偶然。剧本借这个小丑的形象，有力地抨击了当时官场的黑暗。观众观看此剧，哂笑之余，不能不感慨系之。

《恶少年误鬻妻室》写二叔、小叔合谋卖嫂。二叔欺弟年幼，分款时只肯给弟五分之一。二叔自云："兄弟如手足，钱财是性命。非无手足情，性命难相赠。"以戏谑的口吻道出了钱财在许多人心目中的地位，一针见血。弟恨兄分银不公，将计谋暗告长嫂，于是演出了一场反使二叔之妻被抢的喜剧。剧终长兄经商归来，一家团圆。二叔愧对长兄，又痛失妻室，相托遗孤后辞别而去。当长兄呼其"转来，带些盘缠去"时，他回说："还有四十两在身边，不转来了。"这四十两，正是卖妻所得的钱。看到这里，观众怎能不笑，笑他弄巧成拙，害人反害己。真是罪有应得！

《诸荡子计赚金钱》中"老孛相""小火囤""能尽情"等几个无赖上场时对自己外号的介绍，生动有趣地概括了各自的特性。他们串通一气去"扎火囤"，以优伶扮妇人勾引道士，而后三人相继入庙敲诈。道士存有几个钱，怕人扎火囤，不敢出门，却偏被人找上门来；只因一念之差，就被索去辛苦积攒的一百余两银子。最后告官，敲诈者虽受到惩处，银子却全入官库，道士出公门，又被衙役要去买酒钱。"扎火囤"是当时一些为非作歹之徒——社会渣滓之所为，此剧顺手也给予官府一击。

《穿窬人隐德辨冤》以净、丑扮结义兄弟，二人上场时念的那四句打油诗："世人结交须黄金，黄金不多交不深。纵令然诺暂相许，终是悠悠行路心。"语言诙谐，含义深刻，既描写世态，亦点明了此剧主旨。接着，二人自夸交情胜过"管鲍""范张"，拍肩设誓地表示"愿同生死""可通贫富"；而后由于那没影的钱钞，就翻过了面皮：一个酒中下毒，一个暗器行凶，二人同归于尽。他们口甜如蜜，行若狗彘，言行的乖谬，使人觉得滑稽可笑，也令人心灵受到震慑。

他如《巫举人痴心得妾》中巫举人对作为诱饵的美妇一见倾心，不顾劝告、不惜代价地主动去钻行骗者设下的圈套，《起复官遘难身全》中人们虔心礼拜的"活佛"竟然会指动、饮水、咳嗽，《卖脸客擒妖得妇》中卖鬼脸的商贩居然凭假面具除去妖怪，成就了一场富贵姻缘，等等，其情节以及散见于各处的科诨，皆足令人发笑，亦多能使观众在笑声中得到启迪。茗柯生《刻〈博笑记〉题词》说：此记"能使观者靡不仰面绝缨，掀髯抚掌，而似讥似讽、可叹可喜之意，又未始不寓其间……则是编真忘忧蠲忿之善物也"。其言深中肯綮。

《博笑记》中人物众多，作品突出了他们各自的主要特点：书生痴情，县丞昏聩，恶僧狠毒，少年贪财，荡子刁钻，商贩机智，等等。有时刻画颇能入微，如巫举人成亲之夜，对他急切而又温柔的情态和“新妇”的心理活动的描写就很细致；和尚在加害借宿的起复官之前，似是自然地询及“可曾接佩去肆中沽?”“贵任何职?”“仙乡何处?”显示了他的精细、老到。不过，篇幅所限，剧中人物多半是粗线条的，有些人物的思想、性格甚至与其身份不符。例如安处善，剧中说明是穷困的农夫，但他对老虎讲信义，对杀人夺妻的船家宽大为怀，竟像一个迂腐的读书人；穿窬人改过为良民后，见结义兄弟互相残杀，感叹人心之狠，决心“撇了日常间受辛苦的营运，做个深山中无烦恼的阇黎”。这种思想如果是发生在一个官场失意的士大夫身上，似乎更加可信。

此剧曲文宾白简练生动，活泼明快。以第四出两个行骗者之曲为例：“【字字双】（净）我在京师做穷民，光棍。（小丑）铺谋设计哄金钱，成囤。（净）老虎张牙惯吃人，最狠。（小丑）哥，如今同去向谁门？先问。”不看表演，只读（或听）曲词，两个光棍的形象就已活现在眼前。即使是县丞之曲“【普贤歌】钦承恩命到崇明，耳又聪来眼又明。问来不作声，摸来不见行。人说县丞常好睡”。乡宦之词“【梨花儿】今朝曾经县里去，睡犹不醒眼模糊，回来正遇米饭熟也么嗏，吃得饱来睡得足”。亦皆明白如话，不识字的妇孺听后均能了然。遇有难懂之词，则通过演员之口加以解释。如巫举人说：“苦无一蹇。”苍头问：“什么唤做蹇?”举人解释：“是驴了。”安处善对母说：“况已许於菟。”母问：“什么唤做於菟?”答曰：“就是虎。”剧中还时常采用一些民间俗语、歇后语，如“人平不语，水平不流”。“在他矮檐过，怎敢不低头”?“日暮客投主，时衰鬼弄人”。“善为传世宝，忍是护身符”。“金将火试方知色，人用财交始见心”。“站在土地堂前——庙（妙）啊”，等等。不仅可借以刻画人物当时的心态，或用以打趣、活跃气氛，且往往蕴含着一定的生活哲理。虽然作者极力用通俗的语言制曲，剧中仍不免偶尔散发出一些头巾气，如安处善的母亲不懂“於菟”为何物，却突然用起《周易》中“信及豚鱼”的典故；结义兄弟死后，地方上场，连用《左传》和宋玉《九辩》中词语“祭于野”“送将归”均不合人物的身份、教养。

《博笑记》最突出的成就，在于创新。

首先，作品跳出了传奇多取材古代，多写才子佳人离合悲欢故事的窠臼，而以当代人士为题材，以普通百姓为主要描写对象。剧中绝大多数角色，如骗子、皂隶、寡妇、和尚、道士、无赖、窃贼、小贩、船家、赌徒、强人等等，都是生活在社会底层的平民，所写官吏也不过是个八品的县丞（见《明史·职官志》）。作品以众多的市井细民为主角，在传奇中开风气之先，反映了明代后期商品经济发展、市民文化勃兴带来的影响。

其次，以十事串为长篇传奇，分可独立成篇，合则为一整体。此种形式亦由沈璟率先。在他之前，徐渭《四声猿》、汪道昆《大雅堂杂剧》等皆为四个短剧的合集。以徐、汪之剧与《博笑记》相比较[①]，可以明显地见出差异。例如，徐剧以四事合为十出，汪剧一事一折，仅四折；《博笑记》共二十八出，篇幅之长已近传奇。徐、汪之剧，四剧独立，形式上没有联系的纽带；《博笑记》第一出同于传奇的"家门"，由"末"上场说明创作缘起、介绍十个短剧的内容，一个故事演完，末又上场报告节目的转换，如说"巫孝廉事演过，乜县丞登场"，"乜县丞事演过，虎叩门事登场"。这就使十个短剧联结成为一个整体。徐、汪之剧皆以生（末）、旦为主角、主唱；《博笑记》却大多以净、丑为主角，念白多用吴语，演唱极为自由，视剧情发展需要而定唱者，难分主次……。以上可见，《博笑记》的形式是在徐、汪等合集杂剧的基础上改革、发展而来，它具有较多的传奇的特征，故历来多被列入传奇之目。

再者，传奇在音乐上多用曲牌联套的结构形式，仅小出不拘。《博笑记》却大半未用套数，一出之中往往仅用二三曲牌。如第八出用南吕过曲【刘衮】，重复五次，第十四出用双调过曲【六幺令】，重复七次；第十七出先用中吕过曲【驻云飞】，重复五次，接着用双调过曲【玉井莲】【玉抱肚】。这种只用一二曲牌（较多采用当时的民歌小调，如【驻云飞】【玉抱

---

① 沈璟以前，徐潮有《太和记》杂剧，写二十四事，作品大半已佚；沈璟在《博笑记》之前，作有《十孝记》传奇，亦写十事，今仅存曲文。这两种，由于未见全貌，难以比较，故此处不提。

肚】【锁南枝】等）反复咏唱的形式，诙谐轻松，适宜于净、丑演唱。《博笑记》在音乐结构上对传奇成规的突破，是由剧中多净丑戏决定的。

《博笑记》体现了场上之曲的特色，无论是诙谐的风格、本色的语言，还是写作上诸多的创新，其出发点都是为了广大普通观众愿意观看、喜欢观看，并且听得清楚，看得明白。据李鸿《南词全谱·叙》云：沈璟“性虽不食酒乎，然间从高阳之侣出入酒社间，闻有善讴，众所属和，未尝不倾耳而注听也”。一个有一定社会地位和名望的封建文人，能够关注当时民间的俚歌俗曲，应该说是很难得的。这说明了他心目中有着普通观众的一席之地。《博笑记》内容贴近当时普通群众的生活，采用能为普通群众接受和喜闻乐见的形式，与那些文人借以摅恨泄怨或炫耀才学的案头之作大异其趣。

《博笑记》对后来的戏曲创作和演出有着一定的影响。其中尤以净丑戏和净丑多用苏白的形式影响较大。黄方胤《陌花轩杂剧》“皆举市井敝俗，描摹出之”[①]。傅一臣《苏门啸》取材于凌濛初的初、二刻《拍案惊奇》，写当时都市中的奇闻逸事；明末清初苏州派剧作家群中有不少写市民生活的剧作，往往以净、丑为主角，念苏州方言；后来昆剧演出中，花面“悉作姑苏口吻，遂以此为成律”[②]，其中或多或少，或直接或间接，可以看到沈璟剧作的影响。

沈璟在创作道路上经历了由字雕句镂到追求本色、由境苦情悲到嬉笑怒骂的两次转变。写作技巧渐趋成熟，场上之曲的特点愈来愈突出。他在纠正曲坛案头之作的偏向和提倡场上之曲方面作出了重要的贡献，有着深远的影响，他和他的剧作被称为是“词林之哲匠，后学之师模”[③]。但是思想的保守和过分强调音律、以俚俗浅近为本色的主张，使他的剧作缺乏汤显祖《玉茗堂四梦》那样以情感人的力量和绚丽夺目的光彩。王骥德曾批评沈璟的作品“如老教师登场，板眼场步，略无破绽，然不能使人喝彩”。“大将能与人规矩，不能使人巧也”。凌濛初亦说：“沈伯英审于律而短于

① 焦循《剧说》卷5。

② 李渔《闲情偶寄》卷3。

③ 王骥德《曲律》。

才，亦知用故实、用套词之非宜，欲作当家本色俊语，却又不能，直以浅言俚句，掤拽牵凑……”后说虽较苛刻，却也反映了太重场上之曲、忽视剧本的文学性而带来的后果。

吕天成曾感叹：“倘能守词隐先生（沈璟）矩矱，而运以清远道人（汤显祖）之才情，岂非合之双美者乎！”[1] 他的想法得到越来越多的曲家的赞同，但是，谈何容易啊！

（此文原为 1997 年首都师范大学张燕瑾等教授主编《中国十大古典幽默剧集》中《博笑记》之“导读”。后因出版社的原因此书未能出版。今翻检存稿得此未刊之文。）

---

① 吕天成《曲品》。

梁辰鱼“中恶语”辨

明代著名传奇《浣纱记》的作者梁辰鱼卒于万历十九年（1591）73岁之时。曾有文章根据明张大复《皇明昆山人物传·梁辰鱼》的记载，说梁氏在70岁以后“甚至还‘中恶语’，遭到诽谤和诬陷”。也有名家专著言张大复关于梁氏“中恶语，不甚了”的记载，“本意是为贤者讳，事实上倒很可能为统治者掩盖了迫害异己文人的一件罪行”。这真有点使我们不得不为这位“彩毫吐艳曲，烨若春葩开”、在戏曲史和散曲史上都有着重要地位的作者的不幸遭遇扼腕长叹了。

但是，认真地读一读张大复的这则记载，不禁使人发生怀疑。原文没有标点，今按以上说法将有关文字标点、抄录于下：

> ……时年已七十矣。亡何，中恶语，不甚了。有老奴李周者，颇省其说，尚有注记。得岁七十有三。

照此标点，这段话的意思是说：梁辰鱼在70岁后不久，曾遭恶语中伤。是何恶语，不甚明了。有老奴李周颇知其说，且有注记。——难解之处是：此“不甚了”指的是谁？若是梁氏“不甚了”，而老奴却“颇省其说”，意似难通。如是作者张大复“不甚了”，则这段话至少有用词欠缺、达意欠明的不足。梁氏73岁去世，是否因“中恶语”气病而致，也不得而知。张大复是一个精通经史辞章之学、著有多种传世之作的文人，其文笔当不致如此。

其实，我们移动一个逗号，即将这段话标点为：

……时年已七十矣。亡何，中恶，语不甚了。有老奴李周者，颇省其说，尚有注记。得岁七十有三。

这样一来，意思就完全不一样了。其意为：梁辰鱼在七十岁后不久，即得暴病，说话不甚清楚。但老奴李周颇能明白他的意思，还有注记。缠绵病榻两年左右，梁辰鱼终于离世而去。

“中恶”为暴病、突然生病的意思。这有史籍为证。《三国志·吴书·吴主权潘夫人传》载：夫人“性险妒容媚，自始至卒，谮害袁夫人等甚众。……诸宫人伺其昏卧，共缢杀之，托言中恶”。《资治通鉴》卷七十五亦云：“吴，潘后性刚戾。……左右不胜其虐，伺其昏睡，缢杀之，托言中恶。”元胡三省曾为《资治通鉴》作注，其注曰：“中恶，暴病而死也。”暴病，不一定立即便死。从梁辰鱼“中恶”后“语不甚了”看来，他所患似为中医所说“中风”之症，故言语困难、说话不甚明了，只有终日相随的老仆李周能够领会他要说的意思。

梁辰鱼性格豪放，喜欢饮酒。曾与人赛酒，尽一石不醉。年七十仍与诸少年于大雪之夜载酒放歌、绕城而游。得中风之疾，当与他不注意养生有很大关系。

许多年前，我在撰写中国社会科学院文学所总纂多卷本《中国文学通史系列》明代戏曲梁辰鱼一节时，曾在注释中说明“中恶语”之误，只是书稿交主编后至今尚未出版。后来发现吴书荫《曲品校注》一书中的标点，与我不谋而合，这就更坚定了我的认识。

有云“差之毫厘，谬以千里”，今以一点之差造成如此大的误解，我们在阅读、应用古代文献资料时能不慎之乎！

（载中国文化报《古代戏曲论坛》1999年11月4日，收入澳门文星出版社《古代戏曲论坛》）

我国古典戏曲中西施形象演变初探

自古及今，美人西施的名字在我国可说是家喻户晓、妇孺皆知。两千多年来，诗人们吟咏她，民间传说她，舞台上表演她。在人们心目中，她已成为美的代名词，美人、美景、美物，皆可以她为喻。但是，这只是就外表而言。对于西施灵魂的美与丑，却有过不同的看法。也因此，在我国古代戏曲史上出现了截然不同的西施形象，甚至还发生过争论。本文拟就这一现象做初步的探讨。

一　历史上的西施

戏曲史上不同西施的形象，与西施的原型——历史上的西施有着密切关系。尽管曾有人对历史上是否真有西施其人表示过怀疑[①]，但笔者以为，既然有较多历史文献资料提到西施，恐怕不会是空穴来风。不过，在后人的记述中，加入想象，使形象愈来愈丰满，也是不争的事实。下面就历史上的西施略述其发展之要。

在先秦诸子的著作中，西施曾屡被提及。如《墨子·亲士》："西施之沉，其美也。"《尸子》下："人之欲见毛嫱、西施，美其面也。"《庄子·天运》："故西施病心而矉其里，其里之丑人见而美之，归亦捧心而矉其里。"等等。从他们的片言只语中可知，西施是古代著名的美人。她患有心

① 见杜景华《西施杂考》，《社会科学战线》1988 年第 3 期。

脏病，每因疼痛而蹙眉捧心时，更见娇媚。她的美给她带来了沉水而亡的灾难。

将西施与吴越征战联系在一起，言越以西施献吴王而完成兴越灭吴的大业，今见最早记载为东汉袁康《越绝书》和赵晔《吴越春秋》[①]。合二书所载，大意为：西施为春秋末战国初越王勾践时人，家住苎萝山（今浙江诸暨县南），父以卖柴为生。她与郑旦同被选中。勾践让她们着绮罗之衣，习仪容举止，三年后派大夫文种（一说派相国范蠡）献于吴王。吴王大悦。《越绝书》与《吴越春秋》在古籍中归于"史部"，但二书多采传闻，颇近小说家言，所载是否确为史实，今已难稽考，只能姑妄信之。

关于吴亡后西施的下落，前人说法不一。前引《墨子·亲士》言西施被沉于水。今存《越绝书》《吴越春秋》未言其终。但宋姚宽《西溪丛语》曾引《吴越春秋》之文云："吴国（'国'一作'亡'）西子被杀。"明杨慎《太史升庵全集》卷六十八《范蠡西施》录《修文御览》所引《吴越春秋·逸篇》之文亦云："吴王败，越浮西施于江，令随鸱夷以终。"而明陈耀文《正杨》卷二《西施》则引《越绝书》文云："西施亡吴国后，复归范蠡，因泛五湖而去。"这些引文说明《吴越春秋》与《越绝书》中原有关于西施结局的记载，已经出现歧义。唐宋诗词中咏及西施之终的亦颇不一致。李白《西施》谓："一破夫差国，千秋竟不还。"杜牧《杜秋娘诗》云："西子下姑苏，一舸逐鸱夷。"苏轼《水龙吟》词："五湖闻道，扁舟归去，仍携西子。"宋之问《浣纱篇》则曰："一朝还旧都，靓装寻若耶。"较汉时被沉于水和随范蠡而去的不同记载，又增一"还旧都"之说。

明代文人对于西施的下落曾有过一番考索与争论。杨慎《太史升庵全集》卷六十八《范蠡西施》云：

> 世传西施随范蠡去，不见所出，只因杜牧"西子下姑苏，一舸逐

① 《孟子·离娄下》"西子蒙不洁"句孙奭"注疏"谓《史记》中已有此记载。其文曰："案《史记》云：西施，越之美女。越王勾践以献之吴王夫差，大幸之。每入市，人愿见者先输金钱一文是西施也。"查《史记》，无此记载。《四库全书总目提要》亦云"《史记》所无"，"诡称《史记》"耳。

> 鸱夷”之句而附会也。予窃疑之，未有可证，以析其是非。一日读《墨子》，曰：“吴起之裂，其功也；西子之沉，其美也。”喜曰：此吴亡之后西施亦死于水、不从范蠡去之一证。墨子去吴越之世甚近，所书得其真，然犹恐牧之别有见。后检《修文御览》，见引《吴越春秋·逸篇》云：“吴王败，越浮西施于江，令随鸱夷以终。”乃笑曰：此事正与《墨子》合。杜牧未精审，一时趁笔之过也。盖吴既灭，即沉西施于江。浮，沉也，反言耳。“随鸱夷”者，子胥之谮死，西施有力焉，胥死盛以鸱夷，今沉西施，所以报子胥之忠，故云“随鸱夷以终”。范蠡去越亦号鸱夷子，杜牧遂以子胥鸱夷为范蠡之鸱夷，乃影撰此事，以堕后人于疑网也。既又自笑曰：范蠡不幸遇杜牧，受诬千载，又何幸遇予而雪之，亦一快哉！[①]

杨慎以诸说中墨子离吴越之世最近，《吴越春秋·逸篇》所载又与此合，故认为沉于水之说符合历史的真实。他批评杜牧未加精审，致生歧说。陈耀文《正杨》一书专为证杨慎著作之讹而作，其《西施》条引唐·陆广微《吴地记》文：“嘉兴县一百里有女儿亭，勾践令范蠡取西施以献夫差。西施于路与范蠡潜通，三年始达于吴，遂生一子。至此亭，其子一岁，能言，因名女儿亭。”又《越绝书》文：“西施亡吴国后复归范蠡，因泛五湖而去。”陈耀文据此两段引文，驳斥杨慎之论，认为杨慎引以为据的《逸篇》“宁非影撰耶?”其后王世贞对二人之论曾加评论，他说：“杨用修证西施之沉江与陈晦伯之证西施随范蠡以去，俱各有所出，难以臆断。”但接着批评陈所引《吴地记》之载为“太可笑”，他说：“按《记》，亭在嘉兴县南一百里，为吴地。范蠡为越成大事，岂肯作此无赖事？未有奉使进女三年于数百里间而不露，露而越王不怒蠡，吴王不怒越者。齐东野人之谈，何足据也。”故以为“晦伯之驳用修，真可谓梦中说梦矣”[②]，否定陈说。王世贞倾向于杨说的态度自明。

后来，对西施结局进行考述的仍大有人在，如明俞弁、薛畔，清陈锡

---

① 据万历陈大科刊本。

② 引文见王世贞《弇州山人四部稿》卷一六三《宛委余编》八。

路等等[①]，然均未见有新发现。看来，《墨子》所言，当属较可信者。因为，墨子约生于公元前468年，卒于前376年；越灭吴在公元前473年。墨子略晚而已。

二　宋元剧曲中的妖姬

西施以美著称，古代诗文中描写、赞颂西施之美和以西施之美为喻的篇章，触目皆是。如屈原："虽有西施之美容兮，谗妒人以自代。"（《九章·惜往日》）曹植："增吴氏之姣好，发西子之玉颜。"（《扇赋》）王维："艳色天下重，西施宁久微。"（《西施咏》）徐寅："恐是神仙之化，忽生桃李之颜。"（《勾践进西施赋》）苏轼："欲把西湖比西子，淡妆浓抹总相宜。"（《饮湖上初晴后雨》）徐渭："最是秋深此时节，西施照影立娉婷。"（《荷花》）等等。

但唐代李绅《过吴门诗》却斥西施为妖："苎萝妖覆灭，荆棘鬼包羞。"其《姑苏台杂句》亦云："西施醉舞花艳倾，妒月娇娥恣妖惑。"不过，在诗文中，这类声音还很微弱；而在宋元剧曲中，从今存作品看来，却几乎成主调。

北宋晁补之的《调笑·西子》还只是描写西施之美。南宋初董颖的大曲［道宫薄媚］《西子词》则与李绅同调，把西施归于"妖类"。此曲共十遍，完整地叙述了吴越争战的故事。其中侧重描写：勾践被释归国后，文种陈"破吴策，唯妖姬"之谋。于是，范蠡微行，得倾城妙丽。西子受越王隆恩，愿效死入吴。从此，夫差迷于宫闱，恣意奢淫，信谗佞，戮子胥，国势渐趋衰败，终至国破身殒。其中叙吴亡后西子结果之辞谓：

> 鸾存凤去，辜负恩怜，情不似虞姬。尚望论功，荣归故里。降令曰：吴无赦汝，越与吴何异。吴正怨，越方疑，从公论，合去妖类。蛾眉宛转，竟殒鲛绡，香骨委尘泥。渺渺姑苏，荒芜鹿戏。

---

① 见俞弁《逸老堂诗话》卷上（收于《历代诗话续编》）、薛畔《西子逐鸱夷解》（收于卫泳辑《冰雪携》）、陈锡路《黄嬭余话》卷二。

西子明明奉越王之旨入吴反间，曲中却批评她辜负夫差恩怜，未能如虞姬殉项羽之情而死；西子为越立下大功，越却以“从公论，合去妖类”为由，令其自经。这里的是非观暴露了作者在妇女问题上“女从男”“嫁从夫”（《礼记》）的封建观念。

作者董颖，字仲达，江西德兴县士人，尝从汪藻（字彦章）、徐俯（字师川）游。平生作诗成癖，每属诗，寝食尽废，诗成必遍以示人。然穷至骨。后因为人代作丞相秦桧生日诗，穷思过当，得狂疾而死。[①] 可见是一个名利思想颇重而缺乏气节的文人。他能替人代作贺奸相秦桧的生日诗，自然也就会将亡国之罪妄加在一个受人驱使、供人玩弄的弱女子身上，而决不敢对败国之君臣有丝毫不敬之词。

宋金元的戏曲作品，以范蠡、西施故事为题材的，今知至少有五种。除元·赵明道《灭吴王范蠡归湖》杂剧尚存第四折佚曲外，其余几种均已失传。[②]

赵明道《灭吴王范蠡归湖》，今存第四折，全套曲文共十四支[③]，为范蠡助勾践复国后、归游五湖时所唱。曲中批评越王无道有如商纣，他贪酒色、听谗言、杀功臣，“少不得又一场武王伐纣”；故自己急流勇退，与山妻稚子“趁着这五湖烟浪长相守”。曲中提到西施之处如：

> 铸我做黄金像，养我在白玉楼。你不合信谗言便准了西施奏。［庆东原］
>
> 道童才你与我便轻拨转钓鱼舟，看了这霜降水痕收。一任教越国西施唤，再休想搬回壮士头。［得胜令］
>
> 西施，你如今岁数有，减尽风流。人老花羞，叶落归秋。往常吃衣食在裙带头，今日你分破俺帝王忧。我可甚为国愁？失泼水再难收。我心去意难留，你有国再难投。俺轻拨转钓鱼舟，趁风波荡中流。［梅花酒］

---

① 见洪迈《夷坚志》、陈振孙《直斋书录解题》。

② 其余几种为金院本《范蠡》、元南戏《范蠡沉西施》、元杂剧关汉卿《姑苏台范蠡进西施》、吴昌龄《陶朱公五湖沉西施》。其中南戏《范蠡沉西施》在《寒山堂曲谱》中尚存佚曲，只是笔者未能见到。

③ 见赵景深《元人杂剧钩沉》。《雍熙乐府》《盛世新声》《词林摘艳》皆收全套。

从中可见，剧中西施在吴亡后未被沉于水，也未随范蠡归隐，而是老于越国；范蠡自有“山妻稚子”共相守，对西施则多有贬辱。剧中西施被指责为一个会进谗言、不知羞耻的不贤不贞之妇。不仅灵魂丑陋，其容貌亦已“减尽风流”。作者赵明道（一作赵明远），元初大都人，生活于下层社会，混迹于茶坊、勾肆之中。喜制曲，多歌舞升平、崇扬道德之作①，从所制《范蠡归湖》杂剧之佚文看，作者崇尚、宣扬的显然是儒家“穷则独善其身，达则兼济天下”的立身之道和贱视妇女、以妇女贞操为重的封建道德观念。

其余几种失传作品，从南戏《范蠡沉西施》、杂剧《陶朱公五湖沉西施》的题目看，当亦是贬毁西施之作。因为范蠡历来是人们崇尚的大智大勇的人物，他将西施投于水，必然有他的理由。作为戏剧作品也必然要演述这些理由，这就不会不对西施有所否定。

人们的认识总不可能完全一致，与以上否定西施所为的看法相反，在宋元诗词中也可觅到一些充分肯定西施之功的篇章。宋郑獬曾言：“若论破吴功第一，黄金只合铸西施。”② 元张可久散曲［汉调·湘妃怨］《怀古》云：“秋风远塞皂雕旗，明月高台金凤杯。红妆肯为苍生计，女妖娆能有几？两娥眉千古光辉。汉和番昭君去，越吞吴西子归，战马空肥。”后者甚至明确指出，西子赴吴，昭君和番，都是“为苍生计”，她们的功绩“千古光辉”，其评价可谓高矣。只是这种认识要到明代戏曲中才得到发扬光大。

三　明代传奇中的巾帼英雄与覆国罪人

明代建立以后，社会经济获得恢复和发展。中叶以后，商品经济繁荣，内外贸易活跃，这使我国传统的社会结构和传统的社会思想受到冲击。在这样的背景下，具有反传统、反理学姿态的王阳明学说得以形成并广泛传

① 见元钟嗣成《录鬼簿》及贾仲明为他所作挽词。

② 郑獬《郧溪集》卷二八《嘲范蠡》。

播，其“门徒遍天下，流传逾百年”[①]。继承和发扬王阳明学说而来的泰州学派更为激进，他们揭露道学家的谎言，肯定人的利欲、情欲，提倡个性自由，反映了在社会激烈变动中城镇市民和下层人民的愿望、要求。尽管封建统治者极力提倡程朱理学，迫害、杀害先进思想的代表人物，却仍然挡不住这股进步思潮的奔涌。“嘉、隆而后，笃信程、朱，不迁异说者，无复几人矣。”在新兴的进步哲学思想和文学革新思潮的影响下，戏曲创作也萌发了生机，相继出现了许多具有民主思想色彩的作品。如冯惟敏的杂剧《僧尼共犯》充分肯定了僧、尼违反佛教清规的、大胆追求情欲的反叛行为；徐渭的杂剧《雌木兰》《女状元（黄崇嘏）》从文、武两个方面塑造了胜于须眉的两个女性形象，等等。

明代戏曲涉及西施的，今知有四部作品。数量虽不多，却反映了一场观念上的论战。

最早出现的是汪道昆的《大雅堂杂剧·五湖游》。此剧完成于嘉靖三十九年，为一折短剧。作者摒弃“沉西施”之说，写范蠡功成后身退，携西施泛舟湖上。此剧主旨在批评封建统治集团内部“人情翻覆”“兔死狗烹”的黑暗现实，赞美范蠡急流勇退的明智之举，抒发作者怨愤悲痛的情怀。对西施仍写其美；平吴之后，越王将她赐予范蠡为姬，她庆幸终身有托，喜随范蠡逍遥游于烟波之上。西施在剧中只是陪衬，但作者给予她这样美好的结局，反映了作者对她入吴反间行为的肯定和对“出嫁从夫”“从一而终”的传统观念的否定。作者汪道昆，虽然以儒为业，由进士入仕，官至兵部左侍郎，文学上主张复古，被列为“后五子”之一，但他出身盐贾之家，又生活在进步思潮正在发轫之时，他心折王阳明学说，称“王文成公崛起东越，倬为吾党少林”[②]。《五湖游》一反宋元戏曲中对西施的诋毁，塑造了一个为国立功后甘过淡泊生活的美丽、脱俗的西施形象，正是作者进步思想的表露。由此可见，汪道昆晚年能于所撰《水浒传·序》中指斥权奸，同情、肯定水浒起义英雄、将被封建统治者诬为“诲盗”之书的《水浒传》与司马迁的《史记》相提并论，这决不是偶然的。

① 《明史》卷二八二《儒林》。

② 汪道昆：《太函集》卷九七《王子中》。

比《五湖游》略晚，出现于嘉靖末年的梁辰鱼《浣纱记》[①]，是我国古代戏曲中全面、完整地叙述吴越争战故事而又流传至今的成就最高的传奇名作。它首先将改革后的昆山腔引入戏曲演唱，产生了广泛、深远的影响。作品从吴王夫差伐越、越败求降，一直写到越灭吴复国。剧中详细描述了两国争战的始末和两国君主、重臣各自的特性，从而明示了国家成败兴亡的教训。全剧以范蠡与西施的聚散离合贯穿始终，真实的历史事件与美妙动人的爱情故事相结合，汇织成一部蕴意丰厚而又极具魅力的千古杰作。

《浣纱记》中西施的形象迥异于宋元歌舞剧曲中的"妖姬"，较《五湖游》中的西施也有了长足的发展。剧中西施不仅美丽夺目，使范蠡一见倾心，且明白事理，能识大体：范蠡与她约定终身后一别三年不通音讯，她思念成疾，久卧病榻；但当范蠡从吴国被放归来、登门说明原委之时，她以"国家事极大，姻亲事极小"，对范蠡毫无责怪之意。本以为可遂愿与范蠡完姻，不料范蠡又明言要将她献于吴王，她虽百般不愿，而在范蠡说明"社稷废兴，全赖此举"，"江东百姓全是赖卿卿"后，她乃毅然决定牺牲个人情爱，甘冒风险只身去就敌国。在吴国，锦衣玉食和吴王的厚爱未能动摇她为国雪耻的意志，她终于完成了灭吴兴越的使命，并于越复国后随范蠡遁迹而去。剧中西施是一个既有倾国倾城之貌，又深明大义、胸怀爱国之心、能够勇赴国难的巾帼英雄。作者通过剧中人之口赞美她"胜江东万马千兵"，"虽为女流之辈，实有男子之谋"。

作者梁辰鱼在剧中这样歌颂一个女子，也不是偶然的。梁辰鱼出身官宦之家，曾潜心经史，究治乱之旨，以期有所作为，但他仅以例贡为太学生，终生不遇。他为人豪爽，交游广泛，当时文苑名流中多有与其交往者，而击剑扛鼎、鸡鸣狗盗之徒亦可为其座上之客；他风流倜傥，喜浪游，足迹吴楚间，又善度曲，所作传播戚里，梨园子弟、青楼女子争相传唱。他的经历、交游、性格决定了他的思想不会局于一隅，他所处的时代赋予他接受新思想、新观念的可能。《浣纱记》中西施形象的光彩以及她终于与范蠡相偕，是时代精神和作者进步思想光辉的折射。

---

① 关于《浣纱记》的创作年代有过多种不同的说法，这里取吴书荫之说。吴文《〈浣纱记〉的创作年代及版本》刊于《明清戏曲国际研究会论文集》。

《浣纱记》借对吴、越两国君主的刻画，形象地演述了国家兴亡成败的历史教训和必然规律：越王勾践在兵败投降后，能够谦恭自抑、尊贤重士，故而君臣同心，发奋图强，得以复国雪耻；吴王夫差倚仗国势强盛，骄纵恣肆、亲佞信谗、杀害忠良、沉湎酒色，以致国亡身殒。剧终下场诗云："尽道梁郎识见无，反编勾践破姑苏。大明今日归一统，安问当年越与吴？"似为对"大明"的赞美，实为对当朝的棒喝。明代自中叶以后，皇帝昏庸嬉戏，奸佞当道，忠臣遭殃，政治腐败，而南方倭寇、北方鞑靼又屡为患。梁辰鱼看到国家衰亡之兆，于此剧中借古鉴今，敲起警钟：若不以吴越为训，安知今日一统之大明不为当年之强吴？此剧显示了作者识见的高人之处，表现了他政治上的敏感和民族的忧患意识。

《浣纱记》之后，有无名氏的《倒浣纱传奇》面世。其题目已标明：为反《浣纱记》之意而作。虽然，传奇作者求"奇"，爱翻旧作，如《王魁》之后有《焚香记》，《西厢记》之后有《翻西厢》《东厢记》等，但这些翻作、改作也必然要表现作者的思想观点。《倒浣纱》情节继《浣纱记》，由越灭吴开始。叙伍子胥之子伍封借兵为君父报仇，破越复吴，至范蠡、西施共登仙界止。剧中吴亡后，西施一心盼望与范蠡共践溪纱之盟；不料范蠡却忧念将西施迎归，勾践见后，"必纳后宫，倘昏昧君王，此乃亡吴之续矣"。于是命中军准备皮囊，内装铁百斤，作为沉西施之用。西施责他"忘情负义""兽心人面"，他乃数西施三大罪状：

> 娘娘既为吴国夫人，当谏吴王远佞亲贤、修治国政，每进谗谮之言，杀害大臣，其罪一也；引诱吴王，荒淫无度，宫建八景，劳民伤财，其罪二也；忘宠幸之恩情，为反间之柔奸，致令国破家亡，其罪三也。臣不敢道其过犯，娘娘请自思之。

西施以"此事乃主公之命，大夫之谋，何罪于妾？"为己辩解，范蠡却说：

> 娘娘既食君禄，当忠于君。陷君丧于锋镝，娘娘之心何忍！覆国之愆，何能免乎？

范蠡强词夺理，西施无言以对，只好请求以“霸越之功”赎罪，不料范蠡仍予驳回：

娘娘差矣。霸越吞吴，实臣子当为之事，报仇复怨，岂妇人可达之功？若娘娘有功，怎敢论娘娘之罪？

西施终于被沉于水。照作者借范蠡之口说出的理由看来，西施既嫁吴国，就当忠于吴君；既为妇人，就无为国立功之说。这与董颖《西子词》中的思想是一致的。实乃女子应“嫁鸡随鸡，嫁狗随狗”思想的演绎。其实，剧中振振有词的批评，本身就是矛盾的：既谓西施令吴王“国破家亡”，又怎能抹杀她“霸越吞吴”之功？剧中亦有为西施叫屈之处，对妇人“百年苦乐由他作”的处境表示了一定程度的同情，故剧终让转世为雉鸡、在山中修炼十载的西施亦得成仙，与范蠡共列仙班，不过，地位仍在范蠡之下。这些画蛇添足的情节，反映了作者思想上的矛盾与混乱。

此剧作者无考。从它产生于《浣纱记》流传之后，内容又与旧传统思想合拍看来，当属明末作品。因为万历以后，宦官势力猖獗，党争不休，政治愈加腐败，人民备受压榨，被迫起义，后金之兵又趁势南下，明王朝处于土崩瓦解之中。而封建士大夫们甚至一些进步人士却将国家危亡归罪于王学左派背叛传统所致。他们“痛言王氏之弊，使天下学者复寻程、朱之遗规”[①]，以“兴复古学”“务为有用之学”为旨[②]，强调“以返经正学为救世之先务”[③]。于是，离经叛道、“以情反理”的民主解放思潮渐趋消歇。《倒浣纱》传奇正是回归传统形势下的产物。

晚明翀园生所作《浮鸥记》传奇，已佚。祁彪佳《远山堂曲品》评此剧曰：“范少伯亡吴、霸越，《浣纱》记之详矣。此续之以泛湖，至于宾仙。

① 陆陇其《三鱼堂集》卷二《学术辨上》载：“于是，泾阳、景逸起而救之，痛言王氏之弊……”泾阳、景逸为东林党人顾宪成、高攀龙之号。

② 陆世仪：《复社纪略·复社宗旨》。

③ 钱谦益：《复斋初学记》卷二八《新刻十三经注疏序》。

英雄回首，令人不胜兴亡之慨。”可知此剧实为《浣纱记》续作。剧中当及西施，唯不知其褒贬耳。

四 清代杂剧中的“祸水”与明清舞台上盛演的剧目

清代传奇、杂剧中有关范蠡、西施的剧作，今知仅徐石麒《浮西施》、玉天仙史《陶朱公》杂剧两种。①

《浮西施》为一折杂剧。写范蠡名成志遂、辞却封赏、遁迹归山之时，念及“西施是个妖孽女子，留向国中，终为祸本”，故而载西施同去，拟将她投入江中，“令从鸱夷以终”。剧演西施沉江前与范蠡展开的一场争论。

先是西施历述往日之情，责范蠡不应“中道弃捐”，范蠡则以西施“作了破国亡家的祸头”为由，说明断环不能复合。对于这一罪名，西施难以接受，她指出：自己生在村庄，入吴是范蠡之谋，何曾破国亡家？自己为越国立下大功，为何却以作“铛中烹狗”相报？范蠡则强调夫差原来“颇是英雄”，自西施入吴，使他“霸图暗收”“雄风渐休”，范蠡将西施比作晋之里克、郑之傅瑕、吴之伯嚭（三人或弑君，或卖国），言其有罪无功。西施退一步而问，既范蠡如此憎弃，何不将己留于越宫，或遣返故乡，为何非置于死地方休？范蠡则将她比作夏姬、骊姬、妲己、褒姒，说她“醉骨轻柔，天生的妖孽烟花、脂粉骷髅”，“天生尤物，善笑工颦，遇一君则迷一君，在一国则倾一国”，前有覆车之鉴，故不能再留西施误国。经过几番辩驳，西施终于被抛江中。

此剧言论与《倒浣纱》传奇如出一辙，而对西施的批评，措辞更为尖锐。

作者徐石麒，字又陵，号坦庵。江都（今江苏扬州）人。他经历了明代亡国之痛，入清后不求名禄而浪迹山水之间。他性喜著述，明亡时，所

① 晚清有许善长《西子捧心》、袁蟫《东家颦》杂剧，主要写东施效颦事，此不赘。

著四十余种（共360卷）毁于一旦，存者无几。后撰《坦庵续集》二十八种，据作者自己说："大要得之疾病愁苦、呻吟涕泪中者多耳。"（《坦庵续著书目》）《浮西施》为其入清后所撰杂剧之一，剧中流露出他的亡国之恨，只是他将灭吴之罪归于西施，将亡国之恨发泄在对一个女子的恶骂之中，显然是错误的。

乾隆时，吴江玉田仙史曾撰四折杂剧《陶朱公》，演范蠡救中子之事。剧中有范妻而无西施，故此不赘述。

纵观我国戏曲史上这些以西施为主角或重要角色的作品，除汪道昆《五湖游》杂剧和梁辰鱼《浣纱记》传奇外，其余（凡今能知其内容者）皆否定、丑化西施所为之作。但数百年来，场上盛演的却是肯定、赞美西施的《浣纱记》。台湾王秋桂主编的《善本戏曲丛刊》汇集、影印了分藏于欧洲、日本和国内图书馆的明清两代曲选、曲谱数十种，其中明代选本如《鼎刻时新滚调歌会玉谷新簧》《新刻京板青阳时调词林一枝》《鼎雕昆池新调乐府八能奏锦》《新锓天下时尚南北新调尧天乐》《新刻出像点板时尚昆腔杂曲醉怡情》等；清代刻本如《纳书楹曲谱》《缀百裘》等约二十种均选有《浣纱记》的散出。而20世纪20年代出版的《集成曲谱》所选《浣纱记》竟达十八出之多，仅比所选汤显祖《牡丹亭》之曲少两出。这些曲选、曲谱，有昆腔系统的，也有弋阳腔、徽调系统的，它们专录当时的"时尚"之曲。可见《浣纱记》问世后，一直是场上流行的剧曲，不止用昆腔演唱，且已成为弋阳腔、徽调系统的"时新"剧曲。在这些曲选、曲谱中，我们没有找到《倒浣纱》《浮西施》等剧目的哪怕是一小支曲子。这一事实说明了：数百年来，广大群众按照自己的评判标准、审美情趣，选择了《浣纱记》，抛弃了那些否定西施的剧作。时至今日，无论是京剧还是越剧等地方剧种所演西施，甚至有关西施的小说①，它们或据《浣纱记》改编，或取其中的某些情节，我们都不难看出它们所受到的《浣纱记》的影响。

戏曲史上这场有关西施人品道德的争论（虽然不是面对面的），孰胜孰负，已经一目了然。

---

① 如被誉为"历史小说巨擘"的南宫博所著《西施》，台湾时报文化出版企业有限公司1985年出版。

五　余言

我国古典戏曲中不同西施形象的出现，与有关西施结局的不同记载、传说有关，与剧作者自身的遭遇、心态、人格、道德观念有着密不可分的关系，这在前面已有介绍，此不赘述。西施形象的演变也从一个侧面反映了我国社会历史、文化思想的发展变化，这在前面虽已涉及，却有未到之处。

我国历史上对于妇女的轻蔑，早在两千多年前的文献中已有记载。孔子曰："唯女子与小人为难养也。近之则不孙，远之则怨。"（《论语·阳货》）但把女人视作"祸水"，则始于汉代，始于汉成帝时在宫中任教的淖方成见成帝宠爱赵合德而曰："此祸水也，灭火必矣。"[①] 此后，人们遂以"祸水"指斥那些得宠后国亡或家破的女人。

汉之前，虽亦有女人灭国的记载，如《诗经·正月》："赫赫宗周，褒姒灭之。"但一般认为责任在于为王者，是王者失德，惑于女色，不听忠言所致。成书于春秋时期的《国语》记晋献公伐骊戎，克之，获骊姬归，宠幸之；大夫史苏即说"亡无日矣！"他认为有男兵必有女兵。晋以男兵胜骊戎，骊戎必以女兵胜晋。他以夏桀伐有施获妺喜、商纣伐有苏获妲己、周幽王伐有褒获褒姒之事为例，说明"今晋寡德而安俘女，又增其宠，虽当三季之王（指末代之王夏桀、商纣、幽王），不亦可乎！"又说："今君灭其父而畜其子，祸之基也。"取战败国之女为姬，好其色，纵其欲；败国之女必思报君父之耻而作难。妺喜、妲己、褒姒以至骊姬乱国，是为王者咎由自取。《左传》"哀公元年"载吴王夫差败越、后被越所灭之事，其间述及吴侵陈，楚大夫皆惧，因夫差之父阖闾曾败楚于柏举。公子子西以为"无患"，他说：

> 昔阖闾食不二味，居不重席，室不崇坛，器不彤镂，宫室不观，

---

① 见汉·伶玄《飞燕外传》。按五行家的说法，汉以火德王。这句话的意思是说，赵合德（赵飞燕之妹）得宠，必使汉亡，如水灭火。

> 舟车不饰，衣服财用，择不取费。在国，天有菑疠（灾疫），亲巡其孤寡，而共其乏困。在军，熟食者分，而后敢食。其所尝者，卒乘与焉。勤恤其民，而与之劳逸，是以民不罢劳，死不知旷。吾先大夫子常易之，所以败我也。今闻夫差次有台榭陂池焉，宿有妃嫱嫔御焉。一日之行，所欲必成，玩好必从。珍异是聚，观乐是务，视民如仇，而用之日新。夫先自败也已，安能败我？

子西分析，阖闾之所以能够败楚，是因他节用爱民，故民不罢劳；而夫差侈其日用，视民如仇，必败无疑。后来夫差果败，书中只言其亡，未及西施之事。可见春秋战国时，强调的是：王者之德。有德者为王，民众一心，国力强盛；失德者为王，必致政乱国亡。直至西汉时，司马迁撰《史记》，仍言夏桀之亡由于“不务德而武伤百姓”，商纣败于“淫乱不止”，周幽王失国为昏聩所致，均未归罪于妺喜、妲己、褒姒。

随着封建制度的日趋完善与巩固，皇帝的权威愈来愈被神化。无论贤君、昏君，皆上天所授，其地位是不可动摇的。国家动乱、覆灭，则归咎于奸臣误国、小人蒙蔽圣听，或是女人干政，妖孽惑乱君心。于是，女人祸水之说，影响越来越大。妺喜、妲己、褒姒、吕雉、赵氏姐妹、武则天、杨玉环等均成为妇孺皆知的“祸水”，“呜呼，女人之祸于人者甚矣！”（《新唐书·明皇本纪赞》）把奉国君之命，只身深入敌国，诱使敌方君亡国破的西施，称作“祸水”“妖孽”，正是这种封建思想的体现。

封建统治者从来都是把少数统治者的利益放在首位，作为权衡一切人与事的标准。他们从无“信”字可言，今天这么说，明天可以那样说。“是”和“非”的标准完全根据他们的需要——在不同形势下，以怎么对自己统治有利为转移。今天需要你，对他有利时，便肯定你、嘉奖你；明天不需要你，可能有碍于他的统治时，便巧立名目杀掉你（所谓“欲加之罪，何患无辞”也）。“无毒不丈夫”是他们的信条。所以《倒浣纱》《浮西施》中西施与范蠡争辩，毫不起作用，最后还是落得个葬身鱼腹的下场。

不过，即使是在封建时代，也有一些有识之士有着不同的看法。尤其是在明代，由于进步哲学思想影响的扩大和深入，为西施被诬鸣不平者多有出现。《浣纱记》作者梁辰鱼是其突出代表，晚明袁宏道《锦帆集·灵岩》也曾论及此事。文中说：

> 古今过夫差者，皆首女祸。而余友江进之吊胥庙，独云："忠臣不逐鸱夷去，纵有西施国岂亡。"闻者或以为病。余为之解曰："齐国有不嫁之姊妹，仲父云无害霸；蜀宫无倾国之美人，刘禅竟为俘虏。亡国之罪，岂独在色?"噫，冀后人不昧此语，不然未有不为厉端者矣。

可见，江盈科一句为西施叫屈的诗句，曾招致一些人的非议。被李贽赞为"胆力识力，皆迥绝于世"的袁宏道站在江盈科一边，有论有据地驳斥"女祸"之说；并提醒后人，不要为王者讳，否则，将一切罪过都推给女人，让女人代替昏聩、残忍、淫乱的统治者受过，而王者仍被颂为"圣君""明主"，则未有不酿成祸端的。其思想的穿透力，实可经百世而不衰。

一个西施，引发了如许多的话题。个中缘由，值得玩味。本文只是将历史上的变异叙述出来，更深入的研究，还有待于来者。

（载《文学遗产》2001 年第 6 期）

《大雅堂杂剧·序》的作者究竟是谁?

汪道昆《大雅堂杂剧》万历时原刊本前有《大雅堂序》一篇，末署“嘉靖庚申冬十二月既望东圃主人书”。拙文《关于汪道昆的几个问题》曾说:“嘉靖三十九年庚申（1560），正是汪道昆任襄阳知府的第三年。从内容看，这是一篇作者自序，‘东圃主人’当是汪道昆的又一别署。”（见《文学遗产》1985年第四期）其后，徐朔方先生《晚明曲家年谱·汪道昆年谱》在引述此《序》后云:“据《太函集》卷二十九《王子镇国少君传》及卷九十五致‘东圃镇国’书，襄王孙即镇宁恭靖王少子朱厚柯，东圃主人即其人。说者以为东圃主人是道昆另一别号，误矣。”（《徐朔方集》第四卷《晚明曲家年谱·皖赣卷》第25页，浙江古籍出版社1993年版）徐先生未提“说者”之名，是长者厚道之处；我虽心存疑惑，也未深究。近见数种著作皆从徐说，觉仍有辨明的必要，因这毕竟关系到我们了解汪道昆作《大雅堂杂剧》的初心，故不揣冒昧，特向徐先生求教。

笔者仍以为《大雅堂序》为汪道昆自序。因为“东圃镇国”与“东圃主人”，虽有二字相同，但不能就此断定为一人。“镇国”与“主人”，二词的内涵是完全不同的。

“镇国”是爵位名称。明制：皇子封亲王；亲王嫡长子为王世子，诸子封郡王；郡王嫡长子为世子，诸子授镇国将军；郡王孙授辅国将军；曾孙授奉国将军；四世孙授镇国中尉；五世孙授辅国中尉；六世以下授奉国中尉（《明史》卷一百一十六《诸王列传》;《渊鉴类函》卷六十《诸王》）。据汪道昆《太函集》卷二十九《王子镇国少君传》云:“少君名厚柯，镇宁恭靖王少子，襄宪王曾孙也。”查《明史·诸王世表四》，襄宪王瞻墡，为仁宗嫡五子；镇宁恭靖王见濯，为襄宪王孙。朱厚柯未入《诸王世表》，从他属于“厚”字辈可知，应为镇宁恭靖王之孙，而非“少子”。因太祖朱元璋以子孙蕃众，虑命名重复，乃于东宫、亲王世系，各拟二十字，字为一世。其中燕府（后为帝系）二十字为“高瞻祁见祐、厚载翊常由、慈和怡伯仲、简靖迪先猷”（《明史》卷一百《诸王世表一》）。襄宪王为成祖朱棣之孙、仁宗朱高炽的嫡五子，属“瞻”字辈；镇宁恭靖王为襄宪王之孙，属“见”字辈；恭靖王之子为“祐”字辈，如表中记其嫡子为安懿王祐槈；故朱厚柯应为恭靖王之孙，说他是“恭靖王少子”，实误。这样算来，朱厚柯是仁宗皇帝的四世孙，应封为“镇国中尉”。汪道昆致书称“东圃镇国”，略去“中尉”二字，乃是常情。

“主人”二字用处颇多，今尤广泛。但有一种用法只行之于古代。《仪礼·乡射礼》云：“乡射之礼，主人戒宾。”汉郑玄注曰：“主人，州长也。”《后汉书·邓晨传》记：更始时，邓晨为常山太守。王郎反，光武刘秀自蓟走信都。邓晨与其会于巨鹿之下，自请从击邯郸。光武说：“伟卿（邓晨之字）以一身从我，不如以一郡为我北道主人。”乃遣邓晨归郡。故《渊鉴类函》卷一百一十三《太守》记邓晨为“常山北道主人”。《大雅堂序》作于嘉靖三十九年，这是汪道昆任湖广襄阳府知府的第三年。州长、太守、知府，名异而实同，因时代演变而有不同称谓。明代为知府者，俗仍称太守。“东圃主人”的别号，符合当时汪道昆知府的身份。

至于“东圃”二字，很可能是借用宋赵抃“政成治东圃，於焉解宾榻”的诗意。朱厚柯自比于汉之陈蕃，在“东圃”设榻如徐稚一样的高士（《后汉书·徐稚传》：徐稚，南昌人，恭俭义让，所居服其德。时陈蕃为太守，在郡不接宾客，唯为稚来特设一榻，稚去则悬之）；汪道昆则如“以一琴一鹤自随，为政简易”的赵抃（见《宋史·赵抃传》），治政之余至“东圃”休闲，与朱厚柯相聚宴饮、同观剧戏。朱厚柯与汪道昆友善的情况，由汪氏所撰《王子镇国少君传》中可见一斑：“……高阳生（汪道昆自称）为太守，自称酒徒。少君故酒豪，然数负太守。少君设部乐习吴歈，太守至则命升歌，务尽长夜。……少君绝口不言郡事，太守愈益亲之。少君多御人，不无怨者。太守风少君毋丛怨，乃出良家子十余曹。”可见二人交情之笃。

汪道昆离任此地五年后，还有书致“东圃镇国”，表思念之情。当年二人别号中同用“东圃”二字，仅以“镇国”“主人”相区别，也就不难理解了。

也许有人会说，“主人”一词在不同的场合有不同的含义，如《仪礼·乡饮酒礼》：“主人就先生而谋宾介。”这里的“主人”，郑玄注曰：“谓诸侯之乡大夫也。”《仪礼·士昏礼》：“主人筵于户西。”注曰：“主人，女父也。”又如今所谓房主人、家主人等。朱厚柯用“东圃主人”之号，似也是可以的。事实上，也有王族用过“主人”之号。如清宗室奕志，号西园主人；善耆，号如当舍主人等，仅凭汪道昆时为太守、可用“东圃主人”之号，即断定《序》为汪作，似也难以令人信服。

那么，还是让我们来分析一下《序》文本身。好在不长，为了便于说明，现将全文照录如下：

> 襄王孙曰，国风变而为乐府，乐府变而为传奇，卑卑甚矣，然或谭言微中，其滑稽之流与？乃若江汉之间，湘累、郢客之遗，犹有存者。顷得两都遗事而文献足征，窃比吴趋，被之歌舞。宾既卒爵，乃令部下陈之。贵在属餍一脔足矣。彼或端冕而卧，其无求多于予哉。嘉靖庚申冬十二月既望东圃主人书。

序文以襄王孙（朱厚柯）之言开头。王孙说，由国风、乐府发展而来的戏剧，虽被视为小道，“卑卑甚矣”，却往往寓有微妙的或深刻的道理，难道戏剧是继承了古来以滑稽的言谈举止行规谏之实的传统吗？这里貌似提问，实是肯定了戏剧的讽喻意义。

以下的文字，其中“顷得两都遗事而文献足征，窃比吴趋，被之歌舞”，显然是剧作者的语气。作者根据文献足征的关于范蠡、楚襄王、张敞、曹植的逸闻轶事，私下编成南曲杂剧《五湖游》《高唐梦》《远山戏》《洛水悲》四种，合称《大雅堂杂剧》，四剧中仅《五湖游》用南北合套，余皆用南曲，即所谓的“吴趋”。“窃比吴趋”一句，可解为“私下自比于吴优”。吴趋，即吴歌，这里引申为吴优。汪道昆喜欢吴歈，由其所作《观舫》诗中，亦可见：“扁舟竟日系菰蒲，云是鸱夷事五湖。课绩漫劳书越绝，征歌还许出吴趋。”（《太函集》卷一百一十五）交由部下排练，在宾客们畅饮之后，令优伶载歌载舞演于红氍毹之上。作者表示，只要观者能略有所获，自己就很满足了。至于这“部下”是地方官伎，还是朱厚柯的王府部乐，根据《王子镇国少君传》中所说“少君设部乐习吴歈”，很可能是由朱厚柯的部乐排练演出的。

不过，汪道昆的门人潘之恒曾说：“汪司马伯玉守襄阳，制《大雅堂》四目。《画眉》《泛湖》以自寿，《高唐》《洛浦》以寿襄王，而自寓于宋玉、陈思之列。”（潘之恒《亘史杂篇》卷四《曲余》）这里所说的襄王，当指襄庄王朱厚颎。他于嘉靖三十一年嗣封，四十五年薨。他对汪道昆尊礼有加。汪氏在后来所作《祭襄王文》中说：“道昆昔以天子守吏待罪邦域之中，王不以其无良礼遇逾溢久而不替。今则已矣，其如国士之报何？”（《太函集》卷八十一）其《祭襄国母张太妃文》亦云：“嗟乎，当道昆之守襄也，幸得奉襄王欢……”（同上）《大雅堂杂剧》中既有寿襄王和自寿之作，其由襄王府部乐或地方官伎排练演出，也是有可能的。

根据以上所说，笔者以为此《序》乃汪道昆的《自序》；开头不过是借襄王孙之言，肯定戏剧的讽喻意义，亦借以表明自己谱写四剧的初心而已。

拙见能否成立，还请徐先生及专家们指教。

（载《文学遗产》2004 年第 6 期）

试析康海被诬为“瑾党”的原委

现象表现本质，但现象并不等于本质。记得一位伟大人物曾经说过：“如果事物的表现形式和事物的本质会直接合而为一，一切科学就都成为多余的了。”

正德五年，阉宦刘瑾被诛，康海亦被列入“瑾党”罢官。其被列入“瑾党”的原因，众说纷纭。让我们拨开迷雾，探其究竟。

据记载，当时言官劾康海为瑾党的理由有二：一、康海曾谒见刘瑾救李梦阳于死难，瑾恨李切骨，若非有亲于瑾，何以能立脱其危？二、康海奉母柩西归路过内丘时财物被劫，非借瑾势，失财何以获赔？[①] 于是，康海被划入“奸党”，罢官归里。是时，知情者认为其冤，更多的人则因其为“瑾党”而视其为“邪人”[②]。

康海谒瑾救梦阳事发生在正德三年五月至八月间。关于此事，当时人的记载颇多，如吕柟《寿对山先生康子七旬序》[③]。说得颇为详细，从中可知康海在谒见刘瑾前曾征询过王九思的意见：

> 昔者先生之在翰林也，当正德己、庚之间，宦瑾窃柄，威侮缙绅，虽洪洞韩忠定公、庆阳李二献吉皆所逮系。李子狱，手扯衣襟噬指血

---

① 见李开先《对山康修撰传》等。

② 霍韬《渭厓文集》卷6《题康德涵王敬夫卷后》云：“正德庚午宦瑾诛，浒西康子、渼陂王子皆以瑾故黜。时海内之人皆曰：‘康子、王子，邪人也。’”

③ 吕柟：《泾野先生文集》卷13。《序》中云：“对山先生康子先岁之六旬也，柟适过家，约作寿序一首。未几，奔走南北，日不暇给，久未践约。今岁庚子，先生年已六旬又六，且望七旬矣……”知此文作于康海去世前。

书曰："康子救我！"先生乃速渼陂王子以告曰："海许友以死，分也。但念老母在，恐被及耳。"王子曰："若有他虞，止罢君官已矣，谅亦不至老母也。"先生慨然曰："既如是，海何惜一身之官而轻二贤之命哉？"遂入言韩、李事于瑾。瑾鸱张恚甚。先生徐言曰："海来为公，非为二人也。"瑾讶问其故，答曰："洪洞虽不识事体，然负正人之名于海内。李二文章超绝一时，关西之光也。倘二人受戮，即公之名陨矣。"瑾时若有许可之意。明日，二人得不死。

吕柟自正德三年中进士第一、授翰林院修撰后至正德五年夏均在京师，他与康海同乡，又同在翰林，立朝持正敢言，深受士林敬重，其记述应该可靠。张治道《翰林院修撰对山康先生状》[①] 记康海救李梦阳事亦详，并说还听从过何瑭的意见：

时武宗皇帝初即位，宦官用事，八党行权，而兴平宦刘瑾用事尤专，百僚被其窜逐而吾乡折罚尤甚。闻先生名常欲其至，而先生独不之往，瑾以是衔之。有时见直言讽劝，在他人不能堪，先生独言之无忌。盖瑾素重其名，自能压其心耳。是时瑾怒吾乡户部郎中李梦阳，盖以梦阳为主事时尚书洪洞韩文率诸大臣劾瑾等专恣擅权，而弹文出梦阳手。朝廷怒罢诸大臣、梦阳官。后瑾居司礼，忌前弹文，构梦阳以他事，奏下锦衣狱欲致之死。人情汹汹莫敢拯救。梦阳自狱中传帖甚急，曰："对山救我！"此信尚存。编修何柏斋谓众人曰："康对山若往瑾救之，献吉可活也。"人以是语先生，先生曰："我何惜一往而不救李耶？"先生先虽承往而人尤难之。明日先生同御史某往右顺门，值柏斋自内阁出，曰："此为献吉来耶？"先生曰："是。"柏斋附先生耳曰："此可独往，不可与他人同也。"先生遂不之往，且谓柏斋曰："瑾横恶肆权人也。性好名，可诡言而夺，不可正言而论也。"柏斋曰："此惟先生能之，他人不能也。"又明日，先生往瑾所。瑾闻先生至，

① 收于《明文海》第433卷。

倒屣迎之，留饮坐话久之。瑾谓先生曰：“人谓自来状元俱不如先生，真为关中增光。”先生绐言曰：“海何足言。今关中有三才，古今所稀少也。”瑾惊曰：“何三才古今稀少也？”先生曰：“李郎中之文章，张尚书之政事，老先生之功业。”瑾曰：“李郎中为谁？乃与我并耶？”先生曰：“是今狱中李郎中也。”瑾曰：“非李郎中梦阳耶？”先生曰：“是。”瑾曰：“若应死无赦。”先生曰：“应则应矣，杀之关中少一才矣。”晚饮罢出。明日，瑾奏上赦李梦阳。

张治道虽为正德九年进士，当时不在京师，但于引疾归长安后与康海同游十余年，与王九思、吕柟、王廷相等多有交往，事之经过写得详细，康海曾商之于何瑭（柏斋），梦阳之信犹存，皆不会是凭空虚构。马理《对山先生墓志铭》亦曰曾“谋诸柏斋何子”。何瑭时在京师，正德五年三月始因不礼瑾而致仕，是一个“行谊高古”“洁身独行”的“君子”。[①] 他在闻知康海被诬为“瑾党”后，曾去信说：“得报以来，且痛且恨。所痛者执事平生之心可以对天日，有伊周之才之志不得少行于时；所恨者凡事轻忽简略不存形迹，卒罹大谤。”[②] 对康海的人品、才能给予充分肯定，也指出其见谤于世的原因。吕柟、张治道、马理撰文时，王九思、何瑭均在世，文中所记不可能是虚假之言。

康海在救李前，之所以要商之于人，实因此事非同小可。当时刘瑾用事，威焰炽盛，为户部尚书韩文帅廷臣上疏请诛乱政内臣八人一事，他不仅矫诏将阁臣刘健、谢迁及户部尚书韩文、郎中李梦阳等五十三人列为“奸党”，或罢黜归里，或降职外调；迫害所及，凡仗义执言和疏救者皆不得免。如给事中徐昂因疏救韩文被除名，南京科道戴铣等疏留刘健、谢迁及劾中官被逮系，兵部主事王守仁则因疏救戴铣等下狱杖三十谪为龙场驿丞，御史陈琳上疏留刘健、谢迁并救戴铣降为揭阳县丞，江西巡抚王良臣疏救戴铣等被逮至杖三十而为民……其矫敕、勒罢公卿台谏数不胜数。李梦阳为代草疏者，被逐官归里后，刘瑾心犹不甘，又罗织他事械系至京下

---

① 郑晓：《今言》卷3。

② 见康海《全集》卷23《答柏斋》信中所引。

锦衣卫，必欲置之死地。当时“人情汹汹莫敢拯救”。李求救于康海，是因为知道刘瑾尊礼康海，且在此之前，康海于正德二年春曾谒瑾救左都御史张敷华于不测。[①] 康海在当时是赫赫有名的状元，其《廷对策》深得读卷官刘健等人以及前代皇帝的赞赏，他的才华广受士人尊崇。刘瑾也因此以及同为陕西人而欲拉拢康海以壮大自己的势力，并曾让亲信示意康海，遭到婉言谢绝[②]，致心存不满。在这样的情况下，要去救刘瑾恨之入骨的李梦阳，犹如触虎须，其危险是可想而知的。而康海在与好友商量后，终于慷慨赴救。他不顾个人安危，救人于急难，在当时的情况下，实在是难得的。而刘瑾不因康海曾拒招致加害于他，竟倒屣迎之，并致释放李梦阳，亦可见当时康海人望之深和刘瑾欲网罗康海之心的迫切。

当然，刘瑾能接受康海的意见，与康海从未正面与他发生过冲突也不无关系。康海在刘瑾擅权时所作《拟论近臣太重状》，只是“拟”作，并未上奏；北曲［骂玉郎感皇恩采茶歌］《丁卯即事》，也只是自我抒怀之作。这类痛斥宦官乱政的作品，说明他对朝政败坏有清楚的认识，表明要自保玉洁冰清操守的决心。他没有像韩文、李梦阳等官员那样直接展开斗争，这与他做事注意审时度势有关。正德元年，马理因母丧守制在家，兄弟深受某贵人子之辱，海撰《与马伯循书》曰：“近闻某氏六郎与令兄弟作孽，伯循深被其辱。夫无故之辱，孟子所谓妄人者也，仆意伯循必不与之较耳。然兄弟骨肉至亲，谁能嘿然，宜别有以图之也。六郎行暴贵邑，若虓虎亡敢撄也，即不姑以忍之，彼或至于犯其更尊者之衣履，伯循又将何以处之？胜负之际，市井之所向也，乌有士大夫而俛与市井较者？况伯循之力万万不能胜耶！彼所养而籍者，尽市井无赖也，彼赏以锱铢之利，皆可兴难于我；彼又挟有贵父之势，如之何以制之？今莫若善诲令弟，使毋适中其欲

---

① 见《明史·张敷华传》、罗洪先《张简肃公传》。

② 正德二年，刘瑾曾令所亲密者致意对山，曰：“主上欲以汝为吏部侍郎。”对山答曰：“我服官才五阅岁矣。自来翰林未有五岁而升部堂者。请为我辞之。”事遂寝。瑾因深嫌海不附己。见李开先《闲居集·康王王唐四子补传》。康海《全集》卷21《与彭济物书》中曰：“瑾之用事也，盖尝数以崇职诱我矣。当是时，持数千金寿瑾者不能得一级，而彼自区区于我，我固能谈笑而却之，使饕虓巇崄之人卒不敢加于我。此其心与事亦雄且甚矣。当朝大臣盖皆耳闻目见而熟知其然。”

斗之意而已。”书中分析贵人之子挟父之势、养市井无赖兴风作浪；马理之力万万不能敌。故劝马理诲其弟“姑以忍之”“宜别有以图之”，免得眼前危及长辈。读此信，我们便不难理解在刘瑾气焰嚣张时康海“姑以忍之”的原因了。斗不过，“姑以忍之”“宜别有以图之”，也是一种策略。康海谒瑾救李时，采用的方法也是虚与周旋、“诡言”说之，否则，是达不到救人目的的。正因为康海能够审时度势、慎选斗争策略，而刘瑾又迫切想拉拢他，他才能救下张、李等人。当时言官以康海能于刘瑾虎口救下李梦阳而说康海与刘瑾交情深厚，岂不冤枉！

至于康海扶柩归里，财物被劫，失而获赔，这也是事实。马理《对山先生墓志铭》云：

> 公遭内艰而归也，及顺德遇盗而失财焉。捕盗者欲追其财以还公，犹覆水而不可收也。后瑾败，忌者谓公交瑾，故失财而复获，遂罢其官。

李梦阳《空同集》卷20有《呜呼行寄康子以其越货之警》七言古诗一首，反映了康海归时的情况：

> 呜呼皇天不可测，一冬无雪春无雨。……堂堂古路长蒺藜，万家之城走豺虎。百姓诛求杼轴空，儿号女啼守环堵。饥寒尽化为盗贼，可惜良民作囚虏。……近者内丘大宁河，横贼八骑持干戈。裕州知州与贼战，康也扶柩冲之过。资粮荡尽仅身免，月暗天昏路途远。吉人作善番撼轲，痛哭寒城白云返。顷闻留滞在襄国，百口仰给县官食。吾兄匹马走问之，半月更复无消息。……比来官吏守空印，拖男抱女尽向北。即防此辈更充斥，恐汝后归归不得。

从中可知，康海自正德三年冬离京，由于“资粮荡尽”，至四年春尚滞留在顺德。后来终于获赔，才得以还乡。

对于这件事，《明实录·明武宗实录》“正德五年七月”中也有一段记载：

> 丁巳，降原调副使宁杲为山西右参议。杲为佥都御史抚治真定时，强贼张茂于内丘县劫丁忧修撰康海财物。海，刘瑾乡人也，素与厚，贻书于瑾，嘱其捕贼。瑾令所司停顺德知府郭纴及捕盗官俸，督责之，又以杲勘报稽延，遂降官。海言于纴曰："所失非吾财，皆瑾寄橐也。"纴乃敛诸州县民财至数千两偿海。海复书于瑾，其事乃已。后瑾败，海竟坐罢。

有文章据此记载，认为康海和刘瑾"一向交谊深厚"，康之去官和营救李梦阳毫无关系。如这段记载属实，无论是贻书于瑾嘱捕盗或借口刘瑾所寄橐，皆为倚刘瑾之势迫使知府敛民财而获赔，这当然是康海个人历史上不光彩的一笔。不过，《明实录·明武宗实录》"正德五年三月"还有两条记录：

> 都御史宁杲奏擒捕强贼并自尽自首者六十余人，因陈四事……下兵部勘详以闻。兵部言，杲屡以曾经奏报贼数重复敷陈，以饰己罪。都御史柳尚义追捕强盗、王大川屡经杲地，杲坐视不理，宜令自劾赎罪。其所拟事体颇通者，谨议上闻。得旨：杲不与尚义协力追捕，乃重复敷陈已奏贼数，穿窬狡狯，饰罪希息，其停俸待罪以图后效，兵粮器械如议。
>
> 给事中段豸、监察御史涂敬等劾佥都御史宁杲、柳尚义不能剿除盗贼以靖地方，捕盗御史薛凤鸣、王廷相自分秦越，推调误事，巡按山东御史储珊不能协力抚捕，俱宜究治。得旨：山东北直隶等处盗贼纵横，各官互相观望，不即设法擒捕，杲已停俸，其仍停尚义、廷相、珊俸，令协力剿捕以图后效；凤鸣所部，盗贼有间，姑宥之。

据此，知宁杲曾因不能协力剿除"盗贼"及重复奏报擒捕"强贼"之数以饰罪而停俸，其因康海失财勘报稽延而降为山西右参议，是四个月以后的事。曾有文章据此为康海辩诬[①]，说“康海失银是正德三年的事，宁杲降职在正德五年，两者之间并无联系。”黄云眉《明史考证》亦云康海托言刘瑾寄橐之事“似未可信。海不能自绝于瑾，然竟以己之财物托为权阉寄橐，类于讹诈行径，海虽跅弛不至此，殆编《实录》者有意诬之。”前文之辩，仍有可议之处：康海失财一年半后，宁杲被降职，似不能证明二者无关。李梦阳于正德元年因代韩文起草劾刘瑾之文，于次年元月由户部郎中降为山西布政司经历，刘瑾恨犹未消，又于一年半后，即正德三年五月，矫旨逮李梦阳下锦衣狱，欲置之死地。可见由于种种原因，处分不一定立即议定。黄著以康海的人品为据，认为他托言刘瑾寄橐而获赔，“似未可信”，有一定的道理。张治道《翰林院修撰对山康先生状》曾曰：“盖追捕所亡，有司素重其名且为翰林而追捕之也，先生何与焉?”虽然，碑传往往有“谀墓”之嫌，但张之辩，应该说也是有一定道理的。

退一步说，若康海处在当时（扶柩而不得归）的情况下，确曾借刘瑾之势催赔，那也是不得已而为之的权宜之计。正如何瑭所说：“对山康子，其殆学圣人之权而未至者乎？其才甚高，其气甚豪，其性甚真，其言行则不切切于规矩之内。其取重于当世以此，而见谤于世亦以此。”[②]当然，这毕竟也是“持身不严”的表现。但是，仅凭这一条，就可定康海为“瑾党”吗?

李开先《对山康修撰传》为康海辩解说：“当时附瑾者，不一年，由郎署府守即至正卿。君为修撰八年，不陟一阶，是果瑾党耶?”话不多，驳斥却是有力的。据《明史》《国榷》等史书载，当时附瑾者如：

> 焦芳：弘治末为吏部左侍郎；正德元年四月升吏部尚书；十月，吏部尚书兼文渊阁大学士；十二月，进太子太保武英殿大学士；正德二年八月，进少傅兼太子太傅、谨身殿大学士；正德四年五月，少傅少师兼太子太师华盖殿大学士。其子焦黄中，正德三年进士，授检讨；正德四年七月即升为编修；正德五年被削籍时已为侍读。

---

① 马美信、韩结根：《〈中山狼〉杂剧与康、李关系考辨》，载《复旦学报》1989年第1期。

② 见何瑭《康修撰对山墓表》。

刘宇：正德元年为右都御史；二年正月为左都御史，以厚金贿瑾，四月升兵部尚书；八月加太子少保；九月进太子太傅；三年八月，改吏部尚书；四年六月，吏部尚书兼文渊阁大学士。其子仁，应试求一甲不得，内批授庶吉士，逾年，迁编修。

曹元：正德二年闰正月改为巡抚陕西右副都御史；七月，晋兵部右侍郎；正德三年八月，升兵部尚书；正德五年正月，吏部尚书兼文渊阁大学士。

张綵：弘治十八年，由吏部文选郎中移疾去；正德二年十二月，复吏部文选郎中；正德三年九月，为右佥都御史；十月，升吏部左侍郎；正德四年六月，进吏部尚书；十一月，进太子太保。

朱恩：正德三年至五年正月，二年中，自按察副使五迁至南京礼部尚书。

仅此数人可见，依附刘瑾者，在官阶上急遽上升，一年中可以三进。而康海为修撰长至八年，未升一级，“是果瑾党耶”？

以上说明，言官指康海为“瑾党”的两条理由均不足为据。大量文献记载证明，康海志大才隽、洁身自好，除了为救人而求见刘瑾之外，从未趋奉刘瑾，更未做过任何同流合污之事。把他划入“瑾党”，实在是天大的冤枉。

那么，他被列入瑾党究竟是什么原因呢？当时的知情者曾作过分析。如：何瑭认为是“凡事轻忽简略”所致；吕柟则谓“其有今日祇因言语之肆耳”①。王九思说得比较详细：“其年（正德三年）秋太安人弃养，公将西归合葬平阳公。诸翰林之葬其亲者，铭表碑传无弗谒诸馆阁诸公者，公独不然，或劝之，乃大怒曰：‘孝其亲者在文章之必传耳，爵何为？’于是自述状，以二三友生为之。刻集既成，题曰《康长公世行叙述》，遍送馆阁诸公。诸公见之无弗怪且怒者。公归逾二年庚午孽寺瑾伏辜，言者弹劾朝士亦滥及公。是时李西涯为相，素娼公，遂落公为民。……盖公在翰林时，

① 吕柟：《泾野先生文集》卷20《与康太史德涵》、卷13《寿对山先生康子七旬序》。

论事无所逊避，事有不可辄怒骂，又面斥人过，见修饰伪行者又深嫉之，然人亦以此嫉公。公又尝为之言曰：‘本朝诗文自成化以来在馆阁者倡为浮靡流丽之作，海内翕然宗之，文气大坏，不知其不可也。夫文必先秦两汉，诗必汉魏盛唐，庶几其复古耳。’自公为此说，文章为之一变。然忌公者不已。”[①] 后来，李开先补充说：“其废也，不止为友，与夫以文为累。在官日，论事无所回护，有不如意，则怒骂不置，又好面斥人过失，后虽屡有荐章，当道者明知其才，弃而不用也。”[②] 嘉靖时，霍韬进京，在修《武庙实录》时，他详细考察了刘瑾窃权事，认为康海等被冤是得罪大学士李东阳之故：“如修撰康海、检讨王九思、段炅，得罪大学士李东阳而黜者也。”因而上疏推荐曰：“修撰康海、检讨王九思、段炅皆豪杰之才也，李东阳诬为刘瑾之党黜焉。……可谓冤矣。”[③]

概括起来，上述说法，不外乎以下两点：（1）凡事轻忽、言语恣肆，深恶修饰伪行者，又好面斥人过，因而得罪人多；（2）反对浮靡流丽的文风，提倡文学复古，不尊礼馆阁诸公，致大学士李东阳嫉恨。近十余年来，研究康海者多半已明确救李梦阳不是康海被列为“瑾党”的原因，至多只是忌者的把柄。如田守真《杂剧〈中山狼〉本事与李梦阳、康海关系考》说“康海获罪原因不在救李梦阳”，“康海罢官的重要原因在于‘訾议先达，忌者颇众’”[④]。马美信、韩结根《〈中山狼〉杂剧与康、李关系考》认为康海罢官原因有二：一是为营救李梦阳而与刘瑾交往，被忌者抓住了把柄；二是得罪了馆阁诸公，尤其是执掌朝政和文坛多年的李东阳。故以何良俊“康浒西得罪，虽则出于诖误，亦由其持身不严”的说法为“比较中肯”。[⑤]

但是诸原因中，又以何者为关键呢？笔者以为，根本原因在李东阳。有文章曾说：“康海是否因忤李东阳得罪亦不敢断定。”又说：马理、张治道等人“皆康海挚友，其文学见解与李东阳相左，他们将康海之罢直接归

---

① 王九思：《康公神道之碑》。

② 李开先：《闲居集·对山康修撰传》。

③ 见霍韬《渭厓文集》卷6《题康德涵王敬夫卷后》、卷2《辞免礼部右侍郎疏》。

④ 载《西南师院学报》1985年第1期。

⑤ 载《复旦学报》（社会科学版）1989年第1期。

过于李东阳，是否出于宗派偏见，不敢完全排除。”① 为此，笔者愿意多用一些笔墨。

李东阳自弘治八年入阁，正德元年至七年为首辅，在内阁达十九年之久。他以台阁重臣执文坛牛耳。而康海与李梦阳、王九思等“前七子”自立门户，在弘治、正德间形成一派，海内之士翕然宗之，然也因此得罪李东阳。正如张治道《康对山先生集·序》所说：康海中状元后，“上喜其得人，宰执疾其盛己。贾、董升堂，绛、灌瞋目。”万历时王世懋于该书《序》中亦云：“先生当长沙（李东阳）柄文时，天下文孅弱矣。关中故多秦声，而先生又以太史公质直之气倡之，一时学士风移，先生卒用此得罪废，而使先秦两汉之风至于今复振，则先生力也。”

又，据略早于康海的陆容《菽园杂记》云：“今仕者有父母之丧，辄遍求挽诗为册，士大夫亦勉强以副其意。举世同然也。盖卿大夫之丧，有当为神道碑者，有当为墓表者。如内阁大臣三人，一人请为神道，一人请为葬志，余一人恐其以为遗己也，则以挽诗序为请。皆有重币入贽，且以为后会张本。”康海却反其道而行之。正德三年，康海母亲病故，他不请阁臣而自与二三友人撰写《康长公世行叙述》，因此得罪了馆阁诸公。当时在内阁者为李东阳、焦芳、王鏊、杨廷和。其中焦芳于正德五年五月致仕，王鏊于正德四年四月致仕。刘瑾于正德五年八月被诛后，其中能参与讨论“瑾党”的内阁大臣，四人中只剩下李东阳、杨廷和二人。而后者在康海得罪时入阁不久（正德二年十月始入阁），尚不至于为此而恨恨不已，亦从未见有杨廷和嫉恨康海的记载。在文学主张上不属“复古派”的何良俊于《四友斋丛说》卷十五云：“康对山以状元登第，在馆中声望籍甚，台省诸公得其謦咳以为荣。不久以忧去。大率翰林官丁忧，其墓文皆请之内阁诸公，此旧例也。对山闻丧即行，求李空同作墓碑，王渼陂、段德光作墓志与传。时李西涯方秉海内文柄，大不平之。值逆瑾事起，对山遂落籍。”确指为李东阳所陷。据说，吕九川见《康长公世行叙述》时，深感惊讶，以

① 见西南师院学报1985年第一期田守真《杂剧〈中山狼〉本事与李梦阳、康海关系考》及《四川师范大学学报》1995年第四期田守真《康海事略》。

此为“去官供状也”。[1] 后来果如其言。

再者，康海在京时，忌者曾假以国老之文为己之作，就正于海，海不知，批抹少存。于是，忌者以呈国老，致诸老咸恶之。[2] 此国老之文很可能就是李东阳之文，因当时国老中以李东阳文名最著，而李之文也正是康海最看不上的。忌者要暗害康海，当以既为宰辅又是文坛领袖的李东阳之文为最佳选择。果如是，则李东阳嫉恨更深矣。

《明史·李东阳传》谓李东阳在刘瑾乱政时“弥缝其间，亦多所补救”，“刘健、谢迁、刘大夏、杨一清及平江伯陈熊辈几得危祸，皆赖东阳而解。其潜移默夺，保全善类，天下阴受其庇……”赞其“为文典雅流丽，朝廷大著作多出其手。……奖成后进，推挽才彦，学士大夫出其门者，悉灿然有所成就。自明兴以来，宰臣以文章领袖缙绅者，杨士奇后，东阳而已。”《传》中虽言及“气节之士多非之”，却无具体内容；赞其奖成后进的同时，也未指出其排斥异己的恶行。焦竑《玉堂丛语》曾说：“往西涯公处刘瑾、张永之际，不可言臣节矣。士惠其私，犹曲贷而与之，几无是非之心。”其批评是符合实际的。

事实上，据李梦阳《空同集》卷40《秘录》云，正德元年十月，户部尚书韩文率部院大臣上疏请诛刘瑾等近阉八党而上叩三阁老（自弘治十二年至此时，宰辅乃刘健、谢迁、李东阳三人），“闻阁议时，健尝推案哭，谢亦亹亹訾訾罔休，独李未开口”。不仅“未开口”，多种记载还述其曾泄密于刘瑾，致功败垂成。据王琼《双溪杂记》载：“正德初，韩忠定率九卿伏阙请刘瑾等八人下狱，内则太监王公岳，外则大学士刘健合谋，已得旨，但是日天晚，候明早即宣旨送出瑾等，而瑾等不知也。大学士李公东阳泄其谋于瑾，瑾等始大惊。时上御豹房，二鼓，环泣叩头于上侧……是夜以瑾为司礼监……遂成正德中之祸。”[3] 文中称泄谋者为“大学士李公东阳”。作者王琼，时为户部右侍郎，后为吏部左侍郎，直至正德三年调南京吏部，

---

① 见李开先《对山康修撰传》。

② 李开先：《闲居集·康王王唐四子补传》。

③ 转引自韩邦奇《苑洛集》卷19。

才离开京师，应为知情者，其说当较可靠。一说泄谋者为焦芳[①]，但罗先《张歉斋墓志铭》亦云："正德初，韩忠定率部院大臣伏阙请诛近阉八党。当是时，武皇帝将行遣，辅臣有狎于阉者密泄之竟败，计不四年而阉瑾之祸遍天下。及瑾诛，辅臣又将论功荫子。南京监察御史张公闻之，上疏曰：'李某者顾命大臣，当与陛下同休戚者也。方刘瑾乱政，既不能防微杜渐，又不能力与之争，顾降礼屈辱，且为草制，语极褒美，遂使骄横恣肆、荼毒天下。其罪已不可赎，乃冒他人功受恩赏。他日何以见先帝哉！窃见国家大臣正直者多不容于瑾方得志之时，奸邪者多见黜于瑾已伏诛之后，惟某始终无恙。臣不知其何善为身谋若此也。'"[②] 其中所称"辅臣"即李东阳。张公名芹，张之《疏》上，帝不问，竟夺芹俸三月。作者罗先为李东阳所举士，后为南京太常少卿，他因刘瑾乱政时"李东阳依违其间"竟"贻书责以大义，且请削门生之籍"[③]。《李开先集·闲居集》七言古诗《国朝辅弼歌（止论已逝者）》也明确指出"泄机八党李东阳"。其《李崆峒传》说：在瑾等"已得旨拿问矣。西涯（李东阳之号）久恨晦庵（刘健之号）碎其诗文，简迁心腹人漏言于瑾辈。……非西涯泄其机，何以致十六年之纷扰？"可见，当时泄谋者不至焦芳一人，或焦芳即李东阳所迁漏言于瑾辈的"心腹人"，也未可知。难怪事败之后，刘、谢皆致仕而李独得恳留为首辅，并于二月后由少傅兼太子太傅礼部尚书谨身殿大学士晋升为少师兼太子太师吏部尚书华盖殿大学士。[④] 谈迁《国榷》评曰："瑾横时，茶陵虽随事解救，仅毫剂丝补，于大端溃决而莫之挽也。"对李东阳也有所批评。

至于李东阳排斥异己之事亦多有记载，如"前七子"中的王九思被列入"瑾党"而罢官归里就是一例。李开先《渼陂王检讨传》载，王九思考选庶吉士所作之诗，因似李东阳而入选，"是时西涯当国，倡为清新流丽之诗、软靡腐烂之文，士林罔不宗习其体。而翁（王九思）亦随例其中，以

① 见吴伯与《国朝内阁名臣事略》卷2《刘文靖传略》、（清）查继佐著《罪惟录·韩文传》等。

② 《明文海》卷449收此文。

③ 《明史·罗玘传》。

④ 《明史·宰辅年表》。

是知名，得授翰林院检讨。……及李崆峒、康对山相继上京，厌一时诗文之弊，相与讲定考证，文非秦汉不以入于目，诗非汉魏不以出诸口，而唐诗间亦仿效之，唐文以下无取焉。故其自叙曰：‘崆峒为予改诗稿今尚在，而文由对山改者尤多。然亦不至（止）于予，虽何大复、王浚川、徐昌穀、边华泉诸词客，亦二子有以成之。’……而李西涯则直恶其异己，蓄怒待时而发。”于是，刘瑾被诛后，议改调部属的翰林复旧时，李东阳“以旧憾”而言“既官至正郎，不必复可也”。加以忌者唆言，王九思终于亦被列入“瑾党”左迁，并致罢官。何良俊《四友斋丛说》卷十五记李东阳长于诗文，“力以主张斯道为己任。后进有文者，如江石潭、邵二泉、钱鹤滩、顾东江、储柴墟、何燕泉辈，皆出其门。独李空同、康浒西、何大复、徐昌穀自立门户，不为其所牢笼，而诸人在仕路亦遂偃蹇不达。”当然，作为首辅又曾依违于刘瑾的李东阳，即使对异己者恨恨不已，在排斥时也会注意策略。黄佐《泰泉集·董大理传》曰：“会瑾败，言官谢讷论康修撰党瑾……”可见提名海为瑾党者是言官谢讷，李东阳只需在议论时“稍过严刻”，就可形成决议。

霍韬在“考瑾窃权事惟悉”后曾慨然叹曰：“嗟乎，奸人巧诬善类莫极于康子、王子矣！”他批评李东阳保护“瑾党魁”焦芳、刘宇。瑾被诛后，焦、刘仅削散官一阶，而康子、王子却被削仕籍。霍韬说：“人云李东阳妒康、王也，谓其古文愈己也，不知李东阳护焦、刘，实党瑾也。东阳为瑾撰功德碑极其褒谀，是故东阳之罪浮焦、刘，护焦、刘以护己也。今之人知东阳之罪寡矣，知康子、王子之贤之诎尤寡矣。”进而认为李东阳实为瑾党。另据郑晓《今言》卷四载：正德庚午，刘瑾坐奸党律，连及张綵，“狱词具上，綵疏称冤，尽发长沙（李东阳）阿依瑾事。长沙大怒，又与永辈谋，不重法诛除此辈，后受其乱。乃改谋反律。”《明史》载“瑾伏诛，綵以交结近侍论死，遇赦当免。改拟同瑾谋反，瘐死狱中，仍剉尸于市”。虽然，张綵依附刘瑾，罪有应得，但他若不“尽发长沙阿依瑾事”，致其大怒，或许也可得到如焦、刘一样的宽大处理。由此可见，定“瑾党”及其处分时，李东阳实能左右其间。

显然，康海、王九思被诬为“瑾党”，其根本原因是得罪了李东阳。谒瑾救李、财物失而获赔，不过是嫉恨者迫害康海的借口而已。马理等人明确指出，“公之锢也，以文为身累”[1]，是看到了问题的实质。康、王实是专制统治时文坛派系斗争的牺牲品，是以“文学复古”为口号的革新派受到握有朝政大权的文坛霸主迫害的代表。由此可见，文坛斗争从来就不只是口舌之争，其中不乏扼杀鲜活生命的血雨腥风。

（节录自拙著《康海研究》，崇文书局，2004）

① 马理《对山先生墓志铭》。

明代戏曲史·前言

明代，是我国戏曲史上继元杂剧之后的第二个黄金时代。明代戏曲演出之盛，曾经达到“举国若狂”的地步；明代作者、作品之多，数倍于元代杂剧。时代在发展，社会在前进，受时代、社会制约的戏曲也必然会发生变化，而有别于前代。对明代戏曲作全面的探索、研究，有利于我们了解戏曲发展的轨迹、规律，了解戏曲发展与社会政治、经济、文化思想发展、变化的关系，有利于我们思考、促进今日的戏曲改革和文化艺术的发展；对传播、发扬我国优秀文化遗产和文化传统也是有意义的。

我国自20世纪80年代以来，在文学史研究领域展开过关于新观念、新方法的讨论，如“美学”的、“心理学”的、“文化学”的、“比较文学”的、“多角度、多学科的交叉研究”等等，也出现了一些以新观念、新方法撰写的文化史、文学史和戏曲史著作。20世纪90年代末至21世纪以来，有的专家在回顾以往的文学史著作之后，经过冷静的思考，认为文学史研究“本身既是一门相对独立的学科，它就应当有属于本学科的观念理论和方法体系”，那些新观念、新方法，对于文学史研究而言，“只不过是提供了重要的视角和方法上的补充，绝不应当成为文学史研究的主要方法。”故而提出“文学史著作应立足于文学本位”，“回归文学本体”的主张。我赞同这种意见。

戏曲，是表演艺术，但作为戏曲表演艺术基础的是它的文学作品。本书侧重于讨论明代戏曲的文学作品，实际上是《明代戏曲文学史》。编写文学史，或戏曲文学史，可以有不同的样式。以往著作，一般不离“作家作品论”式和“史论”式两大类。其实，“作家作品论”式的著作离不开史的论述，“史论”式著作也少不了对作家作品的评述，关键是怎样使二者有机地结合，避免“只见树木不见森林”或“只见森林不见树木”的弊病。

本书继承“作家作品论”的传统写法：1～3章为总论部分。对明代戏曲发展变化的轨迹、分期、流派、特色，明代戏曲理论的发展及其争论的焦点，结合社会背景作概要的“史”的论述。其中第三章评介明代的戏曲理论，似未见其他戏曲史著作设专章论述，而戏曲理论与戏曲的发展有着相辅相成、互为因果的关系，要深入了解戏曲发展的历史，也必须同时了解其理论发展的历史及其相互的影响，设此专章，实有必要。4～16章，分时期、分派别评介作家及其作品。17～18章，概述和评介无名氏传奇作品。19～20章，概述明代散曲及其作家、作品。这后四章的内容未见其他戏曲史著作专章论述，最多只是对其中的某部作品简略提及。而无名氏传奇作品自具惩恶扬善、尚朴求真的特色，在民间舞台上极为盛行，且数目可观，反映了明代民间戏曲演出的状况，其中不少剧目还保留在今日的戏曲演出中。这在戏曲史著作中是不可或缺的。至于散曲，虽被认为是由词发展而来，被称作“词余”，但与戏曲的关系十分密切。散曲与戏曲的“曲”，其规范基本相同，许多戏曲家同时又是散曲作者。古代一些评曲之作，也是将二者放在一起评论的。在戏曲史著作中加上散曲的章节，有助于我们了解“明曲”的全貌，当非赘言。

由本书所设章节看，史论和作家作品似乎是分离的，也显得不平衡。为避免二者脱离，在评介作家作品时，从以下两个方面作了努力。

纵向与横向的比较分析。“史”的著作决定了对作家作品的研究，不能孤立地进行，必须把他（它）们放在历史发展的大环境中进行比较考察。因此，本书在介绍作家时，按照前三章总论中所述之分期、派别排列先后，对其作品尽可能追述其题材来源、曾经有过的同题材作品，并以之与据以改编的原作或同题材作品相比较。例如，以杨讷《西游记》与被称为是这个神魔故事“雏形”的宋话本《大唐三藏取经诗话》相比，说明西游记故事的演变；以汤显祖《牡丹亭》中的爱情故事与王实甫《西厢记》相比，阐明《牡丹亭》中所表现的对哲理的追求和时代的精神；以李开先《宝剑记》与元代“水浒戏”及小说《水浒传》相比较，显示了明代朝廷政治斗争对作者创作思想的影响。又如，分析同是“吴江派”的作家及其作品，知其戏曲主张有所差别并有所发展；以明末“吴江派”“临川派”的作家作品相比，可见其主张的渐趋融合。另外，结合考察戏曲选本、各地方剧种剧目及今日戏曲演出，又可得知明代戏曲对后世戏曲的影响。

多角度的考察。也就是说，从“史”的发展、从社会政治、经济、文化思想发展的影响来考察戏曲现象、戏曲作品的产生，以避免论述的片面性，从而对一些既成的说法提出质疑，并阐明自己的观点。例如，历来以“寓我圣贤言”，宣扬“万世纲常之理”的邱濬《伍伦全备记》为明代中叶出现的一股逆流的始作俑者，但若放在萧条了近半个世纪的戏曲剧坛（指文人创作）上来看，邱濬以其道学家、大官僚的名望与身份参与制作被当时文人士大夫视为“禽噪”的南戏（传奇），并以之作为教化的手段，对提高传奇的社会地位还是有作用的。此后文人士大夫执笔作传奇者日众，其中也有他的影响，似不应完全予以否定。又如“汤沈之争”，若联系当时的文化思潮来看，沈璟的意见实际上与文学复古主张同步，而汤显祖的主张是反复古的，反映了明代进步哲学思想和文学解放运动的影响。关于明代的散曲，由于其中较多香艳之曲，萎靡柔弱、千篇一律，过去多认为不如元代散曲，但在研读了全部明代散曲之后，深深感到它既是元散曲的继承，又有所发展、创新，明曲中表现的积极入世的思想，对社会生活多方面的描写和反映，其题材的广泛性，风格的多样化，为元曲所不及。香艳之曲固然表现了文思的枯竭，难与元曲中那种豪爽亢越、清疏隽永的风致相比，但这种追求感官享受、以描写情欲为主的风气，似也反映了明中叶以后伴随商品经济的发展和市民阶层的壮大而崛起的以人欲反对天理的思想影响。

此外，本书在撰述中力求反映最新研究成果，并述说自己的一得之见。对于历来存在的一些误传和不解之谜，也尽可能地加以认真的考证与辨析。如汪廷讷所作八种传奇，周晖《续金陵琐事》说均为陈所闻所著，被汪廷讷刻为己作，本书经过考证，知陈所闻只做了“删润”工作，从而还汪廷讷以著作权。又如，汤显祖的《紫箫记》被认为曲中有所讥托，“为部长吏抑制不行”，因而只完成了一半。笔者从张居正《张太岳集》卷 25《答李中溪有道尊师》及卷 26《答中溪李尊师论禅》中找到根据，坐实其所讥实为“当时秉国首揆”张居正之说。再如《绣襦记》作者，历史上有过三种不同记载，分歧延续至今，本书经过考辨否定二说，认为应是徐霖所作。……此类有关作家作品的考证，枚不胜举，皆见于各章注释中，这里不赘述。

明代戏曲较之元代戏曲，时间长，作家作品多，但其学术积累，却较元代戏曲薄弱得多。因此，可供参考、借鉴的著述较少。笔者识见有限，学力不足，实因兴趣所在，勉力完成此部著作。若能以此谫陋之作，引来对明代戏曲深入探讨的鸿篇巨制，实笔者之所望也。

（录自《明代戏曲史》，社会科学文献出版社，2007）

曲家张鍊生平四考

张鍊，字伯纯，号太乙、双溪渔人。陕西武功县人。嘉靖二十三年进士，官至湖广按察司佥事。他是明代以康海、王九思为核心的北曲作家群体中重要的一员。著有《经济录》《太乙诗集》及散曲集《双溪乐府》。前两种于清乾隆时被陕西巡抚毕沅作为“违碍书籍”查缴禁毁[①]，今已难以寻获。后一种散曲集，国民党元老于右任对其评价甚高，曾题曰：“大雅元音郁昼霾，遗编净扫劫尘开。何年残月晓风里，带得琵琶铁板来。风语华言百不闻，□然野鹤与闲云。笠翁才尽苕生夭，关马以来树一军。”

但是，对于张鍊的生平，在有关著作中大都语焉不详。即便是搜罗明清文集、史传、笔记类典籍及年谱、事状、别状等较全面的《明人传记资料索引》中，也只寥寥数语。笔者不揣浅陋，勉为考索如下。

一　生卒年考

张鍊的生卒年一向无考，无论是明清时的地方志还是近代、今人的有关著作，均未见记载。唯其所著《双溪乐府》中有【北正宫·端正好】《九十自寿》散曲一套，知他长寿；《续武功县志》卷4《人物志第七》言其“年九十一岁卒”，但未言其卒于何年。其残存的《双溪乐府·跋》云：

---

① 见《纂修四库全书档案》下［第1351～1360页］，署理陕西巡抚毕沅为查缴违碍书籍，于乾隆四十六年闰五月二十七日所具奏折。

（前佚51字）石围棋。当是时也，志忘驰骛，景会幽便，人生取适，云胡不乐。乐而有言，言而成声。复命二青衣，教数童子被之管弦。然击壤之歌，非求脍炙；沧浪之咏，用畅性情而已。意之肤舛，词之芜谚，非所恤也。嘉靖丙寅五月望日双溪渔人。

嘉靖丙寅为嘉靖四十五年（1566）。《跋》当作于《双溪乐府》完成之后。笔者曾设想，如其于撰《跋》掷笔之次年——隆庆元年（1567）即逝，则其生年当在成化十三年（1477）。但康海为其父张儒珍所撰《墓志铭》①，记张儒珍生于天顺六年（1462），张錬为张儒珍的第六子。十六岁已有六子，不能不令人生疑。

于是，笔者继续查考。从方志中查到如下几条记载：

《续武功县志·建置第二》“教谕训导署”：“在学前街北。明嘉靖三十四年，教谕荆琨及邑绅士倡众捐修。万历九年知县曹崇朴移明伦堂旧堂西北旧基为敬一亭，辟门直堂。”（俱见张錬《重修庙学碑记》）

《续武功县志·建置第二》“在城镇”：“孙真人洞（有万历三十年张錬碑记）。”

《陕西通志》卷二十七《学校》“西安府”：“兴平县学……成化十年知县王琮、弘治九年知县朱萱、正德间知县李应阳、嘉靖间知县孔完重修。四十年知县朱文增修，武功张錬记。”

《陕西通志》卷二十七《学校》“乾州”：“武功县学：正德十四年提学副使何景明、知府刘祥、知县冯玮增修，万历九年知县曹崇朴重修，邑人张錬记。”

《陕西通志》卷二十九《祠祀》“武功县”：“关帝庙：在城南道西，明隆庆年重修，邑人张錬有记。”

以上记载说明，张錬归里后经常为当地的修建撰写记述文字，其中最

① 《康对山先生全集》卷36《登仕郎永寿王教授张君墓志铭》。

晚的乃万历三十年为孙真人洞撰写的碑记。据此，则张鍊至少活到了万历三十年（1602）。设如他于搦笔的第二年即去世，则其生年应在正德七年(1512)。此时，其父张儒珍已五十一岁，育有六子，无可置疑。且《掖垣人鉴》记张鍊为“嘉靖二十三年（1544）进士”，三十余岁考中进士，亦难置疑。不过，这终究只是“大约”的推算，未能找到确凿的记载。

幸运的是2008年冬天我来美国后，终于在“中美百万册书数字图书馆”中发现了已被禁毁的崇祯版张鍊《经济录》的影像本。更令人惊喜的是，此书在贾鸿洙所作《经济录序》后，竟然“奉取誊录”了杨绍程所撰的《(张鍊）墓志铭》。杨绍程（1549—1617)，字儒系，号洛源。陕西岐山人。万历十一年进士，授翰林院庶吉士，历河南道监察御史、山西参政等职。刚直敢言，曾在“国本”之争中，请定储位而被夺俸；又曾抗疏力争请罢对倭寇封贡。其事迹在《明史纪事本末》中，有所记载。这篇新发现的《（张鍊）墓志铭》中云：

> 公当嘉靖间为给谏，退而老于双溪之上。年九十有一卒。卒之二年是为万历庚子嘉平月十有三日，将归葬邑之焦阳，其孙杲步至岐，持状丐余铭，以余稔知公者。人言公受异人长生吐纳之术将不死，奈之何终归于尽也？乃其炳炳大节在人耳目，不可以无记述。……公生于正德戊辰七月念有四日，以万历戊戌七月十有一日卒。

其中明确记载张鍊生于正德三年戊辰（1508）七月二十四日，卒于万历二十六年戊戌（1598）七月十一日。杨绍程既是张鍊的同乡，又是“稔知”墓主者，且为墓主之孙持其《状》，亲至岐山请铭，其所记，自是可信。至此，张鍊的生卒年当无可疑。而《续武功县志》“孙真人洞（有万历三十年张鍊碑记)”之记载，显然有误。

二 两个张伯纯——张鍊、张珽

郑振铎《插图本中国文学史》第五十三章《散曲的进展》中提到：“集

合于康、王的左右者有张鍊、史沐、张伯纯、何瑭、康漳川诸人。”《全明散曲》中除收入张鍊的散曲外，还收入了张伯纯【北仙吕·点绛唇】《寿康对山太史》、【北双调·新水令】《寿康对山太史》两组套曲。但张伯纯为何许人，未见介绍。而曲家张鍊字伯纯，这不能不使人怀疑，张伯纯或许就是张鍊。二者究竟是一人，还是二人？这引起了笔者探讨的兴趣。

在翻阅明人崔铣的著作中，发现《洹词》卷6有一篇《前陕西按察佥事舜泽张先生墓志铭》。墓志所记张琎，亦字伯纯。他是山西泽州人。生于成化丙戌二年（1466）五月十六日。弘治九年进士，授知河南尉氏，改宜阳，历官御史、按察佥事。生性刚直，正德时先后遭阉宦刘瑾、廖鹏及贪官张某诬陷，曾下诏狱三年。台臣数论列，诬乃明，然仍被除名。嘉靖初起用屈滞，又有仇家于当路阻之。故屏居山中十余年，读书谈道，考订古义得失。于嘉靖辛卯十年（1531）去世。著有《邃言》《舜泽记》《文集》等。

据此，则张琎（伯纯）尝与康海同朝为官（康海为弘治十五年状元，正德五年被诬罢官里居）①，而比张鍊（伯纯）略早。山西、陕西又相邻近。这两套贺寿之曲，很有可能是张琎之作。因为，“张伯纯”所制曲名称康海为“太史”，张鍊之曲皆称康海为“舅”，如《寿对山舅六十四》《贺对山舅得逸子》等，故《全明散曲》所收张伯纯两组套曲，不会是张鍊之作。

三 《谿田文集》误将马理送张鍊之诗刊为《送张伯赵进士还武功》

理学家马理《谿田文集》卷十一有首七律《送张伯赵进士还武功》。作者于诗题后注云：“进士，友人张待聘子，康对山甥。”（标点为笔者所加）诗注称张伯赵进士为张待聘子。张待聘即康海的堂姐夫张儒珍，于嘉靖十三年去世。康海为其所撰《登仕郎永寿王教授张君墓志铭》曰：“君讳儒

① 参见拙著《康海研究·康海年谱》。崇文书局，2004。

珍，字待聘，别号东田居士。……娶予叔姊，生六男子：铸、钥、铉、镐、镈、鍊，皆县学生。而铉、镐先君卒，镈、鍊戊子同科举人。”杨绍程撰《(张鍊）墓志铭》称张鍊之父：“……儒珍，永寿王府教授，赠大理寺评事，配康氏，工部尚书汝楫公之孙女也。生子六，公即第六子。”据《续武功县志》载，六子中，长子铸，庠生；次子钥，嘉靖贡生，襄城训导、太原教谕；三子铉、四子镐，为县学生，早卒。唯第五子张镈中嘉靖四十一年进士，第六子张鍊中嘉靖二十三年进士。马理卒于嘉靖三十四年地震中①，其送儒珍子、康海甥中进士者，只能是张鍊。诗题“张伯赵”，“赵”字当为刊印之误。鍊，字伯纯。诗题应为《送张伯纯进士还武功》。

马理诗录于下：“若翁印友儿何期，文定康门奠雁时。□纪梦中亲几席，一朝都下见男儿。观光谒帝酬翁志，落笔惊人宛舅姿。风翮依予还起去，渭阳椿树益兴思。”马理与康海为数十年的挚友，张儒珍亦其敬慕的故交。此诗表达了他为张鍊考中进士得“酬翁志”和“落笔惊人宛舅姿”的欣喜之情。

四　出仕仅六年即被免官的原因

据（明）萧彦撰《掖垣人鉴》记载：“张鍊，字伯纯，号太乙。陕西武功县人。嘉靖二十三年进士，二十六年六月由行人选刑科给事中，二十七年升湖广佥事，□□□年免官。”书中未言其被免官的时间及原因。《明人传记资料索引》第553页亦只云其“由行人选刑科给事中，累官至湖广按察司佥事”，且未言被免官。今人著作，也未见言及其罢归的原因。

考张鍊在短短六年的仕宦生涯中，却经历了两次波折：

第一次是嘉靖二十六年任刑科给事中时。笔者查到的有关记载如下：

（张鍊）……由行人司行人迁刑科给事中。齐东有红罗女田赋变，

① 见薛应旂《谿田马公墓志铭》等记载。

巡抚何鳌匿不闻。錬特疏发其事。世宗震怒，下鳌狱。鳌党严嵩，嵩助（按“助”，古同‘锄’，除去之意）錬。

錬知陕西总督曾铣才，与大学士夏言议，俾开府西陲，图复河套旧疆。嵩与言有夙隙，诬杀言及铣，更责谏垣，各予杖。錬被杖几死，出为湖南按察司佥事。（《续武功县志》卷4《人物志第七》）

……又二年，选授刑科给事中。当是时，世庙颇修元默为治，分宜当国，与交知咸据津要。山东有红罗女者，鼓煽地方作乱，而开府何郎，相国故人，匿不以闻。公具疏力陈纵寇殃民诸不法状。上震怒，逮何诣京下之狱。分宜父子浼之不容，极之不逮，衔公刺骨。而时复有复河套之议。公居尝以西北苦外患，计在失河南故地，以是筹之桂洲夏公。公主其议，公具疏（疏草尚存），以石塘曾公足办其事，起开幕府经略之。牧马渐北徙，功计日可成。而会夏公以醮事忤上旨，分宜讽台省论劾曾公交结近侍官开边衅，连及夏公寘重典，言事者杖之廷，公独将不起，赖有与众援者得不死。［杨绍程撰《（张錬）墓志铭》］

由以上记载可知，张錬此次被杖几死，是因在两件事上得罪了奸相严嵩：

其一为疏劾严嵩之党山东巡抚何鳌不法事，致何被逮下狱。

何鳌，据焦竑编《国朝献征录》卷88黄佐撰《湖广左布政使何公鳌墓志》及卷45李本撰《资政大夫刑部尚书赠太子少保沅溪何公鳌墓志铭》两篇墓志，当时有两个何鳌。一为广东顺德人，字子鱼，号雁峰者，正德三年进士，卒于嘉靖十二年。一为浙江山阴人，字巨卿，号沅溪者，正德十二年进士，由刑部主事官至刑部尚书，其间曾任都察院右副都御史巡抚山东。卒于嘉靖三十八年。张錬于嘉靖二十六年所劾之何鳌，应为后者。

说何鳌为严嵩之党，亦有文献记载为证。据雷礼《国朝列卿纪》及《明史·七卿年表》所载：何鳌于嘉靖二十六年逮狱，谪福建参议；嘉靖二十七年任应天府府丞；二十八年以右佥都御史复右副都御史总理河道；二十九年南京兵部右侍郎，未任；三十年遣刑部右侍郎；三十一年升刑部尚书，直至三十五年十二月致仕。他于嘉靖二十六年被劾下狱后，若非得严嵩之助，怎能很快出狱、继续做官，且节节上升，直至做到刑部尚书赠太子少保？另据《明史·杨继盛传》载：杨继盛弹劾严嵩五奸十大罪，严嵩恨之入骨。时为刑部尚书的何鳌遵严嵩之命，以“诈传亲王令旨”之名治罪，致杨继盛于三十四年十月弃尸西市。可见，何鳌确为严嵩心腹。

至于“山东有红罗女者，鼓煽地方作乱”、何鳌“匿不以闻”事，笔者未查到有关文献记载。不过嘉靖二十六年山东巡抚何鳌率重兵镇压山东白莲教起义之事，在“中国菏泽网”2009-06-17登载的《菏泽市文化资源情况介绍》中，有所介绍：

> 白莲教起义明嘉靖二十六年（1547）3月13日，谢汉（单县浮岗集人）、杨惠、慧金分别在汶上、巨野、单县发动白莲教起义。义军在单县浮岗集会合后，打败了明千户宋武臣部并击毙了邳州镇抚使王希文，朝野震动，明王朝派出山东巡抚何鳌率重兵镇压。官兵云集浮岗，烧杀抢掠，庐舍为墟。义军在百姓支持下，屡败官兵，终因寡不敌众，突围西去，死难者千余人。义军一部分突围南去，又坚持战斗了30余年。

“单县信息港”网站“走进单县”中，载有《白莲教起义》一文，记叙更为详尽。为镇压义军，何鳌“亲临指挥”，“按剑督战”，“怒申军法，重立赏格，陆续增兵壮威，官军方步步进逼。杨、谢见众寡悬殊，于4月28日夜三更，率众向西突围，退走曹南李家集。继续遭到官兵堵截尾追和包围。官兵纵火烧村，起义军终因外无援兵、内无接济，寡不敌众，杨惠投火自杀，商大常、田斌战死，谢汉被俘虏就义。起义军被大火烧死者千人，约八百男子、四百女子被俘。”由此可知，当年何鳌率重兵镇压白莲教起义时，其所率官兵“烧杀抢掠，庐舍为墟”，害及地方百姓。山东红罗女借田赋事“鼓煽地方作乱”，亦嘉靖二十六年事。据此，所谓“红罗女田赋变”，很可能即白莲教起义事。即便不属白莲教，但根据何鳌镇压白莲教起义的表现，其平红罗女煽起的地方之乱，显然亦是以“烧杀抢掠”、贻害百姓为结果。张鍊不惧权势、疏发其“纵寇殃民诸不法状”，是其忠于给事中监察六部百司的职责，亦体现了其同情百姓苦难的一面。

其二为与大学士夏言赞决恢复河套之议。

关于恢复河套之争，在《明史纪事本末》中有专章记叙。明代的边患，北有北虏，南有倭寇。河套之地，一般指贺兰山以东、吕梁山以西、阴山以南、长城以北之地。黄河在这里沿贺兰山向北，遇阴山之阻向东，又沿吕梁山向南，形成“几”字状，故称“河套”。明代自北方游牧民族占据河套之地后，便成为其屡屡侵犯内地的基地。张鍊陕西人，“居尝以西北苦外患”，“以是筹之桂洲夏公。公主其议，公具疏（疏草尚存），以石塘曾公足办其事，起开幕府经略之。”［见前引《（张鍊）墓志铭》］

桂洲夏公即夏言（1482—1548）字公瑾，号桂洲，江西贵溪人。时为首辅。据《明史・夏言传》载：“贵州巡抚王学益、山东巡抚何鳌为言官论劾，辄拟旨逮讯。”“未几，河套议起。……因陕西总督曾铣请复河套，赞决之。”可见，张鍊劾何鳌，乃得夏言认可而“拟旨逮讯”。张鍊官秩虽不高（给事中为从七品），却因给事中“掌侍从、规谏、补缺、拾遗、稽察六部百司之事”①，权力很大。张鍊于嘉靖二十四年任行人时，又尝奉命赴江西取免职家居的夏言入阁②，故其得“筹之桂洲夏公”，议复河套。而夏言援引入阁的严嵩，却构陷夏言、曾铣。夏言于二十七年正月被削夺保傅，以尚书致仕。十月弃市。曾铣，被严嵩害死于是年三月。张鍊则被廷杖几死，于二十七年秋出为湖广佥事。

第二次在仕途上遭受的沉重打击即在湖广按察司佥事任上。

《湖北通志》卷113“职官表”载，张鍊于嘉靖二十七年分巡荆西道，二十九年有施昱分巡荆西道。《通志》未载其二十九年后的去向。杨绍程撰《（张鍊）墓志铭》有着明确的记载：

> 戊申秋补湖广佥事，分宪荆西。荆西承天为上龙飞之地。阉人廖以皇庄故受人投献占民田，讼理多瘐死狱中。公绐以狱必两造而后允，

① 《明史・职官志》。

② 据杨绍程撰《（张鍊）墓志铭》。

廖信之，出投献诸亡赖，公痛治之拟边戍。廖大失望。以是颇折中贵人之角，而权相意益不解。友人为公危之曰："升高以缓，猎猛在宽。往日鲍陆足为镜戒。"公曰："不然。仆囊者伏蒲抗言，何尝不计及此，然内有大憝，外逢恶党，前虎后豺，与其首鼠前却，无如一遵明宪，为一方屏翰，可无愧耳。今有父为飞廉，子为恶来，由来官长不敢正目，仆令父死杖，狴子死逃亡，道路流言以为快睹。仆之断断不疑，渠已付之无可奈何。渠之忿忿欲报，仆亦付之无可奈何。望祖有灵，必垂阴护，必不使仆复受咀嚼如前人也，复何虞?"庚戌，公遂落职。公之分宪荆西也，值连岁江水涨溢为患，公相其地，为巨堤障之，迄今赖其利；申保甲之法，以防境内之劫掠者，而又时时简阅训练、强其兵卫；楚多才，然亦多剽窃，公倡明经学，论文根极理要，以故识拔之士咸知名，当世人多去后之思焉。既归，筑室双溪，间垦土田，日饮诸知己，制长短调，令青衣子按声谱歌之，曰：吾将于此老矣！……隆庆改元，恩诏晋阶朝列大夫。

由此确知，张鍊于嘉靖二十七年秋出为湖广按察司佥事，二十九年落职归里。虽然，张鍊在任上多有建树，终因得罪了阉人而为严嵩所不容。他为保障一方百姓、不惧朝内权奸及其恶党的凛然正气不能不令人起敬。

六年仕途，两受重挫，皆因得罪了当时的权相严嵩。张鍊从康海、王九思等前辈的经历及自己切身的感受中，真正醒悟了。其曲云：

利名场路陡，是非海人稠。风云会里惹冤仇，趁早儿罢手。黄鸡浊酒穷将就，清风明月闲迤逗，狂朋怪友共追游。省出乖弄丑。(【北正宫醉太平】《偶书》)

安乐窝权安乐，快活仙且快活。新诗新酒新酬和，闲花闲草闲功课。随多随少随缘过。想着他有权有势有风波，怎如我无名无姓无灾祸。(【北仙吕寄生草】《有感》)

张鍊归里后，林下优游近五十年，于91岁时寿终正寝。他的曲，比康、王之作少了些愤慨不平之气，而表现为较多真诚的醒悟和豁达的风度。看破一切，再不追名逐利，只求平安快乐，这是他归里后的生活态度，也是他散曲中的主要内容。前引国民党元老于右任的评价虽似偏高，却道出了其“野鹤”“闲云”的特色。这也许正是张鍊能够活到91岁的秘诀吧。

（原载《陕西社会科学论丛》2010年第1期）

兼具本色自然和富丽典雅之美的《琵琶记》曲词

作者高明（约1307—1359或明初）字则诚，自号菜根道人，温州瑞安人。至正五年（1345）进士，授处州录事，官至福建行省都事。为官清正，治政练达，能不屈于权势。晚年避世于明州（今浙江宁波）栎社之沈氏楼，以词曲自娱。据徐渭《南词叙录》等书载：明初，明太祖慕其名，曾迁使征召，高明佯狂不出，不久病卒。著有《柔克斋集》二十卷（已佚，今仅存诗、文、词、散曲共七十余篇）、南戏《琵琶记》（存）、《闵子骞单衣记》（佚）。其中《琵琶记》是高明得以名扬后世的代表作。

《琵琶记》是一部享誉海内外的南戏名著。自它问世以来，翻刻、翻印本层出不穷。并已译成多种文字流传国外。《琵琶记》以前，南戏作品多为民间艺人、书会才人所作，一般地说，艺术上比较粗糙。以具有深厚文化修养和较高社会地位的士大夫身份参与制作南戏，高明是第一人。他在早期戏文《赵贞女蔡二郎》的基础上进行再创作而成的《琵琶记》，标志着南戏创作在由粗到细、由低到高、由俚到文的过程中步入了艺术上比较成熟、能为雅俗共赏的新阶段，在我国戏曲发展史上具有里程碑的作用。后世传奇创作，往往以它为范本，而它也获得了“曲祖”“南曲之宗”的称誉。

《琵琶记》写博学多才的蔡伯喈新婚二月就被老父逼迫赴京应试，中状元后，又被牛丞相奉旨强召为婿。时值家乡遭逢荒年，其妻赵五娘奉养公婆，历尽艰辛。年迈双亲盼子不归，终于气饿而亡。五娘剪发买葬，而后身背琵琶一路卖唱寻夫至京。最后虽然夫妻团圆，庐墓旌表，毕竟二亲饥寒死，给蔡伯喈留下了无穷的遗恨。作品通过这一故事，形象地说明了："士子抱腹笥，起乡里，达朝廷，取爵位如拾地芥，其荣至矣，孰知为忧患之始乎?"（此为高明热衷仕进时前辈告诫之语。见赵汸《东山存稿·送高则诚归永嘉序》）这是一部讽世之作。它揭露了封建社会自上而下的黑暗现实，但它企图以提倡封建道德作为拯救社会的良方，则表现了作者思想的局限。

此剧版本多达数十种，这里所录据最接近古本原貌的陆贻典钞本，参照钱南扬校注本。原本无出目，这里选用毛晋《六十种曲》本所加出目。

琵琶记·高唐称寿

【锦堂月】（伯喈唱）帘幕风柔，庭帏昼永，朝来峭寒轻透。人在高堂，一喜又还一忧。惟愿取百岁椿萱，长似他三春花柳。（合）酌春酒，看取花下高歌，共祝眉寿。

【前腔换头】（五娘唱）辐辏，获配鸾俦。深惭燕尔，持杯自觉娇羞。怕难主蘋蘩，不堪侍奉箕帚。惟愿取偕老夫妻，长侍奉暮年姑舅。（合前）

【前腔换头】（蔡父唱）还愁，白发蒙头，红英满眼，心惊去年时候。只恐时光，催人去也难留，惟愿取黄卷青灯，及早换金章紫绶。（合前）

【前腔换头】（蔡母唱）还忧，松竹门幽，桑榆暮景，明年知他健否安否?叹兰玉萧条，一朵桂花难茂。惟愿取连理芳年，得早遂孙枝荣秀。（合前）

【醉翁子】（伯喈唱）回首，看瞬息乌飞兔走。（五娘唱）喜爹妈双全，谢天相佑。（伯喈唱）不谬，更清淡安闲，乐事如今谁更有?（合）相庆处，但酌酒高歌，共祝眉寿。

【前腔】（蔡父唱）卑陋，论做人要光前耀后。劝我儿青云，万里驰骤。（伯喈唱）听剖，真乐在田园，何必当今公与侯?（合前）

以上所录，前四曲是伯喈夫妇花下备酒为父母贺寿时各人表示心愿的祝颂之词。伯喈以父母已年满八旬，心中喜忧参半，故祝愿父母（椿萱，椿堂与萱堂，谓父母）长命百岁，有如春日之花柳充满生机；五娘心喜嫁入蔡家（辐辏，归聚之意，如车辐集于毂），得配佳偶，新婚之妇但恐难称妇职（蘋蘩，水草与白蒿，喻粗劣的供物。箕帚，扫除之器），只望夫妻偕老、长侍奉暮年公婆；蔡父却愁自己时光不多，意欲伯喈及早获取功名（金章紫绶，金印与紫色印带，高官所用）；蔡母则忧自己年迈，只一子萧条（兰玉，芝兰玉树，喻优秀子弟。金·元好问《题苏氏宝章》诗："二老风流有典刑，诸郎兰玉映阶庭。"典出《世说新语·言语》），亟盼孙枝荣秀。语不多，字字合乎人之常情，是不同人物各自心态的自然流露。后二曲写伯喈见日月行走如飞（相传日中有三足乌，月中有兔，乌兔指代日月），更以清淡安闲、共享天伦之乐为庆，父亲促其求试，他却强调"真乐在田园，何必当今公与侯?"言简意赅地点明了此剧的主旨。伯喈言此，并非矫情，此前他已说明，自己苦读十载，抱经世之才，确也希图青云万里，但父母年老，不敢远游，且新娶五娘德容兼宜、夫妻和顺，故只求"岁岁年年人常在，父母共夫妻相劝酬"，"功名富贵付之天也"。伯喈的思想亦合乎常情。曲中"桑榆暮景""金章紫绶"等语，皆暗伏后来剧情的发展，并以全家团聚的欢乐反衬后来生离死别的悲戚。古有善下棋者曾言："凡下第一着时，先算到三着、四着，未足为善弈也。下第一着时，不但算到三着、四着，更能算到五、六、七、八着，亦称高手矣。然而犹未足为尽善也。善弈者，必算到十数着、乃至数十百着，直到收局而后已。"（见毛声山《绘风亭评第七才子书琵琶记·总论》）此出《高堂称寿》看似无关紧要，实则带动全局，决非可有可无之文字。作者文思之缜密于此可见。

琵琶记·糟糠自厌

【山坡羊】（五娘唱）乱慌慌不丰稔的年岁，远迢迢不回来的夫婿。急煎煎不耐烦的二亲，软怯怯不济事的孤身己。衣典尽，寸丝不挂体。几番要卖了奴身己，争奈没主公婆教谁看取？（合）思之，虚飘飘命怎期？难挨，实丕丕灾共危。

【前腔】滴溜溜难穷尽的珠泪，乱纷纷难宽解的愁绪。骨崖崖难扶持的病体，战钦钦难挨过的时和岁。这糠啊，我待不吃你，教奴怎忍饥？我待吃啊，怎吃得？（介）苦！思量起来不如奴先死，图得不知他亲死时。（合前）

（白）奴家早上安排些饭与公婆……不知奴家吃的却是细米皮糠……苦！真实这糠怎的吃得？（吃介）（唱）

【孝顺歌】呕得我肝肠痛，珠泪垂，喉咙尚兀自牢嗄住。糠，遭砻被舂杵，筛你簸扬你，吃尽控持。悄似奴家身狼狈，千辛万苦皆经历。苦人吃着苦味，两苦相逢，可知道欲吞不去。（吃吐介，唱）

【前腔】糠和米，本是两倚依，谁人簸扬你作两处飞？一贱与一贵，好似奴家共夫婿，终无见期。丈夫，你便是米么，米在他方没寻处。奴便是糠么，怎的把糠救得人饥馁？好似儿夫出去，怎的教奴，供给得公婆甘旨？（不吃，放碗介）（唱）

【前腔】思量我生无益，死又值甚的。不如忍饥为怨鬼。公婆年纪老，靠着奴家相依倚，只得苟活片时。片时苟活虽容易，到底日久也难相聚。谩把糠来相比，这糠尚兀自有人吃，奴家骨头，知他埋在何处？

（蔡公、蔡婆上探白）……（蔡婆慌吃介，吐介。蔡公白）媳妇，你逼逻的是什么东西？（五娘介，唱）

【前腔】这是谷中膜，米上皮，将来逼逻堪疗饥。（蔡公蔡婆白）这是糠，你却怎的吃得？（五娘唱）尝闻古贤书，狗彘食人食，公公、婆婆，须强如草根树皮。（蔡公蔡婆白）这的不嗄杀了你？（五娘唱）嚼雪餐毡苏卿犹健。餐松食柏到做得神仙侣，纵然吃些何虑？公公、婆婆，别人吃不得，奴家须是吃得。（蔡公、蔡婆白）胡说。偏你如何吃得？（五娘唱）爹妈休疑，奴须是你孩儿的糟糠妻室。

（蔡公蔡婆哭介。白）原来错埋怨了人，兀的不痛杀了我！（倒介。五娘叫介，唱）

【雁过沙】他沉沉向迷途，空叫我耳边呼。公公、婆婆，我不能尽心相奉事，番教你为我归黄土。公公、婆婆，人道你死缘何故？公公、婆婆，你怎生割舍抛弃了奴？

（白）公公、婆婆。（蔡公醒介，唱）

【前腔】媳妇，你耽饥事公姑。媳妇，你耽饥怎生度？错埋怨你也不肯辞，我如今始信有糟糠妇。媳妇，我料应不久归阴府。媳妇，你休为我死的把生的受苦。

（五娘叫婆婆介，唱）

【前腔】婆婆，你还死叫奴家怎支吾？你若死教我怎生度？我千辛万苦回护丈夫，如今到此难回护。我只愁母死难留父。况衣裳尽解，囊箧又无。

（蔡公叫蔡婆介，唱）

【前腔】婆婆，我当初不寻思，教孩儿往皇都。把媳妇闪得苦又孤，把婆婆送入黄泉路。只怨是我相耽误。我骨头未知埋在何处所！

《高堂称庆》后，蔡伯喈被父亲逼迫入京应试，一去不归。家乡遭遇饥荒，饿殍遍野。五娘独立供养公婆，已典尽衣裳首饰，求得一点赈粮又被里正抢走，幸邻居张大公相济，分得一点赈粮。这里所录为五娘得到这点赈粮，将米供应公婆，自己却背着公婆吞糠充饥时唱的几支曲子。首曲以“乱慌慌”“远迢迢”“急煎煎”“软怯怯”四对偶句突出了四个“不”字：年岁不丰，丈夫不归，公婆不耐烦，自己一个弱女子不济事。这四“不”互为补充地描述了五娘艰难的处境。在家中衣物典尽、唯一可卖的只有自身时，五娘想到的不是自身之苦，却是卖掉自身，公婆让谁照应？第二曲又以“滴溜溜”“乱纷纷”“骨崖崖”“战钦钦”四对句突出了四个“难”字：珠泪难尽，愁绪难解，病体难支，荒岁难捱。这四“难”诉说了自己悲苦的情怀。处境虽难，情怀虽苦，却仍须活下去，五娘只得以糠充饥。为了不让公婆见她吃糠而伤心，她有意独自进食。四曲【孝顺歌】写她吃着难以下咽的糠秕，由糠被舂杵、被簸扬，想到自己受尽折磨，历尽苦辛。苦人吃着苦味，其情更苦，却又无处倾诉，只好对着糠秕言说苦衷。她由糠想到米，由糠和米本相依倚，却一贱一贵两处分飞，联想到自己夫妻分离，终无见期。她想到生不如死，但念及年老公婆，又决心“苟活片时”。当公婆发现她吃糠后，她极力以汉朝苏武啮雪吞毡的故事和神仙餐松食柏的传说来宽慰老人，最终归结照应了古来以贫贱相守的妻子为“糟糠之妻”的称谓。曲中托物抒怀，以糠自喻，紧扣一个“糠”字，抒发了五娘比糠更苦的情怀，也表现了她善良朴实、处处为老人着想、即使被冤枉仍能体恤老人的美德。【雁过沙】四曲演述婆婆因发现自己错怪贤媳伤心而亡、公公为自己逼孩儿赴试以致害了媳妇和婆婆而痛心疾首的悲惨情状，动人心魄。最后一句“我骨头未知埋在何处所”，《六十种曲》本为“不如我死免把你再辜负”。前者使人感到突兀，且与五娘之曲“奴家骨头知他埋在何处”意重复，不如后者所表现的痛悔之情来得深刻、激切，很可能是抄本有误。

此出为《琵琶记》的名段，其中尤以四曲【孝顺歌】最为精彩。这些描写五娘思想流程的语词本色无华，却宛转曲折、细微详尽地、一层比一层深入地展示了她痛苦、矛盾的内心世界。由于是从人心流出，真切自然，故而感人至深，历来评者都以此为神来之笔。曾经有过这样的传说：“高明撰《琵琶记》，填至《吃糠》一折，有糠和米一起飞之句，案上两烛光合二为一，交辉久之乃解。好事者以为文字之祥，为作瑞光楼以旌之。”（见《类苑详注》）传说虽不一定是事实，却反映了人们对这几支曲子的喜爱，以致神其说而加以传播。

琵琶记·琴诉荷池

【一枝花】（伯喈唱）闲庭槐影转，深院荷香满。帘垂清昼永，怎消遣？十二阑干，无事闲凭遍。困来湘簟展，梦到家山，又被翠竹敲风惊断。

【懒画眉】强对南熏奏虞弦，只见指下余音不似前，那些个流水共高山。呀！怎的只见满眼风波恶？似离别当年怀水仙。

【前腔】顿觉余音转愁烦，还似别雁孤鸿和断猿，又如别凤乍离鸾。呀！怎的只见杀声在弦中见？敢只是螳螂来捕蝉。

【前腔】日暖蓝天玉生烟，似望帝春心托杜鹃。好姻缘还似恶姻缘。只怕知音少，争得鸾胶续断弦？

（牛氏上唱）

【满江红】嫩绿池塘，梅雨歇熏风乍转。见清新华屋，已飞乳燕。簟展湘波纨扇冷，歌传《金缕》琼卮暖。是炎蒸不到水亭中，珠帘卷。

（牛氏白）相公原在这里操琴。奴家久闻相公高于音乐，如何来到此间，丝竹之音，杳然绝响？相公今日，试操一曲。（伯喈）弹什么曲好？（牛氏）【雉朝飞】到好。（伯喈）弹他做什么？这是无妻的曲，我少什么媳妇！（牛氏）胡说，如何少甚媳妇！（伯喈弹介）呀！错了也。只有个媳妇，到弹个《孤鸾寡鹄》。（牛氏）我一对夫妻正好，说什么孤寡？（伯喈介）你那里知他孤寡的！

（牛氏）相公，对此夏景，弹个【风入松】到好。（伯喈）这个却好。（弹错介）（牛氏）相公，你弹错了！（伯喈）呀，我弹个【思归引】出来！（牛氏）怎地害风么哪！我却只道你会操琴，只管这般卖弄怎地？（伯喈）不是，这弦不中弹。（牛氏）这弦怎地不中？（伯喈）当原是旧弦，俺弹得惯。这是新弦，俺弹不惯。（牛氏）旧弦在那里？（伯喈）旧弦撇了多时。（牛氏）为甚撇了？（伯喈）只为有这新弦，便撇了旧弦。（伯喈介）（牛氏）怎地不把新弦撇了？（伯喈）便是新弦难撇。（介）我心里只想着那旧弦。（牛氏）你撇又撇不得，罢罢。（伯喈唱）

【桂枝香】危弦已断，新弦不惯。旧弦再上不能，我待撇了新弦难拼。一弹再鼓，又被宫商错乱。（牛氏白）你敢心变了？（伯喈唱）非干心变。这般好凉天，正是此曲才堪听，又被风吹在别调间。（牛氏唱）

【前腔】非弦已断，只是你意慵心懒。没，你既道是《寡鹄孤鸾》，又道是昭君宫怨，那更《思归别鹤》，无非愁叹。（白）相公，你心里多敢想着谁？（伯喈白）不想甚么人。（牛氏唱）你既不然，（白）我理会的了，你道是除了知音听，道我不是知音不与弹。

……（下略）

（牛氏白）将酒过来。（牛氏唱）

【梁州序】新篁池阁，槐荫庭院，日永红尘隔断。碧阑干外，空飞嗽玉清泉。只见香肌无暑，素质生风，小簟琅玕展。昼长人困也，好清闲，忽听得棋声惊昼眠。（合）《金缕》唱，碧筒劝。向冰山雪槛开华宴，清世界有几人见。（伯喈唱）

【前腔】蔷薇帘箔，荷花池馆，一点风来香满。香奁日永，香销宝篆沉烟。谩有枕攲寒玉，扇动齐纨，怎遂得黄香愿？（泪下介）（牛氏）做什么？（伯喈介，唱）猛然心地热，透香汗，我欲向南窗一醉眠。（合前）（牛氏唱）

【前腔换头】向晚来雨过黄轩，见池面红妆零乱。渐轻雷隐隐，雨收云散。只见荷香十里，新月一钩，此景佳无限。兰汤初浴罢，晚妆残，深院黄昏懒去眠。（合前）（伯喈唱）

【前腔换头】柳荫中忽听新蝉，更流萤飞来庭院。听菱歌何处？画舡归晚。只见玉绳低度，朱户无声，此景尤堪恋。起来携素手，鬓云乱，月照纱窗人未眠。（合前）

此出主要写伯喈被迫入赘相府后的生活与心情。

宰相府中，庭院深深，荷花飘香，正是深暑之时。伯喈长时间漫步其中，看到槐影随着太阳的西行而转移。如何消遣这漫长的白昼？他百无聊赖地倚遍院中阑干，闲时卧在凉爽的竹席上（香簟，湘妃竹编的席子）小睡，却被风吹翠竹之声打断回到家乡的好梦。

伯喈思悠悠，意悬悬，愁思难以排解，只得借琴抒怀。在古代，琴为“君子所常御不离于身”之物（《风俗通》）。东汉傅毅《琴赋》说，琴能“尽声变之奥妙，抒心志之郁滞”。何况历史上的蔡邕（字伯喈）原以妙解音律、善鼓琴著称。三曲【懒画眉】皆伯喈抚琴而歌时之所思。“强对南熏奏虞弦”，南熏，即南风。梁简文帝《金闺思》诗曰：“南风送归雁，聊以寄相思。”虞弦，据《礼记・乐记》云：“昔者舜作五弦之琴，以歌《南风》。”唐孔颖达“疏”谓：“《南风》，诗名，是孝子之诗。”伯喈勉强对着南风弹奏思亲之曲，只觉指下不绝的琴声与前不同。“那些个流水共高山”，用伯牙、钟子期的故事。伯牙鼓琴，志在高山，钟子期闻而知“峨峨兮若泰山”，志在流水，钟则曰“洋洋兮若江河”（见《列子·汤问》）。伯牙之琴达到如此高妙的境界，重要的在于情志专一。伯喈身困相府，徒有孝思，难有孝行，心有愧疚，难以专志，故不能像伯牙那样志在高山流水，琴声即表高山流水。他手中弹着孝子之歌，眼中“只见满眼风波恶，似离别当年怀水仙”。水仙，这里指伯牙所制《水仙操》。据载，伯牙学琴于成连先生，三年不成，至于精神寂寞，情之专一尚未能也。成连云：“吾师方子春今在东海中，能移人情。”乃与伯牙俱往。至蓬莱山，留宿伯牙曰：“子居习之，吾将迎师。”刺船而去，旬日不返。伯牙近望无人，但闻海水洞汩崩析之声，山林窅冥，群鸟悲号，怆然而叹曰：“先生将移我情。”乃援琴而歌。曲终成连回，刺船迎之而还。伯牙遂为天下妙矣（见《乐府解题》）。则《水仙操》为伯牙独自在海岛悲愁而作之琴曲。琴曲有曲、引、操、畅、弄等名。《风俗通》曰：“和乐作者，其曲曰畅”，“忧愁作者，其曲曰操。”伯喈指下琴声似操，说明他心中所怀有如当年与家人离别时的凄怆之情。

琴声愈“转愁烦”，所弹皆凄凉、断肠之声（琴曲有《别鹤》《别凤》等名，喻夫妻分离）。“怎的只见杀声在弦中见，敢只是螳螂来捕蝉?”这里又用了一个典故。《后汉书·蔡邕传》载：蔡邕邻人请他赴宴，他到邻人门前闻琴声有杀心，不入而返。邻人追问其故，蔡邕说明原因，人皆称怪。弹琴者说：“我鼓琴时，见螳螂正在捕蝉，而蝉将要飞走。我心中唯恐螳螂失去那蝉。这难道就是杀心表现在琴声中吗?”剧中伯喈抚琴时弦中见有杀声，说明他心中对年老双亲的忧念，隐伏着家乡的变故。

“日暖蓝田玉生烟，似望帝春心托杜鹃。”借用唐代戴叔伦论诗之语和李商隐诗句。戴曰：“诗家之景，如蓝田日暖，良玉生烟，可望而不可置于眉睫之前也。”（见司空图《与极浦书》）其后，李商隐《锦瑟》诗云：“庄生晓梦迷蝴蝶，望帝春心托杜鹃。沧海月明珠有泪，蓝田日暖玉生烟。”剧中借此二句表达了伯喈思念父母妻子而不得见的苦恼。他不禁感叹自己与牛氏的结合，在别人看来是好姻缘，对于自己来说却是恶姻缘。只怕新人不是知音，自己难与旧人再续前缘。此与陶縠《风光好》词：“琵琶拨尽相思调，知音少。待得鸾胶续断弦，是何年?”（见《南唐近事》）其意相近。

断弦难续，琴声至此亦停。

牛氏上场，一曲【满江红】唱出她欢快的心情。池塘、华屋、香簟、纨扇、琼卮、珠帘、金镂曲（郭钰诗有“红袖醉歌金镂曲”之句），都显示了宰相府内“炎蒸不到水亭中”的富贵、舒适的生活。

伯喈应牛氏之请操琴，却一再弹错。他与牛氏一段有关旧弦、新弦的谈话，颇有意味。【桂枝香】曲进一步解释，旧弦已断，再上不能，新弦虽不惯，却又难弃，故致宫商（这里泛指曲调）错乱。又借用高骈诗句：“昨夜筝声响碧空，宫商信任往来风。依稀似曲才堪听，又被吹将别调中。”说明舍旧弦而弹新弦，安得不舍前曲而转别调？《诗经·小雅·常棣》谓：“妻子好合，如鼓瑟琴。”这里以旧弦、新弦喻旧妇、新妇，语意双关，比喻贴切。

牛氏其实也懂音律，知其所弹“无非愁叹”，既伯喈不愿明说，她也不便穷究，故以“道我不是知音不与弹”而有意漾开，乃命丫环置酒消遣。

【梁州序】数曲，为牛氏与伯喈对饮时所唱，牛氏之曲极写相府中的豪华景象及置身其中怡然自得的心境，伯喈之曲表现了在迎合牛氏情趣时仍止不住流露出孝子之哀、却又极力加以掩饰的尴尬状态。

此出之曲，文辞典雅、含蓄。尤其是旧弦、新弦之喻，表达伯喈内心的矛盾，很是形象、生动。何良俊《四友斋丛说》曾批评《琵琶记》“专弄学问，其本色语少”。其实，五娘之词何尝不本色！此出之曲，出自伯喈、牛氏之口，一个是饱学之士，一个是知书识礼的相府小姐，出语不可能太俗。伯喈之词，用典较多，也符合读书人的身份、习惯。何况所用之典，多为人们熟知之事，意思明白。当然，个别地方也有不够醒豁之处。

曲中写情写景均极细腻。如“闲庭槐影转”，一个“转”字，写出槐影随阳光移动及伯喈心事重重地在闲庭漫步的时间之长。“炎蒸不到水亭中”，既写出宰相府中的舒适生活，也说明牛氏心情之好。“清昼永”“向晚来”“新月一钩”“画舡归晚”“玉绳低度”（玉绳，星名。北斗第五星玉衡北之两星，分别名天乙、太乙），依次写来，从白昼到夜深，时间的顺序不乱。皆可见作者文心之细。

琵琶记·宦邸忧思

【喜迁莺】终朝思想，但恨在眉头，人在心上。凤侣添愁，鱼书绝寄，空劳两处相望。青镜瘦颜羞照，宝瑟清音绝响。归梦杳，绕屏山烟树，那是家乡？

（白）［踏莎行］怨极愁多，歌慵笑懒，只因添个鸳鸯伴。他乡游子不能归，高堂父母无人管。湘浦鱼沉，衡阳雁断，音书要寄无方便。人生光景几多时，蹉跎负却平生愿。

【雁鱼锦】思量，那日离故乡。记临歧送别多惆怅，携手共那人不厮放。教他闻知饥与荒好看承，我爹娘，料他每应不会遗忘。闻知饥与荒，只怕捱不过岁月难存养。若望不见信音却把谁倚仗？

【二犯渔家傲】思量，幼读文章，论事亲为子也须要成模样。真情未讲，怎知道吃尽多磨障？被亲强来赴选场，被君强官为议郎，被婚强效鸾凰。三被强衷肠说与谁行？埋怨难尽这两厢，这壁厢道咱是个不撑达害羞的乔相识，那壁厢道咱是个不睹事负心的薄辛郎。

【雁渔序】悲伤，鹭序鸳行，怎如乌鸟反哺能终养？谩把金章，绾着紫绶：试问斑衣，今在何方？斑衣罢想，纵然归去，又怕带麻执杖。只为他云梯月殿多劳攘，落得泪雨似珠两鬓霜。

【渔家喜雁灯】几回梦里，忽闻鸡唱，忙惊觉错呼旧妇，同问寝堂上。待朦胧觉来，依然新人凤衾和象床。怎不怨香愁玉无心绪，更思想被他拦挡。教我，怎不悲伤？俺这里欢娱夜宿芙蓉帐，他那里寂寞偏嫌更漏长。

【锦缠雁】谩悒怏，把欢娱都成闷肠。菽水既清凉，我何心，贪着美酒肥羊？闷煞人花烛洞房，愁杀我挂名在金榜。魆地里自思量，正是在家不敢高声哭，只恐人闻也断肠。

此出仍写伯喈的愁怀，但与《琴诉荷池》中借琴声抒情在表现手法上有所不同。此出直摅胸臆。首曲写伯喈对父母妻室的思念，由于音书不通而“恨在眉头，人在心上”；闻说家乡饥荒，他更是愁肠百结。接着，他诉说“三被强”的真情不得剖白，以致使自己处于两边埋怨的两难境地，转而感叹在朝为官真不如在家斑衣娱亲。白日的极思苦想化为夜间的梦中之境。伯喈梦中重温与五娘一同问寝堂上的温馨，醒来“依然新人凤衾和象床”，怎能不更添惆怅。此出之曲多层次、多角度地描写伯喈的忧思，细致、生动地表现了伯喈对父母的孝心和对五娘的深情，同时也暴露了他不敢对新妇直言的性格软弱的一面。

曲中运用以大喜反衬大悲的写法，给读者留下了深刻的印象。“鹭序鸳行”“金章紫绶”皆喻在朝为官、身居高位，这本是极荣极贵、值得庆贺的事。刘禹锡《奉和司空裴相公中书即事诗》曰：“伫闻戎马息，人贺领鸳行。”卢肇《和放榜诗》亦云：“褒衣已换金章贵，禁掖曾随玉树荣。”伯喈却以美丽、高贵的鹭鸶和鸳鸯不如貌虽寻常却能反哺的慈乌，以金章紫绶不如能娱亲的斑衣，喻高官厚禄不如能侍养父母的平民百姓。“洞房花烛夜，金榜题名时”是古来读书人寒窗十载为之奋斗的目标，一句“闷煞人洞房花烛，愁杀我挂名在金榜”彻底否定了士子们梦寐以求的理想，从而突出了伯喈由之而来的痛苦之深。毛声山曾评此为前所未闻的“千古奇语”（见《绘风亭评第七才子书琵琶记》）。作者运思之奇于此可见一斑。【渔家喜雁灯】一曲把一种似梦似醒、若有若无的恍惚心绪写得如闻如见，可摸可触，亦可见作者之功力。

琵琶记·祝发买葬

【金珑璁】饥荒先自窘，那堪连丧双亲，身独自怎支分？衣衫都典尽，首饰并没分文，无计策剪香云。

【香罗带】一从鸾凤分，谁梳鬓云？妆台不临生暗尘，那更钗梳首饰典无存也。头发，是我耽搁你，度青春。如今又剪你，资送老亲。剪发伤情也，只怨着结发的薄幸人。

【前腔】思量薄幸人，辜奴此身，欲剪未剪教我珠泪零。我当初早披剃入空门也，做个尼姑去，今日免艰辛。只一件，只有我的头发恁地，少什么嫁人的，珠围翠簇兰麝熏。呀，似这般光景，我的身死，骨自无埋处。说什么头发愚妇人。

【前腔】堪怜愚妇人，单身又贫。我待不剪你头发卖呵，开口告人羞怎忍。我待剪呵，金刀下处应心疼也。休休，却将堆鸦髻，舞鸾鬟，与乌鸟报答白发的亲。教人道，雾鬓云鬟女，断送他霜鬟雪鬓人。（剪介，哭唱）

【临江仙】连丧双亲无计策，只得剪下香云，非奴苦要孝名传。正是上山擒虎易，开口告人难。

（白）头发既已剪下，免不得将去街上货卖。穿长街，抹短巷，叫几声卖头发咱。（叫介。唱）

【梅花塘】卖头发，买的休论价。念我受饥荒，囊箧无些个。丈夫出去，那更连丧了公婆，没奈何，只得卖头发，资送他。

（白）怎的都没人问买？

【香柳娘】看青丝细发，剪来堪爱，如何卖也没人买？若论这饥荒死丧，怎教我女裙钗，当得这狼狈？况我连朝受馁，我的脚儿怎抬？其实难挨。（倒介，再起唱）

【前腔】望前街后巷，并无人在。我待在叫呵，咽喉气噎，无如之奈。苦！我如今便死，暴露我尸骸，谁人与遮盖？天，天！我到底也只是个死。待我将头发去卖，卖了把公婆葬埋，奴便死何害！

此出之前，剧写蔡婆去世，蔡公也一病不起，赵五娘悉心照料，终究无济于事。公婆双亡，家计全无，五娘靠什么去埋葬公婆？这里所录即五娘此时此境所思所想之曲。

首曲自述身处的困境。万般无奈之下，只得“剪香云”以葬公婆。香云，喻女子之美发。古来女子谁不以头发之美为重？陈后主《采桑》：“春楼髻梳罢，南陌竞相随。”杜甫《丽人行》：“头上何所有，翠为匐叶垂鬓唇。”杜牧《闺情》：“娟娟却看月，新鬓学鸦飞。”苏轼《送笥芍药与公择》：“还将一枝春，插上两髻丫。”等等，都反映了妇女们精心梳理头发、追求花样翻新并加以各种头饰的情状。但五娘为了埋葬公婆，却要剪下对于妇女来说至关重要的青丝发，难舍之际，不由得从这“发”字生出了许多情思。

【香罗带】数曲描写五娘首先想到自从夫妻分别后（鸾凤，喻夫妇）、再也没有对镜梳妆，自己耽搁了头发的青春，现又要剪发资送双亲，这一切都只怨结发夫婿的薄情。结发，谓始成人时结婚的正式夫妻。苏轼诗曰："结发为夫妻，恩爱两不疑。"李善注云："结发，始成人也。谓男年二十、女年十五时，取笄冠为义也。"（见《文选》卷二十九）亦以指原配夫妻。本应"结发恩义深"（曹植诗）的夫婿，如今却久出不归。不仅辜负了五娘的青春，还将生养死葬年老双亲的责任全留给五娘一人承担，五娘怎能不怨？这里也照应了前出《宦邸忧思》中蔡伯喈已估计到"那壁厢道咱是个不睹事负心的薄辛郎"的唱词。夫婿如此薄辛，五娘在欲剪又停之时，不禁后悔当初嫁人，如早披剃入空门也不至受如此苦辛。转而又想，嫁人的也不都似我，她们的头发得"珠围翠簇兰麝熏"，可见嫁人也可以有幸福的生活。想到此，五娘的思路又回到了现实中。她笑自己愚蠢，在身死无处埋骨的困境中，还谈什么头发！但拿起剪刀，又觉心痛，几番犹豫，终于剪下青丝（堆鸦、舞鸾，皆髻名），如乌鸟反哺，报答白发之亲。

【梅花塘】为五娘叫卖头发之曲。【香柳娘】二曲写她走得脚难抬，叫得咽喉气噎，仍无人买。她只得拼死继续前去叫卖。

此剧《糟糠自厌》之曲，紧扣"糟糠"二字抒发五娘苦情；这里所录之曲又从"头发"二字生发，迂回曲折、层层递进地写出了五娘比黄连更苦的情怀。其词朴素无华，却神情毕具，有巧夺天工之妙。正如汤显祖所说："天下布帛菽粟之文最是奇文。"陈继儒曾言："人有一勺不需而多酒意者，淡而有味故也；有一笔不染而多画意者，淡而有致故也；有一偈不参而多禅意者，淡而有神故也。妙人如是，妙文何独不然？《琵琶》之文淡矣，而其有味、有致、有神，正于淡中见之。"（二说均见《绘风亭评第七才子书琵琶记·前贤评语》）

琵琶记·中秋望月

【念奴娇序】长空万里，见婵娟可爱，全无一点纤凝。十二栏杆光满处，凉浸珠箔银屏。偏称，身在瑶台，笑斟玉斝，人生几见此佳境？（合）惟愿取年年此夜，人月双清。

【前腔换头】孤影，南枝乍冷，见乌鹊缥缈惊飞，栖止不定。万点苍山，何处是修竹吾庐三径？追省，丹桂曾扳，嫦娥相爱，故人千里谩同情。（合前）

【前腔换头】光莹，我欲吹断玉箫，骖鸾归去，不知风露冷瑶京？环佩湿，似月下归来飞琼。那更，香鬟云鬟，清辉玉臂，广寒仙子也堪并。（合前）

【前腔换头】愁听，吹笛关山，敲砧门巷，月中都是断肠声。人去远，几见明月亏盈。惟应，边塞征人，深闺思妇，怪他偏向别离明。（合前）

这四支曲子，是牛氏邀伯喈中秋赏月时二人的轮唱。第一、三两曲为牛氏所唱，二、四为伯喈之曲。四曲借景抒情，表达了时地相同、景物相同的情况下，二人不同的情怀。

首曲写牛氏见明月当空，感到的是“可爱”；见月光洒在十二栏杆、珠帘银屏之上，竟觉身处仙境之中。月夕年年有，牛氏却说：“人生几见此佳境？”道出了她嫁得如意郎君后欢愉的心情。后曲仿苏轼“我欲乘风归去，又恐琼楼玉宇，高处不胜寒。起舞弄清影，何似在人间？”之词，借用仙女许飞琼月下归来了尽尘心的故事，说明人间比仙境更加美好幸福。然而，远离父母妻室、被迫入赘相府的伯喈此时的心情却与牛氏迥异。他身边虽有牛氏相伴，看到的竟只是“孤影”；又借用《古诗十九首》中“胡马依北风，越鸟巢南枝”和陶潜《读〈山海经〉》《归去来辞》等诗文中的词意，以“南枝”“吾庐”“三径”喻故乡，表达了自己盼归故里的心愿。继而活用唐诗，以月下听到的都是边塞征人吹笛关山、深闺思妇敲砧门巷的“断肠声”，抒发自己思念白发双亲、恩爱发妻而不得归去的愁思。四支曲子对牛氏和伯喈同在明月清光下的不同心态刻画入微，欢乐与苦闷形成鲜明的对比。

中国古典诗词中借明月或中秋之月抒怀的作品甚多。李白《月下独酌》

《把酒问月》是其名篇；苏轼【水调歌头】“明月几时有”被认为是中秋词中的翘楚；辛弃疾【太常引】“一轮秋影转金波”亦是写中秋月的佳作。它们都直接抒发了作者的情思。《中秋望月》沿用诗词借景抒情的手法刻画剧中人物不同的心绪取得了极好的效果，成为中国古代戏曲中咏月的名段。前人十分欣赏这几支曲子，李渔《闲情偶寄》赞曰：“《中秋望月》一折，同一月也，出于牛氏之口者，言言欢悦；出于伯喈之口者，字字凄凉。”“同一月也，牛氏有牛氏之月，伯喈有伯喈之月。所言者月，所寓者心。牛氏所说之月可移一句于伯喈，伯喈所说之月可挪一字于牛氏乎?”其评深中肯綮。这几首曲子文辞优雅、蕴藉，切合人物的身份、环境和教养，与赵五娘的曲词显然有别。王骥德《曲律》谓：“大抵纯用本色，易觉寂寥；纯用文调，复伤雕镂。”《琵琶记》作者赋予不同人物以不同的语言特点，曲词兼得本色自然和富贵典雅之美，这正是这部作品比较成熟、雅俗共赏的一个重要原因。

《琵琶记》在结构上运用双线对比的写法。如《糟糠自厌》后为《琴诉荷池》，《代尝汤药》后有《宦邸忧思》，紧跟着《祝发买葬》《感格坟成》的是《中秋赏月》。沿赵五娘侍奉翁姑一线展示的是荒凉、贫困、饥饿、死亡，循蔡伯喈入赘牛府一线展开的是豪宅娇妻、美酒肥羊。二线相互交错，表现五娘自厌糟糠之际，伯喈正在闲庭深院抚琴饮酒；五娘公婆双亡、剪发买葬之时，伯喈正与牛氏中秋赏月、绮席酒阑。穷困劳瘁与奢侈享受，五娘之苦与牛氏之乐相互映衬，有力地突出了贫富悬殊的矛盾和伯喈所处的两难境地，也有利于场上演出时气氛的调节。

（节录于《古典剧曲鉴赏辞典》，湖北辞书出版社，2004。以下几篇同。）

摇曳多姿的杨讷《西游记》杂剧

作者杨讷，原名暹，字景言，号汝斋。蒙古人，居于钱塘（今杭州）。从姐夫杨镇抚长大，故人以杨姓称之。善琵琶，好戏谑，长于散曲、杂剧。永乐时因擅谜语被召入宫，与汤式、贾仲明同受宠遇。卒于金陵（今南京）。所作杂剧十八种，今仅存《西游记》《刘行首》两种，一说后种已佚，今存本非杨作。

杨讷《西游记》六本二十四出，是杂剧中的长篇。元杂剧中仅《西厢记》可与它颉颃。此剧演唐僧西天取经故事。在此之前，已有多种戏剧作品以此故事为题材，如金院本《唐三藏》（已佚），宋元南戏《陈光蕊江流和尚》（存佚曲）、《鬼子母揭钵记》（存佚曲），元·吴昌龄杂剧《唐三藏西天取经》（存佚曲）等。与杨讷大体同时的，有无名氏杂剧《二郎神锁齐天大圣》（存）等。在吴承恩的集大成之作——小说《西游记》完成之前，杨讷《西游记》杂剧是演说取经故事的戏剧作品中规模最大而又完整保存至今的最早的一部。

此剧从唐僧出世一直写到他功成行满、正果朝元。第一本表唐僧身世及寻亲、报仇；第二、三、四本叙唐僧奉旨西行，先后收用南海火龙所变白马及孙悟空、沙和尚、猪八戒三徒；第五本说女人国遇险、火焰山借扇；第六本演西天参佛、取经东归、功成还朝。与被称为是这个故事“雏形”的宋话本《大唐三藏取经诗话》相比，其内容较《诗话》丰富、完整得多。例如：此剧中随唐僧取经的三徒，《诗话》中仅孙悟空一徒；此剧中明白交代孙悟空因盗仙酒、仙桃，被观音镇于花果山下，又被逼令护送唐僧取经，《诗话》中孙悟空的来历还不甚清楚；剧中火焰山受困一节，《诗话》中尚无影踪。可见，这一在真人真事基础上经过几百年民间传播，又不断被写入文学作品的神魔故事，发展到元末明初，已经相当完整。由于元代或元末明初出现的平话《西游记》已经失传，故此剧对探索唐僧取经故事发展演变的历史，具有十分重要的意义。

杨讷《西游记》旨在宣扬佛法，取经事业的成功“全仗佛世尊释伽之威力”（剧中唐僧语）。剧中劝人“无念”，促人从“人我池中跳出来”，以保皇图永固、百姓乐业，反映了作者思想中封建正统的观念。不过，剧中表扬唐僧“心坚念重，至公无私，磨而不磷，涅而不缁”的高尚品德和坚忍不拔的意志，以及对“满朝都是酒徒”和势利世态的批评还是有一定意义的。剧中孙悟空爱好自由、不愿受约束和机智勇敢除恶务尽的表现使他成为此剧中最为生动的人物。吴承恩小说中大闹天宫的叛逆者形象于此可见端倪。

此剧作者选取唐僧取经故事中最为有趣而又能说明事情始末的情节组成这部杂剧，事虽奇幻诡谲，却不失世态人情。作者选材之精、组织之工、运用文字之得心应手、突破杂剧旧规的创新精神，不能不令人叹服。

西游记·村姑演说

【一煞儿麻】不是胖姑儿偏精细，官人们簇捧着个大檑椎。檑椎上天生得有眼共眉，我则道瓠子头葫芦对。这个人也索是跷蹊。甚么唐僧、唐僧，早是不和爷爷去看哩，枉了这遭。恰便似不敢道的东西，枉惹得旁人笑耻。

（张云）官人每怎么打扮送他？（姑云）好笑，官人每不知甚么打扮。

【乔牌儿】一个个手执白木植，身穿着紫搭背，白石头黄铜片去腰间系，一对脚似踏在黑瓮里。

（张云）那是个皂靴。（姑唱）

【新水令】官人每腰屈共头低，吃的醉醺醺脑门着地。（张云）拜他哩。（姑唱）咿咿呜呜吹竹管，扑扑通通打牛皮。见几个无知，叫一会闹一会。

【雁儿落】见一个粉搽白面皮，红拴着油䯼髻。笑一声打一棒槌，跳一跳高似田地。

（张云）这是做院本的。（姑唱）

【川拨棹】（白：更好笑哩。）好着我笑微微。一个汉木雕成两个腿。见几个回回，舞着面旌旗，阿剌剌口里不知道甚的装着鬼。人多我看不仔细。

【七弟兄】我钻在这壁、那壁，没安我这死身己。滚将一个碌碡在根底，脚踏着才见得真实，百般打扮千般戏。

（白）爷爷，好笑哩！一个人儿将几扇门儿，做一个小小的人家儿。一片绸帛儿，装着一个人。线儿提着木头雕的小人儿。

【梅花酒】那的他唤做甚傀儡。黑墨线儿提着红白粉儿，装着人样的东西。飕飕胡哨起，冬冬地鼓声催，一个摩着大旗。他坐着吃堂食，我立着看筵席。两只腿板僵直，肚皮里似春雷。

【收江南】呀，正是坐而不觉立而饥，去时乘兴转时迟。（白）说了半日，我肚皮里饥也。糁子面和落儿带葱虀。霎时间日平西，可正是席间花影坐间移。

（白）看了一日，误了我生活也。

【随煞】雨余匀罢芝麻地，咱去那沤麻池里澡洗。唐三藏此日起身，他胖姑儿从头告诉了你。

这里所选为第二本第二出（在全剧中为第六出）中之曲。唐僧奉旨往西天取经，长安城内举城欢送。村姑与王二进城看热闹，回来后应老人张的要求，细说欢送盛况。村姑寡闻少见，演说中只能以自己在农村习见之物比喻所见，如：以“檑椎”“瓠子头葫芦对”喻唐僧及其光头、眉眼，以“白木植”“白石头黄铜片”喻官员们手执的笏、腰系的金玉配饰，以“吹竹管”“打牛皮”形容吹箫、擂鼓等等，比喻不伦不类、滑稽可笑，却也能让人明白。这样的演说，既符合村姑这个人物的身份、阅历和单纯、爽快的性格，也让观众忍俊不禁。在第五出（《诏饯西行》）的雅咏之后，继以此出俗曲，剧中雅俗杂陈、冷热相间，场上气氛得以调节。由此可见作者擅戏谑的才华和熟谙戏剧演出的要求，是场上之作的老手。

西游记·导女还裴

【正宫·端正好】雨初收，云才散，山风恶罗袂生寒。澄澄月色如银烂，倚栏凝眸看。

【蛮姑儿】看间，兴阑。飕飕风色，飒飒秋声，一阵愁烦痛心肝。想家何在？见应难。望云树沉沉在眼。

【滚绣球】这些时懒将玉粒餐，偷将珠泪弹。端的是不茶不饭，思昏昏恰便是一枕槐安。身边有数的人，眼前无数的山，听了些水流深涧，野猿声啼破高寒。碧梧露冷冰肌瘦，红叶秋深血泪干。改尽朱颜。

【叨叨令】有时俯视溪流看，更嶮似单骑羸马连云站。一声鹤唳青松涧，更惨似琵琶声里君恩断。兀的不闷煞人也么哥，兀的不闷杀人也么哥！几时能勾一盃未尽笙歌散。

此为《西游记》第四本第三出中之曲。第四本叙裴太公之女自幼许配朱太公之子为妻，后朱家贫困，裴太公悔亲。裴女不愿，私约朱郎夜间相会，却被潜藏在黑风洞里自号黑风大王的猪八戒冒作朱郎、将裴女摄入洞中为妻。一日，唐僧一行途经此处。裴女得到孙悟空相救脱离苦海，并与朱郎成就婚事。猪八戒则被二郎神收服，从此随唐僧护法西行。这里所选为裴女在黑风洞中夜候猪八戒归洞，见“好一派山景”时所唱之曲。

【端正好】描绘了一幅山上雨后的夜景。雨散云收，这是自然界的规律。“雨过晚凉生”（罗隐《九江早秋诗》），在山风猛恶的洞穴中更感到寒气逼人。雨后的月色明净、清亮，照得山景历历在目，裴女不由得凭栏远望。【蛮姑儿】写出了裴女凝眸远眺时的心情。夜景虽美，裴女却觉兴味索然。耳听秋风飒飒之声，满目是莽莽苍苍的参天古木，家何在？亲人何日得见？禁不住“一阵愁烦痛心肝”。【滚绣球】回忆被摄入山洞后茶饭不思、珠泪偷弹、终日昏昏如在梦中的境况（“一枕槐安”，用李公佐《南柯记》中淳于棼梦入大槐安国的故事)。“身边有数的人，眼前无数的山”，这一对偶句用人少山多相反的情况，突出裴女孤独、凄凉的处境。“水流深涧”“野猿声啼”，皆深山老林中的景象。猿声凄厉，更添离人愁肠。接着又以“碧梧露冷冰肌瘦，红叶秋深血泪干”的对偶句互为补充地说明，悲伤已使自己“改尽朱颜”。【叨叨令】进一步以单人骑着瘦弱的马却要走过高入云霄的千里栈道喻自己处境的险恶(连云栈，栈道名。《战国策·秦策》:“栈道千里，通于蜀汉。”)，以昭君出塞的故事喻遭遇的惨苦(汉元帝以王昭君赐匈奴单于事，《汉书》《后汉书》均有记载。至于马上弹奏琵琶而往，实后人之推测。晋·石季伦《王明君词序》云:“昔公主嫁乌孙，令琵琶马上作乐，以慰其道路之思。其送明君，亦必尔也。其造新曲，多哀怨之声。”此说流布广远，故李商隐《王昭君》诗有“马上琵琶行万里”之句，马致远《汉宫秋》杂剧中元帝送别昭君时有“想娘娘那一天愁都撮在琵琶上”之句)。这样的处境，这样的遭遇，裴女焉能不从心底里喊出:“兀的不闷煞人也么哥，兀的不闷煞人也么哥!”句子的重复，是闷怀强烈的自然流露，亦合于曲之格律。最后一句表达了裴女对早日结束这种与妖魔共处的生活的渴望之情。

四支曲子，层次分明地写出了裴女观景时思想的流程。曲文中有景有情，情景交融、天衣无缝。明末孟称舜激赏此剧第四本，认为是剧中“标奇极妍者”而将它收入《古今名剧柳枝集》(集中题“吴昌龄”作，误)。他认为此折在全剧中“最为出色”，赞其曲文“凄清痛绝”，“摩写情景，语语俊极、险极”(见《柳枝集》此折眉批)。若以此折曲文与前选《村姑演说》之曲文对照，可见此剧语言之富于变化，其风格因所表达的内容和剧中人物的不同而有所区别。朱权《太和正音谱》评杨讷之词“如雨中之花”，确是把握了杨词清新、鲜妍、摇曳多姿的特色。

此剧写唐僧取经故事，唐僧应是作品的主人公。若依元杂剧旧规，剧中之曲应为唐僧一人所唱。但本剧二十四出竟由十九个不同人物分别主唱。作者吸取南戏剧中人皆可唱的优点，变通地用于杂剧，有利于表达不同人物的性格特点、感情变化，也兼顾了演员的劳逸。作者的创新精神于此可见一斑。

(节录于《古典剧曲鉴赏辞典》)

俏皮、风趣的《卓文君私奔相如》杂剧第二折

此剧作者朱权（1378—1448），自号大明奇士，后号臞仙、涵虚子、丹丘先生。朱元璋第十七子。初封大宁，谥号献，人称宁献王。朱权在明太祖诸子中，以善谋著称。建文时，燕王朱棣起兵，计取大宁兵力，挟持朱权入燕军，约以事成平分天下。朱棣即位，不践前言，改封朱权于南昌，朱权心中不免怨望。人告朱权巫蛊诽谤，朱棣派人密查无验，事乃寝。此后朱权退讲黄老之术，筑精庐一区，莳花艺竹、鼓琴读书期间，借以韬晦自保。朱权于书无所不读，深于史，旁通释老，尤工戏曲。著作极富，以论曲之作《太和正音谱》影响最大。杂剧十二种，今仅存《卓文君私奔相如》《冲漠子独步大罗天》两种。

卓文君私奔相如（第二折）

【调笑令】我这里见耶，他那里忙把面皮遮。我手抵着牙儿自想者，莫不是梦中走入嫦娥阙？莫不是上天台误入仙穴？这儿的是王孙宅内观了艳奢。可知道看的人醉眼乜斜。

（孤扮卓王孙，云）久闻先生善琴，愿操一曲，以涤尘想。（下略）（正末扮司马相如，取琴鼓科。歌曰）凤兮凤兮求其凰，安得接翼兮从其翔？巢五云兮鸣朝阳。凤兮！凤兮！怀予心兮何能忘。（旦扮卓文君，长叹科）（正末扮相如，唱）

【圣药王】我这里曲未绝，他那里心早邪。只将那一声长叹向人说。他心又怯，我情又劣。咫尺间千里水云赊。欲寄字呵，又恐怕风急雁行斜。

【麻郎儿】我这里偷睛儿望者，他将个笑脸儿迎者。可喜娘知疼热的姐姐，又撞着我这软厮禁不识羞的俫俫。

【幺】对面儿似隔着苍梧迥野。（旦下）（正起云）呀！回去了也。转过那屏风呵！（唱）又隔了巫山万叠，恰便似支棱的把琴上冰弦断绝，枉把我春心漏泄。

（孤唤院公分付科，云）着先生只在书房里歇。（下略）（院公下。正背云）却不知我这一来，正为何事？对此月白风清，其如良夜何！我就在此书院竹间抚一曲琴，借此琴声，以诉衷悃。（鼓琴科。歌曰）凤兮凤兮求其凰，翱翔四海归故乡。白雉尚有两雌挟，人生岂得长孤孀！（旦上。云）适来那先生抚琴，意在起妾之心。妾深有感于衷焉。时将二鼓，更阑人静。又闻书院里琴声，好是动人之情也呵！我向那花荫下听一听，看他意下如何？（做潜花下科，闻琴声科。）（正歌曰）凤兮凤兮求其凰，求之不得心彷徨。秋风暮兮碧梧老，各分飞兮天一方。凤兮，凤兮！安得比翼翱翔？（旦长吁科）（正惊科。推琴起立出瞧科。唱）

【鬼三台】又不曾夜宿在旗亭舍，却怎么不由我心惊怯？知他是人耶鬼耶？既不沙，猛听的花荫下暗咨嗟。可嚓嚓似有人来也！莫不是忒愣愣宿鸟惊栖不暂歇，疏刺刺花影摇风吹落叶。是何人吓鬼瞒神，教小生心劳意拙！（做见科。唱）

【圣药王】见一人荼蘼月下潜立者。（旦作躲科）（正唱）又转过芭蕉影底躲闪者。我向前去扯住他绣裙褶。呀！才听的长叹呵，却原来是姐姐暗咨嗟，错猜做东风花外杜鹃舌。我则索克答扑的跪膝者！

（跪曰）小生何幸，得蒙姐姐眷恋之情。冒兹风露，远离香闺，枉顾寒微，其幸匪浅。（旦扯末起。云）妾闻先生琴声，知先生不弃鄙陋。值此好天良夜，愿荐枕席之欢，以效于飞之乐。（正云）小子不敏，何以克当？况严君在堂。倘或事泄，反成间隔。如果有眷恋之情，不若私奔归家，永为夫妇，以同偕老。不亦美乎？（旦云）妾愿侍巾栉，执箕帚，以奉先生。即当从命，不可久留。妾有香车一乘，先生可乘此车，夜遁而去。（正唱）

【秃厮儿】则你这俊句儿教人怎舍，既相见怎忍离别。趁着这更阑人静月儿斜，悄悄地辆起这七香车。快疾些也么行者！（旦下取车上科）（正唱）

【小络丝娘】我扭回身望着你那尊堂行拜谢，小生将的你可喜娘孩儿去也！

【余韵】却怎么东君未觉花先谢，我袖得春风去也！恁觉来时月到画堂中，人在天涯何处也！

此剧所叙为人们熟知的故事，本于《史记》《西京杂记》等书的记载。此剧之前，宋元戏曲中以此故事为题材的作品甚多，惜不传。此剧演司马相如离乡求仕，途经巨富卓王孙宅，因听说其女文君姿色殊绝，又擅诗词、音律，目今新寡，便有意借宿。他以《凤求凰》曲挑动文君之心，致文君夤夜私奔，与相如临邛卖酒。后相如应聘入朝，封中郎将开通蜀道，携文君荣归故里。这里选第二折中之曲数首，皆相如所唱。

相如借宿卓王孙宅。卓王孙久闻其名，盛情接待。文君知相如为“天下之奇士”，乃于画屏后窥视。一曲【调笑令】唱出文君被相如瞧见后的羞涩之态和相如瞥见文君、惊其美艳如仙时的痴迷之状（乜斜，眼微张、斜视的样子）。相如歌《凤求凰》曲，文君听后忍不住一声长叹。聪明的相如于长叹声中探知文君“心早邪”，只是胆儿“怯”。眼见人在咫尺间，却如千里云水相隔（赊，远也），难通音讯，不免使人着急。但当相如偷眼望文君时，却见她“将个笑脸迎者”——文君为情所动，终于战胜怯懦，与相如眉目传情。相如高兴得暗称文君是“可喜娘知疼热的姐姐”（可喜娘，可爱的女子），说自己是“软厮禁不识羞的俫俫”。“软厮禁”，一作“软斯金”“软斯勈”，用软功夫的意思。杨慎《洞天玄记》第一折中有“打点下软斯觔巧言词去惹魔头”句，即此意。“俫俫”，小孩、小厮之谓。“不识羞的俫俫”，在这里并无贬义，实为爱称，犹如今日在某些场合下称那些风流伶俐的小伙子为“坏小子”一样。此句意为：可爱的知情知趣的小姐，撞上我这个会用软功夫的“坏小子”，焉有不动情的！但毕竟卓王孙在场，有如苍梧之山、辽阔的原野，横梗在二人中间。文君终于离去，相如感到失落，觉自己的追求难以实现，有如弦断音绝（支棱的，弦断之声），他为自己白白把春心泄漏而懊丧。但是，在相如夜宿书房再借琴歌诉说衷情、文君闻声潜听不由得又是一声长叹后，事情有了转机。【鬼三台】道出相如闻声出寻时心中的猜疑。“又不曾夜宿在旗亭舍”（旗亭，市中酒楼），哪来的叹息之声？是人声、鬼声？既都不是（沙，在句尾，为语助词，无义），那是什么？“可嚓嚓”“忒愣愣”“疏剌剌”为人行走、鸟振翅、风吹落叶的象声词。其实相如心中已经明白是谁在此，故见到文君躲闪之影，立即扯住，跪而相求。夜深人静，正是互通情愫的好时机。文君痛快地答应了相如“私奔归家，永为夫妻”的请求。夜遁途中，相如回身向空拜谢，得意之情溢于言表。

九支曲子，不仅道出了相如内心的活动、感情的起伏，且从相如眼中所见的角度说出了文君情态的变化，描写细腻、生动，用词俏皮、风趣。此折选用具“陶写冷笑”特点的越调曲牌，宜于轻巧、畅快地表达相如此时此地的情怀，演于场上，有助于更加淋漓尽致地表现其谐谑之趣。作者于《太和正音谱》中要求戏曲作者“先要明腔，后要识谱，审其音而作之”，是有道理的。

琴声通情意。晋·嵇康《琴赋》曰：“诚可以感荡心志而发泄幽情矣。”唐·李群玉《戏赠魏十四》诗云：“几多情思在琴心。”元杂剧《西厢记》中张生以琴声引动莺莺，明传奇《玉簪记》有《寄弄》一出借琴抒情，都取得了很好的戏剧效果。此剧以相如琴挑文君为重要关节，写得儒雅而多风致。作者对相如、文君之行未像封建卫道者那样给予声色俱厉的斥责，剧中只说是一场“风流过失”，且因终于成就了永久夫妻而予以宽容。但作者毕竟是封建统治阶级中的一员，其戏剧主张首先强调“返古感今，以饰太平”，要讴歌“皇明之治”，“以致人心之和”。故剧中写二人夜遁时由文君驾车、相如坐车，说是遵循“男尊女卑”“夫唱妇随”的“妇道”，并以“人于逼迫之际，而不失其仪者，亦可谓贤矣”加以肯定。这不免使人感到牵强，实为画蛇添足。

（节录于《古典剧曲鉴赏辞典》）

动中观景、栩栩欲活

——许潮《武陵春》杂剧曲中描写之景

作者许潮，字时泉。靖州（今湖南靖县）人。嘉靖十三年（1534）举人，嘉靖二十年出任河南新安知县。他出于“忠烈”宋以方门下，博洽多闻，熟谙经史，为人风流洒脱。著有《易解》《史学续貂》等，今未见传本。戏曲作品有《泰和记》，是一部杂剧总集，共二十四种，今存其中的十二种，另存四种曲文。

泰和记·武陵春

【茶歌声】溪上桃花夹岸开，溪中流水绕花来。两边花照东流水，好似佳人对镜台。

【前腔】溪水清清桃花浓，桃花溪水两争雄。桃须让水三分绿，水却输桃一段红。

【前腔】桃花潭底水澄澄，桃花隈上山层层。一溪烟水无人到，满目云山何处登？

【前腔】灼灼桃花短短墙，桃花墙下卧仙尨。愿得花间有人出，免令仙犬吠渔郎。

《泰和记》是一部按二十四节气，选择二十四件与节气相符的故事谱写而成的杂剧集。一事一折，每折必具始终，可以独立成篇。各剧所写，皆古人故事，或依历史记载，或据古人诗文生发。《武陵春》取材于晋代陶渊明的《桃花源诗》并《记》。剧写桃园主人与一时高蹈之士避秦暴政隐于桃园洞天。他从广成子处求得封洞灵符，使两山连合，无红尘通路。七百年来，人间未有知者。为有群仙聚会，他命童子准备赏春茶食。童子好奇，窃起灵符，致两山洞开。适逢渔人黄道真在此二月花朝节日，驾小舟来游武陵溪。他沿流水入洞府，得与群仙聚饮，留连七日告归。众仙洞口饯别，叮咛“莫引世人相逐来”。渔人出洞门而两山合拢，回头不见来时之路，怅然离去。剧中指斥暴政，批评沽名钓誉、借终南捷径谋为“山中卿相”者，肯定隐姓埋名、过着悠闲自在的仙家生活的“玄遁”之士，有一定的社会意义。

这里所选为渔人往游武陵溪，见“两岸桃花，一溪流水”，不禁取笛横吹、泛舟而进时所歌之曲。“溪上桃花夹岸开，溪中流水绕花来”，写出了渔人动中观景和桃花、溪水的流动之美。“两边花照东流水，好似佳人对镜台”，将桃花拟人化，以花映溪水有如佳人对镜，比喻贴切而富有生气。第二支曲着重描绘桃花、溪水之色。渔人继续前行，见桃花愈盛，颜色愈浓，似乎在与碧绿的溪水争奇斗艳。而“桃须让水三分绿，水却输桃一段红”的判词，更是巧妙地突出了二者各具的丰姿。第三支曲叙渔人再往前行，眼前境界忽变开阔，只见波澜起伏的桃花从后群山迭起，溪水之上云雾茫茫。这是人迹不到之处，“满目云山何处登”？于是，渔人系舟岸边，沿流水，进云窟，攀山崖，走石磴，竟然发现了一个迥别于人间的“洞天福地”。第四支曲为渔人见桃花墙下卧着一只黄犬，为引出仙人，自己免遭犬吠而唱之曲。四支曲从不同角度着力渲染陶渊明《桃花源记》中写武陵人“缘溪行，忘路之远近，忽逢桃花林。夹岸数百步，中无杂树，芳草鲜美，落英缤纷”的景色，曲中描绘，有近观，有远望，有静姿，有动态，并用拟人手法写出景物情状，生动逼真，栩栩欲活。其文辞雅丽、流畅，音韵谐美；采用民歌曲调，亦显活泼。

作者在《泰和记·同甲会》中曾借剧中人之口说“饮不可无乐，乐不可不雅”，批评古人每宴集不忘“胭脂气味”为“不解文字饮”，故剧中人请优伶演传奇以“侑酒解酲”。这实际上是作者戏剧观的表露。《泰和记》

正体现了这一主张。各剧情节简单，缺少冲突，亦少脂粉之气，而文字讲究，尤重创新。它更适合于在文人筵前搬演或置于案头玩味。吕天成《曲品》评《泰和记》“裁制新异，词调充雅”，是说出了它的主要特点。

（节录于《古典剧曲鉴赏辞典》）

后　记

人生如寄，岁月如流。我的人生，沐浴过阳光雨露，经历过寒风冰雪，转瞬间，已入耄耋之年。时不我与，整理旧作，或弃或存，得三十八篇，汇为此集。虽具一孔之见，终乃中国古典戏曲研究历史长河中之点滴微沫！然敝帚自珍，人之常情。雪泥鸿爪，聊记前缘。

本书得以结集出版，仰承文学研究所吕薇芬、王学泰两位研究员的推荐、中国社会科学院离退休老干部局出版经费的资助以及社科文献出版社孙以年、李建廷两位先生勤慎、周密的审订，在此一并致以诚挚的谢意。

金宁芬于 2017 年 5 月

图书在版编目(CIP)数据

中国古代戏曲研究文集 / 金宁芬著. -- 北京 : 社会科学文献出版社, 2018.2
(中国社会科学院老年学者文库)
ISBN 978-7-5201-1613-8

Ⅰ.①中… Ⅱ.①金… Ⅲ.①古代戏曲-文学研究-中国-文集 Ⅳ.①I207.37-53

中国版本图书馆 CIP 数据核字(2017)第 257499 号

中国社会科学院老年学者文库
中国古代戏曲研究文集

著　　者 / 金宁芬

出 版 人 / 谢寿光
项目统筹 / 宋月华　李建廷
责任编辑 / 孙以年

出　　版 / 社会科学文献出版社 · 人文分社 (010) 59367215
地址：北京市北三环中路甲 29 号院华龙大厦　邮编：100029
网址：www.ssap.com.cn
发　　行 / 市场营销中心 (010) 59367081　59367018
印　　装 / 三河市尚艺印装有限公司

规　　格 / 开　本：787mm × 1092mm　1/16
印　张：21.5　字　数：329 千字
版　　次 / 2018 年 2 月第 1 版　2018 年 2 月第 1 次印刷
书　　号 / ISBN 978-7-5201-1613-8
定　　价 / 98.00 元